Slutet på kedjan

重写未来

〔瑞典〕弗雷德列克·T. 沃尔森 著
李若愚 译

人民文学出版社
PEOPLE'S LITERATURE PUBLISHING HOUSE

著作权合同登记号　图字 01-2016-2284

SLUTET PÅ KEDJAN
by Fredrik T.Olsson

图书在版编目(CIP)数据

重写未来/(瑞典)弗雷德列克·T.沃尔森著;李若愚译. —北京:人民文学出版社,2017
ISBN 978-7-02-013148-8

Ⅰ.①重… Ⅱ.①弗… ②李… Ⅲ.①长篇小说-瑞典-现代 Ⅳ.①I532.45

中国版本图书馆 CIP 数据核字(2017)第 192073 号

责任编辑　卜艳冰　任　战
封面设计　钱　珺

出版发行　人民文学出版社
社　　址　北京市朝内大街 166 号
邮政编码　100705
网　　址　http://www.rw-cn.com

印　　刷　上海盛通时代印刷有限公司
经　　销　全国新华书店等

字　　数　384 千字
开　　本　890 毫米×1240 毫米　1/32
印　　张　13.5
版　　次　2017 年 11 月北京第 1 版
印　　次　2017 年 11 月第 1 次印刷

书　　号　978-7-02-013148-8
定　　价　48.00 元

如有印装质量问题,请与本社图书销售中心调换。电话:010-65233595

他们说写作是孤单的。说实话，并不是这样。实际上，是我身边的人越来越希望这是真的。

通常，文本的内容越重要，字号就越小，所以我要用难以辨认的小字来表达对你们最诚挚的感谢。

威廉·贝尔曼，谢谢你鼓励我写这本书。

贝蒂娜·布鲁恩，谢谢你接受我确实写了一本书的事实。

老爸、老妈和老妹，谢谢你们从来不问我为什么不务正业。

卡勒·马丁，谢谢你表现出我没想到的热情。

“故事伴侣”公司的约纳斯、艾格尼丝、瑟琳和朱莉，谢谢你们陪我走过这段冒险旅程。

瓦尔斯特伦 & 维德斯特兰德出版社的海伦、卡特琳娜、卡拉、伊莎贝拉和其他所有人，谢谢你们指引我穿过这片未知领域。

马茨·阿尔梅高，谢谢你的圣诞冷餐会。

最后，要感谢每个读了这本书并向我提出机智问题的人。当然有你，贝蒂娜。威利，你总是问个不停。还有克斯廷·阿尔梅高、比吉塔·万斯特伦、耶尔克·马尔姆斯腾和弗雷德里克·塔尔罗特。

没有你们，写作的乐趣将失去大半，其他事也一样。

目录

第一部　四进制

我从来就没有写日记的欲望。

事事周而复始。年年有如一日。生命开始，生命进行，生命又结束，大千琐事就算是写下来，回头再去看也不会觉得这一切就更有趣些。一天结束就是结束了，我所知道的唯一一件事就是：就算泥土已经“砰”地砸到我头顶的棺木，也不会有任何人对我在三月份的某个星期一做了些什么感兴趣。

没有任何事能促使我写日记。
除了一件事。
那就是意识到不会有任何人能读到它。

11 月 25 号，周二
空中飘着雪。
人人的眼里都透着惊恐。

1.

他们开枪击毙在巷子里的男人死晚了。

他三十岁出头，穿着牛仔裤、衬衫和风衣。这个天气才穿这么点儿有点过于单薄了，不过他看上去倒像是刚洗过澡，肚子也挺饱——这是他们对死者的承诺，他们也做到了。

但谁都没说之后会怎么样。于是，他落得了这样一个下场。

他曾在老邮局后面的那两堵石墙间逗留，气喘吁吁，缕缕白气随着他的呼吸出现和消失在眼前的黑暗中。小路尽头的金属门是关着的，他不由地感到一阵惶恐，但马上又把这种惶恐压制下去。显然，这是一场博弈。脚步声在身后逐渐逼近，那三个穿反光背心的男人即将到来，他已经无路可退。

事实上，一刻钟前，当消息到达欧洲各大报社，淹没在茫茫如海的各类新闻通讯中时，他还活着。关于有个男子在周四凌晨四点多于柏林市中心遇害的消息只有短短三行字。报道里没有任何措辞透露死者是流浪汉或者瘾君子，但是人们在读到这篇报道时却有这种感觉。这是报社有意而为之的。想要说谎，就最好先坚持事实。

在最理想的状态下，这条消息会夹在许多不痛不痒的报道中，出现在明天的晨报上。当然，这只不过是为了安全起见，甚至很可能都没有必要。这只不过是针对潜在目击者的解释，因为说不定真的有人看到急救人员将已经断了气的被害人抬上担架，推进一旁等候的救护车，关上后车门呢。随后，救护车打开蓝色旋转闪光灯，在冰冷的细雨中呼啸而去。

其实哪家医院都没去。

不过话说回来，也不可能有任何一家医院回天有术了。

救护车里坐着三个沉默的男子，祈祷自己行动及时。

但他们晚了。

2.

警察强行打开通往楼梯间的那道漂亮的双扇门。他们砸开铅窗，从里面打开锁，只花了几秒钟。

真正的障碍是随后的那扇金属门。那扇门是高规格的防盗门，很重，很有可能价格不菲。现在门锁死，警察无法破门而入，营救里面的中年男子。

假如他还活着的话。

一大清早，诺尔门的警察就接到求救电话了。接线员花了不少时间来确认打电话来报警的女人没有喝醉，头脑清楚，且表达无误。她认识他吗？是的，她认识。他会不会去了其他地方？不可能，简直无法想象。他和她失去联系有多久了？没多久，昨天傍晚两人还通了电话，那时候他听上去情绪不错，说着一些有的没的。她害怕起来——他在抱怨的时候，她还能掌握他的情绪，但若他竭力表现勇敢，想让自己听上去态度积极，她就知道一定是哪儿不对劲了。第二天早上她给他打电话，他没接，她心里便像被刺了一刀般领悟了。这次，他是真的出事了。

女人表达清晰，语气坚定，接线员被说服了，终于在处理下一个报警电话之前通知了警察和急救车。

第一支巡警队刚赶到现场，立刻就发现女人的判断是正确的。

所有的门都是锁着的。透过房门的彩色玻璃，紧闭的防盗门呈现出一种模糊的形象。更里面的地方传来广播里的古典音乐，以及从满了的浴缸里溢出水来的潺潺声。

着实不是一个好兆头。

克里斯蒂娜·桑贝格站在楼梯的下面两格台阶上，视线穿过包围着电梯井的黑铁网格，眼睛直直盯着那边的一切动作。门后，曾经是她的家。

火热的黄色金属碎屑从锁匠的电锯上纷纷掉落。锁匠试图强行打开这扇防盗门。对于安装这扇门，她一直都是抵触的，直到那个改变了一切的夜晚之后，她才被迫接受。

当初装门是为了保护他们，如今他却可能死在这扇门上。现在，如果她不是这么歇斯底里、忧心忡忡，她肯定会气得发疯。

锁匠身后站着四名警察，焦急地等着进去救人。警察身后又站着两名同样焦急的急救医生。起初他们还大声呼喊他的名字。“威廉，”他们喊道，“威廉·桑贝格！”但是没人应声，最后他们放弃了，安静下来，任由锁匠专注锯门。

克里斯蒂娜能做的只有眼睁睁地看着。

她是最后一个到达现场的。她匆匆穿上牛仔裤，披了件小山羊皮外套，把蓬松的金发束成马尾，跳进汽车，尽管她好不容易才找到了这个完美的停车位，并下定决心周末前决不移动。

那时，她已经给他打了好几个电话。先是她刚起床时，接着是在晨浴前，然后吹干头发前又打了一次。那之后她直接打了报警电话，还花了不少工夫让接线员相信自己已经猜到的事情。事实上，从她醒来的那一刻就知道事情不妙，但她总想消灭这种念头，就像他们交谈时她每次都把负罪感掐死在萌芽状态一样。

其实，她恨自己还跟他保持联系。他所承受的比她的更沉重，不是因为她没他伤心，而是因为他允许自己感受这一切。两年时间的讨论、辩白，对原因、概率和假设的反复思考没能改变任何事情。是她，肩负着两人份悲哀的重担，外带一份内疚，因“分配不公”而起的内疚。

不过，话又说回来，生命向来是不公平的。

如果公平的话，她今天就不会站在这里了。

终于，防盗门打开了，警察和急救人员在她面前拥进公寓。

时间戛然而止。

他们的背影消失在长长的门廊里，留下的空白仿佛一直蔓延，永无止境。也不知道是过了几秒、几分还是几年，音乐被关掉，水声也没了，所有的一切都彻底沉默。

直到所有人出来。

大家回避着她的目光，低着头绕过狭窄的转角，走出门廊，穿越经过电梯的短小过道，急转弯，朝螺旋状的楼梯走去，没人用手去触碰旁边那装饰着壁画的昂贵墙壁，所有人的动作敏捷而轻柔，小心又急促。

克里斯蒂娜·桑贝格身体贴在铁网格上，让担架从她身边通过，去往楼下停在人行道上的救护车。

塑料氧气面罩下的就是那个她曾经称之为丈夫的男人。

威廉·桑贝格不是真的想死。

更确切的说法是：死亡并不是他的第一选择。

他宁愿活着，健康地活着，体面地活着，学会遗忘，找到一个理由可以好好地洗衣服，每天早晨醒来，穿上干净的衣服，走出去，做些对某个人有意义的事。

他甚至不需要做到所有这些，一两件就够了。他只希望能找到一个理由来停止思考那些让他痛苦的事情。既然无法找到，那么下一个选择便是终结一切。

而那显然也并不顺利。

“感觉怎么样？”面前的小护士问道。

他半坐在漂洗过度、已经发硬的床单上。病床用一种老式的方法铺着，床单在黄色毯子边上翻折起来，仿佛医院仍然不肯承认，这世界上已经有种东西叫作“被套”。

他看着她，努力不让自己的痛苦表现出来——体内残存的毒素正向全身扩散着不适。

“比你想象的差，”他说，“比我想象的好。”

她听到后笑了，这倒让他吃惊。她最多也就二十五岁，金发，貌美。也许是被身后逆光映衬的效果。

“看起来这次还不是时候。”她说。这种实事求是、几近于拉家常般的语调也让他诧异不已。

“有的是机会。”他说道。

“这就对了，”她说，“人就应该往前看。”

她的笑容本身就是种绝佳的平衡：灿烂得足以让人轻易看出其中的讽刺意味，又足够克制，不损害幽默感。他突然语结了，不知道该怎么回答。他有些不悦，对话就这么结束了，而她占了上风。

有那么几分钟，他就这么安静地躺着，看着她在病房里忙碌。她的工作富有效率，都是按部就班：换走吊瓶，控制剂量，在病历卡上写下该记录和已检查的内容。一种安静的高效率。到最后他都开始怀疑他是不是误会她了，她刚才根本就没和他开玩笑。

她完成了病房里所有的任务，最后整整他的床单，尽管整理的结果微不可见。离开病房时，她突然站住。

“我不在的时候别做任何傻事，”她说，“只要你还在这里，做傻事就是在给你我添麻烦。”

她向他眨了眨眼睛，充满善意地告别，消失在外面走廊，随手关上身后的房门。

剩下威廉就这么一个人躺在床上，他感到浑身难受，但似乎没有什么明确的原因。他就是不舒服。为什么？因为她没有用那种照顾人的母性口气跟他说话，而他已经作好了被激怒的准备？还是因为她刻薄的评价是这么出人意料，让他几乎感到了挑战和戏弄？

都不是。

立刻，他就明白为什么了。

他合上眼睛，紧闭双唇。

是语气，一模一样的语气。

所有的一切都是她会说的。

突然间，他再也不被体内那难以名状的疼痛困扰了——管他是缺少盐分还是缺少水分，要么就是各种药品在他这劳累了五十五年的躯体里留下的各种垃圾现在要集体爆发——也不再在意结疤的伤口在手腕包裹的纱布下慢慢愈合。都不是这些。他是在被其他什么东西困扰着。又是那种感觉，一直以来都是那种感觉，来来回回地，每次他想淡忘，它总是带着双倍的力量向他反扑。也是那种感觉让他昨天傍晚走进浴室，痛下决心。

只是因为他没能看到征兆。

尽管讽刺，但也没有别的方法来形容了。

他，无法破译那些征兆。

真他妈的。

他应该趁她还在这儿的时候要点镇静剂什么的。止疼片也行，或者安眠药，要不就让她在他脑袋上痛快地来一枪，但她可能办不到。

他发现自己的处境和昨天傍晚一样：身体好像在一条深无止境的黑暗通道里坠落，他发疯地想要坠到地面，摔死自己，从而可以抛开控制他头脑的那些念头。它们总是暂时离开，让他看到些许希望之光，却又卷土重来，使出浑身力量击倒他，告诉他谁才是主宰。

他伸手去够从墙上垂下的白色电线，按下管状按钮，喊人来帮忙。他希望别再是那个护士了，一改尖酸的伶牙俐齿，转而向她低声下气地乞讨安眠药将是非常让人心烦和挫败的。不过话又说回来，如果她能让他睡着哪怕片刻，也是值得的。

他这么想着，再次按下按钮。

奇怪，没铃声。

他又按了一遍，这次按得更久了些。

还是没声。

这可真奇怪，他想着，就算医生在其他病房忙活，也可以随便派个护士过来问问他要干什么。

然后他就看到了灯。墙壁上红色塑料罩里的灯，就在呼叫器电线的上方。灯难道不该亮吗？就算没听到铃声，灯也应该亮着，表示他按铃了。

他又按了一次。再按一次。还是什么都没发生。

他全部注意力都在这个失灵的呼叫装置上，结果被门突然打开的声音吓了一跳。他朝门瞥了一眼，心里盘算着下一步是攻是防：是大声埋怨铃坏了，还是为歇斯底里地按铃请求原谅？

没等他的眼睛完全适应门外的光线，就明白上述两种选择都是不可能的。

站在床脚的这个男人既不是医生也不是护士。

男人穿着西装，没打领带，还有一双毫不相衬的大靴子。三十出头的样子，不过也难说，一个男人把胡子剃光的话并不好判断年龄，更别提他的身材显然经过长年累月的锻炼。二十五岁有可能，四十岁也有可能。

“这些是给我的？”威廉问道，他想不出其他话来。

他点头示意西装男人手里的花，男人低下头看了看，仿佛忘记手里拿着东西。他没有作答，而是把花随手丢到洗手池里。显然，花只是他混进来的道具，好让他从走廊大摇大摆地走进来而不让人注意到。

“威廉·桑贝格？”他问道。

“苟延残喘中，”威廉回答，“但正是我。”

男人站在那儿，两人默默地对视着。他们用眼光互相试探，尽管从威廉的状况来说，他也没有办法做出其他反应。

“我们一直在找你。”男人终于说道。

是吗？威廉试图理解这人在说什么。他想不起来最近有什么人和他联系过，不过话说回来，就算真的有人想联系他，他也不一定注意到。

“我最近有些麻烦。”

“我们可以理解。”

我们？见鬼，到底是谁？

威廉稍微坐直身体，挤出一丝干笑。

“我倒是想招待你，但他们对吗啡可没那么大方。”

“我们需要你的帮助。”

话说得唐突而急促，嗓音里有某种东西甚至让威廉一度放松了警惕。男人看着威廉，目光依然坚定，但那眼神背后藏着别的东西——急迫，或许还有恐惧。

“我想你们找错人了。”威廉说着，挥了下胳膊，或者说试着挥了下胳膊，静脉滴注和心电图仪上的电线限制着他的行动。不过，这些都印证了他自己说的话：威廉·桑贝格现在的处境可谁也帮不了。

但这个健壮的年轻人摇了摇头：“我们知道你是谁。”

“‘我们’是谁？”

“这不重要。你才是关键。你能做什么才是最重要的。”

穿透威廉身体的那种感觉既熟悉，又意外。二十年前，甚至十年前，或许会有这样的对话，那时他绝不会吃惊。但是今天才来？

站在床脚的男人说着流利的瑞典话，但又暗藏着点口音。具体是哪里不好说，但确实是有的。

“你是哪儿来的？”

年轻人看着他，眼神假装失望，好像在说威廉应该看得出他是不可能得到回答的，或者说就连问这个问题都是不明智的。

“瑞典安全局？国防部？海外关系部？”

“很抱歉，无可奉告。”

“行，”威廉说，“那么替我问候他们，谢谢他们送来的花。”

他用一种收尾的语气说道，意思是对话到此结束了。为了突出这点，他又抬起手来按铃，眼睛却盯住年轻男人，好像告诉他两人之间已经无话可说。这次，仍然什么都没有发生。

“铃要是正常的话，灯会亮的。”男人说道。

出人意料。威廉看着他。

两人的目光再次碰撞，谁都不说什么。终于，威廉松开呼叫器的电线，任由线圈划过黄色毯子边缘，垂到自己肚子上。

“我今年五十五岁，”他说，“已经停手多年了。我就是博登堡垒[①]，很久以前还有点用，但现在只是行尸走肉，坐着等死。”

“我的上司不这么认为。”

---

① 博登堡垒位于瑞典沿海，是冷战时期瑞典防御苏联入侵的重要战略工事。

“你的上司是谁?”

他用一种尖锐的语气问道。他无力再在这样的对话中周旋了，他想吃片安眠药，就这么睡过去，而不是和眼前这个迟到十几年、健身过度的臭小子智斗。

倒是年轻人先结束了对话。

“很抱歉。”他仍旧这样回答。他抱歉地叹了口气，转身向门口走去。

这就要走了?威廉心想，奇怪的会面，奇怪的收场。

但当男子打开房门的时候，走廊外面俨然站着其他两个人，他们正等着进来。

下午一点刚过十分钟，卡罗林斯卡大学医院重症监护室的医护人员在充满回声的走廊里巡视着病人的情况。

查房已过一半，没有什么特别的病例出现，下一个病人是名五十多岁闹自杀的男子，他药物中毒，胳膊上有刀口。基本上找不出什么让他在重症监护室里待得更久点的理由了。该患者刚输过血，这是为了补充流失的血液，也是为了淡化体内的自杀药物浓度。送到医院时，他的状况并不危急。要么是他犯了错，服药过少，要么就是虚张声势，以此来提醒家人自己的存在。要知道，这种人并不少。

总而言之，他很快就不归他们管了，这是肯定的。埃里克·托内尔医生站在病房门外，快速翻阅着病历，然后合上，朝同事们微微点头：这间病房稍微看下就行了。

他们踏入病房，首先看到的是一张空床。

洗手池里躺着一束花，床头柜上的花瓶被打碎了，地上是皱巴巴的床单，输液管空垂在支架上。

洗手间没人。衣柜里病人入院时的衣物也不见了。小柜子里的抽屉被拉出来，翻倒了。

威廉·桑贝格不见了。

经过一个小时的搜寻后，人们基本可以断定，威廉不在医院里，也没人答得上来到底出了什么事。

3.

不是救护车的“救护车”停在一片野草地里，周围的杂草随意而自由地生长着，尽管被有意无意地各种踩拔，但它们还是顽强地留在地面上，在子弹和炮火留下的千疮百孔里生根发芽。这旺盛的生命力无疑有点嘲讽意味，但对于知道有这么个地方存在的人来说，他们是决计不会去嘲讽的。

那几个穿着反光背心和医护服的男人早已离开了这里。他们洗净、擦干了身体，执行了安保条例上的各项规定。

躺在“救护车”里的只有那个断了气的男人。

他们夺走了他的性命，但他们不也给过他新的生活吗？一种更好的生活。谁知道按原来的活法他还能活多久——街头生活搞不好早就夺了他的命。后来，他有吃有穿，有地方住，有工作，能锻炼身体，甚至接受了某种程度的教育。

但是没人告诉他那种恐惧。

各种征兆。

谁知道最后会走到这一步？

“顺其自然，听天由命。”年轻的寸头飞行员说道，好像看穿了康纳斯的心思。康纳斯坐在前座，头戴通信耳麦，既为了听清彼此说话，也为了屏蔽头上螺旋桨震耳欲聋的响声。

康纳斯在对讲机里听到飞行员的话，冲他点点头，好像在对这句话表示赞同。

这句话毫无疑问是正确的。

“可以了吗？”飞行员问，手指敲击着控制面板。

这次康纳斯没有点头，但两人都知道迟早会发生的。没有望远镜，“救护车”在黎明之中看上去只是个闪光的小点，但是康纳斯的目光久久不肯离开。

似乎这样做就能避免不可避免的结局。

就好像一个人左手拿着答案，右手拿着练习题，但还是一遍又一遍地想要算出不同的结果，尽管他已经知道正确答案是什么。

责任。见鬼，人为什么要负责任！

但该做的事情总要去做。

当他表示同意时，点头的幅度是这么微弱，就像气流造成的震动，但这也逃不过飞行员的眼睛。遥控器早被他抓在手中，要做的只有摁下去而已。

“救护车”在一团黄雾中爆炸，任务到此结束。

更多的野花野草又有了新的弹坑要征服。

4.

在这个威廉本不打算醒来的日子，他第二次睁开眼睛，发现自己身处几千米的高空。

这一发现让他猛地清醒过来。

他深陷在一张柔软、温暖的皮沙发里，是那种非常适合放在乡间别墅家庭影院前的沙发。一缕阳光穿过诱人的棉花状云层，透过钢化树脂玻璃照在他面前。

这是在一架飞机里。还有，他刚做了一场梦。

就像每次一样，梦做完都有些残存的印象，仍然是隐隐的不安。有一瞬间，他想跟着那种情绪随波逐流，让大脑一路追根溯源至梦开始的地方。通常来说，大脑总是回到同样的地方，而且回顾那些影像让他备受折磨。但是同时他也知道，只有这么做才能最终甩开它们。

这次，他并没有这么做。他强迫自己让思绪停留在原地，身体坐着一动不动，生怕任何细微的动作都会招致他们的到来。

他们？他们是谁？

他不知道。

他只知道，他记得的最后一件事是看到三个西装革履的男人走进他的病房，他口干难忍，而把他安置在这里的人显然很有钱。

这不是他第一次乘坐私人飞机，但他不得不承认，从内部判断，这是他见过的最华丽的一架。在他的房间里——这真的是一个完整的房间，对面还有一张单人沙发，跟他自己的那张差不多，中间是一张工作台，一块隔板把这里和飞机的其余部分隔开。板上有扇仿木的门，外面应该是一条通往飞机左舷侧的小走廊。也许门锁上了，但是如果真要用力撞的话，也不难打开。肯定锁上了。

不过，他反问自己，为什么这么肯定门上锁了？

没有任何迹象表明他是被囚禁在这儿的。绑在腹部的安全带被绑得很小心，普通得不能再普通。轻轻一拉，安全带就松开了，看来他自己要是想走，没有什么东西能让他留在座位上。

头顶的风扇吹下来一股冷气。窗外的阳光暖暖的。昨天他给自己塞了满满一大把药片，今天却坐在这里，身上穿着松松垮垮的白色病号服，屁股底下的单人沙发能花去普通人一年的工资。如果这意味着死亡来临了，那么死神的幽默感还真够强的。

他很讶异自己坐在这里，而他的讶异本身让他不安。原本，在他生命中的很长一段时间里，对于这样的场景，甚至是比这更糟的事情，他都作好了心理准备。

八十年代末，威廉还只有三十来岁，那时世界被两个超级大国分成红蓝两个阵营。曾有许多次，威廉在斯德哥尔摩的大街小巷被汽车盯梢。按照学过的做法，他把自己的车停在路边，步行穿过错综复杂的各大购物中心，甩掉一个个尾随者，然后叫出租车回家，过两天再让同事把自己的车取回来，一步步完全按照安全条例来。他那时住的乡间别墅里装着各种监控探头和报警装置，几乎都是隐形的，属于那个时代最顶尖的科技设备，但即便这样也阻止不了电话里成天传来奇怪的咔嗒声，阻止不了隔壁邻居三天两头被陌生的推销员拜访。那些推销员总是坐在车里，眼睛直直地盯着威廉的家。那会儿他可真的是许多人的兴趣目标，而这无非是他工作的副产物。

都已经过去了。那时候的他年轻有为、前途远大——这种日子已经过去了，他总是这么说——也是那时候，他有着别人没有的技能和知识，简直是备受追捧。如今的他可算是彻底落伍了，不中用了。他所做的大多数工作现在都能被几行计算机代码取代，超市里任何一台四千多块的电脑都能办到。

他摇摇头。淘汰他的并不是高科技。他不能归咎于外部原因，因为事实上是他自己作茧自缚，才导致不到五十岁就退休。他知道，他是自掘坟墓，而且还跳进去，将它越挖越深，甚至乐在其中，带着不可告人的喜悦看他一手建立的一切分崩离析。

现在他坐在这儿，肌肉僵硬，舌头打结，手腕上有两道深深的伤痕。坐在一架超豪华喷气式飞机上，带走他的人怎么看都是军方势力。

毫无逻辑，没有道理。

威廉·桑贝格被绑架了。

但是这件事至少晚发生了十年。

和编辑部里的其他人一样，年轻的实习生早上也没注意到那条新闻。

他对着显示器昏昏欲睡，根本不知道自己在写些什么。于是，他又转向一长串通讯，假装沉浸其中寻找信息，其实只是想偷会儿懒又不被别人看出来。

他尽量让自己视线集中。世界各地的通讯社发来铺天盖地的通讯，一条条英文消息包罗万象却又平淡无奇。

这无趣没完没了，但好歹比总结持续一千零五十天的关于重建斯德哥尔摩中心城区的辩论要强。即使用一个删除键把所有那些要么篇幅太小、要么无足轻重、要么跟本地无关的通讯一键删除，也都没啥可惜的，反正他还能名正言顺地宣布自己是正经做事的人。要是别人问他现在在干什么，他可以说他在浏览通讯。这比因宿醉而无法写作听上去要好多了。

屏幕上是又一条索然无味的短通讯，他的右手无名指已经搁在了删除键上。一名流浪汉深夜死在柏林街头，尽管文字没有点明，但还是读得出来，男人是吸毒过量或者酗酒过度，然后睡着了，冻死街头。这算是当地新闻，无非是上百条未被采用的通讯中的一条。

他不想打哈欠，却没成功。

“昨天熬到很晚？”

一个女人的声音，就在旁边。他的嘴还是张着的。

妈的。

他进来的时候故意没摘下棒球帽，为的就是不让别人看到他的脸，但这样一来，他要是不抬头，就看不到显示器上方发生的状况。

他没抬头，但她就站在这儿，站了有多久？久到足以看到他对着整个编辑部打哈欠。

“不是，呃，叫什么来着……不是的。”他一边说一边取下帽子，摆出一副好像有事要干的样子。

女人什么都没说，跟他估计的一样，而这让他更忐忑了，正如他知道他会更忐忑。克里斯蒂娜·桑贝格至少比他大二十岁，却有一种说不出来的魅力。她漂亮、自然，态度友善到让人不安。这种不安不是因为她友善的态度是装的，或者影响了他的工作，而是他宁愿看到她有什么不可弥补的缺点，好让他不用一直朝她那个方向看，也不至于丢失组织完整语句同她对话的能力。

“你的，我已经寄了，在你那里。”他一边说一边微微点头，以此来补充语塞的部分。

他的默认职责之一是在她没空的时候帮她收信。她颔首致谢，然后走向她的房间，边走边向其他同事点头打招呼。

他在想，今天的她怎么看上去比平时低落呢，但他马上停止了这种想法。他并不了解她，也有自知之明，知道单恋一个比自己大二十岁的成功女主编没什么好结果。

视线回到显示器，那篇关于柏林死亡流浪汉的稿子。只一瞬间，这篇三行短文就被拖入了电脑回收站，年轻人继续疲倦地浏览下一则干巴巴的新闻。

克里斯蒂娜关上办公室的门，把小山羊皮外套挂在玻璃幕墙旁的衣架上，然后合上了眼睛。或许有人会看到这一幕，但看就让他们看吧。几分钟后，她又会重新投入到工作中去，动作迅速，态度积极。当一天结束时，没人会记得她曾经合上眼睛的这几秒钟。

今天早上很不好过。比早上更不好过的是昨天夜里。她亲眼目睹前夫被抬上担架，送入救护车。若是念及旧情，她应该开着车一路尾随。若是念及旧情，今天上午她应该在医院走廊的塑料椅上守着，等他醒来，然后坐到他病床旁的另一张塑料椅子上，陪他说说话，问问他到底是为什么。

一直以来，她都是讲情面的，直到她再也受不了。那之后她又坚持了一小段时间，终于彻底放弃。威廉就像一辆早该处理掉的老车——这是他自己的原话——一辆白白往里面砸钱、白白花费心思去修理的破车，这次修好了两个地方，下次又冒出来三个毛病。他是不会康复的，因为他自己不想康复。他已丧失信仰，无欲无求，没有了活下去的动力，甚至一度还把克里斯蒂娜也拖进这种状态，直到她再也无法忍受，终于在两年前的某一天搬出了他们的家。

她再也没有回去过，直到今天。他当然也打电话找过她，每次接听他的电话都让她疲惫不堪，但她总算成功地同他保持住了距离。逐渐地，慢慢地，她重新找回了自我。不是因为不再伤心了，而是因为她习惯了与悲伤共处。

她想就这么保持距离，她已经经不起再被拖入他的黑暗世界了，于是她给报社打了个电话，说下午过去上班，而不是一整天待在医院里。

她在外面街头待了快四个小时。同往常一样，她想通过这样的方式来让自己放松：关掉电话，步行到萨穆埃尔大师路上的那家书店，在进口期刊部挑一大堆报纸和杂志买下来，虽然说这些在编辑部可以免费阅读。然后，把这堆东西带去大饭店，坐在吧台边，点一份贵得离奇的早餐，尽管她毫无胃口。跟这些世界性的大事件坐在一起，她那些小问题才会显得渺小和不重要。看完这些，她再在十一月的冷风中走回去，穿过整条街道，回到国王岛上的办公室。

会有代价的，她知道。编辑部里一大堆事情，好几个电话得打，还有好多文章要写，但现在她终于可以处理它们了。

她打开手机。等待开机的过程中，她浏览着电脑上的邮件。

消息如重拳般从四面八方向她打来。

手机的哔哔声提醒她有三十个未接电话，同时她也看到实习生给她发了四份邮件说医院在找她，要她马上回电。

如果克里斯蒂娜的同事还有可能忘记她是用合眼的方式开始一天的工作，那么肯定没人忘记她是在四分钟内匆匆下班的。她屏住呼吸，冲出办公室，手机紧紧攥在手里。

威廉在沙发上坐了至少十分钟，然后才开始活动身体。他侧耳寻找声音的蛛丝马迹，好判断自己究竟身处何方，身边有谁。

毫无头绪。

他能听到的只有飞机引擎柔和的运转声，以及遇到气流时机身连接处的震动声，此外就没别的了。也没有脚步声，似乎飞机上除了他就没有其他人了。当然，事实肯定不会是这样的。

突然，他感到肚子饿了。他开始回想上一次进餐是什么时候，但是怎么都想不起来。首先，他不知道自己昏迷了多久。其次，医院给他打的点滴使得饥饿感要比正常情况下来得晚些。

真可惜，这让他连现在几点钟都无法推断。要是知道时间，他还有可能推算出来他身在何处，要被他们带去何方。

他朝沙发上方的小操作板瞄去。有一瞬间，他想摁下呼叫铃，叫来时髦的空姐，但后来觉得这个主意真够蠢的，就放弃了。他站起身来。尽管机舱的高度足以让他挺胸直立，但他还是略微弓起背。他疾走两步，到了门边。

他犹豫着，揣摩自己可能面临的情况。

虽然飞机声音柔和，比寻常的商务机安静，但他的动静还是被淹没了。如果有人等在门外，也很可能听不到他已经站起来，走到了门边。理论上，只要他能出其不意，就有获胜的可能。

但实际上，他根本不可能出奇制胜。因为这两天服用了太多药剂，他现在连站都站不太稳。曾经能办到的事，如今连尝试的能力都没有。

可是，不管怎么说，他都不能站在这儿。

他决定走出去，不管门外等着他的是什么。

手握球形门把手，冰冷的金属抵着手掌。

小心地转动。没有阻力。才转了四分之一圈，门锁就咔嚓一声，应声打开。

和他预料的相反，门外一个人都没有。没有武器，没有守卫，没有人喝令他止步。于是他又迈出一步，停下来，打量四周。跟他之前想的一样，他的房间外面是位于机身左舷的一条狭小过道。地板上严实合缝地铺着地毯，十分华丽，显然价值不菲。墙上挂着柔软的防火人造革。过道前方几米开外有道门，通往另外一个房间。房间内是比较传统的机舱样子，大约有至少二十个座位，室内装饰得和他刚才那个房间一样豪华，座位一边两个，中间是过道。

假如说威廉曾预料门口会有什么激烈对抗，现在也只能承认他想错了。

机舱的远端，最靠近驾驶舱的地方，坐着两个男人。一个人背对着威廉，没有转身，坐在对面的那个男人抬头看了看威廉，没有其他反应。

威廉马上就认出了他是谁。男人西装笔挺，头发剃得很短，孩子气的脸上有种军人的严肃。他就是站在威廉病房门外的两个男人中的一个。当时他手里拿着一支金光闪闪的昂贵钢笔，利落地把笔尖刺入威廉的脖子。那一刻，威廉才恍悟，他手里拿的根本不是什么钢笔。那就是威廉昏迷之前的最后一个想法。

男人对着威廉眨眨眼。这是一个无声的信号，表示他们已经看到威廉。随后，他剃着平头的脑袋转向威廉的右边。威廉房间和主机舱的隔板角落里，坐着在医院和威廉说话的那名男子。他放下报纸——威廉瞥到报纸是德语的——塞进前面椅背的口袋里，站了起来。没有威胁威廉的意思，但也不是很友善。他面带微笑，不过更多的是一种机械性行为，而非出自人类自然的情感。

“醒了？”他问。

威廉回以干瞪眼，像在责怪他明知故问。这伙人打是打不过的，至少可以精神挖苦一下。

那人走到过道上，站到威廉的面前。他身体强壮，头顶着天花板，微微低下——他至少有两米高，公牛般粗壮的脖子从未系扣的衬衫领子里硬生生钻出来。威廉站着一动不动，任凭事态发展。他作好两种准备。要么他们请他一起坐过去，要么把他赶回刚才的房间，叫他坐在那里别出声。

结果都不是。

“你房间壁橱里有洗漱用品，”男人说道，“如果你想洗澡的话。”

“然后呢？”威廉问。

粗脖子假装没听到，故意不回答。“浴室在最后面。”

啊哈。威廉冲粗脖子点头表示谢意。整个局面火药味不浓，但也绝对不客气。

“我猜，要是我问现在我们去哪里，大概你也不会说的。”他说。

“抱歉。”

“你一直在抱歉，也许你可以跟别人谈谈你这个习惯。”

威廉笑着说道，但男人一点都没有被逗乐的意思，也不生气，更没抱歉的样子，尽管他自己是这么说的。男人的眼睛直直盯着威廉，一动不动，甚至有点呆滞。

“在最后面？”威廉问道，虽然无需再次确认。粗脖子点点头。

尽管时值晚高峰，从国王岛到船长街才花了克里斯蒂娜半小时不到的时间。她逼着可怜的出租车司机闯了两次红灯，有一次司机还自己主动抄近道，把车开上了人行道。此刻，她终于今天第二次站在了以前的家门外。

她紧握着手机。打了一路电话，她的耳朵还是红的。在电话里，她一会儿咆哮，一会儿又用一种家长的口吻，带着克制的耐心同电话那头争辩。

“你们怎么可能把一个成年男人搞丢，真见鬼！”她几次在电话里说道，边说边看到出租车司机从反光镜里瞅她。“可以丢东西！丢数据！甚至丢孩子！但是他妈的怎么可能把一个要自杀的病人弄丢？”

但他们真的做到了。

他们查遍医院每个角落，集合所有的职工，询问目击者，但是没有一个人说得出威廉·桑贝格是如何、为何甚至何时从卡罗林斯卡大学医院消失的。在医院获得特许安装的监控探头录到的画面里，他们寻找威廉的身影，但他似乎从未在储存硬盘里存在过。

克里斯蒂娜挂掉电话，满脸通红，应该说脸上的热度不仅仅来自于手机电池。克里斯蒂娜很焦躁。这世界全是白痴。她的出租车司机就是其中一个，但付车费时她的气已经消了——毕竟他冒着吊销驾照的危险替她开车，她想。她一口气冲上楼梯，心里相信他又自杀了。她觉得，这次他恐怕成功了。

一踏进这个曾经是她家的地方，她就看到一张中年警察的脸在看着她。男警察脸上的那丛胡须不知是特意要蓄山羊胡，还是刮胡子没刮好。他的嘴不停地开合，像是在用力呼吸，或是寻找合适的字眼，但他的眼睛却早已开口了。“我们非常抱歉，”那双眼睛告诉她，“我们得到的消息非常糟糕。”

“他死了吗？”她问。

这么直接，她自己也吃了一惊。更合理的问法难道不应该是“他怎么样了？”或者至少是“他还活着吗？”但她内心最深处的想法却是深信一切为时已晚。

让她更吃惊的是警察的回答。警察说：“我们不知道。”

“不知道？”她问。

没有回答。

她又问："他在这儿吗？"

警察仍然没有回答。相反，他焦虑地盯着自己的脚，似乎在犹豫什么。她看到他身后还有好几个警察在房间里活动，从看不见的某个房间还时不时传来闪光灯的声音。

他顿了顿。他要问的是一个让人难堪的问题，但他还是开口了："你们之间的关系有什么问题吗？"

"我们两年前就分居了。我想这可以算是有问题。"

警察也不知道是该对她的嘲讽语气付之一笑，还是该摆出一副惋惜的表情，只好又张了张嘴，不作评论。

"他人在哪儿？"她又问。

警察侧过身，朝后面的房间点点头。

"我们认为，是他自己跑了。"

她花了好几秒钟来弄明白这话是什么意思。跑了？

她带着疑虑，朝警察手指的方向走去。先是穿过长长的储物间，经过起居室，再走过书房。她在过去生活中的无数个早晨这样走过，裹着浴袍，披着浴巾，甚至有时是赤身裸体的。那时候的她一定不会想到如今她会从同样的路匆匆走向威廉的工作间，告诉里面的警察，一个不想活下去的男人绝对不会用逃跑这种方式来取悦自己。

可当克里斯蒂娜一进工作间，脚步马上停了下来。

两名警察正盯着她——可能是技术人员吧，她不知道——他们站在威廉的写字台旁。她朝周围看了看。离婚后她再也没来过这里，但是和警察一样，她马上就察觉到周围少了什么东西。或者确切地说，是什么都没了。

写字台放在门右侧那面长长的墙边，就放在大窗户下面。窗户望出去是奥斯特马尔姆①，能看到各式烟囱、半落地窗、露天阳台，还有看似朴素实则价格要贵上三倍的户外家具。写字台右边是一个很深

① 奥斯特马尔姆是瑞典首都斯德哥尔摩中心区域，属于富人区，也是瑞典房价最高的地方之一。

的柜子，柜子里有个放电脑硬盘和其他硬件设备的支架，所有的设备都用电线连到中间的一个路由器上。

确切地说，柜子里本应该放着这些东西。

现在柜门开着，支架是空的。写字台也一样，台面的痕迹显示原来这里有两台显示器。窗户两边的书架上原本摆放着威廉的各种数据和代码书籍，还有其他乱七八糟的东西，克里斯蒂娜老早以前就放弃询问这些东西都是什么了。如今，书架好像一张张打哈欠的嘴，空空如也，所有东西都被洗劫一空。

她摇摇头。不！

警察看着她，等她给出解释。

“入室抢劫。”她说。

两名警察什么都没说，只是对视了一眼，仿佛还知道其他什么事情。

“他不会跑的。”她说，声音透着一股绝望，她自己能听出来。她停顿了一会儿，好像在奇怪为什么警察没有得出这个显而易见的结论。“他没有任何地方可以去，我知道的，我昨晚还跟他说过话！为什么这种人会想跑？”

警察还是什么都没说，只是同情地看着她，然后把目光转向她的背后。是那个须发凌乱的警察，她没有听到他也跟过来了。他站在那儿，嘴巴像条搁浅的鱼一样动了几下，其他警察都在等他发话。

“我们不知道为什么。”他说起来好像事实本身毋庸置疑。随后，他点了下头，说：“跟我过来。”

克里斯蒂娜跟着他来到一个房间，这个房间她比警察熟悉得多，因为这里曾是他们的卧室。一切都没变，包括来自墙壁、地板和纺织物的气味。在她尚未来得及抵抗之前，记忆已经侵袭了她脑海里的每个角落，这些记忆她甚至自己都没有意识到。他们卖掉乡间别墅的日子。他们搬到城里来的日子。搬家是因为他们喜欢这里。他们以为终于可以重新找回自己的生活。

早知如此，何必当初。

卧室里的床铺理得很干净。警察继续往里走，回头看了一眼，确认她还跟在后面。他在他们以前的衣橱前停了下来，拉开两扇庞大的滑门，看看她，似乎在问她，这是否说明了什么。

确实说明了什么。

衣橱是空的。

威廉以前经常穿的西装、夹克衫，还有熨烫平整的衬衫，都不见了。放内衣的抽屉和放鞋子的架子，看上去似乎正常，但克里斯蒂娜知道出问题了。

“就在不到二十四小时前，我的前夫想要自杀，”她说，“现在你们一本正经地跟我说他离家出走了？”

“根据对面邻居反映的情况，有两个斯德哥尔摩物流公司的人来过这里，大概在十二点左右搬走了几个纸箱。”

“斯德哥尔摩物流公司？还是说他们穿着物流公司的制服？”

“什么意思？”

她没有直接回答问题。如果她什么都不说的话，他自己就会开始思考答案。让别人主动思考永远胜过直接送上现成答案，尤其是当事人自己都不知道正确答案的时候。

她让警察就这么静静地站着，转过身，走出卧室。

克里斯蒂娜绕着整座公寓转了一圈。从厨房、餐厅、客房到起居室。整座公寓收拾得很干净，干净得甚至有点迂腐。装修风格沿袭了他俩共同培养起来的品位，贵气十足。自从她从这里搬走以后，他并没有改变太多的房间格局。要不是克里斯蒂娜那么了解他的话，她一定很吃惊公寓竟然能保持这样的高雅格调，而不是随着他的人生一起滑坡。

但是她知道，很简单，因为这就是他：从混沌中建立秩序；有条理，有逻辑。他就是靠这个活的，如果他周围的一切都崩塌了，那么好，这就是他要寻求并予以维护的。江山易改本性难移，他就是他。

最后她又回到工作间里。两名警察一起去了另外一个房间，现在就她一个人站在那儿，看着屋里消失的物件。

电脑。

书籍。

昂贵的黑色笔记本——他又爱又恨，从来不让自己用一下的笔记本。爱是因为笔记本代表了一段美好的记忆，恨也是因为这个，却引发了不同的情感。

好像有那些记忆都是笔记本的错。好像他要是保持物品的原样，美好的一面就能被保存下来。好像他如果不触动回忆，后来的那些事就永远不会发生。

她无奈地摇摇头，既是肉体上的，也是精神上的。她让视线穿过窗户望向远方，想让思绪也一起飘远。

一切都封存在脑海的某个角落里，她知道它们都还在。

所有的情感、想法都潜藏在角落里，如果她不加反抗，它们将使她失去行动的能力，正如他以前那样。他是听之任之，而她则有意克制。

她回过头来继续判断当下的情况。

绝对不可能。

绝对不可能，他竟然自己跑了。

她了解他。她知道他没有别的地方可去，更别说他有什么理由离开这个他唯一觉得安全的地方。还有电脑。他为什么要带走电脑？发生那一切之后，他什么时候用过电脑？

有什么事不对劲，她一进房间就知道了。有什么重要的东西少了。

但她说不出来具体是什么。她站了好一会儿，想要弄清楚为什么会有这种感觉。到底是长久没来这里产生的陌生感，还是她的潜意识在暗示她自己都没有发现的蛛丝马迹。

她闭上眼睛，试图在脑中描绘这个房间以前的样子。满满的，却摆放得很有条理的书架。文件夹、纸张和他喜欢的笔——他是唯一一个她认识的能在一家又一家文具店笔橱旁待半天的男人——所有东西都摆放成直线，规整得很仔细。现在所有东西都没了。

所有东西。还有什么吗？还有什么东西是原本应该在那儿的，她却记不起来了？

她走到写字台前，向外眺望。又转过身来，从另外一个角度打量房间。

突然，她停住了。

不是什么东西少了。

而是多了不该有的东西。

看到小壁橱里的洗漱用品，威廉着实吃了一惊，他从没想到洗漱用品能达到这个效果。

并非因为洗漱用品本身样式别致，而是这些洗漱用品就是威廉自己的。

洗漱包是那个他每次旅行都会带在身边的黑色尼龙包，至少在他以前还旅行时。里面所有的物品都是从威廉的卫生间里取出来的，有剃须刀、牙刷，还有须后水。

在一个轻型衣架上挂着他自己的外套，外套下面是他自己的衬衫，衬衫下面又是他自己的牛仔裤。地板上放着他自己的棕色鞋子——要是他挑的话，是不会选这双的，不过倒是如假包换自己的鞋子——旁边放着一双他自己的袜子，是卷起来的，还有叠放得很整齐的内衣。

他们去过他家了。

没有直接扔给他一套标配的洗漱用品，也不是在路边的超市随便拿两件衣服，而是溜进他家里把他自己的东西拿来了。

这很说明问题。

首先，这意味着他将在他们要去的地方逗留很久。

其次，这说明他们想让他感到舒服。对他们来说，他很重要。先不论为什么他们要带走他，至少他们想让他有种宾至如归的感觉，甚至是座上宾。

这还不错，可以接受，他想，反正他也没有别的选择。

他看着衣架上这身单薄的行头，仿佛另外一个自己。于是，他挣扎着脱下医院的病号服，穿上平常穿的衣服，光着脚走上过道，来到飞机的后部。

浴室很整洁，作为飞机上的浴室来说，已经是非常大了，但相比正常的浴室还是太小，威廉必须非常努力才能把晨浴的每个步骤做到位。

威廉·桑贝格不急不忙。剃须，擦洗上身，甚至弯下脖子把头伸进白色的仿大理石洗手盆里洗头，涂了足足两遍香波，这么做纯粹是为了感受冰冷的流水在脑袋上淌过。

过瘾。过瘾得甚至让他吃惊。

他让自己尽情地享受这种感觉，不管接下来要面对何种情况，他都想彻底清醒、头脑冷静。

他就这么站着，直到耳膜“哄”的一声。

难道飞机开始降落了？

他用大拇指和食指捏住鼻子，往外鼓气。飞机引擎的声音也开始变了，轰鸣声降低，这只能意味着一件事。过了一会儿，他发现什么都听不到了，于是又做了一遍排压动作。

他等了一会儿。飞机有可能只是进行了一次改向，到达了新的高度。如果是这样的话，机身应该马上会平稳下来，耳朵也会适应新的压力。

但是飞机持续下降，机头偏转，调整方向。平飞了一小段时间后，又开始下降。每次下降，他的腹腔里都会感受到细小的压力变化，似乎是在和地心引力做着小游戏。毫无疑问，他们正在准备降落。

问题是降落在哪里。

阳光告诉他，当他醒过来的时候，飞机是朝东飞的。也可能是东南方向，这要看当下的时间和太阳所处的实际位置。反过来说，或许根本就不能这么判断。没有任何证据表明，飞机起飞后始终在一个航线上飞行，而且也无法判断他们已经飞了多久。他在医院里醒过来的时候，太阳还处于一个比较高的位置，也许那时候是上午十一点或者十二点。后来他就被他们麻醉了，带到飞机上——是从布罗马机场还是阿兰达机场走的？实际上，除了这两个机场，也没有其他什么机场可以用了，但是他们又是怎么把一个昏迷不醒的人弄上飞机，却没有招来地面人员注意的？要是飞机原本就已处于待命状态，随时准备起飞，而且一切手续都已办妥的话，那么很可能一个小时后他们就飞到了高空。

真够让人沮丧，但不管怎么说还是有些线索的。太阳至少还高悬着。换句话说，他们不可能在空中飞行了超过两个或三个小时。如果是往东飞，则时间更短些，东边快进入傍晚了，往西飞的话时间可能久些。整个计算范围还是太宽泛，得出的结论可以南辕北辙，最后他决定还是放弃这于事无补的推算。

他把注意力集中在可能的目的地上。根据他的判断，有两种可能。要么是在南欧上方某个位置，要么是在俄罗斯上方，或者介于两者之间。

想到其中一个可能性时，他停住了。

俄罗斯？

若是放在过去，这似乎是个不由分说的答案，但如今还有可能吗？

背后的逻辑是什么？

同时，他提醒自己，如今发生在他身上的一切都毫无逻辑可言。为什么是他？为什么是现在？他还有什么价值？可以被谁所用？

他放开那些想法，拉上洗漱包的拉链。也许马上就能得到答案了。

最后再往镜子里看一眼。

作为一个应该已经死了的人来说，他看上去还是挺光鲜的。

随后，他打开卫生间的门。

西装男们早就在等他了。他们站在门外的过道里，窗外一缕缕青色的云雾飘过飞机机身，在有机玻璃上留下了细小的水珠。

“我是不是该去系好安全带？”威廉说，脸上礼貌地笑着，心里并不觉得眼前的人会阻止他。粗脖子别过身，给他的两个同事让出道来。

“抱歉，”他说，“如果不是非如此不可的话，大家都要方便点的。”

威廉立刻懂了。

他第二次看到寸头向他迈近一步，手里拿着那支“钢笔”。几秒钟过后，麻木感迅速通过他的全身，屏蔽掉周围的事物，奢华飞机里的声音也消失在黑色的隧道里。

克里斯蒂娜·桑贝格言简意赅。她举起手机，向几名警察展示她刚刚拍下的照片，并硬把名片塞给他们，用不可争辩的语气解释了事情的来龙去脉。在没有任何警察来得及反驳或是发问之前，克里斯蒂娜已经匆匆完成报案，离开了公寓。

威廉·桑贝格是被绑架的，根据他的过往经历判断，他现在很有可能处于极度危险的状态。

高跟鞋的踏步声消失在宽宽的楼梯上，来到大堂，穿过通向街道的沉重的大门。这是克里斯蒂娜这辈子最后一次离开船长街上的这座公寓。

5.

雅尼娜·夏洛塔·海恩斯将身体紧紧贴在石墙上，生怕自己快速跳动的心脏声被人听见。

她闭上眼睛，集中注意力，尽可能地让呼吸平缓下来，不让双脚发出声音，不让插在腰际的厚信封剐蹭到衣服，从而制造出绝不该存在的沙沙声。

已经听不到那两个男人的声音了，但她知道他们就在几米开外。

也许他们是三个人，她不知道。她一听到他们说话的回声从楼梯上传来，就马上打量四周，寻找出路，最后钻进了一条狭小的通道，这条通道她自己都不知道会通往哪里。通道里黑灯瞎火，她把身体紧紧贴在墙上。与此同时，她听到那些人已经到达她所在的楼层，就站在她的旁边，只由一面石墙隔开。

他们和她一样安静地站着，一动不动。她现在只希望一件事，那就是不被他们听到。到时候根本无法解释她为什么在这儿，尤其还是在深更半夜的时候。

她逃跑了。

如今正在付出代价。

她一路飞奔，光着脚，就是为了不在这坚硬的石头通道里制造出回声。她知道，这可能是她唯一的机会。现在她浑身发抖，身体急需氧气，却不得不努力控制呼吸。

他们没有听到她。

她完全静止地站着。

听着自己的心跳。

接着，在一片死寂中，传来一个男人说话的声音。

说话的声音很近，好像就在她耳边。她想大口喘气，但在最后一刻屏住了。她竭力控制住自己，身体更紧地贴近墙壁，想要听清他们在说什么。

有个词冒了出来。安保？

还有骂人的话。她的法语太差了。高中的时候曾念过两个学期的法语，还为自己的法语差得不能再差而沾沾自喜。她的老师曾经跟她说过，总有一天她会后悔的。现在，雅尼娜站在石头过道里，痛苦地意识到老师的话有多么英明。

对，又来了：安保[①]。是在说她吗？

她再次闭上眼睛，试图判断形势。最差的情况就是有人发现那张小小的电子门卡不见了，而那张门卡此刻就在她的兜里。这是她唯一的出路，她把门卡攥紧了些，好像攥紧它就能保证自己的安全。

不能让他们找到她。

---

① 原文为法语。

没人知道她在哪里。如果他们决定杀死她，是没有什么可以阻挡他们的，也不会有任何人知道。很有可能外面的人早已停止对她的寻找了。

她马上抛弃了这种想法。

他是永远不会停止的。

是吗?

她说服自己实情就是这样的。这半年非常混乱，她不知道她在为谁干活，为什么干这些活，也不知道她做的事情在道义上是正确还是错误的，或者介于两者之间。

她只知道一件事，那就是她必须把这里的事情告诉别人。

他是她唯一的机会。

不管怎么样，都不能让他们听到她。

站在那里的男人没完没了地说着话，一口气说了足足四分钟，直到有人让他停止。

接下来的寂静好似刀子划破她的胸膛，嘴唇因为害怕而剧烈颤抖。他们听到她的动静了吗?她是否一时放松，导致呼吸过快?他们知不知道她站在那儿?

她屏住呼吸。默数。

一。二。三。

肺像着了火，但她不能呼吸。

四。五。

有动静。

什么地方传来直升机迫近的声音。

只不过是遥远的轰鸣声，却给了她喘息的机会。与此同时，又有人开始说话了。声音轻轻的，从空气中传来，语句短小，语气坚定。有人通过无线对讲机在另外一头呼叫他。

“好的。好，好。”

再无其他的话了。男人们开始撤走。鞋底踩着地板发出规律、整齐的声音，一直持续到走廊尽头。终于，一切重归寂静。

他们走了。还好没从她站着的拱形门旁经过。

好了，她自言自语，就趁现在。

她靠着背后的墙支撑住自己，好像一个要转身掉头的游泳运动员似的把自己推出通道，尽可能地让一双光脚丫快速奔跑。脚每次踩在坚硬的石头地板上都是一阵钝疼，但她不能停下。想要达成目标就必须加快速度。她咬紧牙关，忽略疼痛，朝着那些人没上来前就看好的方向跑去。

经过楼道。随着走廊向右。又是一个楼道。再是一个走廊。更多楼梯。沉重的木门一道挨着一道，她把门卡从兜里拿出来，抵着门把手旁的小盒子，门锁发出轻微的嗡鸣声，咔嚓一下打开，放她过去。每一次，她都在寂静中侧耳倾听，只为了确信往前冲时四下无人。

一路向下，再向下，过了两层楼面。越来越潮湿，很可能已经进入了地下。没有窗户，也没有透气孔，一点儿都没有迹象表明外面还存在着另一个世界。身陷囹圄的感觉愈发强烈。

这只是她第三次来到这么往下的地方，但是她强迫自己记住了路线。尚未走到，她便已经预料到了每个角落、每道门、每节楼梯。她在通道里奔跑，柔软的脚底拍击着地面，直到到达她的目的地。

锁着的房门后面，好像是间门卫室。

或者说看上去曾经是间门卫室：墙上钉满了信箱，玻璃隔板后面摆放着一张写字桌，一堆箱子沿墙摞着。

比起上次她来，这里发生了些细微的变化。纸堆不见了，新的已经补充进来，底部残存咖啡渣的杯子换成了干净的。有人在用这个房间。她简直不敢相信，但这是真的。

她走进房间，把塞在腰际的厚信封拿出来，塞到桌子上那堆外观相似的信封里。接着，她无声地转身，匆忙离开房间，按照原路返回。

所有的一切都是赌博。信封上的收件人并不存在。信里的内容，如果有人打开看到的话，会觉得是一封情书。

但有一个人不会这么认为。

她能做的只是，希望这封信能落到那个人的手中。

她花了半年时间才找到把消息送出去的办法。当她沿着走道悄无声息地返回时，不由得紧握双拳，期盼着这个办法能够成功。

也希望一切没有为时已晚。

6.

威廉·桑贝格拉开厚重的窗帘，意识到自己之前所有的猜测都是错的。

他在一间很有古典范儿的房间里醒来，室内装潢繁复而老式。地板是由大石头拼砌而成的，经过几百年的踩踏，石头表面被磨得十分光滑。有几块石头因为地面沉降或温度变化产生了裂痕，挂着手绘装饰画的墙面也因为时间和湿度而发黄，但仍因其丰富的细节表现而让人印象深刻。木质护墙板把墙壁同地板泾渭分明地分隔开来。墙壁延伸到天花板的地方用了很多材料吊顶，并同房间里的其他木结构一样漆成了深灰色。

要不是对过去二十四小时的回忆充满了痛苦，恐怕他要以为自己是被请来进行古堡周末游的。

他醒来时躺在一张大木头床上，床头的墙壁上有张挂毯，雕刻精美的床顶上垂下来曼妙的床幔。还有放在折叠式托盘架上的早餐，托盘架的腿是镀铬的，花纹层叠交错，精致得不合时宜。放在上面的东西更是让人难以挑剔：奶酪、橘子酱、面包、各种各样削了皮的喊不出名的水果，就这么堂而皇之却又真实地摆在他面前。从他这辈子的职业经验来看，所有那些要绑架和囚禁他的外国势力里，没有一个会事先在古堡里给他准备一顿豪华大餐的。

威廉从床上起来，走过早餐架，碰都没碰一下，尽管肚子已经发出响亮的信号告诉他该吃东西了。他径直走向窗边，清晨的阳光从窗帘的边隙透射进来。

拉开窗帘后，他僵在了原地。一半是因为吃惊，之前他很肯定自己会被带到俄罗斯，所以花了好一会儿才让自己接受眼前的场景；另一半是因为这高窗外面的景象，实在是无法不让人感到震惊。

就在他房间的下面——几层楼面的距离，确切地说——是一片陡到几乎垂直的草坡，蜿蜒的石墙一路向下，直到山间淡蓝色的湖水。湖的另一边是更多的草坡和石壁，它们互相交错，层峦起伏，营造出宁谧安静的环境，同时又像极一幅画：某人咖啡桌上的一千片拼图。

与其说他们往东飞，还不如说是往南。山是阿尔卑斯山，西边是法国，东边是奥地利或斯洛文尼亚，但是他无论任何都搞不明白这是为什么。

“桑贝格先生。”

声音清晰嘹亮，在这毫无生气的房间里引起微微抖动的回声。威廉转过身。门前几步站着刚才喊他名字的男人，威廉甚至都没听见他进来。

“很抱歉，我们让您穿着衬衫睡觉。要带一个穿睡袍的男士过海关会有诸多不便。”

男人年纪和威廉差不多，头发灰白，梳理得很仔细，眼神柔和安详，同他浆洗过的淡蓝色制服衬衫形成柔软与坚硬的对比。男人的英语是英式的，虽然威廉不十分确定，但他还是能从几个元音里听到几分工人英语的口音。

威廉报以礼貌的点头。

“您说的是哪个海关？”

男人用微笑作答，友好而真诚，却没有正面回答。

取而代之：

“你衣柜里的其他东西都在那边。”

“有意义么？在你们认为我睡够之前，我穿着这身不是更方便？”

男人又笑了。没有敌意，也不是为了显露权威，而是近乎抱歉的。

“我们已经到达目的地了。”男人说。

“我不想重复问话。”威廉耸了耸眉毛，强调了一下自己尚未得到回答的问题。

男人肯定地点点头。他的确听到问题了，但是不想回答。

“我建议你先吃点东西。你已经睡了十八个小时，我知道，在这之前你也没吃多少东西。”

“我可以吃几片面包。”威廉一动不动地回答道，僵硬的身体姿势也传达了这句话的另外一层意思：等你走了再吃。

“太棒了，”男人明暗两层意思都回答到了，“过半个小时我再回来接你。那时候你就会知道是怎么回事了。”

男人转过身，向门口走了几步，拧转门把，打开房门。威廉注意到，门没锁。这里也没有部署任何肉眼可见的安保措施，正如在飞机上时一样。有人在竭力为他营造宾至如归的氛围，这让他实在想破头。是谁？到底他们要利用他的什么价值？

“请等一下。”威廉说。

男人转过身来。

“我是威廉·桑贝格，但我不知道你的名字。”

他伸出右手，期待对方也伸过手来，并进行同样的自我介绍。男人看看他，然后伸出一只手来，与其说是握手，不如说是用力抓住。男人直视着威廉，似乎一点都没有要隐瞒自己姓名的打算。

“当然，”男人说，“对不起。”

然后说：

“康纳斯。我是康纳斯上将。”

康纳斯上将有过一个名字，但是在康纳斯的一生中，有相当多让他不舒服的事情，他的名字就是其中一桩。他在英国西海岸的一个小城市长大，那是一个下等阶层社区，失业和犯罪是家常便饭。在那里，正义和邪恶互生互灭，分不清彼此。只要桌上还有吃的，房租能付得出，谁都没工夫琢磨背后是谁买的单。

对康纳斯来说，小时候的成长环境是人能想象到的最差的环境。有两件事情他很早就意识到了：一个人最重要的素质之一就是油嘴滑舌的社交能力，以及这种能力他根本不具备。

康纳斯一直都不合群。他恨周围结构的改变：隔壁社区的某人上周还在称王称霸，下周就变成砧板上的羔羊，朋友和盟友翻脸成为敌人的速度比意识到对面有敌人的存在还快。早在学龄前，他就开始和大众划清界限，竭尽所能躲避他的同伴、帮派和他们造成的朋辈压力。很长一段日子里，他都遭到排挤，被贴上同性恋的标签，因为对他的同龄人来说，同性恋的罪过远远大于盗窃。

更大的罪过是，康纳斯喜欢学校。他有数学天分，甚至当这门学科到了一个抽象和高难度的阶段时，他掌握知识的速度也超过了他的老师们，尽管他自己知道这其实说明不了什么。他喜欢规则，喜欢逻辑框架，喜欢一条推导出另外一条。每次他在操场上被毫无缘由地欺负，却使他越发喜欢它们。

康纳斯在十六岁第一次接触到军队，便意识到军队可以给他梦寐以求的秩序感。不仅仅是因为军队里的每个人都有明确的军衔和职位，还因为军衔在制服以及其他尽可能多的地方加以体现，甚至达到了荒谬的程度。任何变化都是可以预见的，而且几乎都是向上的：不会一觉醒来，发现少校突然成了上校，而从前的上校因为自己兄弟做的错事被揍得屁滚尿流。

康纳斯找到了归属。

康纳斯一生中第一次早晨醒来时觉得人生美好。

军队成为康纳斯发挥其特长的最佳场所。他成为应用和利用所有现存规则与模式的专家，并且很快又将它们发展细化，创造出更新的。不到三十岁的时候，康纳斯已经不再是个没有名字的工人子弟，而是英国军队里最重要的战略专家之一——一个善于从乱象中制定方案、建立秩序的专家。他监督演习，编写操作手册，有事情发生时，所有人都想让他在身边。无论是政府机构、军事组织，还是企业或者上帝才知道的什么单位，所有人都想得到康纳斯的支持。

从混乱中建立秩序是康纳斯的技能。当一切分崩离析的时候，他是人们求助的对象。

但这只是过去。

多年以来，他第一次像孩子般无措。

内心深处，充满恐惧。

他把门卡抵住墙上的读卡器，稍等片刻，门锁“吱”一声开了。

经过一条条钢筋水泥质地的宽阔通道，他走向大堂。大堂的天花板很低，而且隔音，里面摆放着一张张线条硬朗的深蓝色椅子。他走向装在一面短墙上的双扇门，再次将门卡对准读卡器。门锁应声而开。

门后的房间是圆形的，中间放着一张同样是圆形的大会议桌，周围满是空椅子。桌上摆着一瓶瓶水，似乎在等待几乎从不召开的会议，而且就算召开，也坐不满房间。

一面直墙上悬挂着许多巨大的LED显示器，一台紧挨着另一台。和平时一样，突然从古典范儿十足的房间来到这里，画面顿时显得凌乱而刺眼。康纳斯盯着显示器上的所有数字，它们一个个从眼前闪烁而过。

显示器前面站着一个身穿深色军装的男人。康纳斯进来的时候他没有抬头，康纳斯走过毛毡地毯的时候他也没有转身。男人只是站在那儿，眼睛盯着滚动的数字，直到康纳斯站到他的身边。

“我们已经知道他最后是怎么到的柏林。”男人开口说道。

弗朗坎终于抬起头，与康纳斯对视，一双眼睛暴露了连续几日的不眠不休。

“他从加油站偷了一辆卡车。卡车在因斯布鲁克[①]被发现的时候已经没油了。后来有人说看到他搭便车，上了一辆红色的丰田荣放。”

“车现在在哪儿？”

沉默说明了一切：没人知道答案。

“开始了，”康纳斯说，“是吗？”

弗朗坎没有回答。再次开口时，语气里的犹疑已全然不见，眼神坚定，目的明确。他们只有一条路，路就在眼前。

---

① 奥地利某市。

“他在这儿吗?”

“他在自己房间里。”

“他怎么样?”

“还活着。”

很好。如果说还有谁能救他们的话，桑贝格是唯一的希望。他们差点又要功亏一篑了。又一次。

“我们该怎么对他说?”康纳斯问。

停顿。然后:

“跟她怎么说的，跟他也怎么说。”

康纳斯点点头。

到此，会议结束。

7.

四十分钟后，康纳斯上将回到了威廉的房间。这点时间，威廉已经吃饱早饭，收拾自己，并穿上一件斜纹软呢西装和一条西裤。他没系领带，而这是一种有意为之的平衡。威廉不知道接下来要面对的是什么局面，他想让自己看上去足够严肃，这样双方就显得势均力敌。但他又不想显得在着装上下了大功夫，给人留下过于深刻的印象。他已经处于下风了，不想因为自己穿得跟个小学生似的再来强调这点。再说了，谁知道他们首先要做的是不是再扎他的脖子一下。

两人一走出威廉的房间，对话就开始了。

“我知道你有很多问题，”康纳斯说，“说出来，我将尽我所能回答你。”

这个提议倒一点都不意外。若是不想给威廉机会看清周边环境，记住哪条走廊通向哪段楼梯，对话是转移他注意力的完美手段。康纳斯肯定还是会避重就轻，只回答自己想回答的，但他会尽量多说来拖延时间。威廉知道这点，康纳斯也知道威廉知道。

“你可以从我现在在哪里说起。”威廉说。

“我们就当作是在列支敦士顿吧。”康纳斯回答。

“就当作是？”

“我无法给你具体的地址。反正你要想订个比萨外卖的话，一时半会儿是送不来的。”

康纳斯迅速地笑了一下，纯粹是出于歉意，同时似乎还在鼓励威廉问下一个问题。威廉也回以一个笑容。笑容的背后，威廉在努力观察和记忆康纳斯带他走过的弯弯绕绕的路。

“你能不能告诉我，是谁把我带到这里来的？”

“你会知道的。”

“为什么带我来？”

“你也会知道的。”

“能不能告诉我，有哪个问题你可以给我正面回答？”

康纳斯又笑了。这次笑得很真诚，就好像这一场景的荒谬，他跟威廉一样感同身受。而且，对于这场毫无意义的对话，他比威廉更不舒服。

威廉看在眼里，点头表示理解。那好吧，问答环节到此结束，两人继续在静默中前行。

他们所处的这座古堡毫无疑问大得惊人。两人穿过好几道走廊，往下又经过好几段窄小的楼梯，走出楼梯又是新的走廊。这些走廊给人的感觉一直是古堡里的偏廊或者备料间什么的，似乎真正的古堡还在别的什么位置，而康纳斯是故意选偏门旁道带威廉走。

他们经过的所有地方，地面都由巨大的石板拼砌而成，被几百年的脚步打磨光滑。墙壁是暗色调的，因光照而掉色，又因潮湿而变深，最后成为灰色；有的地方有墙饰或挂毯。这些景象让人同时感到惊艳、难受和害怕。

“对了，”威廉说，“我还有个问题。”

康纳斯转过身来。两人正好处在一段石梯的中间，康纳斯在前，威廉在后，两人都弯着腰，以免碰到头。

“你觉得我应该害怕吗？”

这问题让康纳斯吃了一惊。他看着威廉的眼睛，不确定这个问题是真的在发问，还是两人又要来一番头脑上的较量。有一瞬间，康纳斯站在阴影里张嘴要答，但他还是改变了主意，又转过身去。直到两人走完这段石梯，这个问题始终没有得到解答。

楼梯下面是个厅。厅的面积并不大，却非常高，透过墙壁高处一格格小窗户，阳光洒落下来，威廉不得不眯上眼睛适应光线的强度。厅的另一边是另一段较宽的楼梯，明显要比他们刚才走过的那段要庄严。最里面的那面墙上有副沉重的深色木头双扇门。

康纳斯走到门前，停下来。

他看了威廉好一会儿，就好像自己也不知道如何回答。

“你不用怕我，”终于他说，“不用怕我们任何人。”

“那我应该害怕谁？”

有一瞬间，威廉突然感到康纳斯脸上流露出同情，好像是对无力改变局面的一种遗憾。似乎他自己并不想把事情弄到现在这个地步，而是别人逼着他把威廉从医院里绑架出来，用麻药弄晕，带上飞机，飞到欧洲的另外一个角落的。

不过这种神情立刻消失了，康纳斯避而不答。

“你马上要知道的内容是高度机密的。”他说，一副公事公办的口气。“有些事情我们无法向你透露，还有些事情我们只能告诉你一部分。”

“我在这个暂且称作列支敦士顿的地方，你们拿走了我的电话，还担心我会向谁泄密？”

“我们知道的有些内容是永远不会被公开的。无论什么情况，永远不会。”

“我还能不能再回家？”

康纳斯愣了一下。再次开口时，真诚的语气又回来了。

“我真心实意希望有一天，咱们中有人能回家。”

克里斯蒂娜面前的这个实习生不仅动作笨拙，连表达能力也有问题，但现在他是克里斯蒂娜唯一可以用的人。她只能暗自希望他可以顺利完成任务。

第一秒他先是回避她的眼神，就像跟自己坠入了爱河似的，尽管他比她小了足足有二十岁，下一秒他又开始前言不搭后语地想跟她说话。她实在不知道这两种行为究竟哪种更让她感到不舒服。

克里斯蒂娜按捺住不耐烦，定了定神，又把所有细节梳理了一遍。他要去联系医院、威廉住所的邻居和斯德哥尔摩物流公司的人，以此证明克里斯蒂娜的猜测是正确的：没有人预约过威廉住处的搬家服务，那次“搬家”是假的。

莱奥·比约克一边听，一边做第二次笔记。两人心照不宣，此番任务和编辑部的工作完全没有关系，纯属私人事务。也许，两人都在默默地进行将使此番任务合理化的推想。威廉·桑贝格的失踪或许只是冰山一角，后面是一桩政治丑闻，或者是陷入尚未被察觉的新冷战阴影下的某个重大事件，而到头来这场失踪可以让他们发动笔杆子舞文弄墨一番。一名前军事密码破译专家随着他的所有计算工具和肚皮里的知识一起消失了，这真是一次以神秘境外威胁势力为主题的系列报道的绝佳开头啊。

不过对莱奥来说，根本不需要什么合理化的理由。

他没兴趣去质疑任何事。这趟任务让他感觉层次提高了，他迫切地想要开始行动，证明自己其实能干、高效而且实力非凡。这趟任务内容丰富，有很多东西可以挖，他将有机会独立思考，寻找受访者，摸索门道，跟踪线索，然后顺藤摸瓜，越挖越多。此外，他还有机会在工作上同克里斯蒂娜·桑贝格近距离接触，这个动力可比专业锻炼更让他感到兴奋。

终于，她结束了对所有情况的第二次说明。莱奥·比约克合上笔记本，站了起来。

透过办公室的玻璃隔断墙，克里斯蒂娜盯着莱奥的背影看了好久。她没有工夫去质疑他的能力，相反，她拿起手机，拨了一个至少有一年没有想起过的名字。

沉重的双扇门打开了，里面是一个巨大的厅。眼前庄严的景象让威廉立刻停下脚步。

从地板到天花板至少有十二米高。沿墙立着一根根粗大的石柱，石柱向上一路延伸，并在穹顶之下汇合成王冠的形状。阳光透过窗户上不平整的彩色玻璃照射进来，也变成了彩色，使整个房间显得既明又暗。厅的远处那头，几道交汇的光线投射到大壁炉上，壁炉足有威廉公寓里的小房间那么大。厅中央悬挂着一盏巨大的铁艺吊灯，下面是一张深色的硬木长桌，桌面上划痕道道，坑坑洼洼，似乎几百年来纸醉金迷的王公贵族都在这里摆下豪宴，款待各路亲朋。

要是桌子上有个巨大的锡盘，里面放着一头被大卸八块的野猪，再配上四周锡杯里的红酒，这个画面就十分完整了。现在桌面上取代野猪的是一个孤零零的线路板。线路板上伸出来一根灰白色的电线，连到桌头的一台笔记本电脑上，离威廉站的地方足有九米。电脑的旁边是一个身穿深色军装的男人。

“弗朗坎？”康纳斯说道。

从桌边站起来的男人年纪比康纳斯要稍微大些。他有一张饱经风霜的脸，走路缓慢而吃力。他在离他们几步的位置停了下来。没有握手。他自我介绍是莫里斯·弗朗坎上将，并向威廉表示了欢迎。威廉不知道是该说谢谢，还是应该说两句嘲讽的话，最终闭嘴什么都没说。

“我应该郑重地恳请你的原谅，原谅我们用这种方式把你带到这儿来，但我不会这么做。”

威廉没说话。弗朗坎用手势邀请威廉入座。

“我不知道康纳斯说了些什么。”

“应该说，他为了什么都不说大费周折。”

弗朗坎点点头，一丝微笑在他脸上的皱纹中蔓延开来。也可能只是几道皱纹弯错了方向。

“你会得到简短的说明。”他说。

“不管长短，只要告诉我就很不错了。”

“我们把你带到这里来，是因为我们需要你的学问。”

“我知道。”

“我们知道你在自己的领域内表现卓越。现在，我们遇到了一个无法解决的问题。”

“‘我们’是谁？”

“我们可以称自己是个合作机构。”

“谁和谁的合作？”

“这就要看情况了。主要是二十个国家之间的，有时还要更多。合作伙伴有欧洲国家，还有美国、南非、日本，不过这些都无关紧要。我们代表所有这些国家的共同利益，但并不需要他们的参与。我们得到巨额资金的资助，世界上只有非常少的人才知道这些资金的去向。”

威廉看了他一会儿。可能是真的，这样才能解释他们的装备、设施，以及把他不受阻碍地从瑞典带走的能力。

与此同时，这等于什么都没说。

“这个机构叫什么名字？”

弗朗坎摇摇头。

“我们不存在，所以不需要名字。”

“联合国下的？”

“联合国里有人知道我们，就几个人，两三个吧。不过，从官方意义上来说，我们并不存在，所以也不附属于任何组织。”他停顿了一下，首先是为了表明他的回答是肯定的，然后又停顿了更久，这次是为了确定这都是威廉自己的理解，他本人可什么都没说。“就把我们看作是一个自治机构吧，为了多国安全利益而服务。”

威廉来回看了看两人，试图评估这番话的真实性。他得跟上思路。一方面，刚才这番话听上去合情合理，但另一方面又有些奇怪，让他琢磨不透。古堡。他是怎么到这里的。所有这一切。

他闭上眼睛，振作精神。

是什么东西可以这么危险、这么重要，同时又这么神秘，要搞出来个组织专门来负责它，还不让别人知道？

“安全利益受到了什么威胁？”最后他问。

弗朗坎朝康纳斯点点头：轮到你了。

康纳斯走了几步。

“我们……”他说，又突然停了下来。停顿，只为找到更确切的措辞，让他可以说明问题，同时又不会透露太多。

终于说了：“我们拦截了一串数字。”

这句话可以引申出千万个问题，威廉随便挑了一个。

“怎么拦截的？”

“怎么拦截的不重要。重要的是，数字里包含着信息。信息被埋藏得很好，通过一种无比复杂的法则加以编码。或者更准确地说，是多种法则，多次编码。法则指向之前的法则，之前的法则又建立在其他法则之上，几乎无法破解。”

威廉听着，不情愿地感觉到自己越来越好奇。这正是他曾经工作的领域，也是他深爱的挑战类型。寻找躲藏在背后的复杂规则，无论密码看上去有多难破解。推算，改变假设，验证结果。懂数学，还得有直觉，破解密码往往靠这两种本事结合，很少再有什么事能像他找到破解模式那样让他飘飘欲仙了。想象一下，一样东西上一秒还是纸上凌乱的字母，下一秒就露出了真实的面孔，就好像填字游戏一样，一个关键的字母便可解开谜题。

威廉·桑贝格体内有一小部分感到自己就像个圣诞前夜的小孩。

剩下的部分还是一个五十五岁的男子，被违背意愿从医院带来。

“来源是哪儿？”他问。威廉自己也知道，这个问题只不过是上个问题的变种罢了，但是同时，这个问题相当重要。不同的密码有不同的表现形式，如果他肯帮他们的话，这个答案他迟早必须知道。

“我们不能说。”康纳斯表示。

“是书面文字，还是电台信号，还是电脑文件数据？”

“也不能说。”

“那你们能说什么？究竟有什么是你们能说的？”

威廉注意到自己提高了音量。他几乎立刻就后悔了，毕竟，这里说了算的不是他。他苦笑一下："对不起。我只是以为，大多数情况下，当别人需要帮助，总该知道他们需要何种帮助。"

听上去仍然有点刻薄，但只要威廉能控制住局面，别让他们把他整死，他不介意讽刺一两下子。他曾经处于下风，现在又扳回一局。他蔑视地看了面前的两个男人一眼，似乎在说，我们的年龄不适合玩游戏了。

那么好吧。

弗朗坎回到桌边自己的座位，把笔记本电脑拉过来，用食指敲了一下键盘。

"这个。"弗朗坎说道。

下一秒钟，室内突然亮堂了，就好像某人在他们面前发动了一辆重型大卡车一样。

他们的头顶上亮起四道光柱，纵贯整个房间。四道白光是从大吊灯的中间射出的。细小的灰尘像身轻如燕的杂技艺术家般飞舞在黑暗的空中，光柱穿过它们打在四周的墙上。

威廉被带到这里后有一样东西没注意到，那就是安在天花板上的投影仪，它们静静地藏身于铸铁和蜡烛之上。作为对弗朗坎手指的回应，投影仪开始嘎吱作响。明亮的光线打在距离天花板几米的苍白墙纸上，正好那个高度阳光够不到，留下一片昏暗区域。

整个大厅都是投影出来的影像，每个影像之间无缝连接，数据从一面墙滚动到下一面墙上。

数字。

无穷无尽的数字。

它们一行一行向上滚动，下面的不停取代上面的。每当一行数字滚到天花板，就向旁边移动，进入另一台投影仪的投射范围，继续向上，再旁移，直到从墙面上彻底消失。与此同时，数字变换着颜色，有些被圈选出来，跃入旁边一个区域里。一边是继续上行的数字，另一边则是这些被挑出来的数字。红色的数字自成一列，偶尔有数字填充进来，而黑色的数字则疯狂地上行。

威廉很熟悉他看到的这些东西。在这栋建筑物的某处一定藏着许多电脑，比弗朗坎铝合金外壳的笔记本电脑更大、更贵，处理能力更强。墙上显示的就是康纳斯说的数字序列，要在里面找出规律、逻辑和密钥，从而破解藏在这海量数字里的信息。

“我们所说的密码一共有多少？”威廉问。

“这里只是其中一部分。”

“从哪儿来的？”

“你刚才已经问过了。”

“我还是非常好奇。”

“抱歉。”

威廉叹了口气。他们又进入了无聊的循环，而他很不喜欢这点。

“如果我帮你们破解了呢？你们能让我看到自己最后得到的结果吗？还是说我要是看到了，就得自杀？”

从弗兰坎的表情来看，他并不觉得威廉的讽刺有趣。

于是威廉改变了策略。

“谁是造成危险的人？”他问。

“我们不能透露。”

“那你们能不能说说，他们威胁到谁了？”

“你不必知道。”

“那我他妈的能知道什么？”他的语调开始变得尖刻，“你们违背我的意愿把我带到这里来，还要求我加入一项你们不能透露的工作。给我一个帮助你们的理由。随便说个。请吧。”

“因为你别无选择。”

威廉不想提高音量，但是差点要这么做。他现在用鼻子缓慢呼吸，咬着嘴唇，让自己平静下来，然后用一种冷静的语气再度开口，每个字后面都是强忍的怒火。

“工作与工作之间，”他说，“有很大的区别。”

他们没有回答。

“你们可以强迫别人为你们工作。你们当然可以。把别人痛揍一顿，然后让人当牛作马，拉木头、撵大石，或者把这房子整体往左平移一米——只要打得够凶，就可以使唤人做任何事情。除了一件事，就是强迫人思考。你们强迫我寻找我不愿意找到的答案，那可就难了。”接着，他压低嗓音，作为结尾：“所以，我是有选择的。人总是有选择的。”

“说说你为什么要自杀。”弗朗坎说。

威廉无法无动于衷。太意外了，而且对人毫无尊重。

“你需要指导吗？”他说，“如果你是在找人教你怎么死，最好还是找别人。我在这方面显然是不成功的。”

“说说为什么吧。”弗朗坎还是这句话。

“如果我想参加心理疏导课，我自己会买单的，谢谢……或者我可以给你寄张账单，也许这样能让你感觉好些。”

这样的谈话毫无意义。威廉在空中挥了下双手，表示他的部分到此结束。当然，这只是他一厢情愿，因为他也知道决定权并不在自己，但是无论任何，他通过这种方式表达了他的想法。威廉转过身，眼神坚定地看着康纳斯。是离开的时候了。

“你不是个见死不救的人。”弗朗坎说。

一针见血。

“你对我一无所知——”

“错了，”弗朗坎打断威廉，“我敢相当肯定地说，我们比你自己都了解你。”

他站起身来，烦躁地踱着步。他不想讨论桑贝格的过去，而是需要他立刻就开始工作。在这个房间里待的每一分钟，都是在浪费时间。

“你从小就天赋异禀，在学校里是神童、数学天才。你的同学连拼写都不会的时候，你就已经可以把小的电子机械零件拼装起来。在学校里，你帮同学修理无线电，中学毕业之前就拥有三项专利。大学期间有公司想要挖你，为你支付读书的所有费用。你原本可以利用你的知识变成超级富豪，这些你自己也都知道。”

威廉耸耸肩。那又怎样？

“你却选择参军。”

“军队薪水很高。”

弗朗坎摇摇头。

“把你的知识用于民用，收入会高得多，你自己是明白的。但当时是冷战时期，你选择把你的知识用于信仰。你救了很多人的命，这是你留在军队的原因。你自欺欺人地说是那些数字、技术和规律在吸引你的兴趣，可实际上对你来说，没有什么事比救人性命更有意义。”

威廉的眼神转向别处。当被人说出真相的时候，这是人本能的否认动作。

威廉喜欢解决难题，喜欢结构，还有数学，军旅生涯赋予了他每天同这些内容打交道的机会，所以他选择留了下来。但是，正如弗朗坎说的，更大的回报在于他意识到可以干些举足轻重的事情。在威廉破解过的密码里，有要损害瑞典利益的，也有要加害个人的。不止一次，他在灰色走廊里疾奔，皮鞋踩着油毡地板“嗒嗒”作响，手里拿着匆忙写下但又非常工整的译文，都是关于偷袭或者暗杀计划的。三十年后，这些事听上去是那么离奇，但对那时候来说，却是家常便饭。每一次路线的改变、演讲的取消，或者某人身处一个意想不到的地方，都只是因为威廉履行了自己的职责。他知道，这就是他继续下去的动力。

即便弗朗坎说得没错，也毫无意义。在知道一个机构的立场之前，威廉是不会有任何意愿去帮助它的。

“我真的非常抱歉，”他的口气暴露了他心里其实毫无抱歉可言，“这事既跟我的女儿无关，也和我的家庭无关，更和我的事业无关。”

弗朗坎点点头：“我们没有办法强迫你为我们工作，桑贝格。如果你拒绝，我们也无能为力。但是……”他耸耸肩，“你不会说‘不’的。因为如果你这么做了，你就是拿别人的命在冒险……”他停下来，似乎在想接下来说什么合适，但没有想好。

一秒沉默。两秒。

威廉忍不住抬头看他。自从这次会晤开始以来，第一次有什么东西触动了他。一丝隐忧藏在弗朗坎的表情荒漠背后。这可能只是说服行动中事先编排好的，但威廉看着弗朗坎，却实在无法摆脱一种感觉，那就是弗朗坎自己也在惧怕着什么。

“谁的命？”威廉问。

没有回答。

“我在拿谁的命冒险?”

弗朗坎看看康纳斯，康纳斯以沉默应答，弗朗坎又转回威廉。然后，他清了清嗓子。

“无数人的命，多到难以想象，桑贝格。”

他重新坐了下来。

威廉犹豫了。他们的策略很正确，在告诉他实情的时候欲言又止，害得威廉兴趣大增。这种好奇让他有点生自己的气。

“这无数人会怎么样?”最后他问。

沉默。

“你们要我做什么?”

弗朗坎一动不动地坐着，威廉开始以为他不会回答了，然后弗朗坎又伸手去按面前的电脑，并示意他看墙上。

威廉看过去，与此同时，他面前的投影图像开始变化。

几秒钟之内，大多数数字颜色变淡，渐隐到背景之中，只剩下很少的几对数字在投影范围的边缘重新组合排列。与此同时，镜头似乎一直在拉远，腾出空间给更多的数字，越来越多的数字，尺寸也越来越小。始终都有数字淡出，就好像被一只无形的手抛弃了，剩下的数字又被挑选出来进行配对，不断填充到角落的某个位置上，直到占据了整个侧边。最后，数字统统被转化成 1 和 0。

威廉发现自己屏住了呼吸。

在每个数字被黑白方块组合取代，排列成空心或被填满的像素阵列时，威廉看出了这些 1 和 0 的规律，整个画面清晰地展现在他的眼前。

威廉眼前的一切应该发生在博物馆里，也可以是大学或科研中心。可以在任何地方，唯独不该在这里。不该在所谓的列支敦士顿的某座城堡里，不该发生在一面古墙上的投影画面里，更不是和两个表情严肃的军人在一起，而这两个人竟然宣称这就是他们刚刚破解的重要信息。

威廉·桑贝格紧盯不放的投影图像由几百条字串组成，有符号、标记、轮廓，组成一个个无法阅读的纵列。

“你知道这是什么吗？”弗朗坎问道。

威廉点点头。

楔形文字。

他只在书里见过楔形文字。这是世界上最古老的一种书面语言，人们在电视考古节目里看到的刻在石板上的那种。现在，他周围的墙壁上覆盖的正是黑白像素版的楔形文字，它们在墙面上滚动，似乎在传递着无人能懂却又无比重要的信息。

威廉站了很久，看着这些古老的文字。另两个男人耐心地等着。

最后，他垂下视线，不再看着墙壁。

“我不明白，”他说，“你们截获了这些楔形文字——现在？”

“这是份综合资料，”康纳斯说，“我们已经有一阵了。”

“我们知道上面是什么内容吗？”

“我们知道，但你没有必要了解。”

他看了弗朗坎一眼，但威廉没有精力跟他们计较。令他困惑的是更基础的问题。

“我认为你们搞错了。你们误解了我的能力。”

一丝微笑作答。一丝耐心的微笑。

“我是和数字打交道的，不是埃及古物专家。”

“苏美尔学，”康纳斯纠正道，“这些文字是苏美尔语。”然后接着说：“我们知道你的领域。有别的人为我们翻译这些文字。”

“那我为什么在这里？”

问题义正词严，可还不到让人回答的地步。

“如果你们已经知道了这些数字是什么，”他继续说，“如果你们已经破译了密码，那么还要我做什么呢？”

终于，弗朗坎清了清嗓子。他的目光离开墙面，看向威廉。开口回答时，他的语气中带着焦虑。

“桑贝格，我们时间不多了。”

接着：

“我们需要有人来编出回复。”

8.

克里斯蒂娜走进流沙街上这家温暖的咖啡店，眼睛四处寻找着帕尔姆格伦，此时他已经站了起来，展开双臂伸向克里斯蒂娜。

从窗户里他就看到她了，知道她会面色坚定地走进来，上几次他们见面的时候她就是这样的。但他也知道，她的内心实则感情充沛。

她让自己被拥抱了一会儿。两人还未开口，她就抽身而退，有点匆忙，但要是不这样的话，她可能已经哭了出来，而她并不想这样。打招呼时，她避开了他的目光。

“要喝点什么吗?”他问，主要还是为了岔开话题，给她一个东拉西扯的机会，在两人切入正题之前，先让情绪平复下来。

她摇摇头，把自己的羊皮外套挂在椅背上，在他对面坐了下来。她等着他先开口。

“你是对的，但你已经知道这点了。”

她点点头。拉尔斯-埃里克·帕尔姆格伦长久以来一直是家庭好友，即便她与威廉离婚后，他也保持中立——他对他们两个同样支持，在他们的共同好友里，他是唯一一个没有选择立场的人。也许这是后天学来的本领，跟他多年在军队总部任职的经历有关。也有可能他天生如此。当然，这都没有关系——不管原因如何，他一直以来都是一名头脑清醒的支持者，既是她这边的，也是威廉那边的，即使两人已经分道扬镳。与威廉离婚后，她和帕尔姆格伦就不再联系了，这让她颇感内疚。但她需要与旧的生活告别，好继续人生。隐约地，她感到帕尔姆格伦是理解她的。在很多方面，他都是她认识的人中最睿智的一位。

“你知不知道他要这么做?”沉默不语很久之后，她问道。

他摇摇头。

“你也不知道。”他说。语气被加以强调，听上去很严肃，就好像她刚才暗示过她应该知道。“你以前就有过这种感觉，但是每次都搞错，不是吗？不能因为我们害怕某件事要发生，就妄加预测这件事一定会发生。”

她耸耸肩。目前为止，他说的这些话都没有什么用，就连他自己也知道。对于她来说，没能及时阻止威廉的内疚感始终都存在，无论这种内疚是否理性。

“不管你怎么想，”帕尔姆格伦想把她从沉思中带出来，“不管你怎么说，你们都不会预见到——这个。”

他摊开手，表示他说的“这个”是指：威廉失踪，电脑没了，威廉所有的文件夹、笔记和参考书都不见了。这都是她在电话里告诉他的。他几乎是立刻就同意了她的判断。威廉·桑贝格不是自愿消失的，一定有其他理由。他突然觉得自己仍然很了解威廉。他不是那种冲动之下玩失踪的人。威廉·桑贝格根本不是那种心血来潮的人。

“你怎么认为？”她问。

“我想过，”帕尔姆格伦说，“但我想不通。”

“说来听听。”她说。

“首先，让我们记住，肯定有些情况是我不了解的。我已经退休了。如果这几年发生了什么重大进展，我可是一点儿都不知道的。”

“媒体也挖不出蛛丝马迹？ ”

他笑了。

“无意冒犯。但是对此，你们是外行。”

她笑笑，摆摆手让他继续。

“不过，我实在是很难想象安全格局会在短时间内发生翻天覆地的变化。我也无法理解哪一帮哪一派还有兴趣，甚至还有实力，去绑架一名密码破译专家。到底是有多大的需求？是有哪个国家在背后撑腰吗？”他摇摇头，仿佛在自问自答。“政治局势已经不是那样了。国与国之间都是互相合作的，如果有哪国需要瑞典的密码破译专家，他们会和我们联系，请求我们的帮助。”

“会不会是某个组织？”她问。

“恐怖组织？”他反问道。

“我只是打个比方。”

他看看她，耸耸肩：“怎么说呢。可能吧。”

“可为什么是威廉？为什么不是活跃着的、还在任职的专家？为什么非得是一个自闭的傻瓜，一个以为躺在浴缸里去死就能解决一切问题的傻瓜？”

他看着她。她其实不是这个意思，他也知道她言不由衷。

“因为威廉是最厉害的。”

“你知道，我也知道，”她说，“但还有谁会知道？除非他们在瑞典军方有知情人。如果不是另一个军事组织的话，还有可能是谁？”

两人安静地坐了很久，刻意地回避一旁收拾桌面的服务员瞟来的目光。服务员仿佛在用这种游移的眼神提醒克里斯蒂娜，她现在是坐在一家咖啡馆里，而不是市府等候大厅，光坐着不点单是行不通的。

等服务员离开后，克里斯蒂娜往前靠了靠。

“你现在还有什么熟人吗？”

“你想怎么样？”他问。

“我在想威廉到底干了什么事，发生在他退役之前的。他的工作现在是谁在干？”

“我不知道。”

“但是有人在干他的工作，对吧？”

“我想是的。”

克里斯蒂娜点点头，双手摊在面前的桌子上，盯着他的双眼。

“假设外面有人，团体也好，组织也好，要么就是——我反正不知道——某个国家或者政治派别，甚至丛林中的某个阴谋论者，不管是谁。假设就是有人对威廉的学问感兴趣……”

她没把话说完。帕尔姆格伦看着她的眼睛，他知道她在想什么。

“假设有这么一个人，”他点点头，说道，“那么威廉的继任者很有可能知道他是谁。”

她没有再说下去，只是等着，等他把没说完的部分说下去。

“我会看看还有什么人可以联系。”

感激之情让她垂下眼帘，艰难地咽了一下口水。默默地，她希望手边有一杯咖啡，让她看着它，握着它，或者随便其他什么东西，可以让她不再同帕尔姆格伦的目光相对。

他伸出双手，握住克里斯蒂娜的手。他向前探身，似乎要努力同她对视，尽管她并不愿意。

“会好的，”他说，“我保证，一切都会好的。”

他掌心的热度传到她手上，一直以来被她勉力控制的压力瞬间在眼底爆发。克里斯蒂娜意识到，自从威廉失踪以来，她还是第一次放声大哭。

最终，她抬起眼来笑了笑，算是回答。这是一个感激的微笑。

尽管他不能作出任何保证，但他们俩都没把这说破。

一天里第二次，威廉被带领着在这古堡无尽的长廊中穿行。这一次，康纳斯什么都没说，而是给足威廉时间思考。两个人都明白，威廉有太多信息需要消化，根本无暇关注周边环境。

两人无声地走着，直到来到威廉清晨醒来的那个房间。狭长的走廊前方还有一扇门，康纳斯推开门——威廉注意到，门没有上锁——示意威廉进来。

“这是你的工作间。如果你还少什么东西的话，告诉我。”

威廉环顾四周。作为工作间来说，这房间可不糟。工作间跟他的卧室一样，挨着同一面外墙，外面的风景同样炫目。四扇大窗户面对山中湖泊，窗旁的一面墙下面是一张长桌，上面放着显示器、主机和文具，旁边还有一把看上去坐着很舒服的写字椅。

就好像一个刚入职的人第一次被带入自己的办公室。

一间非常体面的办公室。

“认出来了吗？”康纳斯说。

什么？

问题听上去很荒谬，威廉抬眼看他，眼神充满不解。但是康纳斯脸上露出一丝淡淡的笑容，拒绝解释，于是威廉的注意力转回到这间办公室上。

过了一会儿，威廉才发现，他还真认出来了。

又过了一会儿，他才明白这是怎么回事。

这些都是他自己的电脑。

这些东西以及它们摆放的样子跟他自己公寓里的一模一样，显示器、硬盘，还有其他特制的硬件，处理器是他自己设计并以极其机密的方式定制的。显示器上面的书架放着他自己的书籍和文件夹，一切都是斯德哥尔摩家中他的工作间里的，只要是他办公需要的，都在这里了。

只是，当他的目光第三次从桌面上扫过的时候，突然发现有个东西不对劲。他往前迈了一步，走到桌子前，站在一个由厚钢板做成的灰绿色盒子旁。盒子几乎是正方形的，摆在桌子的侧面，其他东西的旁边。

不可能是它。不可能。

他把手放上去，手指触摸着盒子冰冷的表面。转过去，后面是几根电线和断路器，通过盒子背面的薄板穿出去，看上去像个八十年代的家庭手工制品。

“这是从哪儿来的？”威廉问。

“我们征用来的。”

“征用来的？”

威廉看看他。这不是一件人们可以从商店里随便买来的东西，也不是一件摸进某个地方就可以偷偷带跑的东西。这是一件人们根本无法找到的东西，即便找到了，也是层层设防，被保安和防盗警铃严密监视。它很有可能是被放在一间厚墙打造的密室里，没有一长串密码根本进不去。

他知道这个东西高度机密，不同寻常。

因为，是威廉自己亲手缔造了它。

从 1992 年的春天起，威廉开始制造它，然后又花了两年时间分阶段进行优化。它是一项高度机密的研究计划的核心设备，在被封存之前用了将近七年，然后被放在一个石穴中严防死守起来。即便它的每个部件现在都已经赶不上时代了，但是威廉面前的这台机器，其存在的意义只有一个。时至今日，它很有可能依然是世界上破译密码最强大的工具之一。

萨拉，它叫这个名字，取自威廉认识的另一个萨拉。

“我们还是有点办法的。”康纳斯说道，以此作为刚才问题的回答。

“我懂，”威廉说，“一直都懂。”

他试图摆脱情感的纠缠，但是显然为时已晚。

这些只是机器而已，他想这么说服自己。但是同时，这些机器也是他生命的一部分。它们属于他竭力想要忘却或试图漠然看待的过去，可是如今他却站在这里，被它们勾起了所有的回忆。威廉对这排山倒海而来的回忆毫无防备。

他抬头看看康纳斯，点点头。

谢谢，这个点头在说。

即使他自己并不愿意承认这一点。

康纳斯站了一会儿，看着威廉·桑贝格花了好几分钟时间，弯腰钻到电脑后面，检查线路连接是否正确。最后，他感到自己在这里是多余的，便转身准备离开。

康纳斯刚要打开房门，突然听到身后传来威廉的声音。

“康纳斯？”威廉说。

他已经立起身来，站在一台电脑旁边。康纳斯看到他的眼神非常严肃，这种严肃是康纳斯之前从来没有看到过的，也使康纳斯第一次真正意识到，面前的这个男人一天前曾想要结束自己的生命。

戏谑而略带轻蔑的神色已从威廉的脸上消失，取而代之的是另外一种截然不同的东西。那是一汪深情，充满了人性，让康纳斯始料不及，却又不感到意外。康纳斯甚至想走上前去，紧紧将他抱住，告诉他一切都会好转。

但其实康纳斯对这点并不敢确定。他点点头，示意威廉问下去。

威廉吸了一口气，掂量着自己的措辞，非常非常小心。

“我只能想出一个原因，为什么联合国要设立一个直属的半军事化组织。”

康纳斯什么都没说，等着他把话说完。

“假如确实存在着一种大范围的威胁，而不是针对任何一个单一国家；假如有什么事会发生在我们所有人身上，而大家都很担心这件事不可避免；假如是这样的话……而且公众一旦知情，后果将不堪设想，那么……那么，也许。”

假如康纳斯刚才在转身的时候脸上还带着一丝微笑，那么现在微笑早已消失了。他一动不动地站着，直视着威廉，眼睛一眨都不眨。

康纳斯默不作声，这个表态比任何言语都要说明问题。

两人谁都没再说下去。

康纳斯转身，离开了房间。

克里斯蒂娜回到编辑部的时候早已过了午夜。她手里拎着一个7—11便利店的塑料袋，塑料袋皱皱巴巴的，里面装着一纸袋散装通心粉，通心粉和纸袋一样已经看不出颜色了。克里斯蒂娜不是因为饿才买它的，而是觉得自己应该会饿。她会用办公室里的微波炉加热通心粉——至于这些通心粉已经被重复加热了多少回，她可一点都没兴趣知道——吃上几口，然后把剩下的放在写字台上，直到清晨的某个时候，清洁员过来把它和废纸篓一起收拾了。

希望那个时候，她已经躺在家里的床上了。

半夜来到办公室是一种很特别的感觉。

晚上的工作节奏比白天要慢，上晚班的人做事都是静悄悄的。此时，白天里由各种此起彼伏的电话铃声汇成的不和谐交响乐早已淡出，取而代之的是风扇、电脑还有照明灯的嗡嗡声。人们要是不想回家，不想在家孤芳自赏，办公室就是绝佳的避风港。虽然这里也有不少人，但大家唯一需要参与的社交游戏就是和擦肩而过的人打个疲劳的照面。这正是晚上的克里斯蒂娜最需要的。

至少以前一直是这样。

但是现在，克里斯蒂娜办公室的玻璃隔断墙外面那张写字台上，桌灯还亮着。灯光挥洒在一台尚在运行的电脑上，旁边的笔记本上放着一顶棒球帽。

莱奥还没走。克里斯蒂娜正要四处张望寻找他，就听到从远处的厨房里突然传来咖啡杯打翻的声音。这声音刺穿了周围让人昏昏欲睡的嗡嗡声，也引得克里斯蒂娜往那儿走去。

莱奥站在厨房中央长长的料理台旁，正全神贯注地用一大把厨房卫生纸吸台面上的咖啡。打翻的液体是淡棕色的，里面一半是咖啡一半是奶，已经流到料理台的边缘，快要滴下来了。克里斯蒂娜静静地走向他。她也不知道自己是该笑话这一幕，还是该为自己选他当助手感到担心。

“你还没走吗?”她终于开口。

莱奥抬起头。他没有听到她走过来的声音。莱奥挥了一记胳膊，似乎在说，是的，是我在这儿。

胳膊放下来的时候又碰倒了咖啡杯。莱奥暗自骂了一声，再次从卷筒上扯下一长串卫生纸，开始了新一轮抢救工作，阻止打翻的咖啡化成若干细流从台面上滴落。

“好吧，”她终于说，“既然我们都在这里……”

克里斯蒂娜把通心粉纸袋放进微波炉，启动运转。她靠在橱柜上，快速地把她和帕尔姆格伦的会面讲了一下。包括两人对于是谁干的，以及为什么要这么干的一些共同猜测，还说了帕尔姆格伦答应会去军队找熟人打听情况。

其实能说的并不多，话都说完了，通心粉还没热好。她看着莱奥，似乎在无声地期待：该轮到他说了。可他只是点点头。莱奥深吸了一口气，好像要开口，但想了想也没找到什么话说，于是转过身去，又接了一杯新的咖啡。

很明显，她该引导他开口。

“你呢？你有没有发现什么?”

他满怀歉意地看着她。

“也不是很多，”他说，“我问过斯德哥尔摩物流公司，他们说没有。他们说从来没去过那儿，没去过威廉的家里。但是邻居们很肯定那些人的衣服上有物流公司的字样。”

“那些人什么时候去的？”

“谁肯承认自己在偷偷观察邻居啊。一开始都说不知道，后来又提供了些模棱两可的信息。只能说，事情确实是发生在中午前后的。”

克里斯蒂娜点点头。

“那么他是什么时候从医院失踪的？”

“最后一次有人看到他是11点。其他的他们就不知道了。”

停了停，他又说：

“监控器拍下来的画面都送到警察局去了，但是也没人指望能找到什么线索。你知道的，医院嘛，说什么隐私啊这个那个的。首先，监控器并不多；其次，要是你知道监控器的位置，就可以避开它们，不让自己被拍到。”

接下来还说了一句话，这是她怎么都没想到的。

“我自己还试了试。几遍以后，我就发现了一条路线。一点都不难。”

“你去过那儿了？”

“你不是想让我跟医院的人谈谈吗？”

她点点头。他的做法并不奇怪，事实上她自己也会这么做——电话虽然是个有用的工具，但是没有什么比看着对方的眼睛跟人说话更有效了。只是，她内心最深处曾以为，他会用最偷懒的办法来办事。她为自己的错误判断而高兴。

“我只是不知道你去了那里。”她说。

“既然出去了，”他说，“我就先去了沙滩街，后来去了瓦莎城里的物流公司，回家的路上又去了趟医院。”

她忍不住微笑起来。

“既然这样，你为什么又回到这里？”

莱奥抬起头来看看她。她语调中的亲昵是他从来没有听到过的，以至于他不得不去想些别的什么，好分散注意力，不让自己脸红。

“我……想……呃……”他回答，努力装作自己刚刚说了一句完整的话。他完全意识到这么说话会让自己听上去像个傻子，但也比看上去像个傻子强。

“你最后一次看表是什么时候？”她问。

他耸耸肩。他知道现在已经很晚了，但他回编辑部是有理由的。他朝电脑那儿瞟了一眼，内心挣扎着。

他可以现在就告诉她，可是他不想，因为他有可能搞错了。他耸耸肩，尽管他很清楚现在是几点。

“回家。”她说。

“我还想待一会儿。”他回答。

她瞧着他。

克里斯蒂娜终于听到莱奥把一句话完整地说完，而不是结结巴巴，欲言又止，而且这坚定而明确的语气也是她从未听过的。克里斯蒂娜忍不住笑了起来。

“怎么了？”他问。

“没事。我累了。你也累了。”

这倒是真的，但是他不允许自己感到累。

“打车走吧，”她说，“明天给我发票。”

她伸出手去，把他手中的咖啡杯拿走。他确实是个笨手笨脚的毛头小伙子，但显然比她之前以为的更能干。她不想把他的能力耗干。

“明天早上你 8 点半来，”她说，“我不想你边打哈欠边干活。”

她对他笑笑，从微波炉里拿出通心粉，转身往自己的玻璃办公室走去。

当他最后一次蹑手蹑脚地走向克里斯蒂娜的办公室时，已经穿好了外套，戴好了帽子。他在门外停了下来，上半身靠在玻璃隔断墙上，羽绒服被压得好像一个挡风玻璃上的安全气囊。

她抬起头来看着他，等他把脑袋里的只言片语组织成句后再开口。

“你为什么这么肯定？”他终于问道，“肯定他不是自愿的？”

很合理的问题。她也不知道是不是要把那些她自己都想抛在脑后的猜测统统灌输给他，但也想不出什么理由瞒着他。

“所有东西都打包了，”终于，她说，“他带走了自己的电脑、衣服，甚至牙刷。所有的东西。”

他眼睛直直地看着她，满脸不解。

她拿起自己的手机，翻出一张照片。是威廉工作间的照片，她早上拍了几张，这是其中的一张。她把照片上的一面墙放大。

墙上挂满了大大小小的相框，从最下面的储物柜一直到上面墙纸与吊顶相连的地方。所有的相框里都是同一张脸，是同一个女孩在不同的场景下：有时她对着照相机笑，有时又是一脸严肃，还有的时候是动态抓拍。有几张照片中，她看上去年龄要小些，也许十五岁的样子，另外几张看上去又要大一点。

但没有一张是超过二十岁的。

“她是谁？”他问。

“萨拉，”她回答道，“她是我们的女儿。”

他注意到她用的是过去时态，但没说什么。

“如果是他收拾的行李，他是不会扔下这些不管的。”

她关上手机，把它放在桌上。她扫了他一眼，露出一丝哀伤的微笑。

“说真的，莱奥，回家睡觉吧。”

他安静地站了一会儿，对她点点头，说了句无声的晚安，随后朝位于楼面另一端的电梯走去。

剩下克里斯蒂娜一个人坐着，看着装通心粉的袋子。纸袋是滚烫的，通心粉已经失去了颜色。她把纸袋直直地扔进废纸篓，打都没打开，然后启动电脑，开始专注于真正的本职工作。

9.

威廉·桑贝格在这间办公室里一直待到午夜过去很久，直到门外站着的保安开始不安地敲起门来，礼貌却坚定地暗示该是休息的时间了。

威廉问保安是不是可以把几张有打印内容的纸和记号笔带回房间去，保安疲倦地看着他，也想不出什么理由拒绝。回到自己的房间后，威廉把盥洗室的镜子当成白板，继续在上面工作到凌晨 2 点，此时早餐盘中的所有水果都消失了。

五个小时后，他醒过来，这是他被囚禁以来的第二个早晨。他精力充沛，连他自己都不记得上一次有这样的感觉是什么时候了。

没有人来敲门，没有闹钟响，也没有人来催促他该起床干活了，但 7 点刚过，他就已经坐在了床边，头脑完全清醒，随时都可以接着昨晚中断的思路继续工作。

他让思绪漫无目的地徘徊了一会儿，然后走进盥洗室，花了点时间洗了个热水澡，借此重整思路。

接下来，他躺到了盥洗室的地板上，做了个连自己都吃惊的动作。

双手搁在脑后，双脚交叉，膝盖弯曲，然后上半身向上向前拉伸。不知道有多久了，这是他能记得的第一个仰卧起坐。

比他印象中难多了。

他能感觉到身上的皮肤折了起来，折痕比以前深得多。在他试图仰起身体时，每秒钟都能感受到皮肤下的热量在燃烧。他做了大概二十个，心中有点小小的成就感。他已经精疲力竭，再做一个都不行了，但是这也说明下面的肌肉还没全部消失，它们知道他在干什么，这让威廉很高兴。

就像所有其他的事情一样，只要去做，就行了。

在威廉洗澡的时候，有人来过房间，在他的床边放了一个新的果盘。果盘跟前一天的一样大小，色彩同样丰富，但他只喝一杯咖啡，吃一个水果就够了。他拿起放在果盘上的两份报纸，开始全神贯注地阅读起来。报纸上的日期是昨天的，但他仍然看得很投入。

是瑞典的报纸，两份都是。

他的目光在报纸首页快速掠过，但并不专注于任何一篇文章。相反，他打开其中一份，直接翻到国内新闻版面。

逐个浏览标题，仔细地找，一个个找。

放下这份报纸，换另一份，再做一遍刚才做过的事。

也没有。

好。

他把报纸折起来，放回果盘上，首页朝外。没必要让他们知道他在找什么。

两份报纸都没提到他的失踪，虽然有点可惜，但也完全是意料之中的。唯一一个会想起他的人只有克里斯蒂娜。不过，他告诉自己，那些绑架他的人会把他失踪的现场布置得天衣无缝，避免怀疑，所以不管她怎么想，报纸上都不会出现他失踪的消息。

那就更有理由了，他暗自想道。

去实施他的计划。

8 点 10 分刚过，当康纳斯来敲门，看看威廉是否准备好开始一天的工作时，他已经正襟危坐很久了。

他盼望着接下来的一天。

他有了一个计划。

他丝毫不打算让康纳斯知道自己的计划。

上次康纳斯把威廉留在工作间里是大概十八个小时之前，那时候的威廉感觉可要沮丧多了。

他站在屋子正中央，久久地，一个人，一动不动。周围的墙壁上布满了无穷无尽、让人费解的信息。有一面墙从地板到天花板之间都贴满了纸，上面全是打印出来的数列，旁边的一面墙上则是打印出来的含义不明的苏美尔文字，像是某人随便贴在墙上的一种黑白图案的墙纸。

几百张打印纸一组一组地贴在墙上，一组和另外一组之间留有小空隙，就好像一个连续的数列突然中断，或者是原本应该存在的数字和信息被人为移除了。

信息多到不计其数。

他不知道该从哪儿开始下手。

此外，还有一些事情虽然没有说，却让他更担心。

显然，他并不是第一个着手这份工作的。在他之前已经有人为他准备好了这些材料，先是弄明白那些数列是怎么回事，然后找到对应的密钥，把它们翻译成新的数字，接着又转换成苏美尔语文字。

但是这说明了什么？

说明有人帮他做了前面的工作，而这个人却没有接着做下去？为什么？是谁？再来就是：这个人现在在哪儿？

他摇摇头。

贴在墙上的数列已经被重新排列过了，但这并不意味着他们已经找到了可以双向作用的万能破解码。他们还不知道如何为新数据加密，所以需要找到一个通用公式，或者是一堆公式，这种公式可以随时编出新的信息。

整个过程会非常繁琐和复杂。公式可能会由破译成文字的某一串数列决定，也可能由同一串数列里的其他数字决定，甚至取决于其他尚未被注意到的数列。这让他愈发沮丧，要是根本没人告诉他这些材料的来源，他又怎么知道从哪里开始下手？

他大声地咒骂。

他想要抖落一切想法，把自己归零，再统统重新来过。一下子把所有信息收入眼底，也许这样就会有灵感。

他站在那些打印纸前面，开始倒过来看。

满墙的楔形文字。

他没看出什么名堂，不过他也不指望看出什么来。这些文字和小孩的涂鸦没什么两样，看上去根本就是没有意义的乱涂乱写，可是事实显然并非如此。相反，里面包含重要的信息，以至于世界上的国家甚至要联合起来专门设立一个机构来应对。他的对手到底是谁？

从几步开外看这些文字，它们是连续不断的一长条，一页接着另一页。但是走近看的话，他发现每页都有很细的边框，这样每页纸自成一体，似乎各自都是墙上这一大片 A4 纸中的一小块拼图，一起拼凑出一大段文字。

每张 A4 纸都是独立的矩阵，包含通过像素来表现的信息。每一行是 23，每一列是 73，一共是 1679，构成了一串对他来说毫无意义的苏美尔语符号。

行吧。

旁边的一面墙上挂着满是数列的打印纸，他又站到了这些序列面前。

每张纸上是两大块数字。上面一块数字是用黑色打印出来的，下面一块是红色的，数字一个紧挨着另一个，中间没有空格。

一个 C 字和一个 P 字告诉他，这些到底是什么。

C 是加密了的语言，P 是译文。

黑色部分是 C，被加密的符号，也是它们被发现时候的样子。

红色部分是 P，被破译的语言。每个数字都对应刚才那面墙上组成楔形文字的像素。

到目前为止，一切都中规中矩。

可是，数列却有一点很突兀，它们是由四个不同的数字组成的。

当时威廉在大会议厅里看到它们被一个个投射在视频显示墙上时，并没有注意到这点，但当他回想起来的时候，立刻意识到其中的不同寻常。

四个。

不是两个，而电子数列一般都是由 0 和 1 组成的。不是 10 个数字，这种是最常见、最普遍的计数方式，每个人自打生下来可以坐直身体牙牙学语后就学会的方式。他面前的这些数字是由 0 到 3 组成的。

四进制。

这种进制本身并非革新。威廉以前也碰到过，他当然知道。可是他却怎么也想不起来这种进制有哪次是被用于实际的，只知道存在于一些传说的思维训练中。比方说，数字系统可以从任意一种进制衍生出来。程序员使用的是十六进制，巴比伦人使用的是六十进制，可是全世界谁会去用四进制？这是为什么呢？看到这些，威廉除了感到奇怪还是奇怪。

如果有什么东西最后是可以演变成黑白两种像素的，那么为什么又要用四个数字来对它们进行编码呢？

他摇摇头。原因并非重点。

反正他的工作也不是把红色的数字翻译成旁边墙壁上的楔形文字。有人已经做好了这些事情，然后还会有别人，至少威廉目前这么以为，再把楔形文字翻译成可以阅读的现代文。这些都不是重点，因为反正也没人告诉他这些文字是什么意思。

他唯一的任务是弄清楚黑色数字是怎么变成红色的，然后再把新的该死的红字转换成另一堆该死的黑字。强烈的挫败感让他疲惫不堪，沮丧不已，他真想甩手不干，拔脚离开。

他往书桌上瞄去。文件夹。电脑。

他可以这么做，但是不应该。

文件夹里可能有他的前任进行演算和思考的草稿，可以从中找出一条捷径。听上去很有诱惑力，但这大错特错。

如果已经有人找到了一种破解码，但它是单向的，这就意味着这个破解码并不完全，甚至是错误的。威廉不想冒险再入歧途。他不会接纳一个他自己无法主宰的结论，不能仅仅因为别人把它写在纸上，而且看上去还挺不错的，就去接受这样事物。

他必须从最初的最初着手。懵懂无知地。赤手空拳地。

对了，电脑都不要。

如果连他都没有头绪，电脑又怎么会有。

如果连他自己都很迷糊，电脑只会进一步误导，让他更迷糊。目前来说只有一种使用材料的方式：纸和笔，打草稿和演算。用身心去感受那些密码，犹如他一直以来的做法。

可是，那已经是很久以前了。

他就这么站着，目光在数字上来来回回地扫描。他想要亲近它们，却不知如何去做。一种幽闭恐惧感从体内涌了上来，威廉变得无法呼吸，紧张感陡升，有个念头在滋生。不，他其实早就意识到这点了。威廉感到被汗水浸湿的衬衫紧紧地贴在后背上。

他已经失去这个能力了。

他早知道。

他已经完了。

最后，他把纸和笔往旁边一扔，绝望地撕碎纸页，撒在地板上。威廉打开门，来到走廊上。他需要呼吸新鲜空气，看看别的东西，想些其他的事情。

他看到的第一个人是一名身穿淡灰色制服的保安。这是个新面孔，没在飞机上出现过。保安叉开双腿，站在门外几米处，很悠闲，看上去就像一个旅游淡季时值勤的展览馆保安。

“有什么要帮忙的。”保安问。这不是个问句，语气明显是在说，他可没一丁点儿兴趣要提供帮助。保安在这儿，是为了不让威廉跑到他不该去的地方。

威廉解释说，自己需要活动活动。

“你可以在这里来回走走。”保安说。

“我也可以放下活儿不干，”威廉说，“我需要走走路，思考思考，这是为了更好地工作。你选吧。”

从保安的眼神看得出，他在挣扎。保安肯定也有自己的命令要遵守。有部分命令可能是要看牢威廉，有部分是要让威廉开心，他要决定哪个是当下最重要的任务。

最后他一摆头，虽然眼神依然保持严肃，但两人此时都知道，威廉在这场较量中胜出了。

“你别做傻事。”他说。

威廉干笑了两下。他想问问还能做点什么傻事，既然他已经被关在四壁森严的石墙里了。不过他还是决定不把这话说出来，于是他也对着保安一摆头——保安可以自行理解为“谢谢”或是“去死吧”，或者介于两者之间的意思——然后走到走廊的另外一头。

也算不上散步。

走廊里的空气跟室内的一样充满湿气，墙壁同样是由无数石头堆砌而成的。

但是至少，他得以从数字和打印纸中喘息。作为一种放松，威廉让自己的眼睛来回扫视墙壁和地板。他在数墙上有多少石砖，寻找石砖堆砌的纹路，这么做并非因为这很重要，而是为了用这些无足轻重的事情来清空自己的脑袋。

可是他的思路仍然无法拓宽。

1679。

23 乘以 73。

那些似曾相识的数字在戏弄他，他觉得自己应该知道它们是从哪儿来的。但是不管威廉怎么思考，最终仍然徒劳无功。这使他既烦躁又沮丧，最后不得不命令自己忘掉这一切。

走廊尽头是向右的楼梯，昨天开完会，康纳斯就是带着威廉从这条楼梯上来的。楼梯下面是通往几个不同方向的小过道。他挑了一条没走过的过道，迈着疲倦的步伐往前走去。他仍然默默地数着地上的石头，直到他突然惊觉一些事情。

威廉首先想到的是，他没看到任何监控探头。这很值得注意。这表示要么这里没有监控探头，这是有点奇怪的，要么就是它们都被隐蔽在石墙后面，别人发现不了。不过，要是那样做的话可不高明，因为探头只有当暴露在外面发挥其威慑力的时候，才能最好地发挥作用。

他决定就当这里到处都是监控探头。

但是马上他又想到，机会来了。保安放他独自出来透风，很可能都没意识到自己做了什么。或许这一开始也不是威廉的动机，他只是想出来活动活动。但是既然来到了这里，威廉意识到，就应该利用一下机会。

他继续闲庭漫步，但现在他开始集中注意力，努力记住这条路线，每条过道通往何方，以及它们的样子。他决定以后这条路还要多走走，尽可能多地掌握古堡的地形。

最终，他被一道木门挡住了去路。门的旁边有个小盒子，应该是电子门卡感应器。盒子的上方有个红点发出微弱的亮光，似乎在明确地告诉他门是锁着的，如果没有正确的门卡，可别想打开门。

威廉观察了一会儿，还是决定转身回去。他已经在外面待得够久了，有人会担心他跑到哪儿去的。

回到自己走廊的路上，威廉确定了两个目标。

第一个目标，一直走在前面。

不是提前一步，而是尽可能多地提前。

竭尽所能地去破解密钥的结构和逻辑，时不时挤出点新的发现给康纳斯和弗朗坎看，但是要控制好节奏。既要让他们满意他的进度，也要保证他知道的永远比他们多。并非因为他知道如何处理掌握的信息，而是手中要握着更多的牌。最好是他们被他牵着鼻子走，而不是反过来。

不过第二个目标更重要。

无论怎么样，他都要找到一条逃跑的路。

次日一早，康纳斯把威廉单独留在工作间之后，威廉感到浑身充满了新的工作动力。

晚上写在盥洗室镜子上的那些符号也许并没有帮助威廉发现任何线索，却迫使他陷入思考，这就已经往前迈出了一大步。他很久都没这么做过了。他强迫自己寻找符号间的关联和模式，尽管并没有马上见成效，但他知道这是取得最终成功的前提。

他又一次在墙壁间来回踱步，从数字到符号，从竖列到横行，来来回回寻找关联。一旦看到似曾相识的内容，马上顺藤摸瓜，又从头来过继续寻找。他在纸上随时写下思路，并在墙上贴满即时贴，相近的想法或者方案用同一种颜色。渐渐地，渐渐地，他开始感到感觉回来了。这是一种回家的感觉。

对一个两天前还想了断自己生命的人来说，“飘飘欲仙”这个词用在他身上似乎有点过头了。不过要是让威廉自己选个词来形容当下的心情，这个词正是他要用的。

他一直写了整整两个小时才停下笔来。

该是实施第二个任务的时候了。

属于他自己的任务。

这次保安已有心理准备，表现得更加配合。威廉解释了一下自己要散步的需求，从保安那里得到走过场般的警告，就自顾自地走开了。

和昨天一样的策略。漫不经心地踱步，没有任何明显的目标，但是同时，他却默记走过的道路，努力记住，把它们都添加到脑袋里的地图上。他有条不紊地选择没走过的道路，仔细牢记还有哪些路尚待摸索。走到最后，他累了，便决定回头。

再走一条走廊，他想。

他在一条小边廊旁慢慢停下脚步。

就这一条，我就回去。

结果，他发现自己面临一个选择。

刚转过墙角，他就看到了它。

是走廊尽头的一扇门，离他大概有十米远，跟昨天挡住他去路的那道门一模一样。这是一扇又大又重的木门，铸铁做成的铰链，旁边是个感应盒。

除了有一点不同。

感应盒上的灯光是绿色的。

有人刚穿过这道门。门是合上了，但锁舌还没有弹回锁槽里，仔细听还有微弱的嘶嘶声，表示门还没有上锁，还能打开。

威廉站了一会儿。要？还是不要？

机会只有一次，但是这次机会他还不想抓住。不是现在，还没到时候。

他想知道更多的内幕。他想弄明白自己到底在演算什么。他要找到更多的路，或许还想被带到古堡里其他神秘的地方，加大逃出去的概率。等他逃出去后，也有更多东西可以告诉世人。

可是他现在没有时间来衡量这些了。摆在他面前的这次机会可能再也不会有了，他眼前的绿灯不可能无限制地等下去。

他犹豫了。

最后他作出了决断。

与其说这是个决断，还不如说是跟随直觉走：他往前冲去，在隔在他和门之间的十米路上冲刺，每跑一步，他仿佛都看到小灯要跳成红色，不过幸好没有。

没几秒，他就跑到了门前，推开门钻进去，又用最快的速度合上门，免得因为木门打开过久，警报器启动发出呜哇乱响的声音。

门在他身后重重地合上。几乎是同时，锁舌“嘶”的一声转入锁槽，绿灯熄灭，红灯亮起。

现在有时间思考了。

正如他已经意识到的，也许他刚做了一件蠢事。

他一动不动地站着，尽可能地放缓呼吸。有人刚从这儿走过，如果威廉多想几秒，他就会发现这个人很有可能还没走远。

他面前是另外一条走廊，和他刚才路过的几乎一模一样，也是石砖铺成的地板，石砖堆砌的墙面。朝前面看去，走廊的尽头是一个小壁龛，上面有扇小窗户。下面可能是通往其他几个方向的楼梯，从这个角度看不太清楚。

一片死寂，这让威廉有点害怕。

他情愿听到某处传来脚步声，那是生命力的象征，这样威廉才有了提示，知道穿过门往哪个方向走才是对的。

还有种可能，就是刚才那个人还在附近。

万一撞上，他可百口莫辩。

他一动不动地站着，自己都感觉不出站了到底有多久。后来他也想通了，反正其实也没什么好失去的了。他已经从一条不准通行的走廊走过来，唯一要做的就是继续往前走，在自己被他们发现之前，找到尽量多可能有用的线索。也许他们已经开始找他了。

他又开始往前走。这里他也没发现任何监控探头，但他说服自己，这里肯定有，只是隐藏得比较好。他的身体仍然装作随意漫步，眼睛却敏锐地观察周围的一切。

他路过一个拱形门洞。又一个门洞。门洞里是窄如缝隙的通道，天花板很低，没有灯光，通道的尽头是厚重的木门，威廉知道无论费多大力气都不可能推开。他把这些细节统统添加到他脑海里绘制的地图上，朝着前面的壁龛走去。他希望前面只是个坡台，会有个楼梯间，能让他继续走下去，到达一个入口，或者一个带他出去的地方。

慢慢前行，脚步轻轻放下，就好像是只在做慢动作的苍蝇，但他别无选择。

然后，他停了下来。

脚步声。

他四下张望。前面传来的回声证明他之前的猜想是对的，前方的壁龛的确引向一段楼梯。糟糕的是，声音越来越响。

他看看周围，心跳已经快到极致。

他唯一的逃跑道路被一扇亮着红光的木门挡住。也许可以躲到边上的通道里，祈祷他们看不到他？这意味着当他们发现他的时候，他看上去正要逃跑，而他不愿这样。还有个办法，就是站着不动，然后告诉他们自己迷路了。

这些办法听上去都不太高明。

前方的脚步声越来越响。

威廉来不及作出任何选择。

当感觉到一块布往脸上盖来的同时，威廉意识到，它实际已经被塞进了他嘴里。他想呼喊，可发不出声音。

跟在她后面穿过门的男人站了很久，她都开始怀疑他是不是还在那儿。

雅尼娜在这黑暗的缝隙中贴着墙，无声地呼吸着，心里很生自己的气。

她居然不知道后面一直有人尾随，真是太不小心了。一直都很顺利，看上去什么差错都没出，她甚至开始怀疑自己是不是要比别人都聪明一等。好了，现在报应来了。有人一直跟着她，他如今就站在那儿等着她。

是这样吗？怎么什么事都没发生？

也许是她听错了，是胡思乱想，神经过敏，根本没有必要躲起来。她必须重新回到自己的房间。就在她要这么做的时候，突然又听到了脚步声。

很慢的脚步声。是在找什么东西吗？

奇怪的节奏，几乎像是在散步。

这没道理。她的身边就两种人，一种是保安和工作人员，另一种就是她自己，可是她听到的脚步声似乎来自一名访客，或者是名探险者，纯粹出来走走的人。

直到那个人经过她藏身的过道口，她才发现，他并不是保安。有一瞬间她不明白自己看到了什么，但是下一刻她突然就意识到了，只是此时已经太迟了。

她先听到了他们的脚步声。

紧接着，他也听到了。

他停下来，就在她几米远的地方，屏息细听。远处传来脚步声，保安正在往上走。

她犹豫不定。她可以让保安发现他，甚至这也许是她最好的机会。当他们把他带走的时候，她或许可以继续向前。

也许。

但是她赌不起。

这是她梦寐以求的。

她脱下 T 恤抓在手里。

最重要的是不能让他喊出来。必须快且准，要是弄伤了他，那他就没有利用价值了。

即使威廉·桑贝格没被 T 恤堵上嘴，他也会吃惊得说不出话来。

弯腰站在他面前的年轻女人不超过三十岁。深色的头发扎成一个马尾，下半身穿着单薄的黑色运动裤，脚上什么都没穿。上半身一看就是经常训练的，本来穿着T恤，现在只剩一件黑色内衣，紧紧贴着肌肉线条明朗的身体。

她做出一个不要出声的动作，眼睛紧张地看着他，把他拉到自己身边，等待保安过去。保安走到他俩刚才穿过的那扇门前，拿出电子门卡开门，然后让门在身后重重地合上。

他们屏住呼吸，等着电子锁的嘶嘶声消失。

终于安静下来后，她看着他的眼睛。

“咱俩需要谈谈。”

10.

雅尼娜·夏洛塔·海恩斯第一次遇见粗脖子男人时，阿姆斯特丹的街道还遍地都是从花团锦簇的日本樱花树上飘落下来的花瓣。

那是在一个春天，走几步路就会嫌热。几乎没有风，不过空气依然感觉很清新。原本是一个非常美好的夜晚。

至少计划是美好的，而实际上早就毁了，尽管时间才8点一刻。她在预算许可的范围内精心打扮，虽然订的是9点的桌，但她已经等在那家小餐厅里了。她希望他们能有时间在酒吧里喝两杯，看看周围的人，用他们高智商但又很幼稚的文字游戏斗斗嘴。他俩很聪明，过了好几个月，他们的同事才看出来这两人是一对儿。之前大家都以为两人是乌眼鸡，见面就要掐。

还是用老名字预订的桌位。和往常一样，她去侍应生那儿签到的时候，强忍住不笑。

“叫什么名字？”他问。

“伊曼纽尔·斯芬克斯，”她回答，“X要大写。”

侍应生抬头看她。他能听到她强忍笑意时喉咙里发出的震动声，但不知道到底是什么情况。也许她在笑他，但他停止了这个念头，挤出一丝职业性的微笑，不去多想。

“有人要我给你带话。”他说，然后从预订簿里找出一张纸条，先读了起来，然后看着她。

“斯芬克斯先生会晚到一刻钟。”

他把纸条递给她。很有意思的一个动作，好像以为这张纸条她会留下来，或者贴在书里，要不就是跟老套的圣诞贺卡一起挂在墙上。她的眼睛里流露出失望，他刚才依稀听到的笑声已经消失了。她拔腿向吧台走去，身影消失在黑暗里，好像有人在那里等她似的。

现在她坐了下来，手里拿着手机，无精打采地划弄着，至少这样看上去可以显得不那么无聊。面前是杯喝了一半的白葡萄酒，其实点什么都行，就算杯里装的是蛋黄酱也一样，反正她什么都食之无味。

“伊曼纽尔·斯芬克斯”是一年前降生的，两人曾像孩童般大笑过这个名字，不过现在可显得一点儿意思都没了。那会儿雅尼娜和阿尔贝特一起参加了一个枯燥乏味的研讨会，午饭时候两人偷偷溜出去喝了几杯葡萄酒，效果甚佳，下午的研讨会立刻显得有趣多了。

对于研讨会，尽管两人残存的记忆都是一些小孩子的把戏——把笔记本传来传去，像小学生似的咯咯乱笑，根据演讲内容编出假名字以及好笑的缩写——但这些记忆怎么看都是甜蜜的。之后，她跟他回家，要是她记得没错，从那天起，两人总共也就分开过四个晚上。

那是一年前了。今天是“伊曼纽尔·斯芬克斯”一岁的生日，也是雅尼娜和阿尔贝特的周年纪念日，而他竟然迟到了。讨厌的欧洲人。

一刻钟就是至少一小时的意思，甚至可能会更久。手机已经玩腻了，眼前的一张纸巾被捏得皱巴巴的，实在是百无聊赖。她讨厌在一个本该是成双结对的环境里形单影只。并非是她对于一个人独处有障碍，正相反，私底下她非常喜欢独处。

一个穿西装的男人在她旁边的高脚凳上坐下来，这并未让情况有所改观。

他和她同龄，尽管穿着厚厚的粗呢外套，但依然看得出来肌肉发达。白色的衬衫领口随意地敞开着，露出一截粗壮得让人印象深刻的脖子。他试图搭讪，可她无意交谈。

“我没空。”她说。

“看得出来，”他说，但是口是心非，“这是什么？一个天鹅吗？”

他朝她面前的那团纸努努嘴。可以说那个纸团像很多东西，但绝对不是天鹅。

“可能我没说清楚，”她说，“就算我是单身，也不想改变现状。”

“别看我。我不该打搅你的。”

她听出他的语气，看看他。他是在开玩笑还是太粗鲁？

他脸色凝重严肃，身体一动不动，似乎在表示刚才的话完全是认真的。但他眼里闪过一道不易察觉的微弱亮光，这个眼神跟她一样训练有素，而这只说明一件事。他欣赏她的暗藏机锋。对他来说，这是一场游戏，他刚对她的回旋球予以反击，现在则轮到她了。

“这就是你坐在这里的目的？”她说，“为了告诉我你没兴趣？”

“哦不，我通常第二次约会时才会这么说。”

回得很快，她有点被击蒙了。她抬眼看看他，确认两人是在玩同一个游戏，而他则等着和她四目相对。见鬼。两人目光相遇，她便意识到她输了。

她无语。这让她很气，气自己的无语。

“我叫罗杰。”他边说边伸出手。

“我叫雅尼娜。”她说着，跟他握握手。他有一双强壮的大手，说话带股英国口音，但是具体哪儿她说不出。注意到这点也让她很烦躁。

“不，不是这个原因。我坐在旁边是因为你是这里唯一一个说话不是噪声的人。”

“我真希望能跟你说一样的话。”

轮到他蒙了。他笑笑，不太情愿但又很坦白。她则喝了一口酒，给自己加了一分。很明显，比赛才刚开始。

四十五分钟后，她从女盥洗室出来，在镜子里看到自己满脸内疚。她笑了。她的笑容是放松的，面带微醺。她刚才很愉快。不，是很开心。阿尔贝特也许半个小时内就会出现，她却站在这里傻笑，并迫不及待想回到那个满身肌肉、说话带英国口音的有趣男人身边，真是见鬼。

她摸出手机，找到阿尔贝特的号码，新建消息。

我爱你，她写道，待会儿见。

太赤裸裸了，有点尴尬，整条短信充斥着负罪感。她把短信删掉，重新开始写：

> 我已经喝了两杯半了。如果你一刻钟内还不来的话，我就要和一个英国肌肉男私奔了。

这样写好点。她把短信发出去了。她在镜子里再看一眼自己，拼命忍住不去拨弄头发——不是现在，不能为了那个英国人，也许过会儿吧——然后转身朝餐厅走去。

她吓了一跳，他居然站在门外。

衣帽间就在盥洗室的外面，没人看着，是空的，于是她马上冒出了很多想法。可能他感到无聊想回家了，可能他要带她回家，可能他要把她拉进怀里，推进周围的薄外套中，在衣服上携带着的春之气息中，两人来一番惊心动魄的舌吻大战。

但是，发生在衣帽间的这个绮丽幻想瞬间返回现实，实情远远不是那么诱人。她肯定他来意不善，也肯定自己不再兴致勃勃。她只想马上从他身边穿过去，沿着那排外套迅速跑开。但是他已经逼近一步，胳膊揽住她的双肩。她脑子飞速运转，想找些话圆过去。醉意已完全消失，身体也进入戒备状态。

她的身体突然变得僵直。

他用什么东西刺进了她的脖子。

她看着他的眼睛。他笑意殆尽。她正要开口说话，却只剩张口结舌。

三十分钟后，一名年轻男子推开玻璃门走了进来。他对侍应生说自己叫阿尔贝特·范·戴克，询问有没有个叫伊曼纽尔·斯芬克斯的年轻女子来过。

然而，雅尼娜和粗脖子男人此时都已不在阿姆斯特丹了。

那个自称罗杰的英国肌肉男自己并不完全确定是什么促使他采取行动的，但他就是觉得有些不对劲。于是，他走到她房间的厚重大门外，敲了起来。

他已经在脑海里构思好如何表达歉意了。其实他根本不需要费口舌，向她解释他为何需要知道她在做什么。他是保安队队长，而她处于被监视的状态，这并不是什么秘密。不过上面对保安队也有规定，那就是若非万不得已的话，不能让客人感到自己是囚徒。

马丁·罗德里格兹——这是他的真名——明白自己这么做的用心。组织要完全仰仗客人的自愿。如果客人被招待不周，他们便可能拒绝组织的要求。而更糟糕的结果恐怕就是，为了应付组织，客人甚至会给出相反的答案，因为他们坚信组织代表着邪恶势力，而每一次的应付都是在代表正义力量同邪恶势力作斗争。

所以他得准备好道歉：他似乎听到了她的喊声，因此得来看看一切是否安然无恙。

他等着。

自从他把她带到这里来，已经过了半年多了。有的时候他试图说服自己，那个她在等的人是个浑球，自己出手是为了帮她。但这不是实情，这点他很清楚。他们曾对她作过非常深入的调查，完全清楚她的情况。她的感情生活挺和谐的，唯一的坏人是他自己：绑架了她，也不说是为什么。不管世界将发生什么事，让雅尼娜·夏洛塔·海恩斯来承担后果都是不公平的。

但从来都没有什么事是公平的，他提醒自己。

虽然他只是一部大机器里的小齿轮，但是他知道，他的事业是正义的。

当马丁·罗德里格兹打开房门的时候，所有的想法都烟消云散了。

里面是空的，尽管他并没有看到她离开房间。

十秒钟后，他用无线电拉响了警报，这可炸开了锅，他就知道。

晚风从数百米外吹来，打在威廉的脸上，微弱但又清新，感觉就像在一个让人大汗淋漓的炎热之夜，脸上的鸭绒枕头刚被人拿开一样。时间比他想象中要晚，已经天黑了。威廉不知道接下来等着他的是什么。

他跟着年轻女子走下石梯，穿过走道和门廊。时不时有种似曾相识的感觉，好像和康纳斯来过这里，但更多的是不知所措，只能盲目地跟着前面的女子，相信她，任由她那把蓝色的门卡打开一扇又一扇门。

最后，她把他带到一段楼梯前。楼梯很陡，他还以为会通往某座塔楼，直到她打开底下的一扇门，爬出去，来到了外面的一个大露台。

他早知道这座古堡很大，但直到现在他才明白，古堡大到他难以想象。

古堡的外墙朝两个方向伸展，凸窗和凹室蜿蜒曲折。外墙上方全是露台，跟着整座建筑一直向外延伸，直到消失在视野中。有一面石墙将古堡和外面的风景一分为二，从他们现在所处的位置往下看，山间湖似乎辽阔得无边无际。

他意识到一个问题，如果女子想要弄死他的话，这里会是个绝佳场所。在体力上他可反抗不动，她身材健美，反应迅速，而威廉则垂垂老矣。

不过紧接着他就不这么想了。根据情况来判断，是她把他从保安手里救下来的，还有什么理由质疑她也是被囚禁者呢。

“我叫雅尼娜，”她停下来说道，“雅尼娜·海恩斯。”

因为爬了一路的楼梯，她还是气喘吁吁的，但是她声音平静，眼神专注又警觉。

“我不知道我们还剩多少时间，也不知道他们在哪里可以听见我们，看到我们，我只知道你我绝对不可以碰面。要是他们知道我们在这儿，那么他们——”她停顿了一下，“我也不知道他们会做什么。”

“他们是谁？”威廉问。

“我想他们对你说的话和对我说的一样，说是联合国下的一个机构。可能是真的，也可能是假的，这都不重要。重要的是，他们骗了我，同样也会骗你。我们必须从这里逃走。”

威廉看着她。

“骗什么？”

“你看过那些文字了是吗？”

“以前那些密钥？是你破解的吗？”

她愣了一下才明白他说的是什么，但是她摇摇头：“我对密码一窍不通，这不是我的专长。”

“那你是谁？你为什么在这里？”

“4 月 17 日之前我还是阿大的研究学者。阿姆斯特丹大学，考古学专业的博士生。”

原来如此。他对上了她的眼神。

“楔形文字。”他说。

“你看过那些文字了？”

这句话听上去像问句，实则是结论，他的前一句话也是这个调调。

“他们尽最大可能不让我知道真相，”她说，“所以给我的是乱的顺序。我拿到的文字都是颠三倒四的，也没有人站出来解释这些文字是什么。我没办法思考下去，我甚至不知道自己在哪儿，或者是为什么，或者是……”

她提高了嗓门，不过意识到这点以后马上又压低了声音，并往四周看了看。除了周围呼啸的风声，就没有别的动静了。她平静下来。

“你在这儿有多久了？”他问。

她不知怎么回答，也不知道是不是有时间说这些，但还是点点头，告诉了他一个简短的版本。她在西雅图做学生的时候就发表过文章。关于古代书面文字的研究得到过奖学金。后来飞到欧洲来学习，住在喜爱的阿姆斯特丹，养了只猫，公寓有铸铁阳台，能看到外面的运河。然后就是两眼一抹黑，醒来的时候发现来到了这里。那已经是七个月前的事了。

“那么你呢？”她问。

“一样。”他说，没提自己曾想放弃人生，当然也没提自己对猫毛过敏，反正跟正题没什么关系。

“你来的时候我听到了，”她说，“我听到直升机的声音，就知道又有人要来了。”

“又有什么人？”

她在考虑怎么组织语言。事情很复杂，她不知该如何启齿，也不知道他们还剩多少时间。她晃晃脑袋，重整思路。两人的谈话开始有点跑题了，如果她要把整件事情的来龙去脉说完的话，就必须从头开始。

但是威廉又插了进来，想要进一步弄明白自己的问题。

“我为什么在这里？”

她看着他的眼睛。这个问题要好回答得多。

“因为她，也就是你的前任，不见了。”

在威廉房间外面执勤站岗的保安从半梦半醒间惊醒。他在走廊里狂奔，每次搜寻威廉无果后就跑得更快了。

他闹不明白。几分钟前有人拉响警报，说有个妞失踪了，就是那个漂亮的美国学者。他一开始还以为是罗德里格兹在开玩笑呢，这都他妈的是怎么回事。

现在轮到他自己满地狂奔了，而他更闹不懂了。看样子是那个老家伙失踪了。他难道没有门卡就能穿过锁住的门，而且还没触发警报？他知道这不可能，但又确实发生了。他大声咒骂着，继续在跑过的楼道里来回折返，抱着一丝残念，不想通报上司他的看守对象也失踪了。

当弗朗坎把他叫去，问他桑贝格在哪儿的时候，他意识到希望彻底破灭了。

在地下好几层的阴暗潮湿之地，埃韦琳·凯斯早已开始搜寻工作，她根据的是自己非常不情愿制订的工作步骤。

面前是大量排成行的电视监控画面，她快速地转看着录像素材，拖动时间轴，在每个探头的画面里寻找异常。

她早就知道什么都找不到。他们装的监控探头太少了，而已有的探头都装在了古堡里错误的位置。她快气疯了。整个安保系统都是废物，让她做这个安保的头儿还有什么用？

她不知道强调、提醒过多少遍，他们却置若罔闻。早在第一次发生前，她就预警过会出大事，但他们无动于衷。现在外面乱成一锅粥，每个人都是一副怎么会这样怎么会那样的表情。

不弥补漏洞，就会这样。

设备不跟上最近二十年的发展；安保系统的功能主要不是用来监视囚犯，而是用来保护古堡不被突然袭击，就会这样。

没人肯往安保系统投钱，就会这样。也不知道钱省下来干吗用。

“说说你都看到了什么。”弗朗坎在她背后说道。

他的语速特别快，快到只能让人听到几个辅音字母。他的双手不由自主地紧压住她身后的椅背，眼神焦急地在画面间来回逡巡，希望凯斯能比他多发现点东西。

但她什么都没说，只是冷冷地看了他一眼，对屏幕努努嘴。她说的问题他也明白。

在他们楼上的走廊里，保安们正在来回狂奔，都为了证明海恩斯或者桑贝格没有在自己的辖区内神秘消失。但是也只有少数几台显示器上能看到这些保安。监控探头需要覆盖的范围有几千平方米，却只有为数不多的几个探头，想要看出什么简直是不可能。

“再怎么样，他们也逃不出去。”他说。看到她在看着他，又补充道："自从上次以后，我们好多了。"

他注意到她选择保持沉默。她没必要跟他顶嘴，他也知道她是对的。他们应该加强安保监控系统，但是时间呢？他们已经在和时间赛跑，怎么还能让其他事情延缓项目推进的速度呢？

他们现在唯一能做的就是希望那两人不要在保安抓到他们之前酿成大祸。那两人就藏在附近，肯定就在附近什么地方。他说得没错，他们怎么可能逃得出去呢？

说是这么说，可耳机里还是陆续传来嚓嚓声，那是保安在向他汇报自己辖区内无人。汇报所有的门都锁着。汇报他们的座上宾不翼而飞了。也就是说，那两人化成一团烟，没了。

弗朗坎闭上了眼睛。他不想成为宿命论者。他知道，事态正朝地狱的方向发展，但他拒绝承认这一切。他们错失了一些线索，他已经下定决心来弥补。尽管看上去，抵抗是徒劳的，但只要做了也就不是毫无意义。

因为，如果他错了，那么所有人都输了。这个念头他想都不敢去想。

"弗朗坎？"

他睁开眼睛。凯斯坐在他面前，神采奕奕地看着他。

"海伦娜·瓦特金斯。"她说。

他没懂。她冲着面前的电脑点点头。显示器上是一长列的表格，有数字，还有时间，然后又是数字，过了好一会儿他才反应过来这是什么。

过客记录表，显示的是哪张门卡在什么时间打开了哪道门。

"海伦娜·瓦特金斯怎么了？"他说，但心里已经知道了答案。

"她在动。"

古堡上下的保安们此时都通过对讲机听到了埃韦琳·凯斯刚才说的话。他们慢下脚步，直到站在原地完全停下，听着对讲机，等着弗朗坎的回应。

有一刹那的安静。然后还是寂静。

“什么叫‘在动’?”弗朗坎终于问道。没有声音,都屏住呼吸,原地石化。

“仅今天一天,她就通过了七道门。”

这是凯斯回答的声音。罗德里格兹站在楼上,立即听懂发生了什么。他什么都没说,等着弗朗坎说话。

“操他妈的。”对讲机里终于传来他的回答。

然后就没声音了。但是罗德里格兹已经举起了枪。他是保安队的队长,采取对策是他的职责。他把耳机紧贴在耳朵上,问道:

“她最近一次通过的门是哪道?”

雅尼娜·夏洛塔·海恩斯第一次遇见海伦娜·瓦特金斯时,已经在古堡中待了好几个星期。

这是非常艰难的几个星期,雅尼娜快要崩溃了。她滴食不进,没有办法再继续工作,于是他们决定把瓦特金斯放进来,看看是不是能给她点精神上的支撑或是帮助。

还是很有用的。尽管不是一下子见效,但海伦娜是个非常好的倾听者,而且比雅尼娜年长二十多岁。雅尼娜终于可以有人聊聊天,说说话。有些问题瓦特金斯也没办法回答她,比如她们现在为什么在这里,或者他们到底在搞什么名堂,但总算,雅尼娜慢慢地又找到了新的意义。

她看着威廉。

“我很快就明白,她跟他们是一伙的。”她说。

“海伦娜跟我不一样,她不是囚犯。她知道内幕,但是她不想说,或者不能说,这是我所知道的。但是我需要她,她让我能正常地生活。后来我开始完成我的任务,当她提出要求后,我也不再追问为什么。我们成了朋友,虽然不是平等的朋友,但仍然是朋友。”

两人安静了很久。她等着威廉发问。

“后来发生了什么？”

“她怕了。”她这么回答，看着威廉。“有一天半夜，她突然到我房间来。确切地说，是站在房门外。我不能放她进来，她告诉我。我们就这么门里门外地站着，她提醒我……”

她打断了自己，摇摇头。把实情都说出来不是个高明的做法，尤其是一旦想到自己知道的只不过是万分之一时。

“后来她就不见了。这是一个多星期之前的事。”

“所以我来这里是取代她？”

“她是个数学家，研究密码的。”

她直言不讳，等着他的反应。威廉点点头，意思是说，你是对的，我是来这里取代她的。

他有点泄气。也许他后面还有人在排队，要是他不给出他们需要的结果，还会有人前仆后继地补上来。

“他们到底要什么？”最后他问。

“我不知道。一开始我只认得出楔形文字，以为可能是历史方面的发现，跟考古有关。可能是个会颠覆整个人类历史的东西，或者有什么东西一定要隐瞒，我不清楚。”她耸耸肩。“海伦娜与我这么接近，他们不可能什么都瞒住我。最后我还是猜出些头绪。我觉得，这或许也是她的目的。”

“你都知道些什么？”

她没说话，只是把手伸进后裤袋里，掏出一张折起来的纸，打开它，然后递给威廉。

威廉看着纸片，上面全是楔形文字。

“对不起，”他说，“我什么都看不懂。”

她深吸一口气，准备解释，但什么都没来得及说。

也许是黑暗让他们过于放心。也许只是因为有人能说话，可以面对面地站在一个有同样问题、同样担忧的人前面，让成天在脑袋里得不到解答的问题出来透透风，而不是活活被憋死。

也许纯粹是因为在石梯上搜寻的保安们动作轻盈，沉重的木门也挡住了他们的脚步声。

威廉和雅尼娜站在一条狭窄的过道里，虽看不见门，却听到了锁槽发出的唰唰声。

“你恐高吗?”她问道，却没给威廉回答的时间。

威廉还没反应过来，就被她抓住了胳膊。两人沿着露台边缘跑了起来，离门越来越远，随着城墙兜兜转转。威廉是被拖着跑的，他很害怕最后会无路可走，让她的问题得到机会验证。她的光脚丫踩在地上，传出一种几近无声的节奏。威廉尽量跟上她的速度，努力不让脚后跟发出太大声响。城墙外面就是深渊，无论他们跑多远，深渊也没有因此减少一分恐怖感。

然后，毫无预兆地，她停下脚步，眼睛笔直地看着他。

“往下两层楼的地方有一扇窗户。看着我，跟我做。”

说完，她把自己的身体甩出墙外。

他想，她会死的。

但她没有死。

她不是第一次这么下去了，他反应过来。她从未停下刻意寻找，而是不停地伸手去抓岩面上的小洞或突出的石块，动作流利而迅速，一转眼就下去了一个楼层，站到了城墙上一条凸出来的坡台上。这里离她的目标还有一半的路。

她对他点点头，意思是轮到你了。

现在他才想起来，自己还没有回答她的问题，而她对答案也不是那么感兴趣。

如果她还想知道答案，他一定会告诉她的：他再怎么想自杀，也不愿意从悬崖上掉下去。

可是同一时间，他又听到窸窸窣窣的脚步声正逼近露台。

就在第一束手电筒光照到石头地面上时，他告诉自己，这点高度其实也没什么。

11.

当威廉从两层楼下的窗户爬进去的时候，他的肾上腺素已经高到一定程度了，即便现在从悬崖边上摔下去，估计他也感觉不到。

全身作好了赴死的准备。

威廉尽力回忆雅尼娜是踩着哪几块石头爬下去的。落脚点不多，路线看上去也很简单，但他好多年没进行过障碍训练，记住雅尼娜是怎么做的并没什么用。而且岩壁太陡，保安又在上面步步逼近，使得整个爬行过程更加险象环生。他有几次差点失手，掌心被汗水湿透了，手腕还因为医院的抢救手术隐隐作痛，这些都得克服。所幸在最后一秒他抓牢了，爬到了一个狭小的坡台上，站到了雅尼娜的旁边。

最艰难的部分还没度过。从这个坡台往下、往里爬才能进入另外一个坡台，虽然上面的人是看不见他们的，但下面也没有东西能接住他们。下面只有笔直的石墙和望不到底的深渊。

但是他们没有时间犹豫了。

雅尼娜已经开动，向他做手势叫他跟上，威廉脚软着照做。朝着她指的方向，威廉用手指摸索着凸石和缝隙。天很冷，威廉的衬衫却被汗水湿透了。每次松手后，在找到下个临时落脚点或者抓手之前，他的身体都慌张得跟个钟摆似的，在空中晃来晃去。他听到自己内心向各路神明大声祈祷，只希望能完好地到达那扇窗户。

最后，他终于牢牢抓住雅尼娜向他伸过来的手。她蹲坐在岩壁的一个开口里，于是威廉也一动不动地坐在她的旁边，仿佛任何风吹草动都会让他掉下深渊，万劫不复。

他看着她。她忍不住笑了。

“我住在内华达的时候，曾经参加过攀岩训练。有没有看出来？”

“带我离开这儿。”他只回答了这句话。

她友好地拍拍他的肩膀，问：“我给你的纸条还在吗？”

他连动都不敢动，胳膊颤颤悠悠地向裤袋摸去，把那张写着楔形文字的纸还给雅尼娜。她把折起来的纸小心地塞入窗台和窗框之间，把里面的窗栓顶了上去。

几秒钟后，他已经从窗户里爬了进去，掉到一道长廊里，双脚踩在冰凉的金属地面上。雅尼娜紧随其后，关上窗户，手朝一条有荧光灯照明的走廊指了指。威廉把刚才所有的祈祷又在脑海里过了一遍，希望还有机会看到明天。

他们急忙穿过的这条走廊和他从前走过的所有走廊都不一样。

他现在完全迷路了，不知道自己是在平时待的那个楼层的上面还是下面，但是很明显，古堡的这一部分属于其他的功能区域。除了天花板上有荧光照明灯，地上铺着金属地板之外，走廊上还有一排破旧的绿皮大铁门。从外表判断，这里可以是世界上任何一个地方，只要这个建筑的装修风格是 20 世纪 50 年代的。

尽管威廉完全摸不着头脑，雅尼娜却看上去不是第一次来这里。

她脚步很快，毫不迟疑，威廉忍不住开始猜想她对这里到底有多熟。她有这里的门卡——他要是记得的话，待会儿得问问她怎么拿到的门卡——而且她一定在做跟他一样的事情：悄悄地在脑海里绘制地图，看有什么地形上的空子可以钻，观察有什么捷径可以走，安全守卫上又有什么漏洞，寻找从这儿脱身的机会。

这个机会已经碰壁，警报已经拉响，保安正在追捕。如果他们被抓住——当他们被抓住，威廉纠正自己——不管发生什么，他们肯定都没有机会从头来过了。

走廊的尽头有一扇门，跟其他的一样，也是道绿皮门，很厚很重，旁边又是相同的电子锁。

可是这次感应灯没有变成绿色。雅尼娜把门卡抵在感应盒上，前几次都是这么通过露台上那几道门的，这次却吃了闭门羹。电子锁发出抗拒的嗞嗞声，沉闷的声音仿佛是在抱怨，怎么搞错了。

她再次尝试，还是同样的结果。又试了试。

她知道这意味着什么，但还是又试了一下。再一下。

直到最后她垂下双肩，转过身来，对上威廉的眼神。

“我们完了。”

高山的内部，凯斯差点错过面前显示器上的三条红色报警信息。

她曾经设置电脑程序，在瓦特金斯的门卡被使用的时候，必须立即予以报警，所以当雅尼娜在走廊里打开门的时候，时间和地点被记录了下来，而且还用红色闪烁字样在屏幕上加以提醒。

但是当时，凯斯正和弗朗坎激烈地交锋。

她实在是忍不住了。她把人人皆知的情况又说了一遍：整个安保系统千疮百孔，根本无法完成监控监视功能；探头太少，也没有设在适当的位置。到最后弗朗坎大声呛了回去，说现在不是讨论这个的时间，然后两个人都爆发了。

与此同时，显示雅尼娜在使用门卡的警告正在屏幕上逐渐下移。

屏幕上是越来越多的其他门卡的使用情况，雅尼娜的信息已经被推到了屏幕的最底端。就当这些信息快要滚动出屏幕时，凯斯转过身来，看到了屏幕下方的红色边框。同一时刻，争吵停止了。

她看到后做的第一件事就是通知保安。

紧接着，她意识到了他们试图打开哪扇门。

当她第二次呼喊保安的时候，声音里充满了惊恐。

当铁门的另一侧刚传来疾奔的脚步声时，他们还判断不出保安离他们到底有多远，但是有一点可以明确，那就是脚步声不是来自一个人。眼看威廉和雅尼娜就要同保安面面相觑了，而这些保安可是他俩拼了命想摆脱的。

他们站在走廊的尽头，没有退路。另一个方向的角落里有两扇门，门后面都是一模一样没有窗户的小房间，也许以前是储物间，是囚房，或是工人屋，还是别的什么。不管是什么，反正都是死路一条。雅尼娜以前曾经来过这里，所以她很明白，没有一个房间是可以让他们脱身的。

他们的身后是一扇窗户，窗户外面什么都没有。眼前是拒绝开启的铁门。没有一条是出路。

威廉朝周围看了看。

在三个差劲的选择之中，也只能选择最不差劲的那个了。

“房间里都有什么？”他问。

“空的。”她说。

“可以从里面锁上吗？”

她回答不上来。

他也不知道自己的目的是什么，但至少两人不能这么傻站着。

他抓住她，把她从锁上的铁门旁拖开。

她吓坏了。脚步声越来越近，而她居然让他带路，跟着他跑。马上，门上的感应盒小灯就要变色了，保安将找到他们，而她这几个月来的辛苦努力都会白费。

当威廉打开第一扇门，把她拽进去时，她几乎是麻木的。

就当门在他们身后合上的时候，红灯跳成了绿灯。

威廉后来也问自己，当时是不是就以为屋内有什么东西，但他答不上来。也许是因为他什么都没想，而即便他能想象到有什么东西的话，这种想象也在两人实际看到的一切面前黯然失色。

厚厚的有机玻璃挡住了一个伸手要抓他们的女人。

无形的障碍阻止了女人伸向他们的手，手敲在玻璃上发出“砰”的一声。威廉和雅尼娜闻声一惊，转过身来，看着几厘米厚的玻璃后那个女人的眼睛。

她大概五十几岁的样子，也可能还要年轻点，但现在她的状况实在不好让人猜出年龄。她的皮肤被汗水浸得灰白，眼睛半睁着，似乎在为保持神志清醒而挣扎。几缕湿发紧紧贴在她的额头上。

她躺在一具玻璃棺材里，像是给成人用的恒温箱。似乎是有人故意把她放进爬虫缸，又遗忘在这个没有窗户的房间里，上面是暗淡的荧光灯。

她的手搭在玻璃罩上，虚弱地喘息着，直到重力恢复对万物的控制，让她消瘦的手指滑落到垫子上。玻璃上的红色血迹是她想要与人交流的唯一证明，就像是一幅路径图，展示了她的手垂落的整个轨迹，直到它无声无息地搁在血迹斑斑、汗水浸透的床单上。

“海伦娜。”

是雅尼娜在说话。声音只比耳语要大一点儿，却依然像道利刃般划破了宁静，就好像刚才玻璃罩给两人带来的恐惧效果一样。威廉转过身，看着雅尼娜。她的眼睛盯着面前的玻璃棺材不放。她一言不发，只是摇着头，似乎难以相信眼前的一切。

似乎要永远沉默下去，直到玻璃罩后的女人强迫自己转过头来，用疲倦的眼神盯着雅尼娜。

“快逃。”女人费力地说出一句话。一句无声的话，纯粹是嘴部的蠕动，或是一息游丝，甚至两者都不是。

“他们对你做了什么？”

女人合上眼。她活不长了。

“快逃，”她吃力地说，然后：“现在。”这次她没有睁开眼睛，仍然躺着，一动不动。

“海伦娜？”雅尼娜说，她没有得到回答。“海伦娜！”

没有任何回应。

海伦娜没有再睁开眼睛。

即便雅尼娜拼命拍打着玻璃，想要叫醒她。雅尼娜强咬牙关，忍住不哭，转过身去，不忍再看。

一秒钟后，门打开了。一群人从门外涌进来，将他们团团围住。共有六个男人围着他们，跟他们保持着安全距离。每个人都戴着防毒面罩和一次性手套，拿着自动武器。这些人冲他们吼叫，命令他们不许动。

逃亡之旅结束了。

威廉和雅尼娜乖乖听命。两人一动不动地站在房间中央，任凭盘问：去过哪里？从哪条路走的？看到什么？动过什么？提问的声音很紧张，几近害怕。每次他俩只要动一动或者互相对视，持自动步枪的人就会把枪往前靠靠，提醒他们，只要稍微反抗就会万劫不复。

终于，保安们退出房间，但眼睛还看着这两个囚徒，仍和他们保持距离。保安示意他俩跟着他们出去，一起穿过走廊，通过那道曾经阻挡两人去路的大门。

两人一言不发，离开了房间。

玻璃罩内那个叫海伦娜·瓦特金斯的女人早就断了气。

12.

要是弗朗坎好好瞧瞧，就能在面前的玻璃上看到自己脸庞的倒影。他会看到眼睛里的忧虑和遍布嘴角的皱纹，他越忧虑，这些皱纹就越深。它们就像干涸大地又多出来的新裂缝，同嘴角线纵横交错着。

但是弗朗坎有比相貌更重要的事去考虑。他的注意力显然在玻璃的另一侧，那是个非常亮堂的巨大的房间。

玻璃窗大概有三厘米厚。隔着真空，后面还有一面用同样的加厚高保险性能材料做成的玻璃墙。玻璃是特制的，能抵挡所有不备。所有的材料都是宇宙飞船级别的，房间的进出通道做成了气闸门，也是从美国航空航天局的一家供应商那儿特别定制的。

还是，他自言自语，还是没能挡住。

他的目光朝一长排病床扫去，不想去数到底有几个身体正不同程度地流着汗，共赴黄泉；不想去数还有多少人仍能喘气，多少人已经垂危。

是他挽救了他们，他跟自己说。

他们大多数人都过上了更好的生活，穿暖的，吃饱的，生活安逸。如果他们不是躺在这儿的话，大部分人早就死了。现在他们遭受的一切正是他们要承担的后果。可能他们不太明白其中的因果循环，肯定不知道，至少不全知道，但这仍是他们自己作出的选择。当他看到一条又一条污渍斑斑的床单时，弗朗坎就想通过这种推理来把不安抛在脑后。至少通过反复的自我说服，使得这种假设成真，从而压倒那啃噬心灵的恼人良知。

有时候要从全局考虑问题。

要拯救世界，就得牺牲个人。

这是他的座右铭，他始终遵守，反复吟诵，直到自己深信不疑。

最后他不再去看他们。玻璃那头有个女人在慢慢巡视，感受到了他的目光，抬起头来从充满雾气的面罩里看着他。女人从头到脚穿着厚重的白色橡胶防护服，防护服里灌满了气体，任何一个洞或者一道缝隙都会使防护服从里到外泄气——而不是相反，这就给予了她在意外发生时逃出来的时间。她眼神空洞，几乎无情，但是弗朗坎知道，他自己也是一样的。必须得这样。

她在一张床的床尾停下来。床单很干净，床上躺着个男人——面朝上躺着，打过麻药了——他的脸上有新生的胡楂。从这个角度看，他还是健康的。

弗朗坎真诚地希望，他是健康的。不是为了这个男人，也不是为了他自己。

而是为了所有人。

女人在床边逗留了一会儿，例行所有病床程序。她看了看床边的仪器。听心跳，量血压，调整氧气面罩。拎起被子，看看他的身体，又摸了摸他的皮肤，检查症状，戴着橡胶手套的手在男人身体上摸索着，查看身体有没有变化。弗朗坎耐心等待着。

最后，女人抬起头来看着他。

弗朗坎看到她眼神的一瞬间，所有的希望都破灭了。

走廊那头的保安戴着蒙住嘴巴和鼻子的防护面罩，全身上下穿着簌簌作响的塑料连身衣，每个关节处都扎得很仔细。他们的手上虽然戴着橡胶手套，但是仍然避免接触雅尼娜和威廉，只用命令和手势示意他们往前走。

他们穿过一道气闸门，进入一个冰冷的房间。头顶上是荧光灯，墙壁和地板都是金属的，感觉像个屠宰房，也可以是浴室。地板上几条排水沟汇聚到角落的一个地漏处。房间里唯一的摆设就是类似自动淋水装置的管道系统，有几根管道集中排列在房间的一面墙上。

威廉听到旁边雅尼娜呼吸的声音，扭头看向她。她的眼睛盯着他们面前的一堵墙。空洞的眼神直勾勾地盯着，情绪紧张到浑身发抖，但又尽力克制。

他这才突然意识到她其实有多害怕。

和他不同，她从来没有经历过这些。她从未受过模拟的囚禁训练和审讯训练，也没有经历过没完没了的魔鬼训练。她对面前要发生的事情一无所知，也不明白是为什么。

他想对她说些什么，但是说什么都于事无补。他们所能做的只有遵守保安的命令，等待和观察接下来的一切。于是，威廉也学着雅尼娜的样子，闭上了嘴巴。

两人被命令站在房间里，于是他们照做。

等待。然后两人听到身后的保安们退后几步，站在他们进来的那面墙旁边，仍然同他们保持距离。接着，他们被命令脱光衣服。

站在他旁边的雅尼娜跟冻住了似的，一动不动。犹豫一下后，威廉开始脱。

他解开纽扣，松开衣服，任由它们掉在地板上。雅尼娜也跟着做了，直到两人赤裸裸地并排站着，眼神笔直往前，好让原本已经尴尬的场面不再更尴尬。

然后，保安命令他们贴墙站，双手放在金属墙面上，后背朝着保安。地板上传来橡皮软管滑动的声音。

“闭上嘴和眼睛，尽量不要呼吸。”有人说道，接着他们的后背就跟快要炸开来似的疼。

打在他们身上的热水几乎是烫的，水流很猛，威廉不得不努力保持平衡。液体击打在他们身上有种刀扎似的疼痛，席卷全身，顺势而下，流淌在地板上。

是种液体，因为这不是水。液体闻上去有股酒精和漂白粉的味儿，可能还有碘，或者别的什么。不管是什么东西，反正是种混合液体，而且味道非常刺鼻。水柱冲到大腿的时候，他总算敢张口呼吸一下，眯着眼睛，看到冲洗他们身体的液体沿着自己的小腿流淌下去。液体在脚上打了个花儿，然后流到雅尼娜的脚边，又消失在一团团刺鼻、密集的白色泡沫里。泡沫的边缘是淡棕色的，那是碘的颜色，就像是在排水管道上起舞的一大块酥皮。

然后他们又被命令转过身来。水柱又开始往上冲洗，疼痛感扩散到前胸。威廉紧紧闭住眼睛，他都怀疑是否还有机会睁开双眼。

整个过程持续了几分钟，最后终于停了下来，两人被命令进入下一个房间。

他们前后成列走着。雅尼娜在前，威廉在后，他忍不住端详起她的后背来。雅尼娜的后背被消毒液冲得通红，但肌肉健美，线条流畅，仿佛解剖图示。他强迫自己挪开视线，看往雅尼娜前方的位置。他猛然想起来，雅尼娜在这里已经待了七个月了。看来，她从未间断健身，可她是在自己的房间里秘密健身的？还是这个无名组织要求她这么做的？

这个房间看上去并不比刚才那间友好。墙面贴着瓷砖，比较宽的那面墙上从天花板悬下来一个个花洒。每个花洒的周围都挂着轻薄的透明塑料篷，可容下一个人站在里面。塑料篷的前面都有拉链，头顶和脚底也是同样材质的透明膜。

保安让他们一人进一个篷，命令他们用旁边托盘里的洗浴液冲洗自己。头发、皮肤的褶皱里，还有身上一些之前怕是从未接触过肥皂的地方，都要洗了又洗。柔软的泡沫让皮肤感觉稍微好点，但是因为皮肤已经被烫过，可能要花好几天才能恢复正常的感官功能，所以现在花洒上喷射下来的每个水滴都像是削得很尖的铅笔戳在身上。

威廉已经冲洗完毕，但还站着任由水流打在身上。他仿佛不敢相信危险已经过去。

眼前浮现出玻璃罩里的那个女人。

他们到底接触到了什么？炭疽病毒？埃博拉病毒？

雅尼娜还没来得及说出来的秘密是什么？她是谁？她遭遇了什么？这对他又意味着什么？

他的眼神不由得向她滑去。

只为了与她眼神交流。

而她已经在看他了。他的第一反应是回避目光，眼睛赶快盯住墙壁，假装无辜，就好像瓷砖对他来说要比隔壁洗澡的女人有趣得多。

但是她的眼神里有内容。她赤裸的身体面向前面的墙壁，似乎在忙着洗澡，眼睛却透过眼角，一转不转，刻意地看着他。威廉有点怀疑她这样扭着身子站了多久。如果她是有意让他感到异样的话，那么他也必须回看她。

他再次看了过去，同时也刻意让身体装作继续在淋浴的样子。

她的眼神仍然没离开他。头半低着，为了不让保安看到她的脸，但是眼神里的含义更多了。

墙壁。她似乎在说这个。她面前的墙壁。

威廉茫然地看着墙面。他能看到的只有瓷砖，还有竖直排放的管道，其他就没了。

他回过头看看她，眉角皱了皱，几乎微不可察。你什么意思？她又把目光投向墙壁。那里。一道尖锐的眼神。跟着我看。那里。

他没明白，又去找。她看到什么了？

他们身后有个保安在活动，两人只能又旁顾左右。

他们让眼神放空，看着前面，继续用热水冲洗身体，等着有人开小差。

眼角瞄到有个保安要走过来，两人的眼睛盯着前面一动不动。一个保安用手拍拍雅尼娜外面的塑料篷，示意她可以关水了。保安打开雅尼娜塑料篷外长长的拉链，给了她一条浴巾，命令她必须彻底擦干才能出来。

她按照指示做了。

她最后看了威廉一眼，然后就剩他一个人孤零零地站着。

她想要传达信息给他，但他没明白。她现在不知道有什么事会发生在自己身上。

也许一切都晚了。

也许她错失了最后的机会。

大祸临头，而她什么都没来得及做。

她离开了淋浴室，身后留下了一个信号。

保安刚把雅尼娜带出去，威廉就明白了她的意思。

在沐浴的蒸汽中，她写下了四个字母。这是一条很短的信息，新的蒸汽已经浮了出来，快要把她用手指沾着水珠写下的笔画给覆盖了。

AGCT。就这四个字母。

他朝她看去，但她只剩下背影。她裹在浴巾里，他们依然不去碰她，带着她出门，向右拐进走廊。

两人眼神有一度对上。

但是时间太短，来不及交流。当她消失在厚重的门外时，他能感受到她眼睛里的恐惧。这已经不是生怕自己会遭受什么的恐惧了。这种恐惧是害怕他看不到她写的是什么。

他倒是看到了，却不知道这是什么意思。

AGCT。

腺嘌呤、鸟嘌呤、胞嘧啶、胸腺嘧啶。

他只知道这些。

但这是什么意思呢？

他闭上眼睛，强迫自己思考，让热水继续冲刷着身体。

这是核酸的遗传密码。DNA 的四种碱基。除此之外不可能有其他的意思了。但是她为什么要写这些？为什么要他看到这些？

他努力集中注意力，尽量不被可能感染到病毒的念头吓到，也尽量不去想刚才目睹到的场景。

一个垂死的女人。被隔离。

DNA。

一种病毒吗？她是不是想说这个？基因突变？如果是这样，问题又来了：怎么会这样？

他还没来得及细想，保安们就回来了。他们站在威廉的塑料篷外，命令他关掉水龙头，站在篷里擦干身体，就跟雅尼娜之前做的一样。

他们眼神里的严肃吓到了威廉。他们很害怕。当他们带他离开的时候，鼻子和嘴上都带着防毒面罩，手上戴着橡皮手套，为的就是不接触他的身体。威廉无法控制地颤抖起来，不光光是因为走廊里的冷风。

房间里仍然一片安静，弗朗坎身后的门打开了，康纳斯走了进来。弗朗坎头也不抬。一方面他已经从脚步声猜出是谁来了，另一方面他也不知道自己的眼神是否已经如愿变得冷静而漠然。就好像对他们这些人来说，有感情是个不可告人的秘密。就好像任何令人不舒服的——不对，是没人性的——决定，他们只要耸耸肩膀就能做出来，然后头也不回地离开。

康纳斯站到他旁边，目光穿过玻璃。两个身穿制服的男人无声地站着，听着空调运转的声音，一动不动，好像两人都以为，只要他们不谈论，这件事情就没发生过。

玻璃后面躺着成排垂死的人，他们静静地躺在床单下，静得骇人，一个个都失去了知觉，仿佛在等待生命随时戛然而止。护士们已经结束了她们的工作，早就离开了病房。弗朗坎这才意识到，他这样站着已经很久了。

“什么事？”他终于开口了。

“我只想让你知道，结束了。”

“瓦特金斯死了？”

比起疑问句，这更像一句陈述句。他的眼睛盯着面前的病房，默数着里面的人。就好像如果他提醒自己着眼大局，瓦特金斯的死亡就不是毫无意义的，而是一连串不可避免的死亡中的一个。从某种角度来说，事实确实如此。

“我们已经通知了她的家人，”康纳斯说，“就说她死于实验室的一场事故。”

弗朗坎点点头。不算是说谎，尽管也不是全部的实情，但是绝对不算谎言。

“我们的那两位朋友呢？”

“已经知道他们去过哪里了，还没有证据表明他们接触过感染源。”

“取过样本了吗？”

“是的，明天就能知道确切的结果。”

两人站了一会儿，看着成排的无名床铺，直到康纳斯感到站得够久了，转身朝门走去，准备离开。

进入走廊之前，他再次回过身来。从他进来以后，两人一直有件事没有提起过，而康纳斯明白，这已经算是答案，能说明问题了。他的视线越过弗朗坎，朝远处床上一名刚刮过胡子的男人看去。男人安静地睡着，完全看不出有任何疾病。但这只是外表看上去而已，他的体内实则已经打响了一场无法制止的战役，而这个男人已经开始节节败退。

“如果她能挺过来，倒更让人吃惊。”弗朗坎说。

“我们的工作就是怀抱希望。”康纳斯说。

也就这些话要说。

康纳斯在再次转身前又站了一会儿。

瓦特金斯全盘皆输，躺在床单下的男人就是最好的证明。

唯一剩下的希望只有威廉·桑贝格了。

康纳斯多么希望能有多点选择啊。

尼古拉·里希特坐在自己红色的丰田荣放车里，往斯希普霍尔[1]

① 荷兰某地，位于阿姆斯特丹西南约 10 公里处。

方向开去。他刚从 A9 国道下来，正要往一座公路桥上开。为了两件截然不同的事，他现在正烦躁不已。一件事是这该死的交通，迫使他不断变换车道，见缝插针，忽左忽右，一会儿踩油门，一会儿踩刹车，只为开得尽量快一点，还被其他司机竖着中指骂。他已经迟到了，需要找一条车子少点、偏僻点的路，好尽快赶到。

第二件事是，现在他的后背痒得要命。

既不是那种默默的、仿佛沉睡中的瘙痒，也不是那种只要蹭蹭椅背感觉就能好点，然后可以忍到目的地后再好好抓下的痒。

这是一种暴力无情的瘙痒，痒得简直让他抓狂。痒感剧烈而又集中，大脑简直无法判断这是痒还是疼。尼古拉·里希特一边在早高峰车流里蜿蜒穿行，一手抓着方向盘，一边将另一只手从领子里伸进去。领带松开，搭在背后，指甲沿着皮肤上下抓挠，手臂恨不得整个都放进去，迫切地想要在瘙痒把他逼疯之前把它彻底解决掉。

情况并没有好转。

指甲每抓一下，痒感就更剧烈。他再挠，重重地挠，皮肤投降了，变得红肿，可是瘙痒依然没有停，于是他也不停下来。

他不停地变换着车道，两旁的车辆从耳边呼啸而过。

他的情绪可不怎么好。

坏情绪已经有几天了，这全怪伊冯娜。两人还没见面前，他就知道她可能不是他的菜。周二的时候，两人刚在因斯布鲁克的一家餐馆落座，没聊几句，他就开始后悔跟她约会了。就是因为她说他没有同情心，还很冷血，要不是她这么说，他也不会让加油站那个流浪汉搭上他的车，跟他一路开到柏林。他要没有这么做，流浪汉也不会一直不停地冲他咳嗽，简直一刻都没停过。

两人后来再没说过话。他给她打电话，她也不接。他想告诉她，他和别人一样有同情心，要是她还接他电话的话。

他开始大转弯，桥下是八车道大马路。他低头看了眼自己的衬衫。就在西装的里面，裤腰和安全带系扣之间，他那件白色的名牌衬衫已经被染红了，亮闪闪的。

血。全是血。

他把手从领子里拿出来，扯开西装，倒吸了一口气。血拼命往外流，西装内侧完全是深棕色的。衬衫也是红的，顺着胳肢窝直到腰部紧紧粘着。上帝啊，发生什么了？

也就几秒钟注意力没集中。

首先他听到的是声音。钢板撞击钢板，玻璃破碎，嘎吱声，还有轮胎急刹车的声音。

接着就是强烈的推背感。为了不撞上前车，他的车从时速九十公里骤降到五十公里。

那一刹那的场景他恐怕终生难忘。人生接下来的二十秒在他眼前就好像一幅经过双重曝光的画面：

车体凹陷的黑色宝马在他面前回旋飞舞，一直向前漂移，透过用来挠痒的手指看过去，车体变得模糊了。五指就在面前张着，它们往下滴着他身体里的血液。不光有血，还有皮肤，还有肉，能看到好多毛孔，跟海绵似的。这不是他自己的背么，它在松软分化，手里的这坨东西就好像是刚从蛋糕上刮下来的一层奶油似的。可是他居然不感到痛，反而仍然是一种剧烈集中的瘙痒，痒到即便他已经看到宝马车随着撞击在不断盘旋，跟一面谷仓墙似的挡在路上，他的大脑里想的还只是挠，再挠一下，挠死这体内可恶的魔鬼。

尼古拉·里希特本能地作出反应。方向盘已经向右打到头，即便这样，高举在背后的右手也没来帮下忙。车体瞬间倾斜，贴着歪在路面上的宝马车向前滑行。汽车的引擎轰轰作响，轮胎摩擦着沥青路面，车身依旧跟随油门全速前进。周围一片混乱。车头歪斜、交错，就为了避免路面中央那团不断盘旋的钢铁风暴。跟滚机械雪球似的，每转一圈就有更多的钢筋铁皮卷进来，然后混乱场面又不断扩大。

透过五指的缝隙，尼古拉目睹了这一切。

后面的卡车撞到他汽车的后挡板上时，他看到了周围飞旋的玻璃屑。汽车轮胎试图抓牢沥青路面，车身在猛烈颠簸。一些甚至不在他附近的车辆也在急刹车，动作过于剧烈，前车胎弯曲，轮轴和路面间冒出黑烟。

还是痒。

超越一切的痒。

必须解决的痒。

一股莫名的力量让车胎突然重新受控，牢牢抓住地面，此时尼古拉的车子和原来的车流方向已经垂直相交。毫无防备地，车体仿佛从混乱中得到了解放，从路边一跃而起，好似终于和它本不愿与之为伍的连环撞车撇清了关系，腾入空中。

钢筋水泥砌成的路栏也没能挡住它。

尼古拉·里希特的丰田也就是飞到路边的时候失去了一点儿动力，然后就像是在演绎一场从桥边出发的马术环骑赛，接着又像一片巨型的叶子飘飘荡荡地坠落到桥底的路面，四脚朝天地跌在 A9 国道上正在左转的车流中。

再也不会痒了。

这是尼古拉·里希特一天中卷入的第二场车祸。他在沥青马路上被弹来撞去，不过这次他毫无感觉，因为他已在坠落中丧生。

当天晚些时候，记者们讨论哪些新闻要上版面时，没有一个人弄得清这场发生在阿姆斯特丹巴德胡弗多普的车祸是怎么回事。

尼古拉·里希特支离破碎的残肢后来被救护车送往了离车祸现场八公里外的斯洛特瓦特医院。医疗组判定该人已死亡后，就立即投入到抢救车祸幸存者的工作中去了。

13.

威廉躺在床上，看着天花板，在想自己是不是不管做什么，都是死路一条了。

看起来是这样的。

就在几天前，这正是他梦寐以求的目标。可是后来，他们在他身上进行各种检测和化验，他无助地坐在床上，被层层浴巾包裹，周围站满了穿着防护服的人。经历了这些以后，威廉意识到，其实他也没那么着急去死。

时间还是大清早，一缕微弱的光线透过厚重的窗帘照射进来，而威廉·桑贝格根本没有入睡。

他满脑子疑惑。

接下来会发生什么？

他接触到了什么？

那个垂死的女人跟他着手处理的密码有什么关系，他的工作又将怎样影响到一场传染病，他看到的一切和他已知的一切如何才能联系起来？

同时，雅尼娜所说的话一直在他脑海里盘旋。

他们给她的材料是打乱的，为了迷惑她，隐瞒真相，让她无法猜出自己到底在做什么。

根据现有的信息，他根本不可能解开谜题，得等到他知道哪些信息是确凿无疑的，而哪些只是混淆视听的才可以。

他闭上眼睛，努力不去想那些无力改变的事实。肯定有破解之道。他集中注意力，强迫自己重操旧业。去理解，去寻找规律和逻辑，以及解题的方法。

AGCT。她为什么要写这个？

在脑子里，他强迫自己重回数小时前所在的工作间，努力回忆一切内容。墙上的楔形文字，数列，一排排的0、1、2、3。它们被翻译、重组，变成像素，再组成符号。

它们都是哪儿来的？

为什么23乘以73？

每次当他想要接近那些数字时，思维便仿佛会瞬间弹开，就好像这些数字在告诉他，在没有看到全貌之前，他只会无功而返。不知道这些数字的来源，不知道哪儿找到的这些数列，不知道载体是什么，那么任何答案解释都是瞎猜。

载体是什么？

有种突如其来、席卷全身的感觉，是一种蔓延的温暖满足感，他马上就认出这种感觉了。这是一种强烈的直觉。

威廉立刻从床上坐了起来，眼睛看着前方。他的目光在房间里搜寻，却没有刻意寻找任何东西。

不是为了看到什么东西，而是任由思维摆布。任由肾上腺素和激素在体内上蹿下跳，脑子里一遍又一遍地回顾他知道的所有内容，压制住所有呼之欲出的结论和想法，不让它们发挥，看看是否所见即所得。

真的可以。

只有它了。

四进制。

帕尔姆格伦已经坐在了桌子旁。

尽管他等了至少有一刻钟，但几乎没有碰过咖啡。他安静地坐着，看着克里斯蒂娜脱下外套，取下单手拿着的挎包，将它挂在身后的咖啡椅背上。

他的眼神是困惑的。

“我找过他们了。”他终于说道。

克里斯蒂娜点点头。点头既是感谢，也是表示她在听，尽管她的一半注意力还集中在怎么打开杯盖，而不把里面的拿铁咖啡泼出来。

“威廉的工作已经不复存在了，”他说，“没人取代他的职位，至少不是同一个名字。不过……”他打开一张用来速记的纸，尽管他知道这么做也不是很有必要。“我找到一个女人，她叫利维娅·埃克，我猜她现在肯定有三十几岁，或许是三十五。我那会儿还在的时候她就在了，当时是名助理，不过现在她接管了他的很多工作。”

“哦。”

“我是说一部分，不是全部。必须要想到，那会儿我们做的很多事情，那会儿我们面临的很多威胁，现在都已经不存在了。”

克里斯蒂娜不知道该说什么，她喝着杯里的咖啡，一言不发。

“我俩的对话很奇怪，”他说，“所有我要问她的问题，还都属于国防机密，所以她既无法提供细节，也没办法直截了当地回答。但是她对发生的事情感到遗憾。她也认识威廉。她想让我替她向你问好，并表示她很难过。”

克里斯蒂娜耸耸肩膀。得知某座深山里有位三十五岁的密码专家很难过，这对整件事情并没有太大的帮助。

“不过总而言之，她证实了我的说法。她想象不出，现在还有什么机构会有需要或有能力做出这种事情来。而且据她所知，也没有任何征兆预示着因特网或者其他通信手段正要发生一次流量大爆炸。”

“你确定她会告诉你吗，如果她真知道些什么的话？”

帕尔姆格伦知道克里斯蒂娜的意思。他不知道答案，不过他还是选择点了点头。

“我们谈得挺久的。她明白你的处境，最后她保证，再去打听一下，一旦知道什么，会马上联系我。”

“还有呢？”克里斯蒂娜问。

帕尔姆格伦默默地坐了很久，直到开始感到不自在。他的目光担忧地看着克里斯蒂娜的眼睛。

“威廉是否曾经跟你提过他自己组装的一台电脑？”

“我们从来不聊工作，特别是他的工作。”

帕尔姆格伦忍不住笑了。

“你还是很讲原则。”他说。嗓音里带着一丝讽刺的意味，不过语调温暖友好，没有任何敌意。

“这么说吧，”克里斯蒂娜说，“我们曾经碰到有人摸进花园，有人偷听电话——可能吧，因为我们从来无法证明——时不时还有送货车停在外面一整天，从来不走，直到警察来了，停在它旁边。我不想聊他的工作。”

明白。帕尔姆格伦点点头。

“威廉是个高度机密小组的负责人，只有几个人知道这件事。他发明了一种机器，用来破解极其复杂的密码。这台机器是当时能弄到手的最好的机器——至少据我们所知——在我看来，它依然有可能是这个领域目前最好的机器之一。他称它为重构算法的科学帮手。”

过了一秒钟，她才作出反应。她笑起来的时候，自己也吓了一跳。不是对笑容感到意外，而是她的喉头居然哽咽了。

“这个王八蛋，”她说着，其实却饱含深情，“他给它取名为萨拉。”

帕尔姆格伦点点头，降低了音调，人往前倾。

“正如我所说的，没有人知道这台机器的存在，除了机密小组成员。当然，还有负责给小组拨款或作决策的上层人物。你懂的，他们都是这么运作的。”

她点头。“然后呢？”

“她没有再打回来。不过，我们在电话里谈完三个钟头以后——别问我是谁，也别问我为什么——三个钟头以后，我接到一个电话，号码是隐藏的。”

克里斯蒂娜注意到他屏住了呼吸。她的头轻轻地动了一下，几乎难以察觉，意思是让他继续。

“是个男人。他不肯说他是谁，但他说属于同一个单位。他一开始就说他什么问题都回答不了，说完要说的就会挂电话。我马上想到在书桌底下找录音机，但是现在谁还会把那个玩意儿放在手边呢，所以我只拿到了笔和纸。我在电话里听他说了两分钟，最后挂断的时候发现什么都没写下来。”

“他说什么了？”克里斯蒂娜听到自己在发问，就好像他不打算告诉她似的。

“萨拉不见了。”

“什么意思？”

“电脑‘萨拉’。”

“被偷了？”

“电话里的男人没说。两个星期前，国防总部下了个指示。更确切地说，是个检查要求。他们要掌握现有的设备和材料，给人感觉好像是要对现有资产进行整编，其中就问到了‘萨拉’的下落。”

克里斯蒂娜忘记了面前桌上的咖啡。她全神贯注地听着帕尔姆格伦，不让他低沉的嗓音被背景音乐声淹没。

那个陌生男人就是负责回应“萨拉”下落问题的。

“他因此产生了怀疑。要知道，萨拉在所有的官方记录里都找不到。没有人可以打电话去问它是否一切正常，因为根本就没几个人知道它的存在。如果有人知道，那么他也会知道它是用来干什么的。知道它是用来干什么的，也必定知道有什么事要发生。”

三天以后，这个男人忍不住去查看“萨拉”。

此时“萨拉”已经不在柜子里了。

有人带着它穿过小门、铁门和笨重的地下电梯，居然没有任何一个人注意到。

没有任何访客记录，但是“萨拉”就这么终止存在了，就跟官方记录对它的存在从无作为一样。

帕尔姆格伦说完之后，他们两人沉默了一会儿。

“是谁？”她问，“谁把它带走了？”

“我不知道。他也不知道。”

“国防总部？”

“当事情无法正大光明地摊开来的时候，百分之百就是因为它们没法正大光明地摊开来。”

她用鼻子呼吸，深深的、充满思索的两下。

“这表示他们搞错了，是吗？”她说，“你错了，他们也错了：有什么事在发生，即便你不知道，威廉的继任不知道，但是国防总部里肯定有人知道。对不对？有事情在发生，但军方想要保密。”

他再次摇摇头。

“我不知道。”

“但是有人知道。”

他什么都没说。她又把事情理了一遍。

“如果按照你说的，国防总部通过某种方法，授权某人获得威廉的电脑——通过购买也好，强取也好，还是其他的任何办法——那么这个人也一定知道是谁带走了威廉。”

帕尔姆格伦的沉默是一种同意的表示。

“那么谁会有权做这种事？”

帕尔姆格伦长久地盯着她。

“谁会获权去借一台高度机密的电脑？”

又是沉默。

然后他说：

“没人。”

帕尔姆格伦走后，克里斯蒂娜在咖啡桌旁坐了很久，重新想了一遍他刚才说过的话，试图弄明白前后意思。

让她最担心的是他的畏惧。

两天前，他跟她一样充满好奇，但是现在变了。

当她请求他再去跟那个女人聊一次，也就是威廉的继任，他拒绝了，并且告诉她，他已经没法再帮忙了，请她不要再问下去。

对她来说，这就是台外借的电脑，而对帕尔姆格伦来说，却是一样非同寻常的东西。对他来说，整桩事情都太可怕了，而且无法解释，以至于在是否帮助朋友这个问题上，他选择了退缩。这只能说明威廉的失踪一定和某个神秘大事件有关，也许是国际层面的。

这不再是私人问题。

这件事牵涉到军事机密和一桩绑架案，很可能还有最高军事机关的授意。从一个记者的角度来说，这件事情听上去像个丑闻，可以做成好几个版面的报道。毫无疑问，她要向上司申请采访资源，追踪整个事件。

她拿起了电话。

手机在她一小时前刚进咖啡厅的时候被设成了静音模式，一打开屏幕，她就发现有四个未接电话。

都是莱奥打来的。

她马上回拨过去，听着铃声，给他时间在兜里翻找电话。要是他口袋整理得跟他在智商上的表现一样糟糕的话，那么她很有可能最后等到的是语音信箱，然后不得不再给他打一次。

但是，第三声铃响过后，他接起了电话。

从背景音，她听得出来，他在室外。

“我们必须碰头，”他上气不接下气，急促地说，“我们必须碰头，马上。”

威廉站在浴室的洗手池前，一只手拿着记号笔，压抑着激动的心情深吸了一口气。他感到自己的思绪还在四处游走，一直没有停息，就像找到了诱饵的猎犬一样吠叫着，不知该如何表达。

就像他自己都无法接受刚才思考的结果。

他看着眼前的浴室镜。那是前天晚上写在上面的一长串一长串的数字。左边写着的是密码数列，右边挨着的是一团想要把数列推导成明文的公式和箭头。

透过红色的笔迹，他看着自己，直视眼睛。

被冲洗得通红的皮肤，乱七八糟的头发，眼神却出乎他的意料。目光凝视，那是他体内的能量，是他自己都不记得上次什么时候才有的一种渴望。

够讽刺的，他可不太喜欢这点。或许他已经感染了一种致命病毒，可是当他站在这里看着自己的时候，却感受到一种许久都没体会过的活力。

他甩甩脑袋，不想分心。于是，威廉强迫眼睛不再盯着自己的脸，而继续专注在镜面上。

他需要能够看到它并写下来。他取下笔帽，来回扫视着数字。

把所有的 0 都擦掉，换成 A。然后轮到 1，换成 G。2 和 3 换成 C 和 T。最后，所有的数字都被替换完毕。

这样就对了。

这样它就浮现在他面前了。

简单，显而易见，但他必须这么看着它，不带感情地。它必须这样处在视线中央，这样他才能保证自己的思绪不会走岔，才能使逻辑空白得到填充。

在他面前的镜子上，是一长串无序的 A、G、C 和 T。

一段 DNA 序列。

肯定是这样的，这就是她想要说的。他拿到的密码，他要破解的密码，藏在某种 DNA 里。

是病毒的 DNA 吗？看上去是这样的。一种致命的传染病毒。

这是不是太疯狂了？有人写下一段苏美尔语，把它们转换成像素，再把像素加密，藏在一种病毒基因组里，是不是太疯狂了？

为什么呢？为什么有人要这么做呢？

还有，是谁？

他扯过一条毛巾，擦掉刚才写下的东西，仔细擦干净，直到什么都不剩，直到没人会看到他的发现。

他把毛巾扔到浴缸里，将额头贴住瓷砖墙面，希望冰冷光滑的釉面可以让大脑产生灵感。

他真想再和雅尼娜说一次话。他脑子里有千万个问题，而这些问题都是当时他们站在露台上的时候他没想到的。突然他又想起来，他都不知道雅尼娜被带到哪里去了。也许和他一样，她正坐在自己的房间里——假设她也有一个自己的房间；也许她也跟他一样，等着知道自己有没有被传染。

但是更有可能的是，她现在身处一个完全不同的地方。也许在被审讯，也许更糟糕。也许他们在用一切办法拷问她，比如她都对他说了什么，她发现了什么不该发现的事情。也许他们用了什么非法的但墙外人不得而知的拷问手段。也许他也将面临这样的结果。也许他已经知道得太多了，而她知道得更多。这就是他的前任失踪的原因，他和雅尼娜可能接下来要遭遇同样的命运。

问题又来了。有谁会知道他失踪了呢？一个已经没了命的男人。

他打断自己。

额头在瓷砖上滚来滚去，朝左，朝右，他想要冷静。

文字，她曾经说过。

她得到一堆要破译的苏美尔语，他们又给了她一些不相干的文字。她拿到手的文字顺序都是颠倒的，就为了要迷惑她，但她还是猜到了一些事。

什么事?

他重整思路。

他知道些什么?

一段话，用一种绝迹了几千年的语言写成的话。

好。

有人把它数字化成黑白矩阵了。

好。

矩阵转化为四进制密码。

然后——

等等。

他的思路停住了。这是同一个上午第二次有这种感觉。一种直觉感席卷全身，是种找到了什么的振奋感，尽管它一直就在眼前。就好像你知道有个女演员嫁给了这部电影里的男演员，她的名字就在嘴边，你却怎么都想不起来。而就在你停止思考的那一秒钟，它出现在了你的脑子里。就是这种感觉。

矩阵。

他静静地站着，脸还是贴着墙面，闭上眼睛，不让思绪消失。

突然，他明白了。是像素图的结构，他之前在哪里见到过。有多明显就有多疯狂。

同样突然地，他恍悟到，他要完成的这个任务是前所未有的不可能。

“祝贺你。”

威廉身后的声音让他惶恐地转过身来。他不知道自己头抵着瓷砖有多久，而这个人又站了有多久，就这么看着他，他却浑然不觉。

是康纳斯。他站姿很随意，靠着门，手放在把手上，头贴着木头门框。看上去简直就是一种革命同志间才会采取的姿态，很随便，很休闲。即便这一姿态有什么不寻常，威廉当下也没注意。让他站直身体的是，他注意到康纳斯穿着制服。

“你没被传染。”他说。

“我很高兴，”威廉说，然后，“传染到什么，能说确切点吗？”

康纳斯笑笑，没有回答。

“那姑娘怎么样？”

“她跟你感觉一样。在休息，不过状态还不错。你俩之间是不许交谈的。”

“我们看得出来。”

片刻无语。

“那么什么是不允许我们谈及的？”

康纳斯默默地又站了几秒钟。他微微皱了一下眉头，几乎看不出来，就好像他是在给自己最后一次机会来考虑已经作出的决定。他终于说道：

“在处理保密材料方面，你有些什么经验？”

“我想你都知道。”

康纳斯点点头。他当然是知道的。他们仔细查过他的历史，没有理由不相信威廉，可无论威廉在此生中接触过什么样的敏感信息，它们都丝毫不及他即将知道的。

“告诉我。”

康纳斯摇摇头：“是时候让你认识其他人了。”

说完，他松开门，示意威廉跟过来。

14.

威廉·桑贝格在十五岁那年第一次听说阿雷西博信息，之后马上就产生了一个念头。这个念头就是，阿雷西博信息是人类有史以来以科学名义实施的最愚蠢的计划，毋庸置疑。

1974 年 11 月 16 日，从当时世界上最大的射电望远镜照出一道无线电信息，告诉太空中可能存在的外星文明：我们地球人在这儿。

望远镜建造在波多黎各的阿雷西博，专门用来探索宇宙起源、物理定律和其他学问。

光是这件事就很值得聊聊。

威廉·桑贝格早在青少年时期就不喜欢邻居。光凭两个人共隔一道墙，共剪一道篱，并不能说明他们就是朋友。邻居就是那个总是碍手碍脚的人，试图进行无意义的寒暄，爱对不相关之事评头论足。按照这种思路，科学家居然还要主动去联系星系里可能存在的邻居，简直就是太难以理解了。我们甚至不知道他们是谁，或者他们会对我们有何反应。大家各待一边，井水不犯河水，不是更好吗？

威廉是这么想的，但让十七岁的威廉恼怒不已的还有别的原因。

他最不理解的是信息的样子。

威廉第一次有机会了解到其中的细节，是通过一本大众科学期刊。和其他的杂志一起，它们按照年月日被堆放在威廉的房间里，旁边有一个用来编目的小本子，让威廉能够迅速找到自己需要的文章。当他知道信息是什么样子的时候，他的第一个念头就是，科学家们在那天做早饭时把什么东西烧煳了。

人类决定发射到太空中的信息是一张图片。更确切点说，是一堆低分辨率黑白像素的集合。它们要展示给信息接收方，我们人类是什么样子的，如何构成，以及在哪里可以找到我们。

本意是要展示给对方看，如果对方正确解读的话。

而这要求高得很。

首先，那些可怜的外星生命在收到信息时，必须要想到把接收到的脉冲信号抄下来，让它们变成一堆圆点或者非圆点的集合，这样的话，信息才会按我们想象的，以像素的形式表现出来。然后，外星人还要能够理解图片的内容，这真心不是一件容易的事。早在1974年，威廉就见过比这分辨率更高的电子游戏。

而最可笑的就是，科学家怎么会以为我们假设的太空邻居有能力把信息转换成一幅图片。

要知道，只有一种办法可以办到。

就是得把接收到的像素分成73行。

不是72，不是74，也不是11或者100万或者别的数字，必须得是73。分成73行以后，每行从左到右就会有23个像素，这些数字才会按照我们设想的方式表现出来。要是按照其他方式分类，信息就完全得不到解读。

但是天啊，这得全宇宙所有以碳为主体的生命形式达成共识才行啊！

从外星球突然传来一条信息，然后就得这么进行分类和排列？

显然，科学家们以为这顺理成章。他们兴高采烈地向浩瀚星空说了句“你好”，然后坐下来等着——至少据威廉所知——一条永远不会到来的回复。

威廉边想边在巨大的服务器机房里走着。机房位于古堡的地下，就像一个用现代技术搭建起来的迷宫。

沿着古老的石梯往下走，威廉进入到一个新的天地。这里的房间和走廊显然更现代化，有金属贴面的墙壁和水泥浇筑的地板。威廉一边走，一边想这里到底有多大。他吸了一口气，这干燥但温度调节得恰到好处的冷气是用来防止电脑过热的。威廉跟着康纳斯向前走，一边各有一个保安跟着。一路上，威廉一直在思考他的大脑提供的答案。

他已经认出来这个结构了：宽23个像素，高73个像素。

就是这样。

隐藏在密码里的苏美尔语，其构成方式正如同人类四十年前发射到太空中的信息一样。

服务器机房的另外一头有一道自动玻璃门，过了门是个监控室，监控室有另一道铁门通往别的走廊。走廊外面是一排排数不清的门和弯弯折折的楼梯，都是用钢板、铝合金和玻璃做成的。时不时还有山体从旁边突出来，就像有人把熔岩倒进来，任它在这里石化。

整座建筑显然很庞大。虽然威廉自己也不知道为什么，但他就是觉得周围的一切很老旧，有几十年历史的感觉。建筑风格是复古未来主义，又有冷战时期东德国家安全部“史塔西”的味道，好像在时刻准备迎接充满了飞车和银色制服的人类未来，就跟连环画里描绘的场景似的。威廉不知道这算是恐怖还是幼稚。

无论建筑风格要营造怎样一种氛围，至少看得出来这个机构很庞大。这是他的第一个印象。

同时，也产生了疑问。

尽管会议室和办公室有无数的门、监控室和磨砂玻璃，但是明显少了点东西。那就是人。自从威廉离开古堡最后一扇大木门后，他在整个步行期间一共看到——通过快速粗略的估计——三十个人，最多四十个。威廉一路看到的设施至少是为二十倍的人数设计的。人都去哪儿了？

威廉把问题藏在心里。他们来到一个地下休息室，这是一间非常大且没有窗户的房间，有一块地方辟出来专门用来等候。休息室里有类似机场里的沙发和立式台桌，在大型会议或者同类活动中场休息时，人们可以在这里短暂交谈。显然，威廉将要进入一个会议室。休息室的一侧有两扇开启的金属门，他们未作停留，直接穿门而入另外一边的大房间。

威廉第一次同弗朗坎会面的会议室已经大得惊人，但是比起这个会议室，那个就不算什么了。中间是张巨大的环形圆桌，圆桌中心是空的，周围有至少三十个座位。桌子到头是一面电视墙，二十来个大屏幕紧紧挨着。整个房间里摆满一排挨着一排的固定座椅，看上去似乎台上是领导层开会的地方，台下是低阶管理层或者决策执行层坐着听取讨论结果和进度报告的地方。

这个地方与其说是会议室，还不如说像个小型的议会厅。威廉反应过来，他们就是要在这里见他。他有点吓到了，感觉自己很渺小，而且意识到这次又是他们采取主动，而不是他。

他被带到桌子前，坐到一张蓝色的绒布椅上，椅子的样子介于转椅和躺椅之间。

他的周围坐着至少十二名穿着制服的男人，剩下的座椅都是空的。这几张面孔里他只认得康纳斯，还有弗朗坎。

“这么晚还在外面乱跑，是不是有点不成熟？”弗朗坎说道。

“显然我还没成熟到让人对我说实话的地步。”

弗朗坎没有同他争辩，只说：“你也曾处在我这样的位子，不是吗？”

“我从来没有违背谁的意愿把人带走，然后逼着他为我卖命。如果你指的是这个话。”

“你处理过绝密文件，”弗朗坎不理会他话中的讥讽，“和你共事的人也并不知道事情的全部真相，因为你也会将任务分拆，每个层面的人会对信息有不同程度的了解。这对你来说并不是新鲜事。”

“有两点不同，”威廉说，“第一，我从未对我的同事说过，他们知道的那部分内容就是全部真相。”

“我们也非常明确地表示过，我们并未全盘托出。或许你不喜欢，但这并不意味着我们误导了你。”

他当然是对的，威廉动了动脑袋，看不出是在点头还是摇头，意思只能任由他人解读。

“第二点呢？”弗朗坎说。

“我的同事一直都能得到开展工作的必要信息。”

弗朗坎又摇摇头，并非不友好，倒像是一种宽容，像是他知道威廉没有说实话，却又不点破。

“你把你最重要的工具带来了是吗，桑贝格？你知道我指的是什么——”没有回答，“一双提供新鲜视角的眼睛。”

威廉嗤之以鼻：“我喜欢被人信任。”

“我们则喜欢对所做的事情胸有成竹。换作你是我们，你也会这么做的。你可以知道你需要知道的，不多，不少。”

“那么我们为什么坐在这儿？”

弗朗坎花了点时间想该怎么回答。

“海恩斯小姐对你说了什么？”

威廉看着弗朗坎。这是这次谈话的主题吗？损害控制？查出他知道哪些事情，并确保他不要知道更多的内容?

“她没来得及说很多。你们一来我们就跑了，后来被你们在恒温箱那边抓住。里面那个女人的情况可不太好。”

他真的不知道为什么，在一个短暂的瞬间里，他突然产生了一种优越感。威廉想要尽可能地利用这种优越感。他停了停，然后决定主动出击：

“我们难道不能暂时停止演戏吗?你们把我弄到这里来颇费周折，也似乎打定主意要让我为你们工作。我只知道这些。”他沉默片刻，主要为了观察对方的反应，然后继续说：“这一事实和你们告诉我的那些事情，目前看来根本连不起来。”

“哦?”弗朗坎说，“说说看。”

威廉盯着他。

“跟我们说说，什么叫连不起来。”

威廉犹豫了。他手里王牌不多，还不想丢失领先权。但他要是不出牌的话，又什么都得不到了。

“阿雷西博。”终于他说。

房间里一片沉默。威廉看看他们，无法判断沉默的意思，不知道自己是不是说到点子上了。

“波多黎各的一个城市。”弗朗坎说道，意思是继续说。

“对，波多黎各的一个城市。四十多年前，有台射电望远镜向太空发射了一条信息。这条信息由1679个像素组成。23乘以73。跟我现在从你们这里得到的楔形文字一样。”

房间里的人不置可否。不过他已经吸引了他们的注意力，这是个好兆头。

“对此你有什么结论呢?”

“我不知道。比方说，我们从来没有吸取教训?”

“什么?”

威廉摇摇头，轻蔑地笑了笑。

“可能是我思维狭隘，但我认为这种做法太想当然了。四十年前的我们向太空喊了一句话，然后就以为不管听到的人是谁，都知道解读信息的正确方法。”

弗朗坎抬眼看了看康纳斯，在一个很短的瞬间，威廉仿佛在他的眼睛里看到了一丝笑容。威廉再看看康纳斯，他好像也在笑。这就好像是威廉在找一小片拼图，而那片拼图就在这两个人手上。

“是什么让你觉得我们是喊话的人？”他说。

威廉完全不明白他的意思。

明白之后，他更迷茫了。

“你什么意思？”他说。

“我们是回话的人。”康纳斯说。

当威廉明白康纳斯是认真的时，他从头到脚感到一股凉意。

“瞎说。”他说。

但他自己也不肯定。这完全有可能是真的，除了听上去离谱得难以置信。事实上，它比反过来更有道理。

没有任何说得通的原因可以解释，为什么科学家会选择发出这样一条信息。根本没有任何理由，除了一个，那就是有人先用同样的方法和我们说话。

他难以置信地摇摇头。他是真的跟十几个表情凝重的男人坐在同一个房间里，而他们正告诉他，让他破解的密码来自外太空？难道要他写下一条需要发射回去的信息？

他闭上眼睛，揉揉脸，想要理清思路。

这不对，还有件事不对头。

“那么，”他说，“病毒是哪儿来的？”

桌子周围的男人们看着他。不是惊讶的表情，而是希望得到解释。

“隔离室。我们看到的那个女人，躺在玻璃罩里的。是一种病毒，对吗？这种病毒就是文字的载体？”

“为什么会这么说？”轮到弗朗坎问了。

“四进制。是谁要把密码编成四进制的？”

他听得出自己的嗓音很急促，心里有点遗憾自己没有控制住。但是谈话已经开始有点让他生气了。周围的人什么都知道，但什么都不说，非要让他自己想出来。

“只有一种回答说得通，”他说，“没有什么人把信息编成四进制码，除非载体本身不得不这样。这样的载体我只能想到一个。”

“DNA，”弗朗坎说道，“这就是你的结论吗？”

“我问你们密码是哪儿来的，你们不肯回答。这是唯一合理的答案，文字藏于基因组。有人在给我们传话，传递消息，往我们身上种了一种病毒，病毒隐藏着信息，现在轮到我们回话了。没有其他可能。我唯一的问题就是，是谁干的？”

威廉仅存的一点优越感已经没了。他又落后了。他被对话摆布着，而不是他在摆布对话。他来不及整理思路，只能一边大声推理，一边得出新的结论。而自己刚才作出的这个结论，他一点儿都不喜欢。

脑中似乎有某个念头在大声抗议，请求得到注意，但他选择不去理会。不可能，那个思路是条死胡同，他提醒自己。

康纳斯看着他，就好像他完全明白威廉在想什么。

“你已经知道答案是什么了，”他说，“对不对？”

威廉摇摇头。

“你认为文字是从哪儿来的？”

他犹豫了一下，又摇摇头。“抱歉，我不知道。”他说。

“说说看。”

“不，我有点糊涂了。现在……”脑中的那个念头又在蠢蠢欲动，希望得到他的注意。“现在我只找到一个解释，而那是不可想象的。”

“在你去想之前，所有东西都是不可想象的。”

威廉闭上眼睛，再做最后一次努力：让每块拼图归位，希望它们展示出来的结果是合理的。但是无论威廉怎么尝试，得出的都是同一个完全说不通的结论。

“说吧。”

他吸了一口气，小心翼翼地选择措辞。

“根据我听到的，我自己推出的结论，还有我们正在进行的对话——我没法得出别的解释，除了……”他又停下了。这太疯狂了，但是他别无选择。“你们碰到了一种病毒。”

他等待着反驳，结果没有。

“怎么碰到和哪里碰到的，这个我不知道。反正在什么地方你们碰到了，通过某种方式。出于某种原因，你们得出关于病毒的一个结论……”天哪，怎么可以这样说。“结论就是，病毒并非来自我们的星球。”

他看着他们，想要读懂他们的表情。没人开口说话，没人阻止他，也没人嘲笑他的痴人呓语。于是他决定接着往下说。

“你们仔细研究了这种病毒，发现它的DNA里隐藏着信息。现在我们——不，是你们——想要找到破解码来回复他们——不管他们是谁。”

他说完了，房间里仍然一片安静。他转过身，有种要为自己辩护的欲望。

“很疯狂，我知道很疯狂，但这是综合各种因素以后得出的最可信的解释，最正确的还原。阿雷西博信息是一次不成功的回复，以正确矩阵呈现，却不知如何加密。我们现在坐在这里，已有一种传染病毒，要去回复一条必须回复却不知道怎么回复的信息。”

还是沉默。唯一能听到的只有空调运转的声音。

“我知道这很疯狂，”他说，“也很抱歉让你们失望了。如果你们不反对的话，我愿意听一下正确的版本。”

康纳斯清了清嗓子：“可惜这还不够疯狂。”

威廉看着他。又来绕圈子了？

“你的结论并不荒谬，只是错了。”康纳斯停顿了一下，“是有一种病毒，这点完全正确。但是，病毒是我们自己制造出来的。”

“我们？”

“是的。”

“哪个我们？”

“不是坐在这里的人，而是我们的同事。是一些已经去世很久的科学家。”

威廉微微点头。不难猜出为什么，尤其是看到了玻璃罩里的那个女人之后。

“是什么环节出错了吗？”威廉说。

“是的，出错了，病毒失控了。三十年前，我们有将近八百名员工，如今只剩下五十个。我们这里的人都没有参加当时的工作。我们是从零开始的。”

然后就不再说什么了。他等着威廉。轮到威廉思考。

“那么在这种病毒里，”威廉慢慢地、一字一句地说，“在这里制造出来的病毒里，你们藏了一段码文。”

康纳斯点点头，但似乎有所保留。“是的，是我们藏进去的。”

威廉觉得他接下来就要说但是。“这段码文是你们自己编出来的？”

“正确。”康纳斯说，还是同样的语气，预示着接下来会有个但是。

“那我就不明白了，”威廉说，“如果是你们自己写的密码，那为什么还要我破解它？”

康纳斯看着他，歪了歪脑袋，就像个善意的哑剧动作，告诉威廉他问错了问题。

“因为，桑贝格，我们现在说的是两回事。我们要你破解的并不是病毒里的密码。”

“我又不懂了。”威廉说。

沉默。带着犹疑的眼神，康纳斯环顾了一下桌子四周的人，好像在确认自己是否得到授权深入对话。看上去没人要反对，于是他的目光又收了回来。

康纳斯盯着威廉。

“你在研究的数列，”他说，“我们要你找到密钥的码文……”

“怎么了？”

“它们不是病毒里的。”

15.

莱奥弓腰站在自己写字桌上的电脑前，眼睛看着显示器，手指在键盘上敲打着。

“我不知道。”他说，听上去还是气喘吁吁的，但似乎是因为激动，而不是劳累。他快速看了她一眼，眼睛似乎不肯离开显示器半秒，就跟任何事情都有可能随时发生一样。“或许不是很有关系。呃，你知道有时候大脑就是这样的，会把一些不相关的事情拼凑在一起。我也不是很确定。”

克里斯蒂娜站在他旁边，也弯着腰，外衣还没脱，眼睛死死盯着莱奥那台大大的显示器。

他非常着急，几乎是命令她即刻打车回编辑部。

他，命令她。照理她应该光火的，但她却忍不住感到好笑。她的确按照他的吩咐，迅速离开了咖啡馆，叫了一辆出租车。

他一定是找到了什么，要她自己亲眼看到。当她付完车费，穿过玻璃大门回到报社编辑部的时候，突然想到一种可能性，那就是或许他发现的东西实际上并没有他自己想象得那么重要。那么，接下来的会面很有可能会变得有点尴尬和愚蠢，甚至让两人都感到别扭。

但是莱奥已经在电梯门外等着她了。他穿着外套，这让她反应过来，他也刚刚回来。她马上又想到今天是他休息的日子。她告诉自己，哪怕事实证明他错了，他的积极性也不应该被否定。

他同她并肩穿过整间办公室，步伐迈得很大，克里斯蒂娜都快跟不上了。他念叨着自己在家看了一晚上的电脑，登录各大通讯社，逐条浏览从今天起往前半年的所有新闻。他相信自己以前看到过什么，可又记不清时间，只觉得它对他们目前的调查来说非常重要。

现在他在编辑部的电脑上浏览着，手指熟悉地翻到那天的日期，找到那条他已经知道该在哪里找到的通讯。

“我知道我是对的。我知道我是对的。”

他看看克里斯蒂娜，把显示器微微地向右调整了一下角度，好像这么做她就会看得更清楚点，虽然她根本就是紧挨着他站着。

“看这里。”他用手指过去。

显示器上是一篇路透社通讯，用英语写的，是对一件琐事进行事实描述的短消息。

阿姆斯特丹，4 月 24 日。标题：《失踪学生杳无音信》。

克里斯蒂娜扫视通篇通讯，习惯性地用眼睛摘出关键词，迅速浏览，寻找新闻价值。

没有线索——焦急的男朋友——玩失踪——警方认为可以结案。

没了。

“明白了吗？”莱奥说。

她不知道怎么回答这个问题。事实上，她一点头绪也没有。

她又扫视了一遍文章。

关于一个失踪者的，没错。但是每年有多少失踪案例发生呢？这是关于一个年轻人的，发生在七个月前，地点在荷兰。她不明白莱奥从中看出和威廉的失踪有什么关联。有一点倒是一样的，她的伴侣不相信她是自己出走的，除此之外，她的情况就和威廉的没有任何相似之处了。

她看着莱奥，笑了笑，想要掩饰自己的怀疑。能把这条通讯挖掘出来可能费了他不少力气，但实际上有多大用处就不好说了。

他看出来了，但并没有表现出失望的样子。

“先不要说话，”他说，“我后来用谷歌查了点东西。”

哦？克里斯蒂娜盯着他。

“这名失踪的学生叫雅尼娜·夏洛塔·海恩斯。四年前拿了奖学金来阿姆斯特丹读书，非常有才华。在那之前，她是在西雅图求的学，那里的人对她赞不绝口。”

他把显示器往自己这边掰了掰，好看得清楚些。

“然后，”他说，“她的研究生论文，在这儿。”

他在电脑上切换了显示窗，将长串的通讯最小化，跳过其他打开的程序，打开一个邮箱。

电子邮件的最顶端是他自己的名字，他是发送者。有个附件。

“因特网的力量。”他开口说道，更多的是为了打破沉默。他双击打开了附件。

克里斯蒂娜拽过一把椅子，在电脑前坐下。

她能感受到他的眼神，知道他很得意于她态度的转变，而她觉得他完全有理由为自己感到骄傲。她对他所有的质疑都消失了。社交上的缺陷并不意味着能力的不足，她恨自己之前居然没能将两者分开对待。

在她眼前的显示器上是一份扫描后的文件。从旁边的缩略图看起来，文件几乎有一百页。莱奥往下拉了一下页面，于是首页赫然出现在显示器的正中央，覆盖了从左到右的页面距离。

就在画面的正中央写着标题：《对意义的无尽探寻——一份对史前文献所用符号及隐藏信息的研究》。

“他是做什么的，你的先生？”莱奥说，“或者说前夫？”

她抬眼看着他。他的眼神是坚定的，仿佛完全投身到这项工作任务中去了，从而忘记了自我怀疑。他不再是那个不自信的年轻人，原因很简单，他正忙于思考更重要的问题。

他提出问题不是因为他不明白，而是为了强调。她点点头：这太像了，不可能是巧合。

她问道：“我们能找一下她的男朋友吗？”

莱奥看着她，眼神坚定、骄傲。他点点头，递了一张纸条给她，上面写着一个名字和一个电话号码。

“我已经给他打过电话留言了。”

眼前这张写着一家瑞典报社电话号码的淡黄色方形便签纸跟其他二十几张便签纸一样，都被阿尔贝特·范·戴克压在了那本厚厚的硬皮文件夹下。他刚把文件夹扔在面前的桌子上。

他很累。

不，他不是累，是完全精疲力竭。

身体从坚硬的办公椅上滑下来，一直滑到胳肢窝被椅子扶手架住为止。然后，他用沾染了记号笔墨痕的双手揉搓着自己的脸。

坚持完所有的讲座需要体力，但他知道他必须克服，必须调动起自己的精力和肾上腺素，站在讲台前，让教室气氛活跃，将学生的问题和他们不断涌现的奇思妙想引导到预备好的讲义内容上来。这让他很疲劳，但矛盾的是，也只有这样他才能继续生活。短暂的瞬间，他甚至能感受到一丝愉悦，至少是接近愉悦的一种感觉。

从某种角度上说，痛苦是双重的。事情已经过去半年多了，对她的记忆变得模糊，开始从脑海里淡出，而这在失踪事件后成为另一层面上的痛苦。

她一定在什么地方，他坚信这点。

雅尼娜一定在什么地方等着他。他不愿意忘记她，不愿意让这件事过去，至少不会在他还有能力帮助她回来之前。

就好像他还没有尽全力似的。

他想放下这些回忆，重新集中注意力，回到现实。

他听到窗外的喧哗，知道生活还在继续，今天和平常的每一天没有什么不同。学生们在互相交谈，大声讨论，他们穿过回声重重的校园，奋力跑向某处，在那里有人已经等了他们至少十分钟。他曾经喜欢坐在这里，听着外面的声音，让视线在办公室的书架上游走，不时将目光停留在某本前任留下的书上。

如今这种乐趣再也没有了。现实仿佛缩回到一边，把自己包裹在一张灰色的过滤网里。他能看到眼前的种种同往常一样在继续，实质上又是看不到的。他魂不守舍，灵魂已经不在原处，无论他身处何方。

很有可能就是因为这个原因，让他刚才没有注意到门口有个壮实的年轻人在盯着他看。

阿尔贝特马上坐直了身子，自己也不知道为何如此反应。他坐在位子上，挺了挺背，就好像是他该向秘书致意，而非反过来。

突然出现的沉默让两人都有点尴尬。

“我只是过来说一声，帮您接了几个电话。”壮小伙终于开口。

他指着写字台上的厚文件夹，下面压着一堆便签纸。秘书二十出头，但看上去还跟个青少年似的。若非得到这份工作，他很可能从不会走进大学校园。

“我看到了，”阿尔贝特说，“马上就处理。”

“我只是想确认一下您都看到了。”

“谢谢，还有别的事么？”

还有，但是秘书犹犹豫豫，有些不自在，想了下，觉得还是可以等一等。他摇摇头，笑了笑，转身离开办公室。

阿尔贝特闭上了眼睛。

“事实上，还有一件事。”

秘书的声音清澈嘹亮，似乎从未离开过。阿尔贝特抬头看他，发现这烦人的小伙子又回来了，站在十秒钟前刚离开的位置。

“现在的人是不是完全不懂得敲门了？”

“门是开着的。”秘书说道。

“那是因为你没关。”

“呃，现在没关。以前会的，你一般不愿意被打扰时就会关门。”

阿尔贝特想要说些什么，但也不想就这件事深究下去。他挥了挥手，让小伙子把要说的话说完。

“你认识那个在你之前在这里工作的人吗？”他说。

好一个奇怪的问题。

“什么意思？”

秘书摇摇头，拿出一个信封。开始这段对话让他肠子都悔青了，他意识到这个问题并不适合学院领导来回答，可他实在是不清楚这里的规章程序，想要知道就必须开口问。他的上司情绪多变，性格抑郁，不肯接受被女友抛弃的现实，这可不是他的错。

“没什么，”他说，“肯定是什么地方搞错了。我们这里没有这个人，我不知道该怎么处理它。”

“哦，”阿尔贝特说，“拿到门卫那儿去。要么转给对的人，要么退回去。把一个不在我们部门工作的收信人找出来不是我们的义务。”

小伙点点头，道声谢谢，再一次转身要走。

阿尔贝特坐在椅子上，看着他走出房间，把信封放在外面的写字桌上，在外面走来走去，处理各种杂务。

烦人。

阿尔贝特看看表，还没到午饭时间，但这不要紧。他需要一个人待会儿。在一个不会被打扰的地方待着，就自己一个人，想自己的问题。那封信倒是可以成为很好的托词。

他站起来，穿过门走了出去。

“跟你说一声，这封信我带走了。”

他看着秘书不解的眼神，也不解释。他从筐里拿出信封，打定主意要找个安静的角落。图书馆、咖啡厅或者室外，只要不是太冷的地方都行。边想着，他边往楼梯走去。

直到此时，他才看到收信人的姓名。

他奔跑着经过门卫室，并非为了扔下信封，而是一路跑出去，穿过高大的木门，奔向冬日的户外，站在强烈的日光下，好好看清楚这封信。

他站在楼梯旁，用手指撕开坚硬信封的一条边。他激动得发抖，完全没有注意到粗糙的淡黄色信纸已经划破了他的皮肤，手指都流血了。

信封上的邮戳是自动盖印机打下的。没有公司名字，没有投递人姓名，没有回信地址。但是信封的一边上是“贝恩”两个字，日期是昨天的。

收信地址是阿姆斯特丹大学。

收件人：伊曼纽尔·斯芬克斯。

当拨下报警电话号码等待被接通时，他强忍泪水，努力使自己的嗓音保持镇定。

“我要和负责失踪人口的部门通话。”

16.

差不多十年前，威廉坐过一次险些坠毁的飞机。在恍如隔世的三分钟里，他乘坐的那架军用飞机失控了，以加速度向下直坠。引擎轰鸣，纸、杂志、咖啡杯像是凝固了一样悬在半空中，又和人一起摔下来。

他那会儿什么都做不了。恐慌夹杂着让人头晕的失重感，威廉感到身体内的所有器官都飘离了本来的位置。整个过程，他那处于极度惊恐中的大脑都在想，快了，马上就完了，马上就彻底不会害怕了，所有人都能恢复常态，体验身体被大地抓牢的感觉。

可是每次这样想，他的希望都被打破。害怕、惊恐，然后又有一丝希望，仿佛马上能够得到解脱。这三种滋味循环往复，到头来是更强烈的恐惧感。大脑只能再次不得不认识到，面前的事情确实在发生。完蛋了，我们坠机了，谁都活不了。

三分钟。

之后，他终于在椅子上坐稳，机身摆正了位置，全力加速，喷气式飞机的引擎歇斯底里地呼啸着，把他们重新拉回空中。窗外是低垂的乌云和红色的山脉，这些近在眼前的景象仿佛在告诉他们，飞机已经跌落到有多低。

事后他被告知，死亡近在咫尺。

他花了好几个星期才让自己重新学会如何入睡。

但是，恐惧的感觉却从来没有离开过，包括那种一次又一次意识到没有出路的绝望感。

威廉·桑贝格从椅子上站起来，冲出会议室时的心理感受，从很多方面，都跟飞机上那几分钟一样。

他原本已经忘记了当时的感觉，但他现在脑子很乱，思绪万千，所有的想法都追随着当年的模式在想象与现实之间辗转反复，在怀疑与惊恐中周而复始。

他是从会议室跑到这里来的。

穿过未来主义色彩的金属走廊，跑上几个世纪的古老石阶，冲向美轮美奂的山水风景，他的周围是连绵的无名山脉，下面是泛着涟漪的湖水。他需要新鲜空气，他需要看看天，可这于事无补。他站在高高的露台上，有一会儿完全静止不动，深深呼吸，想要把所有片段都拼凑在一起。过一会儿又沿着石墙奔跑起来，仿佛地理位置上的移动就能让事情在本质上有所改变。

仿佛这么跑着，就能离开那些已知的事实。

谁。

这是一个始终都会被想起的问题。就好像一个绕圈的动作，总是回到同一个起点。谁。这是一种噩梦般的感觉，似乎马上就会醒来，可又没到时候。每次的“快了”都变成没有改观的现状，直到一切消失殆尽，他又进入新的起点，一个又一个。威廉的目光在天际间搜寻，迫切地渴望在远方的某处藏着一个答案。

谁。

过了很长时间，他才发现康纳斯也跟了上来。康纳斯倚在厚重的木门上，看着他，什么都没说。又来了。这人老是站着盯住人看，究竟是为什么？

没法判断康纳斯到底站了多久，威廉连自己在这儿待了多久都不知道。他浑身沾满了雾气，也可能是汗水，反正他可不觉得有什么东西会淹死他。他已经彻底无动于衷了。

实情就是这样。他周围的一切现在一片混乱，他的世界观仿佛被人彻底摧毁了，七零八落地散落一地。

“我知道。”康纳斯说，指的是威廉此刻的感觉，但他并没有说出来。

威廉报以点头。康纳斯沉默了很久，后来说：“慢慢就习惯了。”

威廉又点点头。

一开始，他感觉还能把握住对话内容。他让自己尽量保持平静，积极思考，情绪镇定得足以让房间里的男人们对他产生敬佩。

但他们打破了这一切。他不得不打出王牌，虽然一点儿用都没有，主动权又被收回了。

接着，事态朝着一个他没预料到的方向扭转。

他们给了他一个解释。

他明白，他们没骗人。

会议室里的对话又持续了半个小时，但任何实质内容都没说。威廉的每个问题都陷入死胡同，不是被回避就是遭到反问，问他和雅尼娜·海恩斯到底看到了什么，互相说了什么。他的周围坐着十五个纹丝不动的男人，就跟穿了制服的贝壳似的，偶尔才会插入几句不完整的话。

到最后，威廉失去了耐心。

会议对他来说不再有意义，反正他也没有什么好输的了。

此外，他也饿了。

“够了！”他说道，声音洪亮，口齿清晰。很唐突的一句话，正值某人要开口说什么的时候，突如其来的安静让他突然感到自己其实也不是那么自信。

但不管怎么说，效果达到了。房间里的人都看着他。

“这样吧，”他说，“你们知道我都知道些什么，反正我知道的也不多。你们要是不肯的话，也就不必相信，可以继续问我问题，直到我睡着或者死了，或者任何你们想要的结局。不过我们不会有很大进展的，这就是实情。现在是你们在选择怎么浪费时间。”

“那么你有什么建议？”这次是弗朗坎问的，“你认为我们应该怎样浪费时间？”

“我要跟你们谈笔交易，可以吗？”

没人回答。威廉也没指望他们回答。

“我可以提供我的专业知识。我保证尽我所能。我不能保证结果，因为在我的专业领域里没人可以保证，但我保证竭尽所能，找到你们需要的破解密钥。但是，我要求一件事。”

房间里很安静。

“我要知道我在干什么。”

空调在转。有几个脑袋在动。没人说话。

“我要推算的是什么东西？”

还是安静。

但是安静中隐藏着什么，桌上眼神交换着，好像房间里正在作某种共同决议。

“桑贝格?”

声音来自身后，他不得不转过去。

康纳斯站起来了。他转向威廉，眼神肃穆。他深吸一口气，然后把这口气在胸腔里憋了一会儿，似乎是在强调接下来的话很重要。

这番话他不是第一次说了。在威廉之前，他对二十来个人说过，其中大多人现在都在房间里，盯着威廉。他们都知道威廉即将要思索一些他以前从未想到的问题，而此刻将把威廉的人生分成两段。

知道之前是一种人生，知道之后是另一种。

康纳斯先说了上半句。

“你是程序员。”他说。

威廉耸耸肩膀。

“保家卫国的。”他又说。

康纳斯几乎是怜悯地看着威廉。这不是个问句，只是开篇语，房间里所有的人都知道威廉曾经为瑞典国防部效力过。威廉曾经是名程序员的事实不容辩驳。即便他的工作主要是进行密码破译，但这更多是一种变相的程序员工作而已。

“这意味着，你知道‘注释行’是什么东西。”

注释行属于程序代码的一部分，不归电脑处理。作为程序的一部分，它不具备任何功能。注释行是用大白话写给人看的，而不是电脑。有时候它们用来标注程序中某个特定部分的用处，有时是向其他程序员解释某个特定序列或者某行程序代码的工作原理。还有的时候仅仅是程序员间的互相调侃。简单来说，注释行的存在并不为完整的程序代码添加任何意义，它就是由写程序的人往程序里插入的次要信息。

“怎么了?”他问。

康纳斯看着他。

“你对人类基因组知道多少?”

“应该知道得更少。”

康纳斯点点头，这在他的意料之中。于是他清清嗓子，继续下一步的解释。

“在当今你能找到的每篇科学文献中——在现代社会发表的每篇医学文章中——有个普遍能读到的知识点：我们已经完成了将近 2% 的人类基因组配对工作。”

他一边说着，一边竖起食指和大拇指轻轻摩擦，想要突出这是多么微不足道和让人失望的比例。

“有可怜的 2% 可以让我们指着说，这部分，这部分我们知道它的用处。那么剩下的 98% 呢？我们直到今天都不知道它们是干什么用的。”

说完停了会儿，主要是留出时间，让威廉点头，确认他的反应跟上了。不过威廉想得比这远。

“垃圾 DNA。”他说。

康纳斯扬了扬眉毛，看来威廉知道的比一般人还是要多。不过，这也毫不奇怪。他阅读学术期刊，关注最新的科学动向，至少在他还活跃的时候。

“有人这么称呼它，”康纳斯肯定地说道，“尽管我后来知道，其实这些应该叫作‘非编码 DNA’。”

威廉盯着他。什么意思？

“真相是，”康纳斯继续说，“其实我们都搞错了。‘垃圾 DNA’并非垃圾。”

威廉花了好一会儿才弄明白康纳斯的意思。他突然不自觉地坐直身体。对话正朝着威廉没有预料到的方向发展，他没办法再假装兴趣索然了。

康纳斯看出来了。

“显然，这不是我们想大张旗鼓地宣传的，所以你不会在杂志或科学刊物上读到。不过，大约五十年前，就有一群科学家成功地破译了剩下的 98%。”

接着他就不说什么了，只是看着威廉，等着威廉跟上思路，等着他完全明白怎么回事以后，好把最后的部分说出来。

但是威廉已经猜到答案了。康纳斯把所有的拼图碎片都摆在桌子上了，现在只有一种方式能把它们拼在一起。唯一说不通的就是常理，因为这没法解释。根本说不通，完全不可能。威廉眯缝着眼向康纳斯斜斜地望去，希望是自己误解了。

可他没有。

威廉难以置信地摇着头，仿佛表示自己对整篇谈话作错了结论，急需康纳斯的帮助。

“结果呢？”他问。

正如康纳斯所料。

康纳斯一字一字小心翼翼地说：

“他们发现，人类基因组全是由‘注释行’组成的。”

威廉转过身，不再看前方的阿尔卑斯湖，这时康纳斯仍然远远地靠在门上。

他是故意跑远的，但也等着没走。他知道当威廉想要说话的时候，就会说的。

现在是傍晚。一缕阳光斜照在山峰后，即将消失。微风阵阵，穿过薄衫上的缝隙与纤维间的窟窿，吹动着头发。发丝根根竖起，好像在严阵以待傍晚的寒冷。

但这些，威廉都没注意到。

相反，他走向康纳斯，站在他的面前。

“我们在破解的密码……？”他终于开口问道。

他找不到合适的词来完成问句，康纳斯也不需要。康纳斯点点头。他小心地回答，像是一位给学生讲解问题的老师。

“你和雅尼娜接触到的信息全部都来自人类的DNA。”

康纳斯等着威廉的反应。他知道接下来面对的会是什么问题。

“是谁把信息植入进去的？”

现在轮到康纳斯摇头了。他默默地看着威廉。

“这个问题我们问了自己五十年。”

第二部　诱饵

人人都对我说，要活在当下。

我对此嗤之以鼻。

现在是未来的前奏。

目前是什么样子就是什么样子，此外什么都不是。

现在只是过渡阶段，马上就会结束。绝对不要和现在捆绑在一起，因为它早晚会过去。想要活在当下的人和活在过去的人没有多少不同，只有傻瓜才会这么做。

我就是一直活在未来的人。

吃完早饭想午饭，爱完一个想下一个。坐在落日余晖里喝着啤酒，我就要想什么时候太阳会彻底下山，然后我们就该回屋里去了。或者啤酒喝完了，我们也得回去。要不就是有人着凉了，也是一样的。

人们迟早是要回到屋子里去的。

那么为什么要活在当下呢？

现在生气，接下来还是生气。那么就早作准备吧。

终于有一天，我决定不要再活了。

我唯一要做的事就是等待下一刻赶快到来，能多快就多快。

11 月 26 日，周三，早晨

今天，我不再那么自信了。

今天，我不肯定是否还有未来。

今天是我人生中第一次希望能够活在当下。

17.

康纳斯的一辈子是被一场铁灰色的瓢泼大雨一分为二的。

那是个漫长的下午。他手头一大堆打印出来的录音文件，文件多得都快能拉手风琴了——电话里，人们互相倾诉着一些跟秘密丝毫扯不上关系的内容，这从磁带的卷数就可以看出来，再由秘书在发着绿光的电脑终端把每个字敲下来——康纳斯房间的小窗户外，天光来临又消失，从未有人留意。

那是在十月份，天气寒冷，世界处于危险之中。

华盛顿政府在被一个演员摆布，莫斯科则被一名克格勃长官操控。康纳斯房间里的巨型桌子中央摊着几张地图，分别是伦敦、英格兰和整个联合王国。地图随时会盖上塑料板，以便标出总在伺机而动的敌对势力。

然而，让人感到时间缓慢难挨的原因既不是政治局势，也不是寒冷天气。

康纳斯感到下午漫长，是因为他在盼望六点的到来。

有一封奇怪的信一早就躺在他的信箱里，不过，它的奇怪不是那种能让人一下子看出来的。信是用电子打印机写的，装在一个棕黄色的标准信封里，外面写着他的名字，信纸边上的接缝处还能看得出来被打印机滚轴压皱的痕迹。

除了这些以外，这封信没有盖邮戳。这只意味着一件事：信是通过内部邮件系统送到他这儿的，甚至可能就是部门里某个人写给他的——不过，要是联想到部门规模的话，这种可能性就要小一些。若有什么任务需要如此保持神秘，只要进来悄悄和他说一声就行了。但不管怎样，他仍然觉得这封信来自机构内部。

事实上，他被这件事弄得很兴奋。这个部门的存在就连军情六处的大部分人都不知道，因此，这封只有只言片语的内部信件足以勾起任何人紧张的情绪并让人重视。实话说，这种感觉正是他自从半年前受雇于这里以后日思夜想的。有事要发生了，他有感觉。

离六点还有四分钟，他穿上了外套。

他走下嘎吱作响、高低不平的木头楼梯，穿过毫不起眼的大门，走上大街，按照信里的指示，来到伯克利广场对面一家关了门的酒吧外的电话亭前。

他站了进去，如约到达。

他在寒冷中等着。大颗的雨滴划过外面的玻璃棚，狭小的电话亭内，玻璃内侧留下一串串透明的雾气印记。电话亭底下，雾气和雨水汇到了一起。他的面前是一部冰冷笨重的电话机。他等待着，外套下的湿气慢慢氤氲上来。

腕表上的秒针正要跳向12。跳过12。6点钟零10秒。20秒。电话机悄然无声。30秒。

他开始感到有点不自在。是否对于这封信，他作出了错误的判断？是不是中了什么圈套？他有没有暴露自己？是不是有人看着他从哪道门出来，自己却站在阴暗里，没有察觉到？有可能。这让他心烦，他闭紧牙关，开始琢磨对策。老实说，他怎么知道有没有人站在马路的对面，拿着望远镜在看他，并记下他的样貌？可能都已经准备好，等他离开的时候尾随上来，甚至可能更糟。

他还没想明白到底是怎么回事的时候，突然感到外面有身影在晃动。他转过身去，看到玻璃棚的外面有一张脸。

电话亭外站着一个男人，直勾勾地看着康纳斯。他说什么完全听不到，声音被秋风雨水盖住了，还有大城市无处不在的喧哗声，但是那人的嘴显然在念他的名字。

康纳斯确认地点点头。陌生男人打开门，示意他出来，到这秋风阵阵的夜色中来。

这是康纳斯完全没预料到的。他体内的不自在感越来越强烈，但他还是照做了。外面有辆等候中的外交用车，晚上的雨滴在车灯光柱中仿佛一根根白丝线。就好像有人用炭笔作了一幅画，周围的一切都灰暗模糊，轮廓不清。他在雨中疾走，那个陌生的男人一直跟在他身后。他们走到人行道边，钻进了温暖的汽车后排座。

坐在他旁边的男人关上了车门，自我介绍叫弗朗坎。

弗朗坎示意司机发动汽车，汽车随后转弯汇入了傍晚的车流，从此，一切都变了。

康纳斯后来昏昏沉沉地过了好几天。

他后来得知的那些事情不可能是真的。

可就是。

为什么是他，他问自己，为什么要他知道这些事？

他的日常生活全是些理论式的场景和理论式的对话，这不是他的真实人生，而是经过叮叮咚咚的打字机和电报机过滤的。尽管他清楚地知道外面另有一个真实的世界，在所有的木质护墙板和寄件闸之外。他的理论模型就是外交官、军人和特工们的真实世界，但就算他深知这点，他也不用去理会那现实。简单来说，他根本就没活在那个框架里，而只有想到这点，他才能保持头脑敏捷，进行合理判断，可以不慌不忙地找到解决问题的对策。

这才是他要的生活。康纳斯是个理论家。

尽管如此，他还是坐在了丽兹饭店的私人包间里，消费了一顿奢华的晚餐。头上是水晶吊灯和层层帷帘，地上铺了厚厚一层地毯，厚到他要是脱了鞋，都不知道在哪儿能重新找到。膝盖上盖着一块浆洗过的餐巾，食盘上摆着一只死山鸡，对面则坐着一个陌生男人。男人低声私语，告诉康纳斯那些他无法远观的事情。

信息。在人类 DNA 里。

一开始人们只是发现了一种模型，他说，在某个本来应该是随机排列的片段里发现了一串反复出现的组合，就好像人们在噪声里听到了一串密语。

那时候冷战正处于热斗之中。首先是科学家在一具尸体上有了这个发现，尸体碰巧属于一位英国大使。当时人们马上得出结论，即敌国特工通过这样的方式将情报传入英国。虽然令人难以置信，但是仔细想想也不无道理。想要在敌方阵营里传递信息，有什么方法会比把消息藏在敌人体内更安全？有什么办法会比让敌人自己充当毫无意识的信鸽更好？

然而这个推理错了。同样的基因组合在其他人的身体上也被发现。这些身体既不属于大使，也不属于特工，跟任何政治冲突都毫不沾边。在每份血样里，在被秘密研究的每具人类身体里，在每个新的遗传基因组里，人们都发现了同样的密码。

就在专家们还在试图破解密码含义之时，越来越多迹象表明这种基因组合无处不在。英国人身上有，全欧洲每个人身上有，甚至只要是地球上活着的人，身上都有——不，还有，只要曾经是活人，身体里就都有，不管是医院太平间冷藏柜里新收的尸首，还是全世界各个大学昏暗的地下储藏室中收藏的泡在福尔马林溶液里的死胎。

不管是谁把这段信息藏在人类 DNA 里，他一定是在很久以前就这么做了。年代久远到这段信息在一代又一代人身上得到了扩散、复制和传播。

于是人们开始顺着历史往回查，以为只要追根溯源，就能找到源头，回到当初密码被植入时的那个时间和地点。也就是说，密码从那时开始在人类 DNA 里代代相传。

但无论人们怎么往回寻找，是破地三尺把棺材挖出来，还是打着考古名义把金字塔里的古墓穴挖开，结果始终不变，源头从未找到。

密码是人类基因组里永不分离的一部分。

从有人类存在，就有密码。

而它的由来无人知晓。

康纳斯从地下安全区域打开门，吸了一口古堡台阶上的苔藓味。快三十年了，每个早上他都要这样来一次，带着种悲凉的感觉。悲凉在于无论时间过了多久，事情的进展都微乎其微。

最大的一次突破是在他尚未接手时，人们成功地破解了密码，发现藏在密码背后的是一段楔形文字。人们把楔形文字进行了翻译，知道了意思，可结果比预料的还要糟糕。

人们近乎绝望地寻找着答案。

他们试过把信息发射到太空中去，但是没人听到。也许是没人知道怎么编码回复？因为人们是用一种明文的方式把信息发射出去的，1 就是 1，0 就是 0，但不这么做还能怎么做呢？

难道是喊错了地方，不该是太空中？

不是太空又能是哪里？

康纳斯深吸一口气，摇摇头，不愿再去想这些问题，即使他知道这些无解的问题还是会不断地卷土重来。这一切仿佛让悲凉的意味更重了。

为一切毫无进展感到悲哀，为自己的一生感到悲哀。眼前这一切也就这样了。

他摇摇头，不想用这种态度想问题。他连六十岁都还没到，应该至少还有二十年可以活，也许三十年，运气好点四十年都没准儿。

它们究竟从哪儿来？

他还有什么可梦想？

作为一个内幕知情人？

他听见自己走上石梯的脚步声，踉跄又拖沓，以前可不这样。

他再次问自己，在那个十月的雨夜里，让自己被说服参与进来到底对还是不对？

到底还有没有机会取得成功？

他们是不是应该把全部真相告诉桑贝格，既然已经说了这么多了？

18.

这是威廉重新审视世界后的第一个早晨，他醒过来，久久地站在窗边往外看，不知所措。

一切都没变，却有种假装的意味在里面。

以前的一切，他所做的、所看的、所吃的，一切都是标准化的循规蹈矩和不言而喻，此时却都跟他有了距离。什么都好像是真的，跟昨天的一样，但就是有种变了形的感觉。

他晚上没睡好。昨天的对话在他脑海里一遍又一遍地回放。他试过将他听到、看到的每个单词、声调和头部动作进行重新理解，在半梦半醒之间，将对话插入新的问题，纠正对话的走向，但每次都败下阵来。他被迫承认一个事实：他的第六感这次什么都告诉不了他。

他们说的事情十分荒谬。不管他怎么把事实排列组合，不管他怎么试图理解，却始终都有一种不真实的感觉。因为根本就不可能，他想道。

他站在几扇薄窗前，外面的风景透过凹凸不平的玻璃看上去是变形的，就好像整个世界都在告诉他，所有他引以为常的事都不能再信任了。最后，他闭上双眼，任由各种念头冲撞。

他在想那次对话。他在想那个带美国口音的女人，雅尼娜，她要给他看样东西却没来得及。

想得最多的还是萨拉。

她是领养的，但是他俩第一次看到她，就把她视如己出。她成为小家庭里理所应当的一员。威廉和克里斯蒂娜对此从未犹豫过，只觉得本来就该是这样，并没有什么特殊的。直到有一天，他们告诉了她真相，萨拉的世界从此起了翻天覆地的变化。

上一秒，她是个大姑娘。她已经十五岁，懂得理解他人，也足够成熟到接受真相；十五岁的年龄、牛仔服、大城市、咖啡和藏起来的香烟。下一秒，她又变成了一个小女孩，还是那个住在乡间别墅时，整夜依偎在他们身旁的小女孩。那个倒退十年，眼神骄傲、双手背在睡袍后面的小女孩。这个场景出现在他三十七岁生日时，深深地镌刻在他的记忆里，那会儿一切都还安好。

她一直都是这副模样，即便长大了点儿以后。是长大了，却还不够成熟。

他们坐在餐桌的对面告诉她真相，突然间仿佛变身为陌路人，变成了两个坐在对面的说谎者。微笑着安慰她，两人有多么爱她，身后却展开一个未知的大黑洞，一个一直都在的黑洞，只是她从来没看到而已。

在他们的面前，她的眼睛变了颜色。原本是温柔的绿色，却突然有了阴影，一直都没淡下去。她一言不发地从桌边站了起来，把自己同现实之间画了一道粗线，从此以后这道线就再也没人能够逾越。

也许发令枪就是那会儿响起的，昭示着一切将要发生的发令枪。最后，麻烦像滚雪球般地越滚越大，直到威廉在药物的作用下昏昏沉沉，锁上房门，躺到浴缸里。

也许吧。

他从来就没弄明白她为何反应剧烈。

他和克里斯蒂娜是她的爸爸妈妈，对他们来说，一切照旧。对他们来说，世界跟昨天、上星期或是任何一天都没有任何不同。但对萨拉来说，一切都四分五裂了。

现在，威廉站在这儿，终于懂了。

这就好像有人在跟他说，所有的生活都不属于他。就好像他也刚得知自己是被领养的，实情是他来自于一个陌生的地方，不知道自己是谁，不知道来自何方，周围的一切也不是他想象的那个样子。

人类基因组。写满了信息。

他自己的基因，克里斯蒂娜的，萨拉的，尽管她不是他的亲生女儿，粗脖子的，康纳斯的，弗朗坎的，公园里小孩子的，便利店里阿姨们的，全世界所有人的基因组都携带着相同的密码信息，这是为什么呢？

他合上眼睛，转身离开窗子，拒绝再想。

要保持头脑敏捷，用怀疑的态度看问题。

怎么就知道，他问自己，这都是真的？

他怎么就知道这些不是编出来的？是个谎言？

他怎么就肯定这不是新的烟雾弹，好让他不再问东问西？

没法肯定。他在床边坐了下来，在心里把前一天的场景又过了一遍。

首先，他的直觉判断是他仍然没有知道全部实情。还是有些问题得不到解答。

比如病毒。是有那么一种病毒，恶性程度已经得到他们的证实，而且是他们自己制造出来的。这种病毒夺去了玻璃罩里那个女人的性命。是什么样的病毒？干什么用的？和楔形文字又有什么关系？还有他要运算的密码，和人类的DNA，和他来这儿有什么联系？

不。他站起来，拿了床边盘子里的几个水果，重新倒了一杯咖啡。整个推理过程是有漏洞的，但是他自己没法填补漏洞。他必须知道信息的内容，必须知道人们到底在害怕什么，而如果自己能帮助他们编码回复，人们又能实现什么样的目的。

推理尚有漏洞，目前来说，只有一个人可以帮他填补漏洞。

他相当肯定，想要见她必定困难重重。

威廉刚洗完澡，穿上白衬衫、新的牛仔裤和一件深色薄西装，他的专属保安就打开了门。时间正正好好，很难让人相信这是巧合。

很有可能，他受到了监视。

“我要去干活了。”威廉言简意赅地说道，为了表明自己是自觉开始工作的，不需要有人在他余生的每个早晨护送他在卧室和工作间之间往返，或者直到他们放了他为止。“我能找到。”

保安摇摇头：“康纳斯要跟你说两句话。”

威廉看看他，最后抿了一口咖啡。放下咖啡杯，表示自己准备好了。

威廉也很想和康纳斯说两句话。

于是，两人穿过石廊，身影消失在冰冷的石迷宫里。

雅尼娜一醒来就感到精疲力竭。

她很熟悉这种感觉，拼命让自己不转过身去重新睡着，虽然这样就能躲避一切，逃离这该死的古堡。她不能崩溃，不能再崩溃了，还没到时候。

相反，她强迫自己在床边坐起来，挺直背。她站起来，走进浴室。小步挪过去，往前看。

她站在淋浴间里，身体不停地转动。先是冷水，好让自己醒过来，然后是热水，烫得能让人跳起来，最后才调到舒适的水温，让身体从惊恐中慢慢恢复。

不可以再次发生。

海伦娜·瓦特金斯以前帮她走出抑郁。如果没有她，雅尼娜不可能挺过去。

是她，违反规定让雅尼娜看到了那些密码；是她，告诉雅尼娜地下有个邮局；是她，那晚把门卡从门缝里塞进来，而那个时候雅尼娜根本不知道发生了什么事。现在，她什么都明白了。

海伦娜知道得太多了，肯定是这样的。她警告雅尼娜很多听不明白的事，提到一个叫什么名字的候补计划。她看上去毅然决然、心事重重，表现得让人费解。她害怕组织要采取什么行动。现在她已经不在了，万一雅尼娜再次崩溃，没有任何人能帮她。

她不可以崩溃。她要保持敏锐的头脑和高度的警惕性来抗争。

他们虽然被发现了，但这也只是暂时的不利。这一切，她说服自己，都是暂时的，只是人生的一个小插曲。她马上就能回到阿姆斯特丹，回到阿尔贝特的身边，回到被她称为凡尘俗世的生活中去，迎风骑着自行车。虽然随着时间的流逝，这种无尽的平淡生活也会引来阵阵叹息，但那正是她眼下魂牵梦萦的。

至少她知道，她把信寄出去了。这该让她充满期待，她也强迫自己心中充满期待。他应该能看明白她写的是什么，他应该会来寻找她的下落，而刚刚发生的一切对这些都毫无影响。

目前有一件事不利，不过只是暂时的。

如果能算作是不利的话。

他们一直审她审到两点，应该还没审完，不过他们中断了审讯，放她回去休息。她知道他们还没攻破她的防线。她表现得逻辑清晰、口齿利落、言恳意切，她自己要是不说，他们是绝对看不出来她在盘算些什么的。

她可没说，而这让她有了优势。她要利用好这个优势。到时候阿尔贝特就会来的，然后就没事了。

这是唯一的结果。必须什么事都没有。

十分钟后，她从浴室走出来，倦意全无。

一步一步挪回去。

她想做的第一件事就是找威廉·桑贝格谈谈。

这段路相当长。

保安带着他穿过石廊，这条路他在前几天还摸索过。他们走到一段正式的楼梯面前。不到一天前，他曾在不远处看到这段楼梯，但还没走上去，嘴里就被塞进一件 T 恤，什么话都说不了了。

楼梯后是几条没见过的拱形宽走廊，天花板上每隔一段距离挂着一盏铸铁水晶灯。他一边走一边想，古堡肯定比想象中还要大。最后，在两扇沉重的木门前，他们停下了脚步。

威廉面前是一间小礼拜堂，可以容纳至少一百人。砖石砌成的穹顶在头上汇聚成尖角，两旁是陈旧的木头长椅。墙上有手绘壁画，所有壁画都指向前方的一座祭坛。慵懒的阳光穿透彩色拱形窗户，洒落在祭坛上。

保安示意他往前走，然后闪身到木门后，等威廉走到过道中央，才关上大门离开。门合上时，发出一阵阵似乎永远不会消停的回声。

康纳斯坐在最前面的长椅上。威廉坐下时，迅速瞄了他一眼，视线又重回前方的彩窗上。

这个碰头的地方很特别，但威廉认为自己理解康纳斯为什么选择这个地方。

“我不信教。”威廉说。

“我也不信。”康纳斯回答。

两人默默坐了会儿。说话的回声听上去像是窃窃私语，沿着穹顶上行，直到逐渐消失。

“昨晚睡得怎么样？”

威廉耸耸肩膀。

“床太舒服了，睡不着。”

康纳斯笑了，这是个绝妙的回答。然后，他的眼睛又盯着前方被渲染了颜色的阳光。

“我不是教徒，”他说，“我是思索者。”

威廉没回答。

“坐在这儿能让人心静。我第一次过来的时候，就是你现在这样的状态。就好像有人把我的信仰体系摧毁，然后把它像那啥一样拼命摇晃——就是那种旅游纪念品，只要摇晃，就会飘下雪花来。里面有的是大本钟，有的是泰姬陵，机场都能买得到。所有的想法都跟雪花一样漫天飞舞，抓都抓不到，连用眼睛追踪它们都做不到。唯一能做的就是等到它们尘埃落定，平静下来，这时候才可以开始思考眼前看到的是什么东西。”

他看着威廉。是的，威廉点点头，这正是他现在的所思所想。

“坐在这儿会让我感觉好一些。它的宁静、无声、光线。”

停顿了片刻后，他又说：“每个时代都有人在寻找答案。咱们不是第一群犯迷糊的人。”

咱们。

威廉注意到这个用词，不过没有作声。“咱们”，听上去就好像两人已经是一个团队了一样，仿佛两人要面对同样的问题，掌握同样的资源，拥有同样的基础知识。这显然是瞎扯，但威廉没有表露出来。

“我是第一个知道，做个有用的傻瓜也不错的人。”他只这样说道。

康纳斯有所触动，抬眼看威廉。

“当然，你们没错。我也是过来人。我曾经让人为我干活，而他们并不知道详情。他们只知道自己那部分的任务是什么，完成任务后，我再把所有的工作结果拼起来。”

但语气却是相反的，康纳斯等着威廉把转折的话说出来。

“我只是在想，要是你们让我知道这件事的目的，我这个傻瓜会不会更有用。”

康纳斯笑了起来，视线又转向前方，有几秒钟沉默不语。他要么是在思忖该怎么回答，要么就是采取某种策略，以获得话语主动权。要让威廉体会到，是康纳斯在掌控两人的对话，而不是相反。

终于，可能他自己觉得已经考虑好了，于是从西装口袋里拿出一个信封，递给威廉。

这是一个白色的纸质小信封，很不正规，不是标准尺寸，而是那种人们用来包圣诞贺卡或者结婚请柬的信封。威廉接过来，相当确定这既不是贺卡也不是请柬。

信封的分量让威廉吃了一惊，里面装的不是一张纸，而是一样东西，平的，比信封小得多。他把信封转过来的时候，能感到里面的东西从一边滑到了另外一边。威廉的手指从没有封口的一侧伸进去，直接把东西倒在了手心里。

一张蓝色的塑料片。

见鬼。是门卡。

他抬头看看康纳斯。这倒是他没想到的。

他想开口说些什么，因为实在搞不懂他们为什么要给他这个玩意儿。是不是自己的境遇会改变，而他们想以此换取什么？他觉得自己的世界仿佛又像雪花玻璃球一样被摇了几下，或许这就是他们的目的所在。

“我们是这么考虑的，”康纳斯说，“我们想让你觉得，既然要帮我们，你就会拥有需要的一切。我们想让你自由提问，而我们也会帮你解答问题，在允许范围之内。”

“什么样的范围？”

“总会有个界限。慢慢地，你自己会发现界限在哪儿。”

行。威廉点点头，什么都没说。

康纳斯吸了口气，压低声音：“我不想给你压力，但是，如果我们说了担心有事要发生，就不是在夸大其词。我们需要密钥，而所剩的时间已经不多了。”

“干吗的时间？”

“正如刚才所说，这就是界限。”

威廉又点点头。他有成千上万个问题，可一个问题都问不出来。

也许是疲劳，也许是他的下意识在促使他跟上节奏，但不管是什么原因，他都不知道自己想要问些什么。这种不确定感是有史以来最糟糕的一次。

他的想法过于抽象，以至于找不到词语来表述。一切正像康纳斯描绘的那样一团糟，甚至他自己都不知道在追寻什么样的答案，所以也没必要去努力了。

还不到时候。

康纳斯瞧着他，等待着。

“你现在有什么想知道的吗？”他说。

“我什么时候可以见到雅尼娜·海恩斯？”

提问声余音缭绕，沿着穹顶上的基督像化成股股冰凉的冷气，最后匿迹在康纳斯所说的安静里，无声无息，捉摸不到。

就好像康纳斯说的一样，这里能让人心静下来。

“快了。”他说。

两人默默地坐了会儿，仿佛在确定不需要再问什么了，所以当两人真的无话可说时，康纳斯挺了挺背，站了起来。威廉还坐在长椅上，康纳斯走过威廉的身边，穿过走道向出口走去。

“还有件事。”威廉在他背后说道。

康纳斯转过身来。

“我是不是不能在古堡里随便走动？”

康纳斯笑了，是个被逗乐的表情，诚恳而又真挚。

“你不是傻瓜，”他说，然后，“我们也不是。”

说完，他又转过身去，继续走向高大的木门，把威廉一人孤零零地留在仍然困惑不解的世界里，在一个想要让他改变想法的房间中央。

威廉还坐在长椅上，本来应该是彩色的玻璃窗闪烁着白光，窗前的威廉看上去就是一道黑色的剪影。他的影像就这么出现在一台监视器上。二十分钟后，康纳斯走进监控中心，关上身后厚重的铁门，走到站在房间中央的弗朗坎旁边。

两人都不想开口，仿佛眼前监视器里的威廉能够听到他们说话，而一旦说了什么未经考虑的话，或者拔高嗓门，都会让威廉看到平静的表面下实则暗潮涌动，冲突随时都会爆发。

终于，弗朗坎还是开口了，语气平静。

“我希望你明白自己做了什么。”他说。

“你跟我一样明白。”康纳斯回答。

弗朗坎沉默不语，等着他把话说完。

“我在抓救命稻草，这就是我干的事。”

“那我只能希望你抓对了稻草。”

弗朗坎是沮丧的。不光因为事态在逐渐失控，更因为康纳斯现在一直自行其是，并让其他人接受他的选择。这样做是不对的，时间点选得真他妈的糟糕。

“她知道多少情况?”

“他们还不清楚。”康纳斯回答。

“要是我们允许他们进行交流呢？会怎么样?”

康纳斯耸耸肩膀：“我们把她送到了瓦特金斯那儿去。”

“是的，看看最后结果如何!”

康纳斯疲惫地看了他一眼，没法再讨论下去，也不想再纠缠这个问题。

“你为什么总是这么害怕他们会知道呢?”

弗朗坎回看他，表情在说，你怎么还不明白？他的语气平静而坚定，实则暗压怒火。“假设桑贝格能完成任务，假设他的忠诚度依然可靠，尽管我们都知道他之前有自我了断的念头。假设他能为这件事保密，”他盯着康纳斯的眼睛，“即便他可以做到，我们还有个海恩斯。”

“没错，但这是我问的问题吗？”

康纳斯摇摇头，又重复了一遍自己的问题。他同样压低声音：“你到底在怕什么？”

弗朗坎一语未发。这是个反问句，一定是的，康纳斯对后果清楚得很。

“怕她说出来，是不是？怕我们要是放了她，她就会告诉全世界我们掌握的事实？”

弗朗坎没有回答。这显然正是他最担心的，因为这会引发一连串严重的后果。

“那么我想，你担心错了。”康纳斯接着说，“如果我们放她走，就说明一切都结束了，而那并不是让我担心的结局，事实上恰恰相反。”他说。

弗朗坎叹了口气：“我担心是因为，我们最大的敌人名叫‘恐慌’。如果说有一件事我想避免的话……”

“你不觉得谈这个为时已晚了吗？”

“我不是宿命论者，康纳斯。你是吗？”

康纳斯没有回答。

“很好，如果我们有人是的话，那么他就来错了地方。”

两人就这么站着，一言不发。他们的对话进入了一个死胡同。以前也有过这样的情况，唯一的解决办法就是不说话，谁也不再死死盯着谁，让角力的怒火慢慢平息。

“桑贝格拿到钥匙了。”康纳斯终于说道。

弗朗坎当然明白他的意思。要发生的总归会发生的。

“只有希望他们看不懂是怎么回事了。”

“或许吧。”康纳斯说。

他盯着弗朗坎。

明知不该说，还是忍不住说了出来：“这是我们唯一可以寄托的希望。”

19.

那个独自坐在接待室玻璃隔墙后面的男人眼睛直直盯着前方。比起上次，他的体重轻了不少。

那时候的他体格健硕、肌肉发达，很难让人相信他其实是一名考古学教授。眼神虽然透着必不可少的紧张和焦虑，但依然神采奕奕。

今夕的阿尔贝特·范·戴克好像老了十岁。离上次他们会面也就过了几个月的时间。他的幽默、自嘲已然不见，现在的他疲惫不堪、哀伤不已，支撑他坐在这里的力量与其说是希望，还不如说是绝望的奋力一搏。

阿姆斯特丹中央警局的尼森警官在不远处看着这个男人。咖啡机正咕咕作响，吐出两杯既不是普通咖啡也不是浓缩咖啡，而是介于两者之间的一种液体。咖啡是用来表达诚意的，多此一举，事实上从来没有人因为受到这种款待而感到特别高兴。

他上气不接下气，对他来说这已近乎常态。最后一次量体重他是一百零二公斤，以后就再也没有量过。从膝盖和脚踝承受的分量来判断，他的体重应该和他的饮食习惯一样，并没有很大的改变。

但这并不是他上气不接下气的全部原因。他是一路狂奔而来的。秘书给他打电话的时候，他正在度假别墅里。秘书告诉他有个年轻人坐在他的办公室里，除了他本人，跟谁都不愿意说话。

范·戴克在接待室里坐了快有十五个小时了。他应该睡过一觉，就在他现在坐的这把椅子上。从昨天下午来到这里以后，他就一直坐在这把椅子上。但就算这个年轻人睡过觉，从外表上也看不出来。

这年轻人太可怜了，尼森忍不住想。他不习惯将个人情绪代入工作中，因为没人会因为他的同情心而受益，可这名年轻教授让人实在难以袖手旁观。惊恐尖叫的受害者发泄他们的愤怒，咒骂警察、政府和随便哪种宗教力量的不作为，这些都让尼森无动于衷。即便他们哭泣也好，自责也好，或者变得沉默不语、神经兮兮、郁郁寡欢，身体来回晃荡，失去活下去的力量，或者看上去日子已经到了头，都没用。这么多年来，他已经学会头脑清醒，同所有这些保持距离。遇到糟糕的事诚然不幸，但是既然发生了也就只能接受。

但是范·戴克却一直是冷静的。他冷静、理智，始终保有一定程度的疏离感。如果说有高智商的受害者存在的话，他就是其中一名。

可这也改变不了什么。

他的女朋友失踪了。

失踪了七个月。

她再也没有回来。

“你睡过觉了吗？”这是尼森开口问的第一个问题。他一边问一边挤进写字桌和椅子间的缝隙，气喘吁吁地把热气腾腾的咖啡递到这个年轻男人的面前。他不禁想，看他的样子或许得给上两杯咖啡。

“从昨天起？还是从上次我们见面的时候？”

眼神疲惫，语带嘲讽，面无微笑。

“我已经尽快赶来了。”尼森说道，没有就这个问题深入下去。

“非常感谢。”阿尔贝特说道，然后又说了一遍：“我想跟你谈谈。”

尼森点点头。他的秘书已经提前知会过他了。他有至少五名同僚也可以接待范·戴克，而且速度比他快得多，但是显然，除了他，阿尔贝特不愿接受任何人。

“说吧。”他说。

阿尔贝特清了清嗓子，首先解释道，他也清楚警察很久以前就已经结案了。尼森吸了口气，刚想反驳，就被阿尔贝特阻止了。阿尔贝特眼神诚恳地说，他完全理解警方的做法。当所有证据都指向她是自愿出走，无非就是伤心的男朋友不愿接受被抛弃的现实时，有什么理由再去持续不断地搜寻呢？

他明白警方的无能为力。他选择退出，不想给他们厌烦他的理由。在没有拿到重要线索之前，他坚决不再主动联系他们。

“现在你拿到了？”尼森问。

阿尔贝特点点头。

“我一直相信她不是自愿失踪的。”

“我们也按照你的说法进行了调查，但是结果并不能证明。不管你怎么说，目前没有任何证据能证明你的说法。”

“我知道，”阿尔贝特说，“但我现在可以证明这点了。”

这话让尼森忍不住作出反应。

证明？真的吗？证明？

“为什么你这么认为？”他问道。

“因为我知道她在哪儿。”

尼森看着他，身体前倾。搁在他面前的那杯既不是普通咖啡也不是浓缩咖啡的玩意儿直到凉了都没被碰一下。

雅尼娜·夏洛塔·海恩斯看看手里的蓝色塑料片，再看看坐在对面的男人。

她没想到会再看到塑料片，之后脑子里就只想着一件事情：他们在考验她。怎么考验她并不知道，但肯定是这样的，她确信无疑。

“我们不能再这样见面了。”她说，脸上不带半丝微笑。

眼前的男人一度自称罗杰，现在又改口叫马丁·罗德里格兹，但其实叫什么全凭他自己决定。这个粗脖子男人看看她，眼神坚定，似乎想看穿她的心思。不过，他的表情里还有其他的什么东西。是同情吗？

应该不是，她告诉自己。

“我能理解你昨晚不好过。”他说。

“还行吧。”她说，口气就跟十三岁小女孩似的。她现在唯一的武器就是让对话不能流畅进行，而她决定把这武器利用到底。

“还有体力应付几个问题么？”

“看情况，”她说，“要看是你问还是我问。”

他忍不住笑了，不过不是大笑，而是微笑。

“你可以试试看。”他说。

“你们对海伦娜做了什么？”她问。

“瓦特金斯？”

“怎么，还有其他叫这个名字的人我没见过么？”

他的笑容消失了，表情又跟说话的语气似的铁板一块。她猛然想起，当初他们第一次见面时，两人就是这么说话的——同样的策略，同样的互相试探，以问题替代回答。

唯一的区别在于，如今这么说话可没有半分欢愉。

“她太不小心了。”粗脖子说。

“这算恐吓么？”

“不是。就事论事。”

“有区别吗？”

“非常明显。”

其他没再说什么。轮到她了。

但是她兴趣索然，不想加入这种游戏式的对话。她摇了摇头，意思是说，直接说你来这儿的目的。

“我来这里带着两个任务。一个是请求你，把你知道的一切都说出来。”

她不想生气，但这个问题却让她恼火。

“你知道吗？”她说，“我来这儿快七个月了。来了以后除了不断向你们报告进展之外，什么事都没做。你要是在这儿说得上话的话——我不知道，也许你说不上话，也许只是打杂的，把人带过来，关住他们，这我不知道——但要是你还管点儿事的话，你就会跟我一样明白，我来这里以后做的事情就是阅读、破译、翻译和叙述。我知道的事情你们也知道。回答完毕。”

她顿了顿。她刚才提高了嗓门，话像是喷发出来的一样，语气是愤怒和恼火的，但还有些其他的内容。

她在转移话题。她其实没有把全部想法说出来。有些事情她很怀疑，但现在不想说出来。

马丁·罗德里格兹摇了摇头。这不是他要问的。

“你和威廉·桑贝格说过话了。”

“说了不多。”

“说了多少？”

“关于这点，我相信你们知道得比我多。我想你们知道我是在什么时候用这东西通过哪扇门的。”

他点点头。没错。

“所以，我们聊了多久？”她说。

“你们在露台上站了将近十二分钟。”

“你看看。那你觉得我们来得及说多少话？”

“这就是我的调查任务。”

她瞧着他，叹了口气，仿佛在抗议这场毫无意义的对话。

“第二点呢？”她没回答，反而问道。一路追问。

“什么意思？”

“你有两个任务。我们只说到一个。”

然后不说了，留着他自己去想，一共就两个问题还忘了一个，这是有多聪明。

“还有一个，”他提高嗓门，把话接过去，“还有一个任务就是让我为你提供完成工作所需的一切资源。”

这又是什么意思？雅尼娜想，先是门卡，接着又是这个。

“比方说？”

“这是我给你的问题，你需要什么？”

“什么类型的？笔？纸？书？互联网？”

他笑了。很疲倦。

“互联网我提供不了，其他的都可以。”

“这样的话，”她说，“那么说一下我拿到的文字是什么意思吧。”

“你知道我没法回答。”

“那你说‘一切’？什么‘一切’？”

笑。已经没什么好谈下去了。他叹了口气，不耐烦地摇摇头，好像在表示，他希望对话已经结束了。

“让我说实话是吗？我真的很不愿意看到他们用这种方式把你

带来。这里也没人为此感到开心，我可以保证。但是我们现在处于——”他停了停，在想话该怎么说，“一种极度机密的状况下。事实就是，有些信息你不可以知道。”

“所以我要在不知道全部问题的情况下给出答案?”

“你已经知道了一切必须知道的。”

“但没有上下文。”

“这不重要。”

她盯着他。许久。

她吸了口气，又说：“从伦敦开往布莱顿有两列火车，一列14:00出发，一列14:20出发。一列火车以120公里的时速行进，另外一列以150公里的时速行进。那么到了3点的时候，两列火车的间距是多少?”

没了。

他看了她一眼，等她说下去，但她没再说。

她在等，知道他最后会烦的，然后肯定会问那个不可回避的问题：“什么意思?”

“上下文，”她说，“没有上下文，你能得出什么答案?”

他在想怎么回答，但还没轮到他开口，她就说：“如果你只知道一些抽象的数值，却不知道该怎么把它们拼凑在一起，你就没法解题，因为你不知道为什么要解题。这也就是为什么全世界的每本教科书都会给你设置一个场景：所有事情都是有内在联系的，只有知道整体，才能得出结论。”

“这是肯定的，但是这个整体我们还不能——”

“要是这样的话!”她打断他的话，声音尖利起来，“要是这样的话，如果不让我知道前提条件，我怎么完成任务?”

他等了会儿才开口，就好像这是全世界最显而易见的一件事：“120乘以1，减去150乘以40除以60。”

她看着他。他比她想象中计算得要快。

这是刚才她给他的问题的计算公式，都是数字，并没有上下文。

“我不知道你要知道什么，但是事情没有那么复杂。这件事不需要知道什么内在联系。不管是伦敦到布莱顿还是地球到月球，上帝啊，甚至可能是两只蜗牛爬过一片草地。你的工作不是要知道整体是什么。我们给你提供正确的细节，你的工作就是帮助我们做好细节。无意冒犯。”

他看着她，眼神几乎是抱歉的。

“20，”他说，“答案是20。”

她抬起一条眉毛，几乎难以察觉，不过已经足够明显。他看到了，有些沮丧。他并不想说教，但是天哪，她在逼他这么做。

“你的工作不是要知道它是不是一列火车，你的工作不是要知道它的公里数，你甚至不需要知道那是不是一段距离。你的工作是看一下我们给你的文字，把这段文字翻译出来，然后告诉我们结果。不需要知道上下文。”

他双手一摊：我说得对吗？你明白了吗？我们是否可以达成一致了？

她只是耸耸肩膀。两人真是没什么好说的了。

“那我就认为你现在什么都不需要了？”

“需要，”她说，“我要和威廉·桑贝格说两句。”

他看看她。她的神情是等着自己被拒绝。

“你想怎么用门卡是你自己的事。”

这下轮到她吃惊了。她看着他的眼睛，不知道自己该怎么理解这句话。在开玩笑吧？可他只是站起身来，走向厚重的木门。

停了一秒钟。就过了一秒。

“问题是……”她在他背后说道。

他一只手放在门把上，转过身来。

她的语气很坚定，眼神很肃穆，仿佛是在准备重新开口之前享受这沉默的气氛。

又想说什么？

“问题是，答案应该是0。”

她在说什么？

“从伦敦到布莱顿是90公里的路程。3点的时候两列火车都已经抵达车站，清洁工正走来走去清理垃圾箱，乘客们正去往旅店。两者间距是 0。”

她停了一下，看着他，内心窃喜。

“所以就是这样，如果不全局考虑，如果只盯着细节而不考虑周围情况，那可就翻船了，无论是哪个绝顶聪明的人。”

罗德里格兹在她前面站着没动。

“无意冒犯。”

她没有回避他的眼神。虽然她是被关在这里的，可她不想让他们感到自己在智商上高她一等。她在这里的原因正是因为，她有他们没有的知识。反正她什么也做不了，那就时不时提醒一下他们这个事实吧。这是她唯一的武器，而这武器她想用就用。

罗德里格兹什么都没说。

一秒。两秒。

最后他的眼神松懈下来，笑了笑。

“他在小礼拜堂里，”他说，“我想我不必说它的具体位置了吧。”

尼森大声地喘着气，盖过了面前复印机呼呼工作的声音。扫描架在玻璃面上画过时发出嗡嗡的声音。面板下压着信纸，每扫描一厘米就发出一节白光。

他的双手颤抖着，不是因为咖啡，咖啡一动没动地还放在写字桌上。他希望范·戴克仍然坐在咖啡的对面——尼森有一长串任务要完成，最不需要的就是一个焦虑的受害者追在他屁股后面。

她寄来了一封信。

年轻的教授把信的事情告诉他，虽然眼神疲惫，两眼却闪着光，尼森的内心充满了同情。他知道他要说什么。他已经准备好摆出一副感同身受的表情来，歪着脑袋，把在以往相似场景下说过无数次的话再重复说一遍。

“这个世界充满了病态的人，”他准备这么说，“这一点我们都知道，任何人都不会对此感到惊讶。但我们不知道的是病态的程度，”他强调一下最后那个词，“病态到了何种程度，我们难以想象。我如果没在这儿工作，也根本想象不到。”

接着他打算说一下，在他的职业生涯里，他不得不多次让受害人家属的希望破碎，只因为有哪个傻子在报纸上读到了他们审理的案子，然后寄来一条假线索，或者谎称目睹了什么事情，甚至还有人自称就是他们要找的人。

这就是他打算说的，接着再不得不说一下，这次的发现和那些案例没什么两样。

可是，当阿尔贝特·范·戴克把那个黄色信封递过来时，他以前说惯了的话都缩了回去。

他首先注意到的是，信封上的邮戳是自动盖印机打的。标明了邮资和日期的加粗字体旁分明是一个地区名字。上面写着：贝恩。字体瘦削简明。

尼森接过信封，打开，取出三张写得满满的信纸。

是女人的字迹，写得很密。阿尔贝特对他点点头：请读。

他照做。读了一遍。又读了一遍。

阿尔贝特什么都没说，只是等着。

尼森于是又读了一遍。这是第三遍，读得更仔细了。

“我没懂。”他最后说。

正如阿尔贝特所料。第一次读，他也没懂。他站在大学办公楼入口的外面，将信读了一遍又一遍，也是什么都没看懂。

信是她写来的，这点确凿无疑。只有她会把收信人写成伊曼纽尔·斯芬克斯。她的字迹娟秀干净，就跟便签纸上的字迹一样。那些便签纸总是鬼鬼祟祟地出现在意想不到的地方，有一次竟然在他的讲义里。那时他正站在讲台前，看到便签后愣是在满屋的听众前发出傻笑声，蠢得跟她预料的一样。信里提到很多他们共同生活的细节，一些他们一起去过但别人不知道的地方，还有两人经历的一些事情，包括一次食物中毒事件，那次两人从街边便利店买了一块干火腿，火腿闻上去跟汽油似的，店里的老头儿却说这完全正常。

但信里什么都没有。关于她身在何处、他该怎么找到她、她做了什么，这些都没有。只提到她有多么想念他，把两人做过的事情罗列了一遍。在沉寂了七个月以后，仅仅寄来一份写满了雅尼娜娟秀笔迹的三页信纸。除了过去的记忆，什么内容都没有？

最后，他终于看懂了。“事实上，简单得像小孩子的游戏。”他对尼森说。

他站在大学校园里，把信看了一遍一遍又一遍，直到自己问对了问题。为什么要罗列这些事情？都是些只有他知道什么意思的地点、主题、食物和事情。突然之间，他懂了，就在当时、当地。他只想把她拥进怀里，告诉她她有多棒，却办不到。

研讨会。那一天。他们的那一天。

两人坐在那儿，想出来很多名字和缩写，像孩子似的傻笑，最后两人决定在众多假名中采用伊曼纽尔·斯芬克斯这个新名字。

不过——说到缩写。讲台上的演讲人神色庄严地吐出一个又一个词语，他们却戏谑地用缩写来游戏。这就是她要他记住的内容，所以她用这种方式把单词列了出来。他坐在办公楼外面的石阶上，又把信读了一遍，此时，信已有了全新的面貌。他觉得自己爱她更深了。

简单到他足以看透，但也隐秘到万一被人截获，能成功逃过雷达。

“我放弃了。”尼森说。

“把所有的名词挑出来——所有的人名、地点和事件。第一个字母。”

“你在开玩笑？”

阿尔贝特耸耸肩。于是尼森又读了一遍。顿时，他感到自己一百零二公斤的躯壳完全变空了，就好像有人把他像个柜子一样打开来，往里注入了冷气。

密码的组成方式再基本不过，他却错过了。还好阿尔贝特没有，这表示他领会了她要传递的信息。

尼森把第一页上的词重新组织，拼写了几遍，好确定是哪些词和什么意思。不长，但已经很关键。

“我——看——到——了——”他喃喃念道。

阿尔贝特点点头，意思是：继续。

“古堡。阿尔卑斯湖。高山。没有雪。”

这是第一页纸上传达的信息。尼森看看阿尔贝特。从字面上看，也说不出什么准确的意思。

“这可以是任何地方。”他说。

阿尔贝特摇摇头：“可以是很多地方，但绝对不是任何地方。”

尼森没说什么。范·戴克既说对了，也没说对。阿尔卑斯湖畔很可能有成百上千座古堡，就算把它们所处位置的气候考察一遍，把周围的山脉作下研究，看哪些没有积雪，也还是有太多的古堡，让人不知道从哪座开始下手找人。

阿尔贝特知道这点，但他点头示意尼森继续看下去：“还有两页纸呢。”

行。尼森翻到第二张，在段落里来回搜寻，看到名词就停下来。他本想用笔标记，但又不想在原件上留下字迹，只好用手指逐个点过单词。他急于破译出其中的意思，所以没有想到去复印一张。

“我——听——到——这——些——名——字——”他说。

阿尔贝特又点点头。

“康纳斯。弗朗坎。海伦娜·瓦特金斯。”

“我们必须把他们找出来，”阿尔贝特说，“一个康纳斯，一个弗朗坎，一个海伦娜·瓦特金斯。也许犯罪记录里有他们的名字，或者企业注册簿里，我不知道，这是你的工作。但肯定有办法把他们找出来的，是不是？”

“我们当然可以试试。”他说。

阿尔贝特点点头，表示感谢。他沉默着，等尼森翻到下一页纸。

第三页纸上的内容有点奇怪。

“我——知——道——”终于他说。

阿尔贝特点头。

尼森读了一遍，又读一遍，再读一遍。

阿尔贝特一言不发地等着。他知道尼森是怎么想的，而他对此表示赞同：这整件事都不像真的。这些词不同寻常，绝不该藏在这样一封出自熟人，不，爱人写来的信里。她不该失踪，而是该舒舒服服地待在家里，或许赖在床上，他打电话去叫都叫不醒。就该是这样，这才是她应该过的生活，现在情况却完全不同。然而，不管你怎么拒绝相信，事情都已经这样了。

尼森清清嗓子，轻声念起来，念得很慢。

“楔形文字密码，”他说。然后：“DNA。”以及：“致命病毒。”

他没再说下去。

把最后几个字母又拼了一遍。

阿尔贝特已经知道拼出来的是什么。尼森抬头看他的时候，他眼里噙满泪水。

尼森把最后几个词念了出来：

“找到我。”

尼森身体前倾，手握着下巴，手指像早餐香肠似的垂在脖子下面。他也知道这个样子不好看，不过现在他无暇关注。

目前来说，他说的所有话都是真话。

但他还有一件事没有说，而这将是谎言。

“我会尽我全力找到她，动用我的所有资源。”他说，一双充满同情的眼睛善意地看着阿尔贝特。身体却早已自弃、疲倦和颓废，可能正因为身体也恨他变成这个样子，所以要用这种方式来惩罚他吧。

他点点头，为了强调自己的用意：“所有的。”

然后，他往后靠去，准备站起来，手里拿着所有的信封和信纸。

“我马上回来，”他说，“我要复印一下。”

接下来就气喘吁吁地来到了复印机旁。

该死的身体。该死的健身计划。该死的医生居然还说对了。但最该死的就是雅尼娜·夏洛塔·海恩斯和那该死的机构，那些他都不知道谁是谁的人居然没能阻止她把这玩意儿寄出来。好了，现在麻烦落到他身上了。

他还有一长串事情要去处理。他由衷地希望，阿尔贝特·范·戴克对此毫不知情。

因为若是他知道，就会让他的下一步行动变得更难。

20.

莱奥花了十五分钟才终于决定该穿什么衣服，可一踏上人行道，他马上又后悔了。

西装，他选了一件西装，他现在只想拿个硬物狠狠地砸自己的脑袋。

莱奥今年二十四岁，除了棒球帽、T恤衫和破牛仔裤之外就没穿过别的了，已知的唯一穿衣风格就是“拒绝熨烫”，因此他所有的衣服也都是不需要熨烫的。可现在，穿在身上的是一件皱巴巴的西装，他肠子都快悔青了。她会以为他这么穿是为了她。也可能她并不这么想，但他就是会这么觉得，照样让自己狼狈不堪。出租车已经在农夫街的街角转弯，她很有可能已经看到了他。算了，不管有多糟糕，他现在都没法上楼重新换了。

克里斯蒂娜·桑贝格拨通他手机的时候是早上五点刚过。她的声音清醒又清晰，她要么是很早就起床了，要么就是前一晚根本没睡。她在电话里告诉他，六点差十分来接他，又告诉他要带上什么东西，接着就把电话挂了。

莱奥从床上一跃而起，冲进淋浴间。头发沾上泡沫时，他才意识到自己已经醒了，而且准备时间也不多了。

最自然的穿衣选择当然是和昨天一样，但当他穿上了一条新的牛仔裤和一件厚实的长袖套头衫后，脑袋里马上冒出一个问题：记者的着装是什么样子的？去外国出差的记者都穿什么？他认为应该是西装。

不过他也犹豫过，他算是正宗的记者吗？然后他对自己说，要是连他自己都不把自己当成一名记者的话，那他就绝对看上去不是记者了，因此他还是要穿西装。现在，他觉得自己更像个傻瓜。

出租车停在他面前，克里斯蒂娜从后车座伸出手去，推开车门，示意他上车。于是他坐到她旁边，出租车转弯朝年轻人大街开去，在清晨空闲的街道上继续朝北行驶。

路面上活动的只有少数几辆出租车。还有早冬的小雪花，它们被路灯淡黄色的光线映衬着，在空中打了几个旋后又回归到黑暗之中。

冰冷的路面上发出轮胎摩擦的声音。雨刷在甩。引擎转动。

“你联系到他了吗？”他问。

克里斯蒂娜摇摇头。

“我给他的秘书留过言了，出发前又留了一次。”

“就是说你不知道，他在那儿，还是不在那儿。”

克里斯蒂娜合上眼睛。她下班回家后头就一直疼，在沙发上睡过一小时，但这并未让头疼的感觉好点儿。坐在一旁的实习生竟还对她的决定评头论足，而且为了理解他在说什么，她还要把他的话语重新组织起来。

“我只知道一点，我们没有多少时间，”她说，“你的那个荷兰学生失踪已超过半年。”

他看看她。*你的荷兰学生？这是什么意思？算是对他找到女学生信息的褒奖么，还是不想让自己背上责任？*

“我不想让威廉等太久。”

然后她就不说话了，视线穿过车窗，望向外面，听着汽车转弯开上中央大桥时引擎发出的声响，看着斯德哥尔摩城在灯光里的倒影。还不到结冰的时候。

“可以问一件事吗？”莱奥问道。

她看着他。*可以，如果这样能堵住你嘴的话*，但她没说出来。

“你这么做不是为了做新闻。你是为了想和他复合。”

他直接得令人吃惊，也没有往常的磕磕巴巴。她盯着他。头疼已经不再是头疼，而是变成了恼火。恼火是因为他对她的决定擅加评论，她告诉自己，绝不是因为他读懂了她的内心，还正确得不得了。

“我们是记者，”她说，“记者就要刨根问底，如果不这么做就是失职。”

莱奥笑了，这个微笑太过世故，仿佛洞悉一切。

“可是我想，职业操守没有告诉我们必须得这么做。特别是，你已经六个月没戴那个了。”

她知道他指的是什么，但她仍然看着他的眼睛，跟随着他的目光。

他的目光落到她的膝盖，再落到放在那里的她的左手上。

是枚婚戒。

是的，她又把它戴了起来。

是的，毛头小伙子可能说得没错。

但她难道不能自己独立作决定，非得让他在这里评头论足?

“新闻学院，一年级时，”她说，“我的老师就跟我说过一件事情，直到现在我都没有违背。”

是吗? 他没说话，等着她说下去。

“如果你有什么重要的事要说，就把它写下来，”她停了一下，“而不是喋喋不休。”

她不再看他，把左手藏到了皮包下看不到的地方，在去往阿兰达机场的路上再也没说过一句话。

他把头别过去，看着窗外闪过的道路标志线。他在笑，不过极力不让她察觉到。她的讽刺功夫可真不错，他忍不住觉得这也太有意思了。

后座上另一边的克里斯蒂娜·桑贝格也在做着同一件事。她也在笑。莱奥会是名出色的记者，她非常满意自己作出把他一起带到阿姆斯特丹的决定。

威廉·桑贝格坐在小礼拜堂的最前方，看上去就好像正在等她。

太阳已经变化了位置，长椅上阳光斑驳。威廉坐在阳光底下，看上去就像个站在幻灯片前要作演讲的人。

也许是房间本身让她停住了脚步。也许是置身于古堡此处的奇异感觉让她停住了脚步。就在几天前，她还被迫在夜间，小心而又静悄悄地满古堡狂奔。

不管是什么原因让雅尼娜站在大门外，她都不愿意开口打破这份宁静。可她又是那么迫切地想把自己知道的事情说出来，和他一起把两人知道的内容比照一下。

主要为了弄明白他们为什么在这里。或者更重要的一点：两人如何逃出生天。

她向他走去，坐在了过道另一侧长椅的最边上，身体朝向威廉。

“他们说你是健康的。”威廉说。

“他们这样说，”她说，“我也没有证据反驳。”

他微微一笑作为回答。他看上去很疲惫，她应该也是。两人沉默了。

“我们应该把已经掌握的信息互通有无。”过了片刻，她说。

她很着急，但不想逼他。威廉的屋子就在上面的某层。就在那里，如果她猜得没错，存在能够给予她与之角力的问题的答案。

“你都知道些什么？”他问。

“我还真不知道我知道些什么。”

他点点头。他也是。

他在胸腔里运会儿气，准备开口说话，但还没说出来什么，他就把背往长椅上一靠，越过肩膀向大门看去。仿佛他还是觉得不太安全，仿佛他在等着大门随时被打开，然后窜出来一队保安，拿着武器，把他们拽走，关起来，审问他们到底说了什么。

但这些都没有发生。

什么都没有发生，只有寂静和颜色。他们不知道两人该从何说起。

“AGCT。”终于，他说道。

让他吃惊的是，他看到她在笑。

“我以为你没看见呢。”她说。

“你是什么时候知道的？”

她迟疑了一下，摇摇头。他们对她透露的所有事情，从第一天起，就是越少越好。她说得丝毫不假。她真的不知道。

“你是研究苏美尔语的?”他这么问道。这也不是个问题，他很清楚她是，但两人总要找个谈话切入点，那么为什么不是这个呢。

她点点头。这是个不错的起点。她的脑海里闪过很多事情，她要把他需要的一切都告诉他，但是又不能过多涉及细节。

她从一张舒适的床上醒来，正如威廉一样。她被带到一个大会议室里，得到了一个简短的介绍，关于组织、密码和楔形文字。一切都是匆忙行事，然后就结束了。

接着他们告诉她何处是她的工作间，里面放着她所有的私人物品。书籍、刊物、电脑和参考资料，摆放得就跟家里的写字桌一模一样，而至于为什么她到了这个地方，却没有人给个交代。

他们开始陆续给她短小的文字章节。一行行楔形文字，她的任务是破译和翻译，然后把结果交给他们。

事实上，从科学研究的角度来看，她是觉得兴奋的。这些文字比她见过的任何文字都要古老，里面有她从来没有听闻过的符号和记号，就好像是一段未被披露的方言，或者是某个至今未被发现的语言分支。对任何一个研究者来说，这都是让人忍不住想向世界大声宣布的科学突破。

但在这里，没人肯大声宣布任何事情。

这很让人费解，不，甚至是痛苦。她越是深入到研究中去，就越发现这些文字妙不可言、价值连城，然后为这些文字走不出让人窒息的石墙而痛心不已。

这并非什么未知的语言分支，也并非是苏美尔语的进一步发展。

正相反。

这些文字是先驱。她拿到手的文字比迄今任何一种已知的文字都要古老。这些无人知晓的符号是语言的最初形态，经过此后多个世纪的发展、简化，有时结合，有时分裂，直到成为科学家们熟识的古楔形文字。

似乎是有人发现了一段未知的文明，这种文明比已知的任何一种都要古老。

雅尼娜很兴奋，简直是狂喜。可当她问他们文字从哪里来，怎么得到，为什么会是这样的时候，周围那些一本正经的男人没一个肯说。

威廉听着，她一说完，他便问道："你的任务就是告诉他们文字的内容？"

雅尼娜点点头。有所保留地点头。是，但又不是。

"我一开始也是这么想的。"

威廉等她把话说完。

"他们用尽一切办法迷惑我，不让我明白任务的用意。我拿到的段落只不过是一大段文字里的一小部分。不是一次性全部拿给我，而是分批给，隔一段时间给一段。顺序也是乱的，前后没有内在联系。甚至有一部分都不是真的。"

这让他忍不住了："不是真的？"

"对，"她说，"是假的。"

她耸耸肩膀，藏着笑意说："我从事这一行时间已经够长，如果有人用自己并不完全掌握的语言写作，我是看得出来的。这就好像听到人说话带外国口音，没什么奇怪的。你是从瑞典来的。弗朗坎是比利时人，康纳斯是英国人。他们给我的有些段落是活人写出来的。"

"新版希金斯教授[①]。"他朝她笑笑说道。

她看看他，没听懂他在说什么。他摇摇头，不管了，继续吧。

"我因此质问了他们。"她说。

"然后呢？"

"然后我的任务起了变化。他们开始给我一小段一小段的英文，俗语、谚语甚至纯粹的废话，叫我反过来翻译——变成苏美尔语。他们给我的大多数内容都是垃圾，但也有一小部分……"她停顿了一下，"……和我之前看到的段落意思一模一样。"

威廉看着她，马上就明白了她的意思。

---

① 希金斯教授是电影《窈窕淑女》中的男主人公。在片中，他进行了一个社会实验，看是否能把一个满口粗鄙的卖花女，通过口音的改变，打造成能够跻身上流社会的淑女。

“就像有人以前翻译过那些文字，”他说，“但是结果并不令人满意。”

雅尼娜吃了一惊。他说对了，正是如此。她只是没想到，他这么快就得出了结论。

他看出来她在想什么，于是解释道：“我也碰到了同样的情况。我的任务是找到密钥，因为我之前的人失败了。”

现在轮到她跟不上了：“什么事情失败了？”

“写出回复。”

她盯着他：“回复什么？”

一时间，他没有说话。

事实是他也不知道，这让他很心烦。即使前后事情都能拼在一块儿，这件事仍然说不通。怎么才能回复一段写在 DNA 里的信息？不知道是谁写的，又叫人怎么回复？

他们没有提供所有信息。每次他产生新的疑问，都只会更肯定他们还有什么瞒着他。

他开口了。

“AGCT，”他又说了一遍，“你对这个知道多少？”

“海伦娜·瓦特金斯跟我说过一点儿，也就知道这些。她说信息藏在基因码里，某个地方有病毒，这种病毒……”

她打断了自己。她如今已经不确定哪些是她了解的事实，哪些是她的猜测。接着往下说时，她说得更慢，好像为了要弄清楚这一点。

“……具有高度传染性，而且很有可能，尽管我并不能确定……好像要被用来做什么。这是我的猜测。我也只能猜了。”

他看到她眼神里的担忧，这让他很吃惊。

“我甚至不知道我们在为谁干活。我们是在帮他们做好事吗？还是正相反？”

他吃惊的是，原来她并不如他想象的知道那么多事情。

事实上，她知道的事情就跟昨晚之前的他一样少。

突然，他意识到，他要做的就是把康纳斯说过的话告诉她。变成轮到他来摧毁她的旧世界，再给她一个新的。抛给她宏观且不可理喻的问题，这个问题他自己也无法回答，在他内心盘旋良久，甚至让他大半个晚上都无法入眠。

这变成他的任务了，而且他必须现在就完成。

他深深地吸了一口气，直视她的眼睛，压低声音，并对她即将知道这个事实而感到非常抱歉。

雅尼娜听到后的反应比他想象中要冷静多了。她坐在自己的椅子上，眼睛看着他。他几乎能看穿她的内心，看到她的各种念头在转悠。她把它们像仓库里的盒子一样一个个放好，直到她能看清楚一切，同时又竭力和自己的情感与恐慌作着斗争，而这些威廉都已经经历过一遍了。

时不时，她会蹦出一个问题，威廉有时回答得了，有时毫无头绪。

“这就是我知道的一切，”他说，“最讽刺的是，我甚至不知道这是不是真的。只能说，这些就是他们告诉我的。一方面，前后是能联系得上，但是另外一方面……”

他耸耸肩膀。

另外一方面还缺了点什么。

他们又沉默不语地坐着，时间一分分地过去。

最后她开口了，声音重新恢复镇定。

“海伦娜·瓦特金斯房间有面墙，”她说，“你知道在哪儿吗？”

“我想现在是在我房间里。”

她点头，盯着他：

“我必须去看一看。”

21.

停在公寓楼外的汽车让阿尔贝特·范·戴克在马路对面停下了脚步。

他很累。从昨天下午开始，他就一直坐在办公椅上，由于大脑被各种想法弄得过于兴奋，所以一直都没有感觉到身体其实是多么渴望睡眠。后来尼森警官来了，他把知道的所有事情都倒了出来，身体立刻跟个皮球似的泄了气。

他几乎睁不开眼睛，身体需要马上补充营养并休息。他唯一想做的就是赶快回家，是先补充营养还是先睡觉他不知道，也许同时吧，不管了。

尽管这么想着，他还是注意到了汽车。

也许是因为汽车就停在自己家门口几米开外的地方。那个地方不能停车，这点他很肯定。他搬进来的那天，搬家卡车因此还吃了一张罚单。从那时起他就决定，要是还在城里居住和上班的话，就绝不买汽车，这点他从不后悔。

可能是这个原因。

也可能是因为汽车的外观。

这是一辆黑色的奥迪。他住的楼里谁会开黑色奥迪呢？还是说黑色奥迪要来拜访谁？这被拜访的人可真够重量级的，以至于奥迪就停在楼梯门的外面。这地方只有人行道和自行车道，停在马路拐角可要比停在这里好得多。

阿尔贝特·范·戴克的脚步犹豫了起来。

交通信号灯早就跳成了绿色，人们从他身边行来过往，在马路上穿梭。停在他家门外的那辆黑色奥迪在人们的脑袋后时隐时现。

但他没有动。信号灯又跳成红色。

他把手掏进口袋，摸出手机，假装在浏览接收到的短信，装作迷了路，站在路口寻找街道门牌号码。

在这儿呢，他装作对背后的墙发出这样的感叹，马尼克斯巷。没错，是2号。

他一边自导自演着这场哑剧，一边又用眼睛瞟着几个不对劲的地方。汽车本身其实没有什么不正常。车体很大，好像是外交官款，但是车子又没有外交牌照和茶色玻璃。

让他觉得不对劲的是，汽车的一个前轮胎有一半停到了人行道上，紧紧压着石头路沿，歪歪斜斜的。车身位置摆得不是那么好，就好像汽车是在匆忙中被扔在了这里。是谁那么着急呢，连多开五十米到规定的停车地方都没时间？这可是上午十一点。

现在，他面前行道线上的人又多了起来。他默默地希望没有一个邻居看到他站在这里，要不然他们会认为他终于彻底崩溃了。他们会小心地拿出对待精神失常之人的态度来对待他。“你就住在那里，先生，看到了吗？我带你过马路好吗？”

不过没有人停下来，也没有人注意到他，更没有人帮他过马路。就在他自己也快相信他是过度怀疑时，就在他准备迈步穿过马路时，突然看到了四个男人。

其中一个站在公寓楼的玻璃门后。第二个站在雨水管旁，旁边是另一座楼房。这人靠在深色的砖墙上，手里拿着手机。还有两个人站在街角，再过去就是别的街区。是要防止有人逃跑吗？他想，谁？他吗？

这四个人全部西装革履，穿着以现在的气候来说有点单薄的风衣。都是大约中年的样子，至少比他年龄大，不过这一点也并不能完全确定。从这个距离看过去，他看不清那些人的脸。他也不想站在这里偷看，然后被他们发现。

再看了片刻之后，他对自己的判断更肯定了。这四个人统统跟他一样，都在假模假样地装作若无其事，看上去漫不经心，但其实都跟他一样保持警觉。

就是有什么事不对劲。

他已经在这个公寓里住了超过四年，从来就没有发生过什么四个西装革履的男人等在外面街上的事，至少没在他的家门口。尤其是发生在他刚收到一封信以后，而写信的人已经失踪了七个月。

他转过身去，对着一条不存在的手机短信比照门牌号码，然后恰如其分地装出一副“怎么会这样”的反应，转身往回走，就好像是自己刚才傻乎乎地走过了头。他只不过是街上一个在摸索陌生地址的男人，仅此而已。要是对面的四个男人看到他的话，应该早就放过他，站在那里等着正确的目标出现。

他是这么想的，但才走了几步，就看到旁边跟上来一个人。

“是阿尔贝特·范·戴克吗?”这个声音问道。

西装，领带，五号人物。

显然，他们在这边的街道上也有人看守。

“我们认识吗?”阿尔贝特问出这个问题的同时，在心里狠狠踢了自己一脚。他要不是阿尔贝特·范·戴克的话，大可对他说不。

“我们有几个问题问你。”那人说。

“那就到我家做客吧。”阿尔贝特说。

作为回答的是一个摇头：“我们有辆车等在那儿。”

雅尼娜跟着威廉进入他的工作间后，仿佛是首次发现了一件艺术品。

并非因为她有这方面的经验，而纯粹是种感觉。她思忖着，感觉就应该是这样的。好像盯着一块罩布，它后面盖着什么东西，管它是雕像或是纪念碑，布的表面勾勒出后面物体的轮廓。你知道后面有东西，却猜不出它的样子。

现在，罩布被扯下了。

第一次，她完整地看到了全部。

一面墙上是所有的密码。当她七个月前在大会议室里第一次获知自己的任务时，那些数字就在墙面上逐排飞舞，现在它们仍然难以理喻。海伦娜·瓦特金斯曾把这些密码悄悄给她看过，不知道是出于信任，还是出于鼓励她的目的，或者要她帮他们找到答案，或者各种原因都有。当时，她也看不懂。

但这回，数字的旁边有文字段落。

她的文字。

在同这些文字朝夕相处了七个月以后，她现在一眼就能认出来哪些是她的文字。每张纸只要快速瞄一眼，她就能知道是哪段诗歌。

诗歌。这是她对那些文字的称呼，因为没有更恰当的说法。每行文字既简短又饱含信息量，第一眼看到它们，真是说不出具体的含义。它们应该来自某个语境，而这个语境她已经逐渐领悟。这个语境始终让她害怕，现在终于、终于获得了确认。

如果这个语境就是人类的 DNA？

是真的话，那就太恐怖了。

威廉看着她在墙前驻足、行走。

“你看到了什么?”他问，轻声地，生怕会打扰她，可话一出口他就马上后悔了。太蠢了，他对自己说。他知道她在看什么，他要做的只有一件事，就是保持沉默。

她现在的处境就跟他之前千万次的处境一样。除了自己的想法，她如今没有时间去思考别的。比被人打扰更糟糕的是，有人试图渗透进她的脑子，吸引她的注意力，直到她最后失去焦点，为时已晚却不知道是什么时候发生的。

他什么都不说了。

她也没说。她时不时停下脚步，仔细看某一页，然后继续走，一页到另一页，一段文字到另一段文字。时间一分分地过去。威廉等着。

“我等的就是这个。”最后她说。

“什么?”

“顺序。”

她退后一步，从远一点的距离审视所有的苏美尔语符号，把整面墙的文字都收入眼底，仿佛在同它们进行最后一次对话。

有一瞬间，他感到自己很孤独。这面墙仿佛一张巨大的乐谱，她是音乐老师，而他是第一次上课的学生，只看得到五线谱上让人费解的音符。他感觉到自己绝望的心情——他永远都不可能像她那样去读懂墙上的文字。

他把这些想法抛到脑后。

“什么意思?”他问。

她又扫视了一遍所有的内容。最后一遍，为了让自己确定。

“这正是我最担心的。”她说。

他不说话。

她咬着嘴唇，思考该怎样开口。然后，她深吸一口气。

“这是一个时间表。”

22.

阿尔贝特·范·戴克的嘴里冒出血腥的味道，但是现在还不能停下来。

他不知道有多少人看到了这一切，也不知道是不是有人看得出来，他才是肇事者。他没有时间停下来，不管他内心是愿意还是不愿意。

事情发生在一瞬间。

他作出决定的时候心里是忐忑的，至今也不知道自己是做对还是做错。

在没看到汽车之前，他就听到一阵呼啸的涡轮声。声音越来越大，他的直觉反应是车速非常快，而且在提速，很有可能是为了穿过前方已经开始闪烁的交通灯。

他的第一反应是赶快走，在没被轧死之前走到马路的对面去，给汽车让出行驶路面。这是他本能的自卫反应，也是汽车司机认为理所应当的。

随之而来的另一个反应是，他的机会来了。

穿西装的男人还在用力抓着他的前臂，动作很隐蔽，别人几乎看不出来，却又力道大到阿尔贝特不可能跑开。他的另外一只手放在风衣口袋里，很有可能仍然抓着那把刚才故意让阿尔贝特瞄到的手枪。

阿尔贝特加快了步伐，那些人正希望他这么做。

抓着他胳膊的男人为了并肩跟上阿尔贝特，也加快了脚步。与此同时，其他几个西装男也开始离开自己的位置，随时准备等着他俩进入奥迪。

阿尔贝特知道，正确的时机存在于千万个错误时机之中，如果失败，他自己就会受伤，但他没有时间衡量了。

汽车在靠近，转速在提高。

更近了。

他采取了行动。

其实也没有推。他只是利用了西装男自己的动能，出其不意。他猛地停下，由于惯性，西装男的身体绕着他转了半圈。他并没有失去平衡，只要一秒，他就能将阿尔贝特的胳膊抓得更紧，拽着他穿过马路，警告他别再做傻事。

可是，他没有那一秒钟的时间。

蓝色的“高尔夫”在穿过行道线之前没有来得及停下来，于是一切都晚了。

挡风玻璃已经被一个男人的躯体击碎。这具躯体仿佛从天而降似的，突然从车头前方冒了出来，又不情愿地甩回路边，接着弹到车身上，从车顶滑下来，掉在后面，发出撞击铁皮的沉闷声音，最后无声无息地落在车胎在柏油路面留下的划痕上。看得出，汽车非常想要停下来。

这个男人没有活命的机会。早上刚熨烫一新的体面西装被柏油马路弄得又脏又乱。手脚摆出奇怪的姿势，这个姿势身体一般是摆不出来的。两旁的行人拥上来想提供帮助，但他们看到的只是一张毫无生气的脸，眼睛似看非看地盯着身体底下流淌出来的血。

“是他推的他！”一个二十几岁的年轻姑娘喊道。她腋下夹着大学教科书，目睹了刚才的一切。她的眼睛里流露出窒息般的惊恐，目光搜寻着一张张陌生的脸。

“他把他推到车前。”

“是谁？”有人问，“你看到是谁吗？”

女孩点点头：“我想是我的考古学教授。”

一天都还没到，威廉已经第二次感到全身被掏空，好像一个空洞的躯壳般直勾勾地看着前面。

他看着捏在手里的纸。

这张纸是她在露台上给他看的那张，纸上写满了苏美尔语。纸上写什么他看不懂，她也没来得及解释。

现在他又拿着它了，雅尼娜就站在他的面前，等着他说话。

但他无话可说。他合上双眼，想要重整思路，却毫无头绪。

这不对。

这不对，因为这是不可能的。

不，纠正一下，这不对，因为这完全不可以是对的。

"你什么意思？"他问她。

这是他几分钟前问的，但具体多久之前毫无意义。

那会儿她还没有给他纸条，他还沉浸在已经没什么深渊要去挖掘的感觉中，还在想现在唯一拖后进度的事情就是两人各自知道的内容不一样，需要赶紧交流，赶紧对拢。

他又问了一遍。

"你说的时间表是什么意思？"

她用比喻来回答他。年历。时间流。日程。

威廉不耐烦地摇摇头，说他当然知道时间表是什么东西，谢谢提醒。话一出口，他立刻为自己的语气道歉。她表示理解，因为她和他一样焦躁不安。

她指着挂在墙上的纸，那些打印出来的苏美尔语诗歌。

"我从来没见过它们以这样的顺序排列，"她说，"但你知道人脑是怎么工作的。你寻找内在逻辑，自己假设一个语境，因为你认为一定要有一个语境存在。你得到的只是小拼图碎片，应该把它们拼起来，但是拼成什么样子并不知道，因为谁都没有看到拼图盒的盖子。懂我的意思吗？"

他点点头。

“一开始只是一种思维实验。要是这么读它会发生什么？要是那么读又会怎么样？你懂的。”她降低声音。“过了一阵，我发现有太多东西……”她顿了顿，“似曾相识，好像在哪里见过。我拼起来的碎片越多，这种感觉就越强烈。我想这只是一种巧合，一定只是巧合——”

她停下来，看着他，想着要怎样解释。

“你需要知道的是，”她说，“早先的苏美尔语是象形文字，没有句子，没有语法，只是把代表不同含义的符号堆砌起来。一个符号甚至可以代表很多意思，这就意味着它的含义不是确定的。但即便你注意到它的不确定性……”

她的眼神把剩下的话说了出来：无论她怎么尝试从不同角度破解文字的含义，最后的结果都是一样的。

“你得到了什么结果？”他问。

她看看周围大串大串的符号，不知道该怎么回答。

“每段话都是一行诗，”她又停了下来，重新组织话语，“一个概括。不对，应该说是一种描写。”

她的眼神很严肃，希望他能领会这番话的意思，但他只能盯着她，表示自己仍然毫无头绪。

“什么？”他只说，“概括了什么？”

“人类历史上的重大事件。”

她走向墙壁，指了指。她停在一段精心挑选过的文字面前，都是些单独成行的文字。她告诉威廉这些符号的意思，以及她理解的含义。

越听，他越觉得难以否定。

河边的城市。筑城的人们。尖尖的房屋，君主的坟墓。

金字塔。

老鼠。疾病。传染，死亡，无法阻止蔓延的瘟疫。

黑死病。

月球。三个人，大飞船，长途旅行。

“这个我就不必再解释了，对吧？”

威廉不想相信她。这太荒唐了。

他开始说服她这些推断都是错的，不管她自认为多么具有分析和批判精神，也只是卡在固有的解读方式里，将历史意义强加于文本之上。她把自己的知识投射到诗句上，并告诉自己这是科学分析，但其实这根本不算。

她直接喊了回去："你是想说我在这里傻坐了七个月，对这个结论毫无质疑吗？"

突然间，他在她身上看到了从来没有见过的一面。她的脾气让他想到了某个人，似曾相识的脾气。

他强迫自己不去多想。他告诉自己，刚刚他指责雅尼娜用旧有的知识框住了当下的情况，但他又何尝不是如此。雅尼娜跟她没有任何关系，只有他自己的奢望。

他掂量了一下说过的话。当然，他不是说她没有动脑筋，但他有过这样的教训，就是过早得出理论，之后做的所有事情都是为了迎合理论，而不是反过来。

"你跟我一样灰心，"他说，"我们都得到了任务，要去破解难题，却不知道如何破解，也不知道为什么要破解，所以我们才开始寻找规律。这不是你的错，我们就是这样工作的。"

"我不是在寻找规律，"她冷静地说，"我已经找到了规律。"

他歪了歪脑袋，于是她提高了嗓门："你以为我没问过同样的问题吗？你难道不认为，对我来说，这结论同样难以置信吗？你难道不认为，我也曾经觉得推理错误，要打消这些念头吗？"她挫败地在房间里转了一大圈，仿佛是为了获得更多的力量，把他拒绝接受的事情解释清楚。"但是，后来我看到了这些，看到它们按照跟我的推论一模一样的顺序排列。"

她等着他说些什么，但他只是看着她，脸上带着怀疑的表情，于是她继续说道："如果我只是用历史事件解释这些文字，只因为它们能跟我知道的知识对号入座，那么为什么挂在你墙上的文字就是按照这种顺序排列的？我拿到的只是零碎的文字，还记得吗？如果我的疯狂结论是建立在自己先入为主的想法上的，那么它们怎么会按照我想象的排列方式呈现在这里？"

他仍然一言不发地看着他，拒绝相信。

她走到房间另一端，沿着墙走回来，一路敲着不同的纸张。

“两河流域。金字塔。古希腊罗德岛地震。耶稣诞生。穆罕默德。黑死病。坦博拉火山爆发。”

有些纸她路过时停也不停，仿佛是为了突出她说的那些才是历史上的里程碑，而中间还有些小事件就忽略不计了。她在强调自己的观点，让人无法不侧耳倾听。

她有时会看看威廉，为了确认他究竟有没有弄明白她的意思。

“一战。二战。广岛原子弹。智利大地震。”

这是对她推断正确的佐证，证明她一直是对的。她看到了他的脸，他在努力维持自己的怀疑。他不想接受这个推断，却又知道她没有说谎。

没有比这再清楚的证明了。如果她对文字的破译是正确的，那么它们就应该按照这种方式来排列。

而它们的确这么排列着。

她走到最后一段墙前，放慢说话的速度：“唐山大地震。鲁伊斯峰火山爆发。印度洋海啸。”

她看着威廉，沉默，等着他说。来驳斥我啊，她的肢体语言是这个意思。反驳我，说我是错的，让我再在房间里走一圈，我会照做。

有好几秒钟，两人就这么站着。雅尼娜一只手放在墙上，威廉站在房间的另外一头，紧紧盯着她。

无语。甚至没有呼吸声。

“如果这是我的臆想……”她终于又开口道。

威廉闭上眼睛。他知道她要说什么

“那为什么它们是这样排列的？”

“你知道你这么说的后果是什么吗？”威廉问。

她点点头。她当然知道，这一点无法回避。

“后果……”她说，“如果他们告诉你的都是真的，如果这些文字就藏在人类自身的基因组里？”

他已经知道答案，但这必须说出来。

于是她点点头，把他的想法说了出来。

“如果这些都是真的，那么这些历史事件早在发生之前就写在了我们的 DNA 里。”

房间里一片沉默。

两人互相凝视。这是一场无言的对话。

“这还不是让我最担心的事。”最后，她开口说道。

在威廉的注视下，她掏出一张纸，递给他。

在露台时，她就想把这张纸给他，一张他看不明白的纸和她没来得及解释的内容。

“我看到这张纸的时候，就开始担忧了。”

他不知道说什么，只好示意她继续。

“现在我看到了你的房间，看到了时间表、文字和序列，我感到更加担心了。”她用力咽了口唾液，镇定心神。

“告诉我，”他说，“告诉我上面写了什么。”

那个男人死了。

阿尔贝特是肇事者。

现在，他正狂奔着穿过韦斯特公园，风衣在午后阳光中飘荡，脑子里各种想法不断盘旋，尽管他现在根本没时间去琢磨这些事。

尼森警官，这个畜生。他那么信任他。尼森从雅尼娜失踪的那个傍晚起，就一直站在他这边，陪他熬过漫漫长夜，寻找答案，搜寻记录，不断告诉他最新的消息和线索。只能是他，是尼森警官出卖了他。

没有其他可能。

他在池塘边的一片沙砾地上停下脚步，这里挤满了婴儿车和散步的老人，还有穿过公园忙着要去开会的各种人。阿尔贝特的身影融在人群里，成为他们中的一员。

他无处可去。

他拿出手机，找到办公室的电话号码，但马上又改变了主意。多疑又袭上心间，牢牢抓住他。他试图强迫自己把问题想清楚。

是不是反应过激了？还是说他想得没错，连警察都卷入了雅尼娜的失踪案？他们跟幕后人是一伙的，通知他们出现了一封信？与他放进公寓搜查的警察是同一批人吗？那些安慰地搂着他的肩膀，发誓说他们已经尽力，雅尼娜是自己出走的警察？

其结果简直难以想象。

如果警察知情的话，那么还有谁也知道？谁是雅尼娜失踪案的幕后黑手？有多少人想阻止他挖出事实的真相，他们手里又有多少资源可以支配？

秘书的电话号码在他眼前的手机屏幕上亮着，他使劲记住直线号码的最后几个数字，一遍，两遍，直到完全记住。不管是不是疑神疑鬼，他反正是不能再用自己的手机了。信用卡也不能用了，要是他用信用卡购物，他们马上就会知道他在哪里。他必须找到取款机，取出尽可能多的现金，一切都要趁他们没把他的卡冻结之前做好。

之后，他也不知道该做些什么。

他只知道，这次没有人站在他这边了。

要是他还想再见到雅尼娜，就只能靠他自己。

阿尔贝特·范·戴克在公园里又待了三四分钟。

公园里的其他游客没有注意到，有个穿风衣的男人曾经在池塘边用石头打水漂。

也没人注意到，那个在水面上弹了最多次的石头其实是一个手机。

威廉·桑贝格还是没理解拿在手上的纸说的是什么意思，但雅尼娜刚刚说出来的话却是清晰无误的。

她所说的，是对她刚才推论的一种合理的逻辑延伸，无可辩驳，除非回到最开始的假设，从头打破推理过程。尽管他很想这么做，却也无从下手。

他能做的，只是侧耳倾听。

“无论我研究了多久，却总还有一些序列我无法解释。”她说。

威廉无语。

“它们都不是新加上去的，这点我很肯定。这些都属于原始的文字段落，但是它们无论如何都无法用历史事件去解释。一开始我想，在我知道的重大历史事件之间，还发生了很多别的事情，这些都没有写进我们的历史书里。对吗?”

但她摇摇头。这不是她没有认出那些事件的原因。如果基因组充满了历史事件，早在它们发生之前就被写下来，那么为什么这些写下来的事件又突然中止，还碰巧发生在她和威廉所处的时代?

这就是她想说的。

威廉听着。他听到了，但是真不想听进去。

她说的内容十分清楚，他一点儿都不喜欢这里面的意思。

“你的意思就是，”最后他说，“那些诗句是还没有发生的事情。”

她平静地点点头。

“人类的基因里面包含了关于未来的信息。这些事情都是还没有发生，但是将要发生的。”

她又点点头。

他沉默一会儿，然后说：“这样的话，接下来等着我们的是什么?”

雅尼娜迟疑了。她垂下目光。

只有一个回答。

“很不妙，”她说，“一点儿都不妙。”

23.

阿尔贝特·范·戴克的办公室从昨天下午开始就一直没人，但突然间又人满为患。

午饭刚过，世界就跟天崩地裂了似的。曾经，胖乎乎的年轻秘书烦透了工作场所持久不散的束缚感和弥漫不去的颓废安静，但是很快，他就意识到，他其实更愿意那样。

范·戴克的办公室遭到了入侵。有些人是警察，有些人自称是警察，却穿得跟搞金融的似的。所有人都在教授的书柜和电脑里翻找，问他教授在哪儿，问他教授说过什么特别的话没有，问他有没有什么地方是教授经常去但他们又不知道的。

秘书统统回以耸肩和摇头。他什么都不知道。

他就知道一件事：阿尔贝特·范·戴克失踪了，看上去是遭到了通缉。男孩被迫一次又一次地发誓，要是教授出现了的话，必须马上告诉警察。这是当然的，他保证。

现在，他坐在一张写字桌旁，同自己的良心博弈。

他的口袋里放着一张纸条，上面写着一个瑞典的电话号码。一部分的他感到有点不好意思，想站起来对警察说，看，我有样东西你们不知道，请拿去，祝好运。但是另一部分的他却感到这样是不应该的，总有些地方不对劲。他是不是应该对上司保持忠诚？难道满分的职员不就该是这样的吗？成为一个值得信任的下属？

除非范·戴克做了什么出格的事、非法的事、难以想象的事，以至于警察都没办法对他说清楚。

他就这么坐着，看着他们。突然，他浑身一凛。

裤子口袋里有东西在嗡嗡嗡地响。

他迟疑着，知道现在是他作决定的时候了。他要选择立场，确认自己到底有多信任办公室里的这些人。

要不，老实说吧，就是承认他的决定早已作出。不然为什么要把手机调在静音状态？难道不是为了可以接到教授的电话，悄悄地提醒教授而不被人注意到？

就是这样的，肯定是这样的。

他选择了忠诚。

他站起来，啰啰唆唆地对一个西装男解释说他有多渴，午饭的时候就没好好喝水，现在想去咖啡厅一趟，需要找他的话可以通过手机联系等等。手机还在腿上挠痒，但他的眼神必须保持镇定。他默默祈祷只有自己能感到手机在震动，隔着这么厚的牛仔裤，这不断的嗡嗡声别人应该是听不到的。

西装男毫无反应，既是对手机的震动，也是对那个关于口渴、午饭和脱水的故事。最后，年轻秘书点点头，走进老电梯，尽管这里只是三楼。

口袋里的手机不再震了，语音电话自动接起。

他把面前的木门关起来，感觉到电梯开始打破宁静，嘎嘎启动，慢慢地向下驶去。电梯小心翼翼，就像一个在结冰的人行道上走路的老汉那样不自信。他想，这部电梯迟早会成为某人的葬身之地，但希望不是今日此刻。

他拿出手机，看到一个未接电话，号码是隐藏的。该死。

不过他很了解自己的上司，知道要是打了没接的话，他一定还会打来的。脑子刚想到这儿，电话就又在手中震动了起来。

“喂？”他简短地说。

“你好，我是范·戴克教授。”

“好的。我在电梯里，两秒钟后下来。不想让他们看到我接电话。我会去咖啡厅，过五分钟后打过来。”

他不等回答就把电话挂断。透过电梯上的小窗户已经能看到底楼。他把电话放入口袋，打开电梯门，往门厅走去。阳光照耀着外面的台阶。他转身走向咖啡厅所在的那幢大楼。

出口处守着的两名警察将他放了出去，浑然不知消失在他们眼皮底下的小伙子其实选择了对手那一边。

阿尔贝特·范·戴克强迫自己去想熟食店。

他站在离大学几公里外的地方，人靠在菜市场的一台冷柜上。这个市场叫什么名字他不知道，也不想再来，但是他的周围都是人，他意识到，要想把一本书藏起来的最好办法就是把它混进其他书里。

他的一只手里紧紧握着手机，仿佛生怕它会自己溜走。手机和充值卡是他从几个街区外的路边电子小店里买来的。手机是旧的，遍布划痕，按钮也不太灵活，显示屏必须要斜着才能看清楚，但电话还是好打的，对他来说有这个功能就足够了。

时间在往前走。过了四分钟。为了打发时间，他跟柜台后面的熟食师傅说着话，好让自己看上去正常点，别没事可做的样子，尽管衣服底下的后背因为热度和紧张早就湿透了。

不，他想要味道更重点的。他装作兴致勃勃地看着售货员的推荐，头部和身体动作都在一致地表示对这种熟食味道和制作工艺的认可。他是一个在为某个完美场合寻找完美意大利萨拉米香肠的男人，他告诉自己，至少周围的人都是这么想他的。其实，他一点儿都不确定，萨拉米香肠是不是一个人们会站着聊天的话题，但这是他此时此刻唯一能想到可以聊的了。

最后，五分钟过去了。阿尔贝特微笑地看着熟食师傅，打断他的话。

“你知道吗，我想我一定要问一下，”他说着拿起电话，“你懂的，家里那口。”

然后他转过身去，离开的时候甚至能感到背后的白眼。很有可能他是今天最招人烦的顾客，但阿尔贝特·范·戴克更想驳斥的是，不管怎么说，他才是那个过了最糟糕一天的人。

他走开，给秘书打过去。

响了一下，电话那头便响起咖啡厅熟悉的嘈杂声：

“你出了什么事？”

“他们说我出了什么事？”他说

“这里来了很多人，找了你一个上午。”

“穿西装打领带的人？”

“这是一拨。还有警察。新闻上说的是真的吗？”

阿尔贝特顿了顿。新闻。当然。

那会儿街上都是人，可能给报社打电话的人跟报警和打急救电话的人一样多吧。新闻已经登出来了，或许当时有人认出了他，要是这样的话，那么他的照片很快就会出现在每个新闻网站。情况不妙。

“和雅尼娜有关，”他这么说，“你要是不相信，我也能理解。但她被绑架了，我也不知道为什么，现在他们又来抓我了。”

秘书的回答让他出乎意料。

“我知道。”

秘书朝周围看了看，压低了嗓门，尽管周围的声音已经很吵。为了听清阿尔贝特的话，他不得不用手掌捂住另外一只耳朵。

“你没看到我放在你桌子上的纸条，是吗？”

纸条？阿尔贝特在心里回想了一下，在想哪儿漏了一张纸条，但是他有无数张纸条、笔记和摘抄提醒他要去做什么，所以要知道哪张是哪张几乎是不可能的。

“什么纸条？”他问。

男孩没理会这个问题，如今纸条已经不重要了：

“早上有个记者一直在找你。”

阿尔贝特愣住。没说话。记者？为什么是个记者？

“从瑞典打来的，说要见见你。她说发生在你未婚妻身上的事……”

啊？阿尔贝特屏住呼吸。

“……也发生在了她丈夫的身上。”

克里斯蒂娜在想到入睡不是明智之举后的第十一分钟时，准确地醒了过来。

醒来的时候，飞机正准备降落阿姆斯特丹的史基浦机场。过去的几个小时，她时而思考问题，时而听着旁边的莱奥发出呼噜声。莱奥弯着脖子，嘴巴大张，就好像正闭着双眼经历一场难度极高的口腔手术。他的呼噜声大得可以跟飞机引擎声比赛了。

莱奥睡着了，睡得很死，她自己却清醒得要命，这点让她有些不高兴。她曾说服自己，飞行之旅将会是对前一个不眠之夜很好的补偿，但她的身体显然严重不同意这个想法。于是整个上午，她都神志极度清醒，精神备受折磨。先是在候机大厅那两把低矮的椅子上，两人硬是等了两个多小时，等着降雪变小，飞机可以飞起来。后来又在机舱狭小的空间里坐了一个小时，机翼无数次变冷，全世界所有的飞机似乎都在抢跑道先飞。

从始至终，她身边的这个人都处在熟睡的状态中。她能看到的就是一件巨大的羽绒服，羽绒服里依稀裹着一个穿西装的年轻人。在嘹亮的呼吸声中，这个身影正有节奏地在外套和棒球帽之间上下起伏。

她既无聊又焦虑，什么都做不了的感觉让她恼火至极。

也只有一件事能做，就是去找阿尔贝特·范·戴克。

大学电话总机一开她就马上打过去了，然后被转到一名年轻的秘书手里——她听出来这就是昨天那个接电话的声音——他语速缓慢，话里还带着睡意和些许的不知所措。要是告诉她，这个人也穿戴着棒球帽和羽绒服的话，克里斯蒂娜可一点儿都不会觉得奇怪。

但是阿尔贝特·范·戴克并不在班上。

每次她都会留下一句口信，过了一会儿再试一次。到最后，她都能听出来秘书的声音里带着隐约的不安。

于是她试探着问："他经常迟到吗？"

"可能不是迟到，"电话那端的声音回答道，"他可能去开会了。"

"他经常这样不提前告诉你就去开会吗？"

试图回避的沉默，不过这只是让答案听上去像"不"。

"我知道调查已经结束了，所有人都以为她是自己失踪的，但我打过来是因为我认为她是被绑架的。"

还是没有回答。

"对不起，"她说，为了让他开口，"我还不知道你的名字。"

"戴维，"年轻人说，"戴维·施泰因。"

"好，戴维，是这样的，三天前我的丈夫在一家医院失踪了。警察说他是自己跑掉的，但我不相信。后来我看到了你上司的遭遇……"

为了强调后面要说的话，她停了停。

"我的丈夫把什么东西都带走了。他所有的书、所有的电脑、在他职业生涯里做的所有笔记。对此，你是否感到耳熟？"

又是沉默。然后：

“我会让他尽快给你打过去的。”

说完，他把电话挂了。

三个小时后，飞机终于起飞，时间已经过了十一点，克里斯蒂娜开始感到有点饿了。不管她怎么努力入睡，可想到的唯一一件事就是饿。哪怕到了保险带指示灯再次亮起，哪怕到了飞行员宣布即将降落，哪怕到了她终于决定完全放弃睡觉这个念头，反正睡不睡也都一样了。

她能想起来的最后一个画面是，身边的事物不知不觉间变成了一锅大杂烩，威廉和莱奥变成了同一个人，在他们原来船长街上的家里自己跟自己捉迷藏。突然，莱奥把她推醒，跟她说要降落了。

然后他就站了起来，在其他乘客中找了一条缝，朝机舱门走去。她皱了皱眉头，一种说不出的滋味，紧接着就是前所未有的疲惫感。

但她已经到了阿姆斯特丹，没有时间同情自己了。

两人经过护照检查站和海关后，来到巨大的到达大厅。克里斯蒂娜拖着一个轻便的滚轮箱，莱奥则背着一个仿佛经历了半个世界沧桑的双肩包。两人突然意识到有个外国男人在跟他们说话。

他就走在他们身后几步路的地方，一边跟他们说话，一边假装看着手里的报纸。

“继续往前看。”他对着报纸说道。

他的意思很明确，但是反应归反应，当大脑搭上线的时候，已经晚了：莱奥冲着说话的声音把脑袋转了过去，视线对上了男人的眼睛。

“往前看！”男人从牙缝里挤出一句话，重复刚才的内容。

白痴。这小伙子看着他不够，还把整个脑袋都别了过来。脑袋上是顶棒球帽，帽檐跟个箭头似的指着他说，瞧啊，在这里！如果有人在监视他们的话，是无论任何都不可能错过这一幕的。

“我会跟在你们后面。”他继续说，嘴里快速地嘟囔着，眼睛却在装着搜寻机场里的指示牌。“你俩假装互相在说话，不要跟我说。”

克里斯蒂娜对着莱奥点点头，以此确认身后男人的命令。

很好，至少两人中有一个人懂了。

“发生什么事了？”她说。

“这是我要问你们的事。”他说，然后问：“你们怎么走？”

“我们租了一辆车。”她朝着莱奥说，莱奥还有一秒差点就回答说，我知道，但又发现不对头，于是赞同地点点头。要是她真这么对他说的话，希望这么回答是正确的。现在他也不知道该怎么做。

全都是装模作样。

“很好，”男人说，“我会跟在你们后面。你们上车后把车倒到我的位置，我从后门上。”

三个人默默地往前走着，跟着机场里的汽车租赁指示牌，从到达大厅转向出口。

终于，克里斯蒂娜又转向莱奥。

“在你这么做之前，在你上我们的车之前，是否可以告诉我们你是谁？”

他们往前又走了几步。他好像不愿把答案大声说出来。

周围人来人往，鞋底踩着地板发出各种回声。男人继续跟在他们身后，直到耳力所及范围内不再有人。

“我叫阿尔贝特·范·戴克。我知道你们在找我。”

24.

如果克里斯蒂娜和莱奥从D61口走出去，在走向边检站和史基浦机场到达大厅时回头看一眼的话，就会看到亚当·里贝克机长正匆匆忙忙穿过安检口，往另外一个方向走去。橡胶轮子的飞行员旅行箱在他身后摇摇摆摆地拖行着，机长身后则是一大群穿着相同制服的人。

E 口正有一架波音 747-400 等着他。

他要将一架几乎满载的飞机飞往洛杉矶。此时的他感到牢骚满腹、烦躁无比，真是开局不顺的一天。

他讨厌开租来的车。

在家度过的每个夜晚都是地狱式的，无休止的吵架只有他不在时才会中断，自己也闹不清为何必须要行使义务，参与家庭团聚时刻。亚当·里贝克和他的妻子除了讨论两人关系的劣处之外，几乎就没干过别的什么事。但在这么多糟心事里至少还有一个闪光点：他热爱驾驶自己的汽车。他喜欢陷入深蓝色皮椅里的感觉，听着压缩机的声音，奢侈地用超大马力把车倒出车库，关上无线电和风扇，听着车里安静的声音和前方引擎的隆隆声。他喜欢沉溺其中，用这种方式与世隔绝。

老实说，这是唯一能让他待在家里的原因。而现在，亚当·里贝克的奔驰却在修理厂里。

这不是他的错，他甚至没有开快车，周围交通什么情况他也一清二楚。但事故偏巧就发生了，结果整个周末他都不得不坐在一个该死的座位上文火慢炖。虽然借车的人信誓旦旦地保证车里绝对没人抽过烟，但是座位上就是有股奇怪的臭雪茄味。休息日结束了，真好。

所有人安静地穿过廊桥。亚当的焦躁仿佛一张盖在机组人员身上的湿毯子，大家都已司空见惯。每次航班离开阿姆斯特丹时，亚当·里贝克就是这样，而一旦飞机在世界上其他地方落了地，他马上就变得风趣友善，完全成了另外一个人。

还是副机长先开了口。

“为什么要借车开？”刚在驾驶舱落座，他便问道，边说边把保险带牢牢绑在胸前。

里贝克瞪了他一眼，他对这个话题毫无兴趣。“你应该学会看报纸。”

过了一会儿，副机长才明白他的意思。

“你在开玩笑，”他说，“那场连环车祸？”

里贝克点点头。怎么办呢，无论一个人多么会开车，要是从半空中摔下一辆丰田，想要避免刮碰的难度可就高了。

“他说我该感到高兴，还好事情也就这样而已。”

“谁说？”

“医生，检查我的医生。你到底看没看新闻？”

副机长点点头。对话到此结束。

几分钟后，一名空姐从门外钻进驾驶舱，把两杯咖啡放在座椅旁边的小杯托上。

“还有什么要求吗？”她问。

“有，”里贝克说。她看着他，等待他的指令。“我需要有个人帮我挠一下后背。”

她的笑容那么僵硬，似乎她更想对他竖起中指。但他们即将开始一场漫长的飞行旅程，她还是选择息事宁人。

“我想，这是副机长的任务，”她说道，“公会的规矩，不是我订的。”

说完，她转身离开了驾驶舱，留下两个飞行员各司其职。

亚当·里贝克机长看着她走开，既感到好笑，又感到失望。

他没开玩笑。后背痒得很，难以忍受地痒，确切地说，整个早上一直都在痒。

但他没有说出来。相反，他对副机长点头示意继续例行检查。副机长在他身边把步骤依次念出来，他逐个检查，确认是否各就各位。一支笔从脖子和领子之间伸下去，够到那个让他痛恨的位置。

他忙着例行检查，以至于没工夫去考虑后背上蔓延开来的带着热度的疼痛可能是一摊血。

25.

方向盘后的小伙子开车冒冒失失的，阿尔贝特·范·戴克开始想，要是当时把自己的命交给家门口的那些男人，是否活下来的概率反而更大一些。

“向右!”他说，声音里强烈的绝望感让莱奥抬起头，在后视镜里看着他的眼睛。

“转弯?”他说，“现在?”

“不，是说路的右边!”

哦! 莱奥的视线向路面前方看去，意识到自己开到了反向车道上，赶忙生硬地把车开回右边车道。他继续默默地往前开，双手死死拽着方向盘，肾上腺素激升，浑身是汗，尽管热风扇正在努力把温度打上两位数。

他其实挺会开车的，唯一的问题就是在没有标示牌的情况下，不太会预判单向道何时变成双向道。莱奥一直坚信，会有交通标示牌提醒他，但现在他开着车在一条乡间的道路上，这里可没有那么多标示牌，电车轨道倒是很多。此外，他也完全不知道该往何处开。

阿尔贝特慢慢放开盯着他的视线。

副驾驶座上坐着那个女人，是她给他秘书打的电话。他稳住心神，想把注意力放在她身上。她的名片上说她叫克里斯蒂娜·桑贝格，是一名记者。车内弥漫着一种对话随时会开始的气氛，却迟迟未开始，因为看起来他们的司机想要先把他们杀死。

沉默了一会儿以后，克里斯蒂娜先开了口。

“为什么你会被通缉?”

他摇摇头。怎么回答都不对。

“他们在找我，我可能杀死了其中一个。”

“他们?”她问，“是谁?”

“我倒希望你有这个问题的答案。”

轮到克里斯蒂娜摇头了。两人又默默地坐了一会儿，只有偶尔车子突然转向和司机咒骂的声音打破沉默。

他们已经离开了市区。傍晚的昏暗天光在车外逐渐浓重起来，路灯和对面车辆的灯光时不时地扫过他们。

“你们怎么会跑来这里的?”

克里斯蒂娜看着阿尔贝特：“你知道些什么?”

“就知道你跟我秘书说的那些。”

行。克里斯蒂娜吸了口气，从头开始。威廉的失踪。莱奥发现关于雅尼娜的那则新闻。相同点。两者都跟破解密码有关，尽管角度不同。

阿尔贝特听着，在合适的时机点点头，并没有打断她的话。

他的内心情绪复杂。一方面，他很想让自己被说服，即这两件事是有联系的。这会让事情变得简单，他们可以把两件事的信息和来龙去脉比较一番，说不定能归纳出让他们继续深入下去的线索。但是从另外一方面来说，两件事也没有那么多相似处，只是两个失踪案件罢了。当然，两个人凑巧都有相似的专业知识，可两件事差了半年多，而且还发生在不同的国家。

克里斯蒂娜察觉到了他的怀疑。

她能理解，叹了口气。

“昨晚我没睡，”她说，“把所有能找到的材料都看了一遍，把线索找出来。关于那个调查，关于雅尼娜的……”

莱奥瞅了她一眼。这点他可不知道。

“有一篇文章曾经提到，说这是自愿失踪行为，因为……”她在想该怎么说，想要尽量表达准确，“因为根据判断，她把所有的私人物品都拿走了。差不多这个意思。”

阿尔贝特看着她。这只是一个细节，但要是她跟他想得一样的话，那么这会是一个很好的细节。

“哦？”他说。

“当我前夫失踪时，”她从座位上转过来，一条腿搁在另外一条上，身体尽量转向阿尔贝特，保险带都快松开了，“他把所有东西都带走了。我说的‘所有’指的不光是他的衣服和洗漱用品，你知道的，不是我们平常说的带走所有东西的‘所有’。我是指一切。电脑、研究文献、过去的实验数据和笔记，都是一些没理由带走的东西。”

莱奥用眼睛余角看着她，等着她继续说下去，提留下来的那张他们女儿的照片。但她没有提，只是看着阿尔贝特，盯着他，一言不发。

车后座传来说话的声音。

“他们说是她离开我的，”他平静地说道，语气有点疲倦，“他们说她肯定是有预谋的，这一点儿也不奇怪，总有人在毫无防备的情况下被抛弃。说他们能够理解我无法接受现实，但是爱情有时就是走到头了。扯淡吧，我想，但我没说出来。”

停顿。

“我就是知道。”

他看着克里斯蒂娜。

她已经想好怎么对他说：“她带走太多东西了。”

他摇摇头，摇头的意思是表示同意。这表示他也有同样的疑问，这个问题他曾经问了自己好几遍，而这次他把它大声地说了出来，说给一个看上去也有同样疑问的人。

“她为什么要这么做？她不穿的衣服，以前上的一些课的笔记，都是她无所谓的课。还有我母亲的遗物，放在她柜子里的。所有东西。”

“你的结论是？”

“有人把她的东西拿走了。”

克里斯蒂娜点点头。

“如果背后是同一群人的话，”他说，在说“如果”的时候特地强调了一下，声音轻到似乎自己都不敢相信自己的判断，“这说明什么？”

他看着她，好像是在跟自己谈判，就像是他要说些什么，却不知道是否应该说出来。

终于，他把身体往前靠。

“你的前夫在瑞士有什么认识的人吗？”

“没有，”她回答道，“你为什么这么问？”

“因为我收到了这个。”

他看着她，从风衣里拿出那个黄色的信封，上面写着伊曼纽尔·斯芬克斯，用自动盖印机印上贝恩。他给警察看过那个信封，这也是他再也不敢回家或上班，或是到任何暴露行踪之地的原因。

她把信封接过去，看看它，然后打开。里面是三张手写的信纸。

她疑问重重，张开嘴巴刚要问，就在这时，“砰”的一下，车子冲下道路。

莱奥其实作了一个完全错误的反应，却无意中救了所有人。

他以为他们被车撞上了，而且还以为是自己出了错，又不知不觉地开到了对面的车道上，于是他把方向盘拉向右边。

但是事实上，他本来就是贴着右边在开，右得不能再右了。

所以当这辆租赁车跳过沟渠冲向右边的时候，那里已经没有路了，只有杂草和坑洼地，还有一大堆让人怒不可遏的土包。莱奥用尽全身每一块肌肉踩住刹车，刹车板都快抵到了橡胶地板上。

汽车一停下来，他们就意识到发生了什么。

他们从车里钻出来的时候，周围一片燃油味和土腥气。世界被乌压压的烟雾笼罩着，各种刺耳的声音此起彼伏。

26.

在所有的事情里，最让威廉感到挫败的就是他必须竭尽全力让思绪集中起来。

他用手掌拼命地揉搓脸庞，用大拇指和食指按摩太阳穴，按压面颊骨直到发疼，但就算这样，情况也未有改观。

她把他带到墙前面，一直带到楔形文字群的右边结尾处。她的手掌顶着其中一张纸，然后请他看一眼手里捏着的纸条。

“我不知道这些字应该放在哪里，但是它让我感到害怕。”

他不懂她在说什么。

她给他的纸上的最后几个符号和墙上那张纸上的符号一样，显然表示这将是一个在人类时间表上必定会发生的事件。同样明显的是她那害怕的表情，但目前来说，他还不知道原因。

“正是因为这个，我们才在这儿。”她说。

他等着她继续。

“发生的一切。海伦娜·瓦特金斯。担心你和我被传染。病毒。肯定是这个意思。”

哦？威廉的眼神告诉她，自己仍然不明白。

“他们知道这一切都会发生的。他们早知道，而现在的确发生了。”

“哪件事？”

她努力把语言组织得直白明了，听上去既不能太幼稚，又不能过于愚蠢，像是连环画对话气泡里写的字一样。但是她能想到的所有的话，听上去其实就是以上各种的集合。

“我想，我们都会死。不对，是我*知道*。”

威廉合上双眼。他摇着脑袋，就好像在把脑细胞跟俄罗斯方块似的都摇到一个地方，然后把它们拼成一个整体，仿佛这样就可以理解她在说什么。无功而返。

“你是怎么知道的？”他终于问道，声音低沉，他甚至没有睁开双眼。“不是‘*怎么*’知道，这我不管，而是你怎么就*知道*？你怎么就能站在那里，看着这些字，上一秒还在说它们是象形字，可以有不同的解读方式，下一秒就又说你都知道？怎么就知道了？”

“这是语言，我没法给你画一张数据图。我就是知道。”

“为什么就不可能是你搞错了呢？为什么就不是你得到了一个疯狂的结论？为什么就不能是，在这些历史事件的顺序上，你是说对了，但在其他方面却搞错了呢？”

雅尼娜盯着他看，宁愿他是对的。

问题是，她知道自己没错。她知道，关于历史的那些文字印证了未来的事件，墙上的内容印证了她的推测。无论她怎么想推翻这一切，结果都是再次捍卫和证明她的想法。

作为研究者来说，她应该很高兴，可她却在恐慌和另外一种情感之间徘徊着。

是悲伤吗？

她深深地吸了一口气，回到墙壁前，往回看，寻找某个位置。在那儿，她停下来，一只手放在其中的一张纸上。

“这儿，公元一千三百多年。同意吗？”

威廉快速地点头。她看懂了这个意思。可能吧，他是说，可能吧。可能你那些关于时间表、发展顺序、历史时间的猜测是对的。她甩了一下胳膊，很失望。她没有时间再和他不肯接受现实的意愿作斗争了。

“蒙古汗国的崛起，”她边说边指指左边另一张纸上的文字，“撒马尔罕和布哈拉受到重创①。看下去就知道了。”

她的手放在14世纪的那张纸上，另一只手向右方。“那边：君士坦丁堡②。嘉靖关中大地震③。诺夫哥罗德④。有反对意见吗？”

也许吧。不过他没说出来。

她又回到面前的那张纸：“这就是十四世纪。黑死病的爆发。还有——”她指着几个图形，“老鼠。疾病。传染。死亡。阻止不了的瘟疫。”

说出最后一句话时，她的眼睛死死盯着他，仿佛她话中的重要性和可怕性他应该明白。

“为什么，”他又说了，“为什么表示我们会死？”

“因为。”

她就说了这两个字，没有说下去。她捏住纸张的下沿，轻轻一扯。纸从墙上掉了下来，在最上面的地方留下两道撕痕。

纸被折了起来，就跟手风琴似的，除了最下面的一行文字，其他都被遮住了。

只剩最下面的图形符号。

她走向威廉。走过十九世纪，经过二战和海啸，一路走到他站着的那个角落，几乎是在墙壁的最右边。

她拿起折叠的纸，举起来，一长条。

两行字都是一串图形。

---

① 撒马尔罕：乌兹别克斯坦第二大城市，中亚古城，1220年被蒙古军队占领；布哈拉：乌兹别克斯坦中南部城市，1221年被蒙古军队攻占。

② 君士坦丁堡：伊斯坦布尔旧称，土耳其最大城市。1453年被奥斯曼土耳其人占领，更名为伊斯坦布尔。

③ 嘉靖关中大地震：发生于1556年1月23日的大地震。现代科学家推断当时的地震强度为地震矩8至8.3，烈度为11度。

④ 俄罗斯最古老的城市之一，它是俄罗斯东正教的发源地，也是中世纪的贸易中心。

完全吻合。一模一样。

阻止不了的瘟疫。

她看着他，看到他看懂了。

“这就是为什么。”

安妮·瓦格纳在走廊里半走半跑，鞋底打在地板上啪啪作响。挡道的轮床和担架迫使她东躲西闪，而这些东西原本不该出现在走廊上。

所有的事情已经是一团糟了，而且情况只会更糟。

她已经和约瑟夫·格罗塞医生并肩作战了一整天，亲眼看着他眼神专注地做了一个又一个手术，救了一条又一条生命。医生就像神，他在一具具躯体间来回折返，试图抓住即将逝去的生命。

格罗塞医生是第一批抵达现场的人。他在高速公路上照顾伤者，给予他们紧急救助，在受伤者中辨识出伤情最严重的人，确保伤员有条不紊地被送入斯洛特瓦特医院。再后来，他又连续奋战在手术台旁，直到双眼都快无法聚焦。疲劳使得他动作放慢、心不在焉，别人不得不命令他放下手头的工作，快去休息。

现在又是这个。

当警报铃拉响的时候，没人愿意相信自己的耳朵。

原因很简单，没人可以想象这居然是真的。前一天已经是这样了，如今这只可能是恶作剧。要打的电话和要采取的医疗措施已经花去了太多的时间，周围一片混乱，救护车蜂拥而至。格罗塞医生最多也就睡了几个小时，要是他睡了的话。

她崇拜他。不，比这还糟，她仰慕他。护士爱上医生的故事虽然很老套，但就让它老套吧；要是不会掩饰眼神里的投入和专注是一种荒唐幼稚的行为，那她宁愿荒唐幼稚。对她来说，这有什么要紧。现在，她在走廊里疾奔，尽管疲劳得无以复加，但她仍然挺着背，踩着稳健有力、富有节奏的脚步，向油布地板另一头的办公室跑去。

她为他所做的一切感到骄傲。她没有这个资格，但这有什么关系？马上，她就能把手搭在他的肩膀上，告诉他有大事发生，正有上百名伤员往医院送来。他几乎连她的名字都不知道，但如果他知道，光是这点，就能让她再多干几个小时的活。

她的尖叫声伴随着闪烁的灯光响彻走廊，全楼的工作人员都放下手头的事情，狂奔而来，跑到安妮·瓦格纳站着的门边。大家看到她后的第一反应是让她坐下来，把头放在膝盖里，缓慢地深呼吸。她已经工作一整天了。疲劳和刺激的场面击垮了她，她需要睡眠和水，也许还有糖分，这样才能够重新站起来。

他们是这么想的，直到他们弄明白她尖叫的原因。

首先是一名男性护士发现的。他的第一反应是约瑟夫·格罗塞被人用刀捅了，要不然哪儿来的血，要不然怎么会有这么多血滴到地板上，把他的床单浸透，血流成河，一直流到洗手池底下的地漏里？

于是他冲了进去，把医生转过来，想要摸一下他的脖子上是否还有脉搏。

男护士把他的身体转过来的时候，他的皮肤就这么牢牢地粘在检查台的一次性卫生纸上，就好像纸杯里忘抹黄油烤坏了的松饼。几小时前，他还是大家的领导，还是一个在科室间来回奔跑，用自己的专业知识拯救生命的白衣英雄，现在躺在这里的却是一摊脸冲上、没有皮肤的肉体组织。他的尸体就像受过好几个星期的风吹雨打，而不是躺在欧洲一所最现代化的医院里。

当这名年轻的护士转向门口的同事时，他不知道该怎么说。

几分钟后，政府得到了报告。医院进入隔离状态。

27.

阿姆斯特丹成了一片闪烁着各种颜色的海洋。他们开的那辆车差点也成了其中一部分。

救援车闪着蓝色的灯光。救火车、警车、救护车往空中射出深蓝色的光柱。灯光快速旋转和闪烁着，又消失在傍晚的夜色之中。泛光灯打出白色的光柱，一部分是在汽车和救援车上，一部分被吊车拉起，使救援工作得以持续进行。

但是最醒目的还是一闪一闪的黄色和橘黄色的火光。它们四处都是，或大或小，拒绝熄灭，从火星到火焰，在从前的房子或树或汽车的上面燃烧。当飞机冲下来时，它们都被烧成了灰烬。

阿姆斯特丹在燃烧。

先是阿姆斯特尔公园的北部，像个喷发油烟和泥土的火山口，这是飞机落地的地方。机头陷入地面，就好像一个在钢铁和人肉里耙地的巨大耕犁，一路向前滑行。机翼被树木、车顶和房屋拉扯着，最后轰然粉碎，四分五裂，残骸继续往前抛洒着，划过欧洲 19 号公路，跌入斯凯尔特河区的民居里。

那架曾要飞往洛杉矶的 601 航班躺在离他们几百米远的昏暗之地，浑身焦黑，燃烧着，支离破碎，淹没在厚厚的白色泡沫里。

莱奥看着，却视若无睹。他能闻到汽油味，还有垃圾和火焰的味道，却又什么都感觉不到；他能听到周围的汽车马达声、警报声和哭喊声，却又什么都听不进去。

他一动不动地看着，周围聚集的几百号人也都这样。警察正把他们隔开，尽管事实上，比起拦住好奇的人，他们肯定有更重要的事要做。

围观人群任由摆布。所有人都不知所措，不知所言。一名警察沿着警戒线走到莱奥面前，跟他打招呼。

“你怎么样？”他问。

“我还好。”莱奥回答。

“你应该找医生瞧瞧。”

莱奥心不在焉地点点头。他的眉骨刚才撞到了车窗上，伤口跳动着疼，脑门上流着血，但是显然，有人比他伤得重得多。

警察伸出手掌，示意莱奥也往后退。莱奥听话地闪开了。

莱奥的身后站着阿尔贝特，莱奥跑开后，阿尔贝特也跟着跑开了。有一瞬间，阿尔贝特和警察目光相遇，但他平静地祈祷着，现在局势过于紧张，也许没人记得住几个小时前把别人推到汽车前的一个男人长什么样。

“你不冷吗？”他听到前面的莱奥问他。

他不得不想一想该怎么回答。

天很冷，但他不冷，尽管他的风衣还在汽车里，尽管他只穿着一件西装和单薄的衬衫。

从某种程度来说，这也是合理的，指的是刚才发生的事。

今天一天对他来说都太荒唐了，不，是这半年都很荒唐。今天，仿佛所有荒唐都累积到一个点爆发出来，那么还有什么不合理的呢？

“去把衣服穿起来，”莱奥说，“风衣，去把它拿来。很冷，我可以很肯定地告诉你。”

他冲汽车微微点头。汽车还躺在沟里，还是一个小时前他们爬出来的位置，或许是两个小时前，还真说不好。

阿尔贝特看着他，不感到冷，但也没法驳斥。

莱奥站在那儿，看着他往下走到沟里，打开后车门。他看到他单薄的浅口鞋陷进棕色的泥里，一步一滑地走在深深的刹车痕里，这是莱奥遇到车祸时在地上留下的。

不，他纠正自己，是遇到碰撞的时候。

他们没出车祸，至少莱奥没听说这么一回事。

他们是被撞上了，但不是被车撞上的，也不是别的什么交通工具。他们是被一棵树撞上的，从字面上来说就是一棵树，对面飞过来的一棵树。车栽到沟里后，莱奥的第一个想法是，世界上可没有一个保险公司会相信他的话。

后来他就听到了巨响。

这是延迟的声音，仿佛越来越响的雷声。照理汽车停下来以后，雷声就应该结束了，但它却似乎永远不会结束。从路沟抬头往上看，上面是黑压压的天空，黄色的光芒闪烁着，而非低调的灰色。三个人还没来得及检查自己有没有受伤，就从汽车里爬了出来。

在那一刻，汽车保险似乎是全世界最不重要的一个问题。

被撞上的那棵树就躺在头上方柏油路的路沿处，他们就是从这个地方掉到沟里的。树旁是别的树，都是不完整的枝节，它们和被飞机俯冲而下划过的电视天线、电话杆一起歪倒在路面上，有可能是被飞机机翼钩到的，也有可能是被其他低垂的部分撕烂的。飞机就像一个滑翔下来的飞盘，把目力所及的所有风景、房屋和建筑都夷平了。

他们算是幸运的，幸运得不可思议。

飞机垂直从他们头上掠过，那会儿的高度还足够让他们通过。滑行了几百米之后，飞机就扎入地面，把所有拦住去路的障碍都扫平了，看上去一点儿都不愿意停下来。

克里斯蒂娜、阿尔贝特和莱奥站在沟里，精疲力竭，一动不动，没人说得出话。

周围的轰鸣声停了，四周鸦雀无声。也可能是害怕所致的幻觉。早在他们拿起电话求救之前，远处就已开来了旋转着蓝色灯光的车辆。

也就几分钟而已，周围的风景全变了。

从安静的昏暗到灯火通明，满是汽车和人。

那个寂静寒冷的夜晚消失了，再也回不来了。

当克里斯蒂娜·桑贝格穿过结霜的草地沿着警戒线跑回来的时候，莱奥才意识到他都不知道她离开多久了。

她把手机贴在耳朵上，眼睛搜寻着莱奥，手指在空中挥舞，示意莱奥等在原地。手指表达的意思是：站在那儿别走，我需要你。

这个指示毫无意义。

就算莱奥情绪已经稳定下来，他也是完全不知所措。他们被困在这夜色中，还是在一个陌生的城市，而周围的人无一例外地个个都像迷了路，惊恐不已，跟他一样毫无方向。

她走到他的面前，把手机递给他。

“我和编辑部说过了，”她说，“我看上去怎么样？”

对于这个问题，莱奥有很多种回答方式，但此时此刻似乎没有一个回答是适合说出来的。一方面，根据审美标准，她真的很好看。另外一方面，她看上去正是刚经历了车祸，刚目睹了一架飞机划过半个城市，却不得不压抑所有的情感，把自己藏在职业形象之后，在现场寻找负责人，希望把一次糟糕的经历变成一次精彩的报道。

莱奥没有回答这个问题。

“你看起来，怎么说来着……你想干吗？”

“五分钟后我们进行直播报道。”她的语气就跟这是全世界最毫不含糊的一件事似的。她似笑非笑，脸部的肌肉经过多年训练，已经学会如何掩盖内心真实的情感。她从下面把头发抓了几下又往上推起，似乎这样就能让头发看起来蓬松一点儿。她从他手里拿回手机，摁下前置摄像机镜头开关，快速地在手机屏幕里观察自己。虽然不是很光彩照人，但也勉强及格；说不上神采奕奕，可也谈不上萎靡不振。她在手机屏幕上找到摄像功能，又把它递给了莱奥。

“把你的电话给我。”

他抖擞一下精神，抛开恐慌和失神，摸出自己的手机递了过去。他现在很紧张，因为他要和克里斯蒂娜·桑贝格一起工作了。不是为她工作，而是一起工作，联线直播，将现在正在发生的事情同步上网播出。他知道这一切听上去很不可思议。世界天翻地覆了，阿姆斯特丹在他周围燃烧，见鬼，没人教他该怎么摄像，但任何担心都来不及了。

报社的网站是瑞典最大的网络新闻平台，发生这样的事件以后，网站的点击率会达到历史最高，而且他们很有可能是第一家对此进行现场报道的媒体，这一点意义非凡。

她用他的手机拨了一个电话，然后把他的耳机塞到一个耳朵里，一边等对方接起电话，一边看着他。

“不要紧张。你站在那儿，我站在这儿，背景是飞机。明白吗？”

还没等他回答，她就竖起手指，不过这次的意思是叫莱奥不要发出声音。

“还是我。这样可以吗？”

她指的是音量，她用挂在身上的麦克风同电话那头的人进行音量测试，职业精神掩盖了她同其他人一样震惊和恐惧的事实。

莱奥已经用摄像镜头对准她。

克里斯蒂娜耳朵里的声音给了她确认。声音和画面都有了，从她这头来说，直播可以随时开始了。

她停了停。呼吸。预备。

她很擅长做这个。周围已经翻天覆地，她却镇静而又专业地站在那里。这是她工作中最爱的一刻。她和现实之间仿佛落下了一道防护层，她似乎成了全世界的父母，必须成熟地告诉所有人，到底发生了什么。

这一刻是属于她的。

个人危机反而难处理得多。当自己的情感打结的时候，没有什么避风港，也没有什么客观评论可以借鉴。但此刻，她是专业的，是正确的人来到了正确的地点。她知道，现在她不光是为欧洲有史以来最大的空难事故在做第一手目击报道，而且她还不用向人解释自己最初为何来到阿姆斯特丹。

克里斯蒂娜·桑贝格闭上眼睛，把预备说的话在脑子里过一遍。

好的，准备好了。

她直了直腰背，深呼吸，调整一下耳机线，好让胸前的麦克风放正位置，它必须离嘴足够近，又不能挡住嘴。然后，她冲着莱奥点点头，看着眼前的小镜头说道：

“我准备好了。”

莱奥是在听到克里斯蒂娜镜头里的报道后，才彻底明白过来刚才发生了什么。

待命状态的绿灯已经跳成了红色，下面有一行字：“现场直播”。她说得越久，他越难持稳镜头。

飞机在地上耙出的犁沟大约有几百米宽，她说，一路上，飞机已撞毁了民居、办公楼和一所学校，现场救援人员正在建筑废墟和熊熊大火中焦急地寻找幸存者。飞机的机翼已经折断，它们像两个半米厚的刀片一样跌跌撞撞地滑过平地，最后插入地面，飞机最终在坠毁处几公里开外的地方停了下来。

“根据我从救援组得到的消息，”她说，“伤亡人数会有数千。”

学校还在上课，下班时间也没到。人们正坐在教室或会议室里，玩着玩具，打着电话，每个人都在处理大事。但是突然，飞机从天而降，一秒之后，一切烟消云散，什么事都算不上大事了。

摄像镜头后的莱奥闭着嘴，上门牙哆嗦着撞击着下嘴唇。他不能哭，这儿不是地方。他在克里斯蒂娜·桑贝格的面前，不能哭。

他不该来这儿的。

他应该睡在床上，管哪个大人物早上五点打来的电话呢。可他现在却在阿姆斯特丹的事故现场，不管他把眼神移到哪儿，总是能够清楚地看到真实存在、满是气味儿的现实。这可不是拿起遥控器一摁就能切换的。

莱奥·比约克今年二十四岁。

今天是他生命中最糟糕的一天。

而他不知道，比起城市那头发生的事，这些全都黯然失色。

28.

威廉已经经历过了无数次，深知当每个碎片各就其位的感觉是什么。

他站着，盯着雅尼娜的双手。她的手指摁着一行楔形文字，这行字和上面那行的内容一模一样，她指的就是这件事。

瘟疫。

他努力让自己保持冷静、客观、条理清晰。他在想有什么合理的质疑，在想怎么找到她的推理漏洞，在想怎么证明她其实什么都没发现。

但他仍然毫无头绪，怎么都无法把已知的信息联系起来：人类基因组里的历史事件，机构自己制造出来的致命病毒，能把回复编成密码的密钥……但是去回答谁呢？某个预言吗？

一个本身就不是问题的东西让人怎么回答？

他深吸一口气，转过身去，又转回来，就好像他在寻找内心的另外一个自己。不是，是在脑海里寻找，找一个逻辑上的破绽或者错误。

突然，答案不知从何处飞来。

肯定就是这样的。

病毒、密码、DNA、迫在眉睫。

这就对了。

每次他问自己一个问题，这个回答总是能和上一个对得上。这种感觉就像找到了一个天衣无缝的推理方法，它合情合理、无懈可击。画面越来越清晰，心头却越来越痛。

他张嘴把话说了出来。

“我知道病毒是用来做什么的，”他说，“我知道我们为什么在这里。”

雅尼娜看着他，心中有千万个疑问。

但他没来得及把话说完，两人就听到走廊里传来脚步声。他们马上不说话了，等着要发生的事。

门打开了，是康纳斯。

令人害怕的沉默。

他清了清嗓子，请他们跟他走。

康纳斯默默地走在前面，眉头间是道忧愁的峡谷。

他的背后是威廉和雅尼娜。稍微能让他舒心点儿的是，他俩现在终于找到自己的位置了。

他是对的，弗朗坎是错的。瞒住那两个人是不可能的，什么都不让他们知道就叫他们得出结果也是不可能的。

他们终于可以开诚布公地说话了。

问题是，这有用吗？

他心中更多的是抑制不住的恐惧，不知道能否再做些什么来挽回定局。

克里斯蒂娜·桑贝格的手机躺在他们面前的桌子上，就像个诡异的静物画模型。手机一边是饮料瓶，另一边是放食物的盘子。食物一动未动，已经渐渐变凉变干。

外面是夜，不眠之夜。

每扇窗户上都闪烁着电视机和电脑的屏幕光。人们到处探查发生了什么事，要么打电话问家人能否按时归来，要么就是继续拨打未能接通的电话。每一次，城里有人家传出放心的叹息声时，忧愁就像长了脚一样又跑到另一户人家。

克里斯蒂娜不知道自己有多久没合眼了，但她知道，她很累。每活动一下眼皮，眼前的屋子就跟封存在漂流瓶里似的东摇西晃。坐在她面前的是莱奥和阿尔贝特，两人跟她一样心不在焉，不，是跟坐在这半满的地下酒吧里的所有人一样。

这个晚上就是这样的。一切都停滞了，无事可做。

酒吧里光线昏暗，半截楼梯从地面延伸到地下。酒吧所处的城市区域有一种童话城堡和玩具屋的气息。他们到这里来是采纳了阿尔贝特的提议。他并不常来这一带，他说。尽管警察目前不太可能把他列为一号追查对象，但莱奥还是开着车把大家载到这个阿尔贝特选择的地方。

吧台最里面挂着一台平板电视。电视里一遍又一遍地播放飞机坠毁的画面，屏幕下方无声地滚动着最新动态消息，字幕在周围酒架的每个酒瓶瓶身上都倒映出来。

他们就坐在这儿。饿，但是吃不下。

明明需要集中起来的思路，现在却像一团缥缈不定的云雾，和着惊恐，东飘西散。

桌子的边上是那个黄色的信封。

他们一要求，阿尔贝特就把它拿了出来，告知他们信的内容，里面隐藏的名字、词汇和恐慌。他还给他们看了邮戳以及寄信地区的名字，莱奥用克里斯蒂娜的手机把它们拍了下来，发回斯德哥尔摩的编辑部，希望那里的同事可以依靠自动盖印机上的序列号查到更多信息。

克里斯蒂娜给帕尔姆格伦打了电话，但他没有接。

后来就什么进展都没有了。

“现在怎么办？”阿尔贝特问。

她摇摇头。不知道。

“我们等吧，”她说，“也只能等了。”

于是他们就等。

夜晚一分分地过去。他们背后电视屏幕上关于飞机失事的新闻标题已经换成了另外一个，标题的字体更粗，但在这种情况下，谁都没有闲心去多看一眼。

康纳斯带着他们走过石廊，又穿过几扇笨重的金属大门，到达比较现代化的那个区域。接着又是几条消过毒的过道，上面是荧光灯，旁边是冰冷的墙壁，最后他们在一条走廊的尽头停了下来。

往上的一段金属楼梯表面粗糙不平。楼梯最终通往一扇大门，除非从这道门离开，不然只有原路返回。

基本上，这扇门跟他们之前看到的所有的地下大门长得都差不多。只有一个例外：门上贴着警告标志。

警告标志内容明确，它要说的话用黑色大写字母在黄色背景上写了出来，底下的标记代表死亡、警告和生化危机。

获准人员才能进入。高度传染性。

病毒。

威廉和雅尼娜没说话，等着康纳斯跟他们解释，等着他说他偷听到了他俩的对话，知道他俩已经明白，太聪明没好处。也许他要把他俩关在那扇门后，让他们自生自灭。

但康纳斯说的不是这些。相反，他的声音十分柔和。

“我对目前的状况感到很抱歉，但是我想，你们已经明白是怎么回事了。”

雅尼娜用眼角看了一下威廉，见他用点头回答康纳斯。

“我想是这样的，”他说，“我们就是要寻找对策，是吗？”

“看来你们都明白了。”康纳斯说。

雅尼娜看看康纳斯，又看看威廉。威廉明白的事情她还没弄明白。

“什么对策？”她说，“解决什么问题？”

威廉把话接过去，说了一个词。

“定向病毒。对吗？”

说完，他等着康纳斯的反应，但康纳斯没有表态。

“解释一下。”雅尼娜说。

威廉犹豫了一下，考虑到他刚才就打算解释，便说了下去。

“我认为是这样的，”威廉说，眼睛看着康纳斯，似乎是为了得到确认，“这种病毒是我们的解药。”

康纳斯微不可见地点了点头。

“解什么？”她说。

“解我们自己。”

雅尼娜看看两个人。我们自己？

“解那些文字。解瘟疫。解我们自己的 DNA。”

说完不说了。她摇摇头，他要么在打哑谜，要么就是前言不搭后语，两者她都很讨厌。

“你在说什么？我们是在自杀吗？”

语气里满是讽刺。也许她不是故意想这么说的，但她感到精疲力竭，没法控制自己。“是我们自己体内的 DNA 让海伦娜躺在那个玻璃柜子里的？我们自己的 DNA 就是那些该死的沐浴液要清理的东西？你是在说这个么？”

她不想发脾气，可她没法让每件事情各就其位。她想弄明白怎么回事，可是目前来说，她什么都没弄懂。

威廉摇摇头："错，是这种病毒。"

"这么看来，这种病毒真不算是完美的解药。"

她的语气还是很嘲讽，但是威廉摇摇头。

"它确实不是，但它正是我们来这里的原因。我说错了吗？"

最后的问题是问给康纳斯的。

终于，康纳斯吸了一口气。"桑贝格说得没错。"他说。

他做了个抱歉的表情，就好像威廉比她先弄明白是他的错一样。

"想象一下，"康纳斯说，"想象一下，如果你找到了一个档案，上面写着你下半辈子的人生，你该怎么做？"

"老实说？我想我会把它扔掉。"

他点点头。没有笑容。

"但是如果事实证明，档案上的内容都是正确的呢？如果事实证明，档案早在你生下来之前就写好了，而且把到目前为止发生的所有事情都说对了呢？如果档案里写着，你马上会碰到一场事故，你又会怎么做？"

怎么回答都不会是好答案。她只有等他说下去。

"你会想办法改变它，"康纳斯说，"对吗？你会进入这个档案，把关于事故的文字全部替换掉，换成一段好的内容。"

她心中一小部分开始渐渐明白对话的走向了。还有一部分死撑着，拒绝接受。

"20 世纪 60 年代末的时候，"他说，"我们就发现，人类自己的 DNA 里写满了预言。当我们发现的时候，当我们发现人类今后要遭遇的事情时……"

他看着她，好像这样就解释清楚了。

她没说话。

"我们必须要做些什么。我们朝天空喊话，希望有人能够回答我们，但是什么事情都没有发生。我们在古老的历史文献里寻找，我们在各大宗教派别里寻找，一切都是为了弄明白这些文字是怎么落入我们身体内的，为什么会在那里，我们到底要怎么做才能把它们移除。但是没人告诉我们答案。最后只有一个办法，就是改变档案。”

他停了停，然后又继续解释：“做法就是往我们的 DNA 里写进新的预言。”

雅尼娜犹疑地问：“怎么写？”

“通过病毒。”威廉小声地说，就好像在跟自己说话。

康纳斯点点头：“我们怎么能够改变人类基因组里的基因呢？或者说得更准确点，如果所有人类基因里的东西是大家共同的未来——地球上每个人的——我们又怎么能够改变所有人的未来呢？怎么才能够进入全世界的档案，保证我们悲剧的未来被换成了好一些的内容？”

他自问自答。

“病毒有能力进入身体的细胞内，复制自身 DNA，然后嫁接进去，强迫身体产生新的细胞密码，从而取代旧的。想一下，如果一种病毒可以传播预先写好的基因材料？它们进入细胞，迫使人体产生一种看上去如我们所愿的新细胞，用新的基因取代旧的基因？”

他冲威廉点点头，肯定了不需要肯定的话：“完全正确。定向病毒。现代基因技术。就在这里制造，尽管任何一本历史书都不会知道它们是怎么产生的。”

然后，他把目光投向雅尼娜：“当我们找到可以实施的方法以后，只剩下一件事，那就是制造病毒，传染性越高越好。接下来是把它们放出来，等着它们在全世界传播，把不好的基因组换成一种——该怎么说呢？更美好的选择。”

雅尼娜安静地站着，思考刚才听到的这番话。

“你的意思是，这就是我们要做的事？把人类的未来换成一种我们编造出来的结局？”

“我不会用‘编造’这两个字。”

“那你会用什么？”

停顿。

“培育。”

房间里一片寂静。

“现在的问题是，病毒行不通。”她说。

康纳斯点点头。

“出了点问题，”他说，“也许是语言上的问题，发生在把新的语句翻译成楔形文字的时候。也许是编码的问题，我们用密钥编出来的序列码变得是有害的，而不是相反。也许两者都是。”

暂停。然后：“我们知道的是，目前仍然没有找到正确的对策。目前为止，我们制造出来的所有病毒都……”

第一次，他转过头去，眼睛看着背后的大铁门。那些黄色的警告标志。门上闪烁的电子锁。

他拿出自己的门卡，对准电子锁。

“里面会有点冷，不过除此之外是没有危险的。”他别过头去，等着铁门开启。

他听到他们在吸气，但回避看他俩的表情。他早知道两人会有怎样的反应，不需要看到这一幕。

康纳斯走进观察室，就在这里，他和弗朗坎曾无数次怀抱希望，但每次都是徒劳而返。

面前是一面厚玻璃墙，里面是无边无际的病床。

他们默默地站了很久，看着一条条被单下的人们，有的很平静，有的胸腔在缓慢地随着呼吸上下起伏。到处都是血迹斑斑，从发干了的黑色到新鲜的血红。

当他再次看向他俩的时候，目光里是一种从未有过的神色。悲伤。也许还有别的。也许是自责。

“我们现在制造出来的所有病毒，受它们感染的细胞都被摧毁了。”

“癌细胞？”

“这些人得的病没有名字。”

“那它们是什么？”雅尼娜问。

康纳斯只是摇摇头。这不重要，至少他不愿意说这个。

“他们是怎么到这里来的，”她又问，“他们知道自己的用处吗？是不是我们最终也要经过这关，威廉和我，如果我们不再有用了？”

周围一片安静。他们本该听到仪器运转的声音；人们剧烈咳嗽和喘息后，仪器辅助他们呼吸，帮他们测量脉搏。可原本该存在的声音都被隔绝在玻璃墙的另外一边，这边只剩下枯燥的一片安静。这种无声是那么压抑，以至于雅尼娜不得不说些什么，只为了确认自己的确是什么都没听到，而不是被响声震聋了。

“我不能成为这里的一员，”她轻轻地说，身体一动不动，眼睛盯着前面的病房，“我不能这么眼睁睁看着他们死。上帝啊，这是有多少人？多少人曾死在了这里？里面躺了多少人？就为了这个，什么来着？就为了让我们的未来变得更好？”

“我想你误会了。”康纳斯终于说道。

“怎么了？”

“这不是关于如何改善我们的未来，而是关于——”

他打断了自己。这是他第二次要把不该说的话说出来。

“关于什么？”她说。

“在一切都太晚之前做点什么。”

“在什么太晚之前？”

康纳斯没有回答，只是看看表，眼神里全是忧虑。

“委员会正在大会议厅集合，你们得先看看那个。”

29.

拉尔斯-埃里克·帕尔姆格伦开车穿过小桥，一边的窗户外面是涅格林恩湾的薄冰，另一边则是在黑暗中摇曳的博奈斯湾。

这是对他当下情感的最好诠释，尽管他不愿意承认。

一边。另外一边。

他紧闭着嘴，往下拉了一挡，提高车速。他清楚地知道路面现在滑得跟玻璃似的，也清楚地知道这么做是把自己置于致命危险之中。这就好像是他在提醒自己，现实就是这么危险而且无法逃避；就好像他在提醒自己，如果他试图保全自己，那他就是个胆小鬼。

他拒绝帮助克里斯蒂娜。

自从上次以后，他就于心不安。他离开咖啡店，把克里斯蒂娜一个人留在了那儿。他做的时候就知道这样是不对的，但是他有什么办法呢？那次对话吓到了他，那个打来电话告诉他什么是“萨拉”然后又把电话撂了的人。他虽然不知道到底发生了什么事，但他知道正在发生的这件事一定是深不可测和至关重要的。而他自己是那么渺小和无足轻重。

他瞟了一眼手机。手机躺在副驾驶座上，汽车在转弯，手机上下翻了个面儿，仿佛在为它的主人感到不好意思，为主人的怯弱战胜了他其实非常珍视的价值而感到羞愧。

忠诚。勇气。友谊。

如今她在阿姆斯特丹。

他已经在电脑上看到她了，不是在同步直播报道中，而是通过一段可点击的视频，视频的上面是一行粗大的黑色标题。她在视频里报道飞机坠毁事故，可她去阿姆斯特丹干吗？如果不是为了找到威廉的话？

一方面来说，他谁都不亏欠。一点儿也不。他已经退休了，孑然一身，国防部的事情跟他已经没有任何关系，他就是做做顾问而已。即使他愿意，又能帮上什么忙？

另外一方面，他怎么可以袖手旁观？他那会儿是谁？现在又是什么玩意儿？他已经知道了答案。

旁边的座位上是静默的手机。他知道，在熄灭的屏幕下藏着至少四通未接电话，全是来自克里斯蒂娜·桑贝格。

还有一百米，就能到家了。

一到家他就打回去，不管她求什么，他都会施以援手。

离莱奥把信封拍下来，照片发回斯德哥尔摩的编辑部已经一个多小时了，克里斯蒂娜的手机总算在所有人面前震动了起来。

“花了点时间，”她回答道，“你们有没有找到什么线索？”

对面的两个男人看着她，看到她脸色一变，先是疑惑，然后是严肃，接着是沉默，很久的沉默。

“我在……”她开始回答电话那头的问话，突然又发现自己并不知道怎么回答。她打断自己，快速地看了一眼阿尔贝特：“我在哪儿？”

“哈勒姆，”他说，“阿姆斯特丹的西面。”

“他们查到了吗？”莱奥问，但是克里斯蒂娜摇摇头，抬起一只手，用手指作意他不要出声。不是关于信封的事，有更重要的事。

“哈勒姆。”她说，在椅子上坐直身体，转过身去，为了不被他们的问题打扰。

听。点头。听。

“什么时候发生的？”她问，不等回答就又问：“可以开响点吗？”

这个问题是问酒吧服务员的。她站起身来，环顾四周，提高嗓门又问：“现在，电视，可以开响点吗？”

她眼神里有种东西让吧台里疲倦的男人不得不把视线投向背后的平板电视。眼神一接触到电视，他立刻就清醒了。

他把遥控器从台面上的票据和钥匙下掏出来，对着电视机，用大拇指急速地摁着音量按钮，调大音量。他的眼神紧紧粘着屏幕。

几秒钟之后，酒吧里所有的对话都停了下来。

威廉和雅尼娜被默默地带到大会议厅。他们在圆桌旁一圈深蓝色的椅子后找了个位置坐下来，看着前方宽大的屏幕墙。

一圈人眼睛都看着康纳斯，他点了下头：是的，他们来了，我把他们带来了。

没人说话，但空气中弥漫着一股不满的情绪。穿着制服的男人们眼神在他们身上停留了一会儿，又转向前方的屏幕墙。

这违反规矩了，平民不该来这儿，现在不是时候。

但是，如果这是大家以为的那件事的开端的话，也别无他法了。

没有什么东西好隐瞒了，没有什么秘密了，威廉·桑贝格和雅尼娜·夏洛塔·海恩斯是在事情发生时知道的，还是事后被告知的，这些都无关紧要了。

“他们理解我们不得不这么做吗？”弗朗坎问。

他们分站两旁，他和康纳斯，嗓音低沉，肢体语言尽量显得轻松。他俩只能展现出团结，绝对不能再让人生出他俩意见不合的怀疑了，现在绝对不能。

“没人能理解。”康纳斯说。

弗朗坎点点头。确实如此。

屏幕墙上是各个电视频道和新闻网站，所有的新闻标题都在说同一件事：

大型医院被隔离。斯洛特瓦特医院进入警戒状态。

疑似传染病迫使医院关门。

他们知道，这一刻迟早会来临。纸上已经描述了场景，即便在上面医院的名字并没有被提到，城市也就是被叫作“欧洲中型城市”。但当这一切还没有发生之时，他们已经对此进行了讨论和修正，并作出了艰难的决定。

“你知道，我们必须这样，”弗朗坎说，“反抗能有什么好处？”

可是康纳斯不想知道答案。归根结底，他们其实又知道什么？他们又怎么敢百分百肯定，所有的事情没有理解错？难道海恩斯和桑贝格不就是要来这里帮他们把事情从头到尾理一遍，再一次寻找对策吗？

弗朗坎知道他是怎么想的。

“我们一直都知情。”他说。

康纳斯无话可说。

“我们以前不知道在哪里，不知道怎么发生，不知道原因。现在我们知道了。”

“是的，因为我们。”康纳斯说。

弗朗坎是对的，决定已经作出，如今他们毫无退路。

两人就这么站着，眼睛盯着屏幕。

“会死多少人？”最后，康纳斯问。

“没那么多，”弗朗坎说，“我们还能奢望什么？”

康纳斯没有回答。

弗朗坎于是又说了一遍，但是更小声。

“没那么多。”

房间的后面坐着威廉和雅尼娜，看着康纳斯和弗朗坎在前面低声交谈。周围坐满了穿制服的男人，谨慎但绝对安静。

发生了什么事是显而易见的。

房间里所有的人都在等待答复，而所有人也都知道答复会是什么。

雅尼娜和威廉已经看到了后果是什么：那些人一排排地躺在冰冷的屋子里。康纳斯没有说错，没人能够理解，但他们仍然知道接下来必须做什么。

威廉转过身去的时候，看到雅尼娜压抑已久的泪水终于流了下来。

拉尔斯-埃里克·帕尔姆格伦刚转动郊外别墅前门门锁里的钥匙，马上就意识到自己不是一个人，但是已经来不及反应了。

也许是雪的声音掩盖了异样，也许是他自己疏忽。

十年前，警惕性就跟生在他骨髓里似的。他可以记住回家路上每一辆经过的汽车，他会突然停下来换一条路走，他时时刻刻都准备着在汽车后视镜里发现盯梢的人，或者有规律出现的不速之客。

说的是以前，现在他已经改掉了这个习惯。他就这么直接开回家，看到了却不警醒。他的下意识还在方向盘后面歇着，脑子里一直在想身处阿姆斯特丹的克里斯蒂娜。最后他回到家，把车停在车道上，就好像一切都跟平常一样。

只要他多想一想，就会发现其实不是这样。

现在他站在门口，手里拿着钥匙，钥匙插在面前的锁眼里。一个戴着黑色皮手套的外国男人牢牢抓住他的手腕。

“拉尔斯-埃里克·帕尔姆格伦。”身旁的声音说。

这不是询问，而是一个陈述句。帕尔姆格伦没有回答。

“你是谁？”他反问。

“我们可以到里面说两句吗？”

这也不是一个问题。

帕尔姆格伦点点头。他默默地打开大门，关上门廊里的家庭警报器，随时准备着最差的情况发生。

30.

帕尔姆格伦依次打开灯，先是天花板吊顶上的灯，再是走廊里的，其次是通往地下室的楼梯灯。内心里，他一直等着那个男人出手阻止他。

他迟早会命令帕尔姆格伦停手的。他应该会叫他把灯关了，挑一个不显眼的房间，让他停下来，闭嘴，仔细听自己说话。但是这一切都没有发生，两人顺着楼梯走到地下室，被雪打湿的浅口鞋踩在厚厚的地毯上。然后，两人一人一边站在低矮的沙发旁，周围的墙壁上是对着海湾的全景窗户，透过窗户渗透进来的是萨尔特舍巴登[①]别墅的微弱灯光。

明明是很诡异的一个场景，但帕尔姆格伦在某个瞬间居然产生了一种安全感。

如果他非要和某个陌生人对视的话，那么这里就是最佳场所。

---

① 该地区为瑞典斯德哥尔摩市内的富人区。

来人不超过四十岁，胡子刮得很干净，脸上却一副饱经沧桑的样子。他浑身都是黑色，黑色的健身裤，黑色的防风衣，拉链一直拉到下巴。黑色的手套，黑色的鞋子，黑色的毛线帽盖住眉毛。这身打扮是为了隐蔽自身，哪怕被人看到，也会被当作晚锻炼的人。

两人默默站着，一人站在房间的一头。刚挂上的圣诞装饰品在玻璃窗里反着光，外面的海水吞噬着黑暗。

只要从外面看两人，就能看得一清二楚，这点，他俩都知道。

尽管现在这个时候不会有什么人在海面上。现在是晚上，几乎已经入冬，外面天寒地冻，但是帕尔姆格伦想要营造一种被人看见的感觉。万一这个外国男人要伤害他，他应该会为可能存在的目击者而有所顾忌。

男人知道他的用意，还没开口就先摇头。

“我不是来伤害你的。”他说。

“好，”帕尔姆格伦说，“我就把它当作是你的承诺。”

“如果你晚上固定电话用不了的话，我要说声抱歉。”

他朝天花板抬抬眼睛。一个多余的动作。帕尔姆格伦知道他在说什么。

这个男人知道他家装有监控系统，也知道监控系统通过固定电话线路连接到服务器上。男人在外面时就把帕尔姆格伦家电话盒里的铜线给拔了。考虑到当初安装监控设备的人是谁，帕尔姆格伦不难猜出来人的身份。

“国防部的？”帕尔姆格伦问道，尽管答案很明显。

“这不是一次官方拜访。”

“但那就是你工作的地方。”

男人又摇摇头。他不知道该从何说起，只知道他来到这里已经越权，破坏了规矩，所以他必须说得越少越好。他应该睁一只眼闭一只眼的，而且他始终都不确定自己是否做了一件正确的事，可是当桑贝格的妻子在电视里出现的时候，他在好几个层面都感到担心。

事实上，他已经失去判断能力了，不知道什么是对，什么又是错。

“我有好几个雇主，”他说，“国防部并不知道我所有的雇主。”

帕尔姆格伦看着他。好奇怪的回答。

“那么你为什么会在这里？”

“我要你跟她取得联系。你必须让她离开那里。”

“谁？”

“让她去阿姆斯特丹是个错误。”

帕尔姆格伦盯着他。克里斯蒂娜吗？

房间里的气氛凝结了，唯一在活动的是帕尔姆格伦的脑子。现在他需要把细节拼凑起来，而这个男人给了他思索的时间。

帕尔姆格伦又吸了一口气，再开口时语气是肯定的。

“是你给我打的电话。”他说。

男人没有说话。

“是你给我打的电话，告诉我他们把‘萨拉’偷走了。”

这是个陈述句，却包含了各种疑问。沙发那头的男人丝毫没有回答问题的意愿。

帕尔姆格伦看着他。

“你并没有发现它不见了，对吗？从来也没什么盘点。是你自己把它拿走的。”

还是一样的语气，陈述句，却充满疑问。男人不置可否。

“人总会走到这么一步，”他说，“总会走到无法确定的那步。”

“确定什么？”

“自己做的事。”

帕尔姆格伦瞥了他一眼。

“威廉·桑贝格在哪里？”

“我不知道。”

“那你知道什么？”

男人犹豫了。他知道的远非全部。他就是巨轮中的一枚小螺钉，只知道细枝末节，但这一次，他在雇用他的那些人身上感到了前所未有的恐惧。

他听到他们在说阿姆斯特丹，在说灾难，在说一封寄出去的信。

他们说到担心瓦特金斯知道答案。

不管这些究竟是什么意思，也足以让他害怕。

“给她打电话，”男人说，“现在就打。”

莱奥·比约克浑身抖得厉害，克里斯蒂娜的手机在他手里响起的时候，他一开始还以为自己要倒下了。

莱奥不是怕。他是吓死了。

现在是深夜，周围一片漆黑，开始起风。要不是打开楼梯间的门，他都不知道自己恐高。不过显然他是恐高的，这回算是彻头彻尾地知道了。他站在离地至少十层楼高的屋顶上，每次风从他的衣服上掠过，他的膝盖就仿佛在向身体的其他部分释放信号：它们要故意弯反方向以示抗议。所以电话铃一响，莱奥以为膝盖真的要折断了，一切都完蛋了。马上，他就会在所有的警察、记者和马路对面警戒线外好奇的围观者眼前从天而降，坠落地面。

他闭上眼睛，强迫自己坚持住。他一定可以和刚才跟阿尔贝特在下面时那样站得笔直，或者跟克里斯蒂娜一起时，不管她现在又到哪儿去了。

他深呼吸，看着手机，努力让肾上腺素恢复到正常水平。铃声又响了。再响。

“克里斯蒂娜·桑贝格的电话。”他回答。

那一头的声音听上去很紧张，没有自我介绍。

“我找克里斯蒂娜，”那边说，“是很重要的事。”

“我没办法，我站在这里，她不在。”莱奥压下恼火的情绪，部分是因为自己无法给出完整的回答，部分是因为现在的情形和压力。该死，他怎么会跑到这里来的。

因为他是记者，他告诉自己。

他是记者，他是名真正的记者，他就在事故现场。讽刺的是，全世界没人在乎他是穿着西装还是别的。

“我叫拉尔斯-埃里克·帕尔姆格伦，”电话里的声音说道，口气就像这个名字有多么重要似的，“你们现在在哪里？”

莱奥看了看四周。只有一个答案，而且很明显，对他来说这个答案很荒谬。他知道，电话里的男人听了也会是同样的感觉。

“我在屋顶上。”他说。

“哪儿？屋顶，哪儿的屋顶？”

“阿姆斯特丹，我不知道在哪儿。我面前是家医院。”

电话那头不响了，只有令人不安的沉默。

“我要你们马上撤出那里。”片刻后，叫帕尔姆格伦的男人说道。

“这里被戒严了，”莱奥说，“整家医院。”

出大事了，而他要知道出了什么事。

下面的街道上停着警灯闪烁的警车，其他车辆要靠近，都被赶跑了。他从上面这个角度能看到，有几辆面包车上有卫星电视接收盘，上面还印着字，是新闻报道组。

克里斯蒂娜就是克里斯蒂娜，她激情四射，经验丰富。她想办法让旁边学生楼里的人把他们放进来，然后把她的手机给他，让他找一个好点的地方。

“我知道那里被隔离了，”帕尔姆格伦说，“你们必须从那里撤出来。”

“发生什么事了？”莱奥说，“我什么都不知道。”

他听到帕尔姆格伦在电话那头犹豫了。

当他再次开口时，语气里的紧张比沉默还要令人不舒服。

“极端措施，他们在采取极端措施。”

31.

苏珊·阿克曼坐在救护车的方向盘后，这是第一辆抵达斯洛特瓦特医院的救护车，她满心以为是他们搞错了。

躺在她背后的男人居然活了下来。他上班的那幢办公楼已经变为一堆废墟，大楼像块豆腐一样被向前俯冲的飞机机翼一劈为二。他身上有多处烧伤和挤压伤，却活了下来，于是马上被送往最近的医院。他是第一个抵达的病人，在他之后还会有更多的人，天知道还有多少。整个夜晚，病人们将带着各种各样不同的伤拥入医院。

现在，她却被眼前的警戒线隔在外面，旁边还站着一个穿军装的男人。

太不合理了，她必须解释一下自己是谁："我是从事故现场过来的。"

她很肯定，军人在现场是为了让救援工作更顺利，也一定是出于他们的要求，医院才被隔离起来的。目的就是为了不让感冒的人、脚上扎了个缝衣针的人，还有各种各样好奇的人跑来这里抢用重要的医疗资源。

可是，军人仅仅摇摇头，指指另外一个方向。意思是：走开，去别的医院。

他的身后，一大排军车并列停在路面上，阻挡来自前方的车辆。医院看上去就像一个袖珍的香蕉王国，反倒是救护车成了一只气势汹汹的大猩猩。苏珊·阿克曼澄清了一遍又一遍，但是结果都一样。

医院关闭了。进入隔离状态。走开。

她把救护车掉头，拉响蓝色警报，加快速度朝马路的另外一头开去。此时她才意识到一件事。她彻底想通了，而这个解释合理而又残酷。

恐怖分子。

先是一架飞机撞下来，然后是医院被隔离。

阿姆斯特丹遭受了袭击。

她紧闭双唇，镇定心神，身体坐直。这就是她的工作。先是一个地狱般的夜晚，再是一个地狱般的半天工作，但这就是她的人生使命：拯救、帮助和维系生命。她会继续下去，直到跌倒爬不起来。

身后的急救人员还在抢救病人。她小踩油门，穿过城市里一盏又一盏红灯，全然不知身后担架上的男人已经撑不到下个医院了。

如果苏珊·阿克曼在她坐着的地方能接收到新闻广播的话，她会发现自己的结论一点儿也不惊世骇俗。

大山深处，蓝色会议厅里，墙壁上的电视屏幕还在播放关于阿姆斯特丹一家医院被隔离的各种报道。每家新闻机构的摄像机采制角度不同，远景画面倒是同样模糊不清。还有一样是相同的，那就是得出的结论。

没人知道是怎么回事，但这不影响报道的进行。

每个屏幕上都充斥了猜测分析，这些猜测取代了事实。在人们不需要看到记者出镜，或是夜空下被灯光笼罩的医院画面时，电视屏幕上就横七竖八地滚动着各种字幕：医院仍然在隔离，要不然就是，医院隔离　疑似恐怖袭击。全欧洲的媒体都在言之凿凿而又恐慌地报道着，没人知道到底发生了什么，却又个个想成为第一个知道的人。

警方对医院遭袭表示沉默。

尚未任何组织提出要求。

弗朗坎站在房间中央，看着屏幕上无声的画面。记者们的嘴巴在动，不用听也知道他们在说什么。

阿姆斯特丹遭受袭击。

“很好。”他说。

房间里的人都明白他是什么意思。

这不是说事情本身很好。这个“好”的意思是，事情终于发生了，而媒体得出这样的结论——即整个国家，不，或许更糟，也许是全世界遭到了一个无良恐怖组织的袭击——恐怕再合适不过了。

想到即将发生的事情，这种解释真是太妥帖了。

当克里斯蒂娜·桑贝格打开楼梯间的门，爬到屋顶上的时候，她感觉就像为自己的人生打开了一道门。

这是一天当中，现实第二次提醒她，这才是她的归宿：新闻直升机螺旋桨的沙沙声，摄像组的机头灯灯束，救护车上闪烁不停的灯光，甚至还有刮在她身上的大风。这风声吞没了其他的声音，让所有一切都感觉离她千里之遥，甚至连这一点都让她振作起来，让她的肾上腺素激升。渴望和投入不仅席卷了她，还把她一路向前推去。

比起下面的记者，她对事实的了解并没有更多。他们都站在摄像机和麦克风前，即兴报道着同一个主题：出大事了，但是我们都不知道是什么。不过，她有足够的内容可以说。她已经采访过学生宿舍里的很多人，他们目睹了警戒线的拉起，还争先恐后地向克里斯蒂娜介绍认识医院里病人的人——据说有个病人给他亲戚打了电话，说他现在很害怕，而且医院不允许他离开房间，医护人员在他摁了铃以后也没来。这是两个小时之前的情况，现在他的电话已经打不通了。

她跨过水泥墩，走向莱奥。后者背对着她，面向高高的、灯光照射下的医院外墙站着。她知道，她不仅有很好的素材，还找到了一个很好的画面。

莱奥很棒，他们是一个很棒的小组，她得告诉他这点。

她走向屋顶边缘，对着他快速地眨了一下眼睛。

“准备好了吗？”

她再次把他的耳机放到耳朵上，就像前面那次一样。他在对她说些什么，但她不管这些，稳定情绪，准备开始直播。

她既开心又兴奋，真的开心而兴奋。

她不知道，自己即将命赴黄泉。

这个快三十岁的飞行员被人叫作詹姆森 / 尊美醇[①]，不仅因为这

① 尊美醇（Jameson）是著名威士忌品牌。

就是他的名字，还因为他一点酒也喝不得。当无线电里传来命令时，他正驾驶着一架 F16 导弹战斗机在海面上飞行。

无线电里悄然无声，安静到指挥官只能又呼喊了他一遍，不知道他有没有明白指令，还是通信设备出了故障，他根本什么都没听见。

詹姆森说他没明白，于是指挥官把刚才的内容重复了一遍。又是沉默。指挥官这回知道是为什么了。

当指挥官的声音重新出现在无线电里的时候，声音是如此严肃，严肃到超过规定标准。他告诉詹姆森，下达指令之前，他同样经过了一场思想斗争。这个声音说道，有时候，道德是说不清楚的；有时候，人必须去执行自己无法理解的指令。如果一个人知道针对少数人的恶行或许就是针对大多数人的善行，他是否还能拒绝？

飞行员坐在风驰电掣的战斗机里，看着在夜色中闪烁着黄白灯光的阿姆斯特丹离自己越来越近，真的不知道对错。

他的内心在大声呼喊：不该这么做！

同时，他知道必须这么做。

当光点渐渐变成了一栋栋房屋和建筑，整座城市已经清楚显现时，飞行员头脑里的斗争越发激烈了。

不能轰炸一家全是平民的医院。

不能这么做。

威廉的眼睛在电视墙上逡巡，看着世界各地新闻频道和新闻网站的报道。电视屏幕一个挨着一个，全是放着同样的新闻。突然，他的视线定在了其中一个屏幕上。

威廉突然感到一种失重感，不知是肾上腺素在分泌还是流失。不管是什么，总之胃里开始翻江倒海，血管好像飘了起来，整个身体仿佛变成一个空洞的躯壳。

就在前面的某个屏幕上，他的前妻正直直地看着他。

不光是看着他，她还看着无数瑞典人的眼睛。也许，在那个地方她什么都没看，只是瞅着摄像镜头罢了。该死，她跑到那里去干吗？她一个人站在屋顶上，头顶是沙沙作响的直升机，上面打下来一道光束，照亮了她身后漆黑的夜色。在她和夜幕之间，是窗户闪着幽幽蓝光的立方体。毫无疑问，他知道自己的眼睛没骗人。

“这是直播吗？”他脱口问道，虽然他知道答案。

没人回答。

“这个。电视。这里这个，这个是直播吗？”

康纳斯是第一个明白过来的人。他看到了这家瑞典新闻网站视频窗口上女记者的名字。当然，这可能纯粹是巧合，但从桑贝格的眼神来看，显然不是。

康纳斯平静地点点头，眼神一半凝重，一半抱歉。

“这是直播。”他说。

威廉说不出话来。

克里斯蒂娜·桑贝格身处阿姆斯特丹。她站在一家要被夷为平地的医院前，他知道，而她却毫不知情。

战斗机第一次掠过的时候，阿尔贝特·范·戴克就知道要发生什么事了。

他还坐在克里斯蒂娜·桑贝格借来的车里，缩在方向盘下，戴着一顶原本属于她助手的棒球帽，把风衣的领子高高地竖起来遮住脸。他希望在别人看来，他是冻着了，而不是在躲避周围几百个警察，生怕有人经过时把他认出来，即便这两者都没说错。

他不想坐在这儿。

他俩还在警戒线里，克里斯蒂娜·桑贝格说服警察放她进去，因为她说她要去接还在学生宿舍里的女儿。迟早，警察会怀疑为什么她去了这么久，然后敲开汽车的玻璃窗，认出他来，那时一切都完蛋了。

但他也没有别的选择。他无路可去，只能坐在这里，默默祈祷她和她的助手快点回来，他们三个人可以一起离开。

他已经坐了一刻钟了，也许二十分钟。就在这时，一架战斗机飞来。

飞机极其高速地轰鸣而来，几乎贴着屋顶。先是无声，再是紧追上来的发动机巨响。声音就像划破夜空的闪电，接着又和飞机一起消失。

他透过车窗看着，回想刚才看到的一幕。战斗机来这里可什么忙都帮不了。直升机或许可以用来监视这片区域，不让无关的人和车辆靠近，或者赶跑过来一探究竟的媒体直升机。

可是战斗机？毫无用处。

就在他整理思路的时候，突然想到，战斗机是完成某项任务的最佳工具。

只有一个目的。

他从座椅上坐直身体，拿出新买的预付费手机，从兜里掏出写着克里斯蒂娜·桑贝格手机号码的名片，走出汽车，眼睛在前方高高的屋顶上搜寻着。是不是有人认出他来已经不重要了，至少现在不重要。如果他的猜想是正确的，那么他就必须马上通知他们，站在那里会丢掉性命的。

一架战斗机。

他想到的念头是疯狂的，然而今天没有哪件事是不疯狂的。

他没摸到名片，换个口袋继续找。他慌得手足无措。

如果他竖起耳朵仔细听，就可以听到飞机开回来的声音。

蓝色会议厅里，平静的表面下暗流涌动。

军人们的眼神来回交错，把电话压在耳朵上，为了能够听得更清楚。有人离开房间，有人返回来，所有人都在寻找相同的信息。

战斗机已经过目标，却没有执行任务。

医院仍然矗立着，尽管它应该已经不存在了。房间里传递着得不到解答的疑惑。发生什么了？机械故障？飞行员拒绝执行命令？有没有其他原因？下一步措施是什么，多久可以开始？

威廉看着他们在周围忙碌。

直到现在他才见识到这个组织的实力。它和世界各国的政府，至少是国防部，关系十分密切，居然可以锁定目标，下达指令，并在几个小时之内获得执行任务的资源。

这可不是什么简单的任务。

他发现自己在流汗。他紧紧握着自己的双手，以至于手指都失去了知觉。他有种上气不接下气的感觉，就好像他坐在电椅上，看着别人摁下按钮，结果什么都没发生，如今又要再摁一次。

电视墙上是他的妻子，众多记者中的一名。

但她的画面更好，离他更近，画质更清晰。

克里斯蒂娜·桑贝格总想做最棒的那个。她又变回了自己。

他害怕，这次会变成她的末日。

“康纳斯？”他说。

康纳斯抬起头。他没有听到桑贝格走过来。他正站着，一手拿着电话贴在耳朵上，同时看着笔记本电脑。不管桑贝格要说什么，都不是他此刻首先要处理的问题。

但是桑贝格的眼神很坚定，没法不注意他。

“我求你一件事，”他说，“只求你——”

“桑贝格？现在不是时候——”

“我的妻子在那儿，”他指着屏幕，“这是我唯一的请求。”

“要阻止已经太晚了。”康纳斯说。

“她跟这件事毫无关系。她就站在那儿，有多远？五十米？也许更近。让她从那里撤出来！见鬼，康纳斯，让她走，把她带到安全的地方，她是无辜的——”

康纳斯打断他，嗓音尖利，划破整个房间。

“那里全是无辜的人！”

两人四目交错，所有人听到声音后都停下了手头的事情，仿佛现在是重头戏开幕之前短暂而又痛苦的休息空当。

康纳斯再次压低嗓音，眼神是绝望和犹豫的。现在发生的一切没有一样是在第一预案之列的。大家已经把所有的可能都设想到了，他也不知道结局会落到哪一步，只知道混乱已经开始，如今他们毫无胜利的机会。

都是他设想过的场景。只是，他从未想到一切真的发生了。

“那里的人跟这一切都有没关系，”他说，“那栋房子里的人，601航班上的人，地面上被飞机砸死的人。还有千百万即将受到病毒感染的人，难道你要他们把病毒一直传播到没有人可以传染了吗？如果我们不制止这一切，我们才是错误和非人道的，要多邪恶有多邪恶。”

安静又重新回到室内，但这次是一种悲伤的安静。康纳斯看着威廉的眼睛，用眼神寻求他的理解。他无法再继续下令，无法再控制局面，不想孤单一人在这乱局中。

理解我，这是他唯一要说的，*理解我*，*原谅我*。

“我没有办法，桑贝格。”他说。

“你可以把我的手机给我。”

他觉得自己说得很冷静，但从周围瞬间僵住的人们判断，他还是喊了出来。

空气里飘荡着不安和迟疑，他意识到机会来了。他还有时间，几秒，也许更短，但希望之窗已经打开，每一秒都有可能关上。

“你拿着我的手机。”他说，每个音节都像是从他腹部蹦出来的。他压抑着一种力量，这种力量夹杂着恐惧、愤怒以及康纳斯拒绝要求后准备鱼死网破的决心。

威廉盯着他的眼睛。

“你把它放在哪里了？还给我。现在就给我。”

莱奥·比约克投入在工作中，几乎忘了害怕。

上一秒，他盯着克里斯蒂娜坚定的眼神。隔着风声、直升机螺旋桨声和马路下面的喧嚣声，他只能看到她蠕动的嘴唇，却听不到她的声音。他全神贯注地紧握镜头，保持她的身影位于画面中央，背景是医院。

下一秒，他看到了威廉·桑贝格。

他站着，面带微笑，斜射下来的阳光将他的皮肤照得微微发黑。屏幕上刚才还是克里斯蒂娜，现在已经变成了威廉。威廉身后的天空是淡蓝色的，如此明媚，和莱奥周围的环境形成了巨大鲜明的对比，起初他都没反应过来。

来电，上面写着，威廉·桑贝格。

然后，他第一次透过各种声音听到了克里斯蒂娜的说话声。

“莱奥！发生什么事了？”

他看向手机屏幕，看到她为了听清楚声音正摁着耳塞。有人在编辑部跟她说话。

“他们说我们没声音了！”

“是他！是威廉！”

她一开始根本没听懂他在说什么。

她本来沉浸在自己的思绪中，听着自己的报道流畅地进行，可下一秒，整个编辑部都在冲着她的耳朵喊，说她掉线了。

这当然是绝对不允许的，她正在通过精彩的报道把恐惧和彷徨的情绪传递出去，而莱奥却站在对面，嘴里喊着她前夫的名字。

他把手机转过去。

她明白了。

竟然是现在，他打进来了。现在。

她想接起电话，毕竟，他是她来到这里的全部原因。但是她又不能接，现在不能接。编辑部正在她耳边大叫，她的周围是地狱般的新闻事故现场。风吹过她的发际，不允许她细想。

她必须作出决定。

她已经知道该作什么决定。

“他可以再打过来。”她的声音穿破喧嚣。

“是威廉！”莱奥呼喊回去。

“那就说明他还活着，这很好，他可以再打过来的！”

她一边喊，一边朝莱奥走过去，接过手机，摁掉来电，熟练地打开手机菜单。

一秒钟之内，她就把手机调成了会议模式，这样所有的来电都会转接到语音信箱。当莱奥再把手机拿回来的时候，摄像镜头已经打开了。克里斯蒂娜退后几步，对着麦克风说：

“信号中断，但我们又连上了，随时可以播出。”

詹姆森经过了目标，这不难看出来。

耳朵里的无线电呼喊着。

指挥官提高嗓门，滔滔不绝地作着关于义务和良心的训诫。终于，詹姆森受不了了。

他将机身利落地做了一个 180 度掉头，向高速公路网和阿姆斯特丹近郊驶去。那里有他的目标，他知道这次他必须下手了。

詹姆森这辈子从未祷告过，但当他打开发射按钮外的透明玻璃罩时，生平第一次向空中大声呼喊，请求主原谅。

克里斯蒂娜·桑贝格的声音清晰如往昔地传来，唯一的背景声是办公室机器运作、电话铃响和记者们工作的声音。

录音报了她的名字，以及她现在无法接听。威廉听着手机铃声一秒秒地响着，直到语音信箱让他留言：

“从屋顶上下来，你现在有危险！”他说，“给我打过来。我一切都好。现在就打过来！”

他把电话挂断，又继续给她拨。他不会放弃拨打。又是几次铃声过后的语音信箱提示音，这表示她开着手机，很有可能是故意不接他的电话。

接通，几秒钟的沉默，接着传来她的声音。

一样的预留录音，一样的背景音。威廉绝望地闭上双眼，把电话挂断。

这次连留言提示都没有了。

她在工作，不想被打扰，这顽固的人把电话关了。他焦急地抬起头，这一刻，他又看到了她。

雅尼娜用手碰碰他的胳膊，叫他看，但他已经看到了：在他们面前的一台显示器上，原本空无一物的黑色屏幕突然点亮，新闻画面重新出现。克里斯蒂娜站在那里，眼神肃穆而专业，像刚才那样地看着他和所有的人，就好像信号从未中断过，她根本没看到他打来的电话。她如自己一直想要的那样，站在事件的中心现场。

他站着，看着她。

她站着，却没有看见他。

他已经什么都做不了了。

一名军人走进来，站在所有深蓝色椅子的对面，清清嗓子，看着弗朗坎。

“他进入区域了。”他说。

“原指令不变。”弗朗坎说。

军人点点头，再次走出去。其他人一动不动。

所有的眼睛都盯着屏幕。

房间里有二十个人，但没有任何一个人从肺部吐出一口气。

阿尔贝特终于找到了那张名片，用颤抖的手指拨出号码。但愿他搞错了，逐渐逼近的飞机声也许并不能证明他的猜想。

她一接起电话他就要打断她，但她没听，而是继续往下说。这是一种他听不懂的语言，是事先录下来的话，几个词过后就是一个提示音。轮到他说了，可他什么都没说。

相反，他垂下拿着手机的手，在嘈杂的夜空下大喊她的名字。明知她根本听不到，但是他又能怎么办呢？

他已经毫无办法了。

他看着天，寻找飞机的声音，等待。

会议厅里过去的几秒钟不知是一瞬间还是永恒，或者两者都是。

没有任何人有任何办法。

时间飞逝而过，又仿佛停留在此刻。每过去一秒，冰冷但极富细节的画面都锐利地划过人们的心间，滞留在空中，挥之不去。

康纳斯的眼睛盯着威廉。

威廉盯着克里斯蒂娜。

所有人都看着电视屏幕。

曾经来过的、停留过的、离开过的每一秒都可能是那无可避免的悲剧发生前的最后一秒。不是现在，但可能就是现在，或者就是现在，或者就是现在——

威廉换了口气，不是因为紧张的情绪解除了，而是因为氧气急需得到置换。他刚才在想，或许飞行员只是再次飞过，决定拒绝执行指令。他还在想的时候，这一刻突然来了。

现在。

他看到克里斯蒂娜身后的建筑开始晃动，发出一道白光。在他还没来得及反应过来白光其实是玻璃窗一起破裂前出现的千万道裂隙时，白色又马上变成了黑色。玻璃从楼里弹射出来，沿着墙面纷纷落下，剩下后面一个黑色躯壳般的医院。

冲击波率先抵达，玻璃窗首当其冲。

克里斯蒂娜在屏幕前惊呼，本能地回头张望发生了什么事。莱奥抬起头，看到克里斯蒂娜的正后方，是在楼里熊熊燃烧的楼梯。它随着炫目的火焰发出愤怒的光芒，那里应该就是炸弹爆炸的地方。火焰像一团云似的在楼里左冲右突，上下翻滚，席卷了所有楼面，最终冲破楼体，接触到更多的氧气，使整栋大楼瞬时被吞没在滚滚大火中。

当克里斯蒂娜再次把身体转向镜头时，她看到的是莱奥。

然而，在欧洲大陆的另外一头，看着她的是威廉。威廉注视着自己的妻子，有千言万语要对她说，可是再也没有机会说出口了。

要是莱奥不这么全神贯注地盯着眼前的手机屏幕的话，或许他还能及时看到发生了什么情况。

可是现在他和她同时反应过来，即便他来得及说话，即便他能喊出来，或者冲到她面前，都已经没有意义了。

一切都太晚了。

单薄的直升机在医院周围盘旋着，寻找最佳画面。摄影师透过飞机上的有机玻璃窗，用镜头对着医院的窗户，想从楼内寻到蛛丝马迹，一探究竟。但是一切悄无声息，没有一个人在活动。走廊上没有人影，无论从哪层楼面的哪扇窗户看进去都是一样。

也许所有的人都被关在了医院的某个区域。

或许传言说得没错，楼里的人都已经死了。这也解释了为什么没人接电话，不管是病人、工作人员还是访客。

摄影师让飞行员尽量贴着楼面飞。

他要找个房间调取长焦距镜头，如果里面有情况能够证明或者驳斥所有的推论，那么他采到的镜头就会在全世界播放和反复使用。直升机贴着医院墙面慢慢飞着，他就像个在寻找最后一滴新鲜花蜜的昆虫，用摄像机寻找着画面。

然后，突然一切都变了。

窗户仿佛化成了牛奶。他察觉到出事了。

冲击波使他摔倒在直升机的地板上。他想伸手抓住座椅或把手，或者身边任何一样东西。总算坐直身体后，他才发现，他的头上是玻璃，脚下也是玻璃，直升机在侧飞，情况非常不妙。

他们在下跌。

他旁边是在空中垂直旋转的螺旋桨，直升机正绕着轴心不停打转。另一边，他看到飞行员拼命拨弄着控制板。世界在他们身边转啊，转啊，不停地转。巨大的学生宿舍楼离自己越来越近。他闭上了双眼。

他的最后一个念头是，如果直升机停止打转的话，他们或许还可以救下屋顶上的那个女人。

莱奥从屏幕上抬起头的样子，就像是他在希望刚才看到的一切都不曾真的发生过。

就好像他的内心有一小部分还在想，也许，也许不是那么回事。也许是视角偏差，它看上去是这样的，但其实是另外一个样子。

但他的眼前只有一片尘土和灼烧过的汽油。克里斯蒂娜刚才站着的平台已经不见了，只剩下一个洞。

结实的水泥地板不见了。他往下看去，只见各种管道、天线和阀门。建筑物成了一个敞开的大口子，就好像是被咬去了一个角，那个角上本来站着克里斯蒂娜，正在和全世界说话。

直升机就落在了旁边。

它钻进建筑物，所及之物皆被夷平。

刚才还是飞扬的砂石和尘土，现在也都消失了。他照理也已经死了，但居然还活着。

他一个人孤零零地站在屋顶上。

风呼啸而来，吹过他的衣领和发际。警笛、引擎声和大火近在咫尺。莱奥就站在这里，没人看到他，没人知道他还活着，也没人想起他。

他就这么站着，静静地，说不出站了有多久。

最后，他关上了手机。

莱奥的镜头画面从会议厅的屏幕上消失后，也从成千上万台瑞典电脑桌面上消失。可能不止，还有整个北欧，甚至是数以万计的其他地方。周围的屏幕开始不断传送其他新闻通讯社的画面。

直升机撞到屋顶上，削掉了一个大角。墙壁和窗户统统不见了。从屋顶往下，漫天的打印纸、墙纸和建筑材料在飞旋，一直落到地上，那里已是一团燃烧的大火。

焦急的声音交头接耳，画面的边缘滚动着各式高亮字幕：斯洛特瓦特医院被本国的空军袭击，也可能飞机遭到了劫持，成为恐怖分子的工具。所有人都在猜测，现场一片混乱，大家都用手抵着耳朵，惊恐地向外界讲述着他们不知道的种种。

没有一个人看到屋顶上那个孤零零的年轻人。

没人提到平台上曾经站着个女人，而平台已经被直升机摧枯拉朽地带入深渊。

只有在这里，这个摆满蓝色椅子的房间里，大家才知道这些都意味着什么。

雅尼娜回过头，看着威廉，不知道他是不是还好。

而此时威廉·桑贝格已经不在会议厅里了。

32.

人们在他的工作间里找到了他。

人们找遍整座古堡，去过小礼拜堂，去过露台，还连线埃韦琳·凯斯，叫她看一下他的门卡都在哪儿用过。

他之前就尝试过自杀。

露台至少有三十米高，下面就是山谷。

除了露台，哨塔和前面的小礼拜堂也都有窗户，谁要是不想活了的话，这些地方都可以好好利用。

当凯斯拿回他的位置报告时，所有人的第一个反应是窗户。雅尼娜像以前无数次一样，迈着大步在石梯和鹅卵石上奔跑，但这次怕的不是自己丢了性命，而是别人。

她比康纳斯早到一步。

他们用力撞门。原本以为门上了锁，没想到轻易就打开了。大家蜂拥而入，发现一切竟然安然无恙。

威廉站在房间中央，眼神空洞地看着墙上。他一只手托着个笔记本，另一只手拿着一支笔，随时准备把他的想法写下来，除了那些无法理喻、灰心丧气和诚惶诚恐的念头。

他根本没有听到他们破门而入的声音。

他如同沙漏般在思考，每忘掉两个想法，才能产生一个新的。无论有多么努力想要弄明白，手里流失的东西反而更多。

她死了。

他亲眼目睹。

尽管他知道，她只不过是成千上万名遇难者中的一个，而遇难者的数字还会增加，但无论他怎么努力想看到大局，他的眼里就只有她。

几千人遇难，而这只是开始。

他强迫自己不再恐慌。一定有办法的，一定存在能解锁的钥匙。不可能在别的地方，一定就藏在他眼前的这堆数字里。这是他的任务，要在为时太晚之前找到它。他现在已经知道什么叫“一切都太晚了”。耳膜里传来心脏跳动的声音，声音大得几乎淹没了所有的思绪，他不得不闭上眼睛。

语境，雅尼娜一直都在说这个，语境。

事实是，他仍旧得不到。

墙上的数列已经被他们摘出去一部分不重要的，剩下的是被认为最核心的内容，或者说，是可以放心让他看的内容。

但问题是介于两者之间的那些数列呢？那些他没有得到的材料里又写着什么？那些没有出现在这里的数列？那些之前之后的 DNA，

那些他们认为不属于密码的 DNA？他们又怎么知道那些 DNA 不是密码？

他到底缺了哪些数列？他们又隐藏了哪些预言？在人类整套基因序列中，为何他只得到墙上的这些？

还没想下去，就有人抓住了他的胳膊。

是雅尼娜。

“你还好吗？”她问。

挺蠢的问题，两人都知道答案是什么。但同时它也是一句暗语，是在告诉他，她是在乎他的，并理解他的感受。他感激这一点。

后面站着康纳斯。

“我们非常、非常难过。”他说。

“因为杀了我的妻子？还是因为炸毁了一幢全是人的医院？”

康纳斯本来可以回答这个问题，但回答了也无济于事。

我们只害死了你妻子一个人，他想这么说，医院里的人其实早死了。

但他保持沉默。

“怎么回事？”威廉说。

“你知道是怎么回事。”康纳斯边说边摇头。

“你说得对，我重新说。我们什么时候才能知道所有的内情？

“我很抱歉，”康纳斯说，“我们知道的，你们也都知道了。”

威廉咬紧牙关，别过头去，并非出于羞愧，而是为了获得力量。他吸气收腹，再次转过来的时候声音更犀利，眼神更让人敬畏。

康纳斯都看在眼里，抢先说道：“这一刻是我们早就担心的。也许我们之前有机会告诉你，也许我们应该跟你提起，但我们还是选择了——”

话没说下去。他犹豫了一下，这是弗朗坎的决定，不是他的，但他同样满怀歉疚。

“为了你们，这是为你们考虑——”

不。他换个说法：“这些信息是我们不该掌握的，知道这些信息的人越少——”

写字桌上的东西翻倒在地的声音让他安静下来，正如威廉希望的那样。

“去他妈的！”威廉大喊。

他死死地盯着康纳斯的眼睛，声音从胸腔内爆发出来：“去他妈的！”纸张、文件、笔，所有东西都滚落到磨损的石头地面上。他似乎在内心深处醒了过来，怒火找到了喷射的方向，肾上腺素知道要表达什么，而不再是浑浑噩噩，不知所以。

屋内一片安静。威廉深吸一口气，眼睛一转不转地看着康纳斯，就好像一个严厉的家长在看着自己的孩子。

当他把话说出来的时候，是那么冷静和言之凿凿，带着灼人的尖刻。他把每个元音都加以强调。

“你们知道等着我们的是什么，你们知道危险随时会爆发，你们看到了所有灾难迫近的迹象，所以把我带来，叫我解决它。我说错了吗？”

康纳斯有点不清楚威廉到底想说什么。

“我们把你带到这里，是为了避免今天这一刻。”他说。

“那么，你倒解释解释，”威廉的脸贴着康纳斯的脸，都能感到彼此的热度，“你倒是说说我要怎么破解你的密码。我要怎么把一个靠自身内容生成的密钥算出来，一个自循环的、交叉引用的，妈的，管它叫什么的密码算出来？你们不给我全部的内容，我怎么可能把它算出来？怎么算？”

康纳斯没有回答。

“如果就给我这些，要我怎么找到密码的结构？”

威廉走到墙前，一只手放在其中的一张纸上。纸上是雅尼娜破译为瘟疫的内容，紧贴着最右面的墙边。他指着墙角，墙角那边的墙上已经没有内容。

逐词强调：“后来。发生了。什么？”

一秒过去了。两秒。

威廉对所有的答案都有心理准备。

除了一个。

康纳斯回答的时候，仿佛每个词都拒绝出口。威廉听到他说什么，却没听懂。房间里一片死寂，他知道自己应该说些什么，但又似乎头脑空空。空气在结冰，他脑中唯一的念头是怀疑自己有没有听错。

因为他听到的不可能是对的。

不可能是对的。

“对不起，”威廉最后说道，“对不起，能再说一遍么？”

康纳斯又说了一遍。

“没了，”他慢慢地说道，然后又说了一遍，“后面什么都没了。”

死寂。

康纳斯降低了音调，摇摇头：“你拿到的就是所有的密码。”

他久久地盯着威廉的眼睛，等待他眼神里的光芒退却。

果然，他的姿态、眼神和肩膀都跟泄了气似的。威廉像抓救命稻草似的双手举了一下，但什么都没抓到。他看着康纳斯，身体剧烈晃动着，因为质疑、害怕，以及恍悟到他听到的一切尽管难以置信却又千真万确。

“你说谎。”他说。

“我希望我是在说谎。”康纳斯说。

两人站着，纹丝不动。旁边站着雅尼娜，带着同样的眼神。她迈近一步，就好像这么做能听得更明白似的。

现在他们已经知道了全部的真相，那些被人小心翼翼不肯透露半分的真相。现在都知道了，再也没有什么余地可以让人认为已知的只不过是个误解。

但是还得说出来。是雅尼娜先开的口：“瘟疫已经来临。”

她没有指着墙壁，没有指着挂在所有预言最右侧的那张纸。没有必要，在场的人都知道她指的是什么。

威廉来回看着两人。只剩一个问题，他知道他们有答案，但他不愿问，因为他害怕知道这个答案是什么。

“后来发生了什么？”他终于还是问出来。

雅尼娜看着康纳斯，仿佛在向他求助，求助一个更好的答案。仿佛她也希望自己搞错了。

康纳斯闭上眼，因为他的答案是一样的。

雅尼娜垂下眼："后面就剩下一个预言了。"

她听到了自己的呼吸声。视线在屋内来回搜寻着，看到地板上躺着被扫落的办公文具。周围的这些东西好像突然值钱了起来，好像她要马上保存起来，舍不得丢掉。她明白自己会说什么，但是如果没有人强迫她，她是不会说的。

威廉继续："这个预言是怎么说的?"

她不敢和他对视。视线向旁边飘过去，从他身边经过，试图找到什么能让自己解放出来，不用把她知道的答案说出来。

可是什么都没有。

她又和威廉对视的时候，声音几乎轻不可闻。

"是大火，"她说，"终结一切的大火。"

没人再开口。过了几分钟后，康纳斯转过身去，走开了。要怎么才能帮助他们面对刚才知道的一切呢?他没有任何办法，因为就连他自己都没办法面对。

雅尼娜向威廉靠近一步。她一言不发，但威廉微微点头。

他抱住她，很久，很久，就好像他抱住的是他的女儿。

两周前不到的时候，他还在想如何了却余生。

突然间，似乎没有人再有机会了却自己的余生了。

第三部　零号场景

没人能事先作好准备。
因为这怎么可能做到，
要是没人有预知的能力？

没人知道我们要面对什么，即便是时间也不知道。

毫无征兆地，它突然出现在眼前，就这么发生了。人们呆站一旁，不明就里，终其一生也不知其所以然。为何发生在自己身上？为何发生在此时？

要怎样才能明白？

它毫无规律可循。

人们说不出接下来会发生什么事，就像是左边突然开来一辆卡车，那就如此而已。一切变为黑暗，无人能够预知。

没人能够提前作好准备。

现在他们说，我错了。
时间知道去往何方。
有迹可循。
可即便这是真的，也于事无补。

夜晚，周三，11 月 26 日
他们说，世界末日到了。
我却还没有准备好。

33.

仪式没有在小礼拜堂里举行。而且，还有四分钟不到，仪式就要结束了。

原本该是棺材的地方，现在被一个带拉链的尸袋取代；原本该摆放花圈的地方，现在却是不锈钢架；原本站在旁边的该是家人和朋友，现在却是康纳斯、威廉和几名军人。他们当然也有自己的名字和性格，现在看上去却不是这样。

还有雅尼娜。

她紧挨着玻璃窗站在最前面，近到可以感受到里面火焰的炙热温度。她的眼睛盯着里面那个白色的袋子。

她是屋里唯一在低泣的人。

嘶嘶的火舌散发着难以想象的高温，穿过墙上的洞眼看去俨然是个私家炼狱场。火焰的光芒投射在狭小的空间里，也穿过玻璃投射在每张严肃的脸上。他们只是等着，等待一切结束。弗朗坎的声音响起，听上去很勉强，仿佛他的开口并非本意，而是不得已。

话说完后，机械电梯开始上升，徐徐地，沿着长长的坡道，将装着海伦娜·瓦特金斯的尸袋"咕噜噜"地倒下去，送往另外一头的蓝色火焰中。尸袋刚落入火中，几秒不到就烧了起来。

方形开口中，火舌盘旋，各种颜色变幻交织。熔炉里突然像是放了一团焰火，迸发出成千上万种颜色，然后和尸袋上的化学材料一起融化在高温里，升腾，直到消失。

门盖合起，留下里面的海伦娜·瓦特金斯变成一堆灰烬。

再过几个小时，当她的骨灰被收拾起来时，她和她身上的病毒应该已经灰飞烟灭了。

只剩下一个最严峻的问题：接下来灾难会出现在何方。

“如果我们走运的话。”康纳斯说着，停顿了一下。

他的发言以此开场。

他静静地站在蓝色会议厅的正前方，眼睛看着下面弧形圆桌后坐着的军人。他们的面前摆放着笔记本、笔和矿泉水，一切普通得跟世界任何地方的任何一场会议没有什么两样。

然而，情况并非如此。

离瓦特金斯的遗体告别仪式还不到一个小时。一天之内，已有一架飞机将一个国际大都会像犁地一样犁成了着火的烂泥地，一家医院被他们自己夷为平地。这种种悲伤记忆萦绕心头，像一层泡沫似的挥之不去。

没人相信他。没人相信他们能够走运。

他说这话的时候心里也明白。他合了合眼，又把刚才的开场白重复了一遍，毕竟他的任务就是要保持乐观。

“如果我们走运的话，”康纳斯又说道，“那么我们已经看到了灾难的尾曲。”

没人吭声。屋内宁静的气氛仿佛被一道悄无声息的质疑划破，就好像所有人都身处一个考场，无论看没看见，大家都知道监考官就在那儿。

“大约五天前，那个从我们这儿逃跑的男人在柏林被找到了。根据我们掌握的情况，还没有任何证据表明他和任何人会过面，让他搭便车的尼古拉·里希特除外。”

他身后悬挂的屏幕上是一张巨大的世界地图，地图在一排排监视器上伸展着触角，又像是由好多的电子马赛克合力组成的一幅影像。康纳斯的手指在面前的电脑屏幕上摩挲着，动作轻柔，世界地图渐渐焦距到欧洲板块，切入重点。

“至于里希特，他的情况比较糟糕，”他边说边指着地图，“他在巴德胡弗多普遭遇了连环车祸，而车祸也并未阻止他进一步传播病毒。我们得知病毒传到了斯洛特瓦特医院，他被送到医院时，一名医生宣告他死亡。我们得知 601 航班的飞行员也卷入了这场车祸，被同一名医生在现场检查身体后从那儿离开。”

他叹了口气。

“运气或许会在这时出现。我们需要点运气。”

没人提出质疑。一屋的死寂。

“如果我们走运的话，”他又说了一遍，“现在发生的一切灾难都还在我们的掌控之中。但如果情况相反的话呢？”

他放眼望去。有那么一刻，他突然感到自己是个傻瓜。下面坐着的生物学家、医生和研究者懂得比他要多，现在他却把他们知道的信息又反馈回去。当然了，各个学科的信息已经被汇总起来，每个专家都得到了其他领域的角度，但即便如此，他还是不禁怀疑，自己知道的信息加起来是否就比这些专家懂得要多。刹那间，他觉得好像变成了个小孩子，还在几十年前那个充满煤炭味儿的英格兰小城，个子比谁都小，什么都不是。

尽管这些情感片段转瞬即逝，但他有点稳不住了，一时愣住。他不得不强迫自己回到现实，强迫自己想起来他究竟是谁，在做什么。他提醒自己，在这个房间里，唯一质疑他权威的，只有他自己。

他转过身去面对屏幕墙，上面亮起了一串串数据和数列，他正提到这步。

“对于这种病毒，研究还不是那么多。毕竟，这种病毒存在的时间不久。就跟过去几代的处理方式一样，照理病毒应该处于实验室的监控之下。被证明无用后，就和带病者一起消亡。这次我们没有来得及。”

他看看所有人。

我们。没有。来得及。

几个简单的词，所有人都知道这意味着什么。他们失败了，形势不受掌控了，所有的措施和法则都不够用了，一切都为时已晚。

屏幕上浮现出各式新的数据，康纳斯一边指着一边解释。他的嗓音听上去不偏不倚、言之有据，而这反而更糟糕。

房间里最远的两个位置上坐着威廉和雅尼娜。他们和坐在前面的人一样沉默，听着康纳斯在地图旁说出的每个词，听着那些熟悉的术语，还有一些陌生却同样骇人的数据，什么复制速度、影响范围、病原性等等。每个数值听上去都很高，足以让能听懂的人不住摇头。

“我们把现阶段的病毒称为第七代，”他说，“它通过呼出气体传播。这表示，病毒如果远离了携带者的话，就不会被传播得很远，这一点对我们有利。但是，我们又从未见过任何一个感染病例可以幸存，这是不利之处。”

屏幕上浮现出新的数列和数据。

“从感染到发病一般需要一到四个昼夜。或许因人而异，或许还有其他的限制因素，但是再一次强调，我们对于这些尚未掌握。我们所知道的就是，一旦传播开来，它的速度是非常快的。我想，在座的各位应该不需要我来进一步描述。”

无人提出异议。人人心知肚明。

康纳斯回过身来，回到接下来要说的事情，他这次发言的核心，也是最让他忧心忡忡的一件事。

他画过一个手势之后，屏幕上所有的数据都消失了，欧洲地图再次出现在众人面前。地图中央是阿姆斯特丹和柏林两市，南面是地中海，北面则渐隐在北极圈中。

“我们要是走运的话，这波爆发已经结束了。不过……”

手指掠过电脑，在触摸板上划动。

只是很小的一个点，在地图上发出耀眼的紫色亮光。

“但凡有条漏网之鱼是我们不知道的话？在高速公路上的某个人，或者在医院里见过谁后又从那里离开的某个人，再或者曾在史基浦机场和亚当·里贝克机长有过接触的？”

停顿了一下。他不想把接下来的话说出来。

“要是有人在死之前已经把病毒传染给了其他十个人呢？十个再传十个？”

地图。紫色亮点。康纳斯的手掌画过电脑屏幕，一次，两次，三次。亮点越来越多，仿佛都冒着紫色的怒火。它们离阿姆斯特丹越来越远，弥漫成环状，出现在新的地点。电脑模拟情景中，人类在城际间来回奔命，惊慌失措地寻找藏身之所，不仅于事无补，反而把病毒传染给了更多的人。

这些画面对所有人来说都不是未设想过的，但还是让人心头作痛。

最让人害怕和恐惧的一幕，也是大家最不愿见到的，康纳斯的手指再动几下就能出现。再来那么两下，现有的地图就容不下这些圈圈点点了。几周之内，整个世界都会被紫色覆盖，谁能想到它的源头只是欧洲的零星一点。

当圈圈点点开始萎缩时，大家都吃了一惊。

地图渐渐地回到了本来的颜色，紫色褪去，圆圈又变成了圆点，全世界的国家慢慢地又回到最初的模样。

有那么一瞬间，大家的心头浮起一丝希望。

也就这么点希望了，它的出现是出于大家对希望的渴求。在这一瞬间，理性让位给了感性。感性站在大家的焦点之下，大喊道：快看，我们可以成功的！告诉过你了，我们可以的！

人们心中却残存着质疑：这不可能。

慢慢地，质疑从一张桌子绕到另一张桌子，就像个背着手的老师，无声而又缓慢地提醒众人事实的存在。不，千真万确，这是不可能的。

希望之光走出大家的焦点，重回原位。

谁都知道圆圈的萎缩是怎么回事。

并非因为疫病停止了蔓延，病魔失去了作恶的能力。

恰恰相反。

再也没有什么人可以传播这种病毒了。

最后，电脑上的人类模拟行为渐趋停止。再也没有动静了，无论康纳斯的手在屏幕上扫滑多少遍。

他们面前的屏幕上，世界的每个细节都清晰可见，每个地区的名字，每条边界，每块疆域。就在那些地方，有他们的亲人、朋友，有某个精致的小咖啡馆，有绝佳的风景。

可在这电脑模拟的世界上，已经不存在一个人影。在精致的咖啡馆里，在绝佳的风景地，都空空如也。世界各处，已经没有生命的痕迹。

这一切的发生，并不比在电脑上比画几下复杂多少。

会议结束了，但是没有人离座。

文件没动，水瓶也没打开。外面有个等着被拯救的世界，却无从下手。无力的感觉像一张沉重阴暗的地毯，压在所有人的脑袋上。

“如果我们走运的话。”有人说道，用的康纳斯的原话。

屋内的人都朝这个声音看过去。虽然大家都这么想，但只有一个人说了出来。

“走运的几率能有多大？”

康纳斯看着他，摇摇头。

“三天之内，我们就会知道答案。直到那时，我希望你给桑贝格和海恩斯提供他们需要的一切材料。”

34.

将在小巷里死去的男人是有名字的，但他很久没听到别人喊自己的名字了。他的名字已经凋零和枯萎，被遗落在忘川，多年来隐姓埋名、形单影只的生活让他的名字早已失去了任何意义，所以当他听到那些军人念出他的名字时，就感觉他们不是在喊他一样。

斯特凡·克劳斯常年流落街头，到底有多久，他自己都不记得了。有时睡在电梯里，有时睡在地铁里，有时睡在马路上，有时又哪儿都不是。为了不在柏林的寒冬之夜活活冻死，他只能随时保持运动。按照他的出生日期来算，他的岁数是三十岁出头，但是见过他的任何人都会猜他有五十岁。而在他的内心世界，他就像个无法用年龄概括的活物，漂浮穿梭在生死两极，连他自己都分不清。

他们是在警察局的牢房里找到他的。

那是一个美妙的早晨，好久以来他都没有像这样暖和地睡过一觉了。向来吃的都是别人扔下的剩饭剩菜，这次却是包装好的食物，意味着他不用担心会食物中毒。尽管他知道这只是暂时的停歇，是难挨的现实中片刻的轻松，但他刻意不去想那些，只享受眼前。

他甚至心存感激，庆幸自己又活过一个晚上。

这很可能就是他答应的原因。

他们告诉他，他是某个研究项目中的一部分。作为回报，他可以得到美食和温床，还有重新生活的机会。他能得到再教育，还能锻炼身体，晚上可以在自己的房间里阅读或看电视。当夏天到来的时候，有个能看得见外面风景的露台，那番美景他今生都不会厌倦。

他们是这么跟他说的。

但是没人跟他说过，他将会看到什么。

他看到人们莫名其妙地生了病。他们被关到隔离室里，由身穿防护服的人管着，最后一个个消失，再也没回来过。他可不傻，虽说无家可归，但他不是傻子，他知道迟早有一天他也会这样。每过一天，就离终点更近一步。

他的命运已经安排好了。

他快完蛋了。如果他能选择的话，他宁愿自由地冻死，在地铁的车灯里沉睡，再也醒不过来，也不要成为那被他恰巧看到的血淋淋尸体中的一具。他们让他骑自行车，让他呼气吐气，锻炼他，全是为了让他成为下个实验品。

但他没有选择的权力。

他对他们说了“好”，从那刻起，他的命运就注定了。

当那个叫海伦娜·瓦特金斯的女人找到他，请他帮忙时，他感觉自己被赋予了第二次机会。

跟他一样，她也是个囚徒，但是个稍微有点特权的囚徒。她有门卡，有学问，不管她知道了什么，反正她很害怕，急需他的帮助。

她可以帮他逃出去。作为回报，他要帮她传信。这是一个装得很厚的信封，藏着非常重要的内容。至于写的啥，他丝毫不关心，他只关心怎么出去。她给了他几个名字和指示，三天不到，她就告诉他是时候走了。

当天半夜，她来接他。她带他穿过一条又一条似乎没有尽头的走廊，帮他打开门锁和气闸，教他怎么藏在一扇拱门旁，一直等到送货的人来为止。

于是斯特凡·克劳斯就在黑暗里坐着，身体因为害怕被抓到而颤抖。不过好歹送货车按时到了，当卡车开进来的时候，他走了出去，走向自由，迎着空气和寒风。那一瞬间，他突然体会到了什么叫幸福。

他解放了。

就他一个人，走了好几个小时。

漆黑的晨色掩盖了他的身影，让他感到安全和冷静，但是其实也没有什么人让他需要藏着躲着。他身后的路是回到山里的，终止在一道巨大的铁门前，他正是从这道门里出来的。在他步行的过程中，只同送货车相遇过，那是来送食物、邮件或者药品的。管它是什么，反正他已经自由了。当送货车驶出来的时候，天色已经开始转亮。虽然车离他就几米远，也没能发现他的存在。

慢慢地，大山被他留在了身后。

沿着蜿蜒的山路，经过一个山庄。山庄就好像德国啤酒节上的海报，又像旅行社的广告招牌，但它是真真切切存在的。几个小时的步行后，路面开始变宽，向两个方向生出岔路来，路面上也多了奔波的汽车。

就在那里，在一个加油站，他偷了一辆卡车。到了因斯布鲁克，他又搭上了一辆红色的丰田荣放轿车，那辆车带着他一直来到柏林。

再后来发生的所有事情就都不是按照计划进行的了。

他要找的那个男人跟她一样也姓瓦特金斯。

瓦特金斯的公寓位于腓特烈斯海恩[①]一个三角形公园的正中央，

① 德国首都柏林的一个区域。

这里是克劳斯曾短暂居住过的几个公园之一，也许正因为如此，他才立刻看出情况不对劲。人行道边上停着两辆深色的汽车，方向盘后的两个男人看着报纸，面色无动于衷。

瓦特金斯被监视了。也许他们知道克劳斯会来找他。毫无疑问，他们肯定已经发现他失踪了。也许他们逼她说出了他的下落，正在这里等他呢。

即便如此，让他犹疑不决的主要原因并非汽车，而是越来越强烈的一种感觉。

他想摆脱这份从因斯布鲁克开始的心烦意乱。他多么希望这只是感冒的初期症状，但是他也知道，凭什么会是感冒呢？

他在不远处停下脚步，盯着被看守起来的公寓大门。

他的手里拿着能拯救世界的那个信封。

她是这么告诉他的。

他虽然是个流浪汉，却不是傻瓜。他很清楚，如果他把病毒传播出去，世界就无法被拯救了。

虽说一日之计在于晨，但这个早晨以后的时间已失去了意义。

电视一直开着，因为没人管得上它。电视里反复播放着医院、飞机爆炸和政府主管人员拒绝发表意见的画面。画面来来回回地播，就好像是一头牛在咀嚼反刍稻草和其他营养物质。

他们已经睡过了，但也只是断断续续地。他们各自坐在单人沙发里，就好像躺下来是种不敬的行为。似乎只要保持清醒，事情就会有所改观。只要等着，那些发生的事情就是可以消除的，可以在某个正确的时刻弥补回来，只要他们别在睡梦中错过时机。

莱奥从屋顶走下来时，阿尔贝特一直坐在方向盘后等着他。

不可能救回克里斯蒂娜了。整座建筑都被封锁起来，他们无法靠近寸步，但他们看到抢救人员在地上挖着什么，警犬在寻找嗅闻。她从屋顶上坠落下来后被成吨的石头掩埋，毫无生还的希望。

警方开始盘问他们在这儿溜达什么。阿尔贝特有点紧张，最后他们觉得不能再待下去了。

于是他们发动汽车，开出A10公路，然后转个弯向东开去，唯一的目标便是远离阿姆斯特丹。他们的眼皮开始上下打架，严重的疲劳感已经取代了让人蠢蠢欲动的肾上腺素，到最后两人谁都不敢再开下去，于是钻入了附近的一家汽车旅馆，原地不动地坐了一夜。

他们一句话都没交谈过。

早上到了，沉寂被打破，那是隔壁房间里的淋浴声、走廊里匆忙去就餐的脚步声、去办理退房手续开启新旅程的行李拖行声。

莱奥最先吸了一口气，意味着他要准备开口说话了。

“我看到阿尔卑斯几个字。”他说。

阿尔贝特瞧着他。他知道他想说什么，但没有接话。

雅尼娜的信。在他的脑袋里，这封信一直盘旋个不停。阿尔卑斯、所有的名字，还有“找到我”。这些究竟是什么意思？

“所以，有一点是确定的，”莱奥说，“我们要向南。”

阿尔贝特仍然蜷缩在单人沙发里，眼睛盯着莱奥不放。

“你知道你并没有义务这么做，是不是？”

他看着莱奥。面前的小伙子和昨天那个没什么两样，同样的棒球帽，同样的西装，皱皱巴巴，样式还有点老旧。但是，莱奥的眼神已经变了。莱奥比起他们第一次碰面时长大太多了，尽管这才一天都不到。就好像是过去的十八个小时强迫莱奥突然成熟和改变，变得更像个成人，更有阅历，更加悲伤。

还是说他只是疲劳？也不是完全没有可能。

“不然我该怎么做？”

这句话是莱奥说的。仍然不是一句完整的话，但这句不完整的话已经传达了他的意思。阿尔贝特看着他，看着他眼中的悲戚。莱奥没有洗过的头发在昨天早上或许还是个看得过去的发型，但现在看起来就像有人随意在他脑袋上扔了一顶假发后甩手而去。

可是，不知为何，莱奥这副样子却让他有些动容。

两人又默默地坐了一会儿。

“你跟她很熟悉吗？”阿尔贝特问。

好问题，莱奥自己都没问过这个问题。他目睹了她的死亡，被震惊和恐慌吞没，然后毫不犹豫地接起了她的重任。也许他不算熟悉她，但要是他不接起她的活，还有谁能这么干呢？

不，这么说不对，应该说，他要不这么做，那他又算什么呢？

这是属于他的旅程。是他找到了雅尼娜的新闻，他找到了阿尔贝特，他才是整个阿姆斯特丹之旅的导火索。从某个角度说，他甚至是她送命的原因。

他要不继续就对不起她。对不起自己，也对不起她。事实上，他跟她熟不熟跟整件事关系并不大。

“不，”他这么说道，“算不上熟悉，没那么熟，不。”

阿尔贝特看着他。

“让我解释。是这样的，我把事情搞砸了。我害死了一个男人。警察到我办公室来找我。有警察，还有一些神秘的人，我不知道——”他犹疑了一下，“但我认为这些人跟雅尼娜的失踪有关。要是让我老实说，我自己都不知道自己在干什么。”

莱奥点点头，但更像是为了理顺思路而不是为了加以确认。他知道阿尔贝特的这番话会落向何处，但他不想接受。

“你才二十多岁，”阿尔贝特说，“你有一家实习单位在等着你。最近的一天内，你已经目睹了很多事情，这些事情足够填满好几天的新闻版面。要是你能做好的话——我觉得你能，那么只要你开口，他们就一定会录用你的。有些话要是说得不对，请你纠正我。”

莱奥没有这么做。他什么都没说。也许阿尔贝特是对的，也许是错的，但这都不重要。

“当然，我很感谢你做的一切。没有你，没有你的车，我是不可能离开阿姆斯特丹的。我很高兴逃过一劫。”他摇摇头，压低了嗓门。“但你已经做了一切你该做的。我必须找到雅尼娜，而你是没有什么必须的。你可以回家了，你没有任何理由不这么做。”

两人对视。

两秒。四秒。莱奥静坐着，整理了一下思绪。虽然累，但思路很清晰，他确定自己该做什么。

于是他站了起来，拿起克里斯蒂娜的手机。这已经是他的手机了，而他自己的手机已经随着克里斯蒂娜一起烟消云散。

他看着阿尔贝特，在想该怎么说。

“我有两个电话要打，”他说，“然后我们一起计划，看下一步怎么走。”

阿尔贝特看着莱奥打开通往走廊的门，听着这个小伙子踩着袜子走向外面地毯时柔软的脚步声。他说着一种阿尔贝特听不懂的语言，都是短小的词语。

没有讨论的余地。无论发生什么，他都没法甩掉莱奥·比约克。

阿尔贝特·范·戴克除了感激只有感激。

克里斯蒂娜·桑贝格的名字在拉尔斯-埃里克·帕尔姆格伦的手机上亮起时，他的心头突然升起一丝希望，尽管他知道这是不可能的。

她不可能活下来。

但他还是抱有一丝希望，所以当另一端传来的声音不是她时，他深感失望。

“我的名字叫莱奥·比约克，”声音响起，“我们昨天说过话。”

“她还活着吗？”帕尔姆格伦一上来就问。这也是他唯一想知道的，所有其他事都不重要。

“没，”莱奥说，“没有。”

也许还有其他更委婉的表达方式，但莱奥想不起任何一种。电话两头都沉默了。沉默被压缩成电子信号，变成电流从斯德哥尔摩穿梭到阿姆斯特丹。打包起来的电子数据填满了空气，当它在接收端被打开时，里面却空无一物。

“我可以再打过来，要是，万一。”最后莱奥开口道，他能听到自己说话的声音，暗自希望对方能听懂他的逻辑。

“现在可以说。”帕尔姆格伦说道。

“我提醒过她，”莱奥说，“如果你想知道的话。”

帕尔姆格伦点点头。她就是很固执，他甚至看得到她的固执。不管这个小伙子说什么，她都是没法改变的。她的全副心思都在报道上，别人的话她一个字也不会听进去。

“谢谢。”谢谢小伙子告诉他，谢谢小伙子努力过。也许在这一瞬间，在这感情的阵线上他不是一个人在战斗。通过电话线，有人在和他分担，尽管电话那头的人他从未谋面，但仍彼此惺惺相惜。

“我只有一个问题，”小伙子问道，“你怎么知道会出事？”

“我得到了情报。”帕尔姆格伦说。

“从哪儿？”

“我不清楚。我只知道他是国防部的人，是上面的人，其他就什么都不知道了。”

“他又是怎么知道的？”

“他为他们工作。”

“为谁？”

“他不知道。”帕尔姆格伦说，又纠正了一下：“他说他不知道。不管怎么样，我想我相信他。”

他犹豫不决，不知道是不是应该深入下去说得更多。当然了，他没有保守机密的义务，是那个男人把情况透露给他的，如果这是什么机密信息，也是那个男人泄的密，跟他没关系。但他不愿意再置他人于险境之中。因为他没有及时警告克里斯蒂娜，所以什么都没挽回，现在他不愿意这种事情再次发生。

不过，换个角度想，要是电话里的小伙子有可能找到威廉呢？要是小伙子真的能够调查清楚现在正发生着什么神秘恐怖的大事件呢？难道他不该竭尽所能帮他吗？

“据我所知，存在一个组织，”他说，“那个人没有告诉我组织位于何方，因为他自己并不知道，也不知道谁是幕后操盘手。他只知道一点，那就是像他这样的人不止一个。”

“什么不止一个？”

“听他们指挥的人。这是他的原话。他们到处都有人。上面有人。警方。军队。很可能还有政府。”

“这些人是干什么的？”

帕尔姆格伦犹豫了。电话那头的声音很年轻，这让他担心，也让他产生了一种责任感。

“莱奥，”他说，“你是叫莱奥吗？我要你好好听着。那个男人找上我，目的就是为了提醒你们。”

“但是为什么？”莱奥问，“他为什么要提醒我们？如果他是那些人中的一员。”

答案很简单。

“他很怕。”帕尔姆格伦说。

说完等着莱奥进一步发问，但电话那头什么都没说，于是他压低音调，语气软了下来。

“有事正在发生，你们必须离开阿姆斯特丹，越远越好。这就是我知道的全部了。这个，不管是什么事，昨天都只是它的开始。”

“我们不在阿姆斯特丹了。”莱奥说。

“我不知道距离是否够远。”

“看吧。”

电话打到这儿似乎就该结束了。年长的人作出了提醒，却不知道要他们提防什么；年轻人虽然听到了，却没有听进去。要是帕尔姆格伦处在他的位置，恐怕也不会听进去的。

“我可以求你一件事吗？”他岔开话题。

莱奥等着。

“如果你们找到他，如果你们找到威廉，请告诉他，她从来就没放弃过他。”停顿，然后又补充：“不是为了让他好受，而是这是千真万确的事实。”

沉默。莱奥吞咽了一下：“我知道。”

他们站在电话线的两端，听着从未谋面的另一方的呼吸声。

帕尔姆格伦不放心。还有一件事，尽管他已经说了够多的话了。

“那个找到我的男人，”最后他说，“听到他们在谈一个灾难。”

“发生在阿姆斯特丹的？”莱奥问。

“我不知道，只知道他们很害怕，害怕解决的方法没有走在正轨上。”不。他再次停下，想要尽可能准确地引用男人的话。“害怕瓦特金斯拿走了破解的方法。”

莱奥花了好一会儿才从大脑里找到对应的名字。

这是出现在信里的一个名字。雅尼娜的信。

“海伦娜·瓦特金斯？”莱奥问。

“不是，”帕尔姆格伦说，“是绍尔。”

当斯特凡·克劳斯走出车站大厅时，有人看到了他的面孔。警报马上拉起，但已经晚了。

他的面孔被标注为第一优先级别，尽管没有人知道他到底做了什么，但是一旦出现就必须马上抓住。他的详细特征被传给有关人士，这些人训练有素，知道只需执行任务，不必追根究底。

斯特凡·克劳斯小心翼翼地避免与任何人接触。

他深谙这座城市的大街小巷，他一辈子都在使用这些知识来使自己躲避人群，而现在情况却正好相反，轮到他用这些知识来保护人群躲避自己了。他同时感到自豪和恐惧，但他没有其他选择。他不想输。

曾经他也命悬一线，但这是他第一次感到害怕。她交给他两个任务，他真希望自己能够完成。

那令人心碎的消息已经不是他的任务了。他把消息交给了那辆丰田车的司机，现在能做的只有希望那位司机能够信守承诺。

但那个黄信封还是他的责任。一切也都没有按照预想中发展。克劳斯回到了原来的地方，没有选择，没有未来，身后有人追他，而他的时间已经不多了。

既然他无法亲手完成她交给他的事情，那么这就是最好的选择了。

他两手空空，在停车场上的一排排车中间左拐又绕地奔跑。

那个厚厚的黄色信封被他藏了起来。

它现在是安全的，或许不是永远，但至少暂时是安全的。离开停车场的路上，他掏出一张从报刊亭偷来的薄薄的白色明信片，扔进邮箱。寄出以后，他就只剩祈祷了。祈祷他颤抖的字迹能被认出来，祈祷他记对了地址，祈祷他这么做不算辜负她，祈祷他人生所做的最后一件事算是善行，祈祷他这辈子总算是做了一件有意义的事。

咳嗽和高烧，他希望是别的原因。

背上的瘙痒也许就是普通的瘙痒。

但当血流下来，皮肤开始溃烂时，他再也无法否认了。

同样的状况他曾经在成排的病床上目睹过。现在他已经成了他们中的一员，他不想死，但他自己无法左右现实。

当天晚上，斯特凡·克劳斯在柏林的小巷中遭人追逐，被打扮成医护人员的男人开枪打死，消失在一辆不是救护车的救护车里。

他的尸体被运到阿尔卑斯山脚下，在一座废弃的军方射击场里烧掉。

而那个拯救世界的黄色信封正躺在柏林中央火车站的一个保险箱里，没人知道它的下落。

35.

风扇启动后的声音是那么熟悉，伴随着过往的种种。

就是这个声音，以前每天早上他把他那些在孔森恩军区石堡里的电脑打开后就能听到，现在这些声音夹杂着记忆卷土重来。

这是关于那把破烂的办公椅的记忆。他在椅子上坐下，踢着嘎吱作响的椅轮在让人生厌的灰色油布地板上滚过，小心翼翼地尝一口滚烫的咖啡——闻上去似早晨小清新，尝起来却苦涩不已。

这是关于完成重要使命的记忆。对此他太擅长了，知道自己要做的每一步，即便是天塌下来，他也会先把自己那部分的工作完成。

一瞬间，他回到了过去。

他知道，只要睁开双眼，一切又会远离他，很远很远。

威廉站在古堡他自己的工作间里。离上次他站在这里也就几个小时而已，但他仍然感觉像是长途旅行归来似的。他曾经以为至少还有未来，但自从目睹了那些事以后，他已从根本上改变了想法。此时此刻，他站在这儿，明白时间是他最急需也是最缺少的东西。

他来不及用自己喜欢的方式工作了。他必须抄近路，跳过常规步骤，祈祷自己仍然能够解开难题。

他不得不用机器进行运算，但目前来说还为时过早。他想要先拿密码下手，靠自己的笔算，消化透，然后再让电脑作为工具介入，而不是将它们当作陌生的黑洞，放入数据，吐出自己无法验证的结果。

时间却不够了。

面前的电脑发出硬盘读取的嘎吱声，操作系统亮起，随时准备接收输入的数据，再把它们转换为数列逻辑。

他最后启动的是桌子最里面一台沉重的灰绿色机器。

“萨拉”。

当阴极射线管显示器亮起时，屏幕发出熟悉的“滋啦”声。一个个电子被传送到弧形显示器的表面，变成一行又一行亮绿色的字符，昭告机器正在热身。

这简直是属于石器时代的工具，然而也只有她能让威廉有所指望。也许她太古老了，但她只为一个目的而生，而且还是他亲手制造的。如果他没有时间自己消化所有数据，交给她便是最好的选择。

是它，他纠正自己，它是台电脑，仅此而已。

如果连笔算的时间都没有，那么就更没有时间去回忆过去了。他摆脱杂念，站在墙前，让视线再次停留在那些纸上。

密码。

还有诗行。

瘟疫。终结。大火。

他努力保有希望，但这很难。

他看过那些圆圈，康纳斯地图上的圈圈点点，他知道它们的意义。已经开始了。如果一切都是事先注定的，他在这里又能干什么？

没有答案，他有的只是问题。无论他问自己多少遍，结论都只有一个：*就是这样*。

他越是问自己，这些问题就越显得幼稚；他越试图回答，就越觉得毫无意义。为什么？为什么人类的DNA里写着信息？

是谁植入的？

没人。

就是这样。

这是唯一合理的答案。根本无法打破砂锅问到底，因为每个问题又会引发另外一个新的问题。一片无尽的问题之海在他面前展开，而这些问题都是无解之谜。最终他不是被逼疯，就是被迫成为一名哲学家。说实话，威廉一直怀疑疯子和哲学家是同一个意思。

一切正如其表现出来的，没有什么道理。要是进化论可以解释为什么存在树，存在猛兽，为什么昆虫只要按照一定的音调哼哼就能让花苞开花，要是它可以解释世间万物，为什么不能解释人类DNA里的一段信息呢？

他感到自己像个小孩。他，甚至一个根本就不喜欢小孩的人，总是听到自己反复问这些问题。他能感到自己被这些问题弄得心烦意乱，宁愿自己成为一名三岁孩童，傻傻站着，把所有问题抛出来就好，不用寻求结果。那些听到问题的大人只需和气地听着。

为什么？

为什么天空是蓝的？

因为大气中的光波发生了散射。

这又是为什么呢？

因为空气有自己的属性。

为啥会有？

我不知道！

为什么原子之间会互相吸引，为什么会有夸克和字符串，为什么你不停追问……没有人知道，没有人知道，它就是这样。就像那些密码、信息和未来时光，做什么都没法改变它们。

这才是让他恐惧的原因。

同样的结论，每次都是。

什么都做不了。

在他面前，密码排列成一长串一长串。整个组织都在等待他的结果，给予他信任。全世界也是，虽然并不知情。而他能想出来的结论就是个“不”。

威廉已经看到了结局。

没有什么道理。

他们的非正式会议开始越来越频繁地在那冰冷的观察室里进行。

此时他们再次站在这里，康纳斯和弗朗坎，眼神穿过玻璃投射在里面的病床上。今天血淋淋的尸体要比昨天的少，而明天的又会比今天的少。时间就在他们的眼前流逝，随着那一串串血珠流淌到地板上，而他们只能眼睁睁地看着。

没有人知道为什么会变成这样。

他们之所以会聚在这里，而不是那些空着的会议室，或者楼下的某间办公室里，要么古堡上面几层的某个地方也行，也许是为了提醒自己，大家为之奋斗努力的不光光是几个数据、几张表格或是一堆圈圈点点。相反，这里有垂死的人们，这可不是什么美丽的光景。

“我们不该让平民卷入，”康纳斯说，“这是错误的第一步。”

弗朗坎一声不吭。

他刚刚的话仅仅是以往对话的重复，两人就同一个问题已经讨论过成千上万次，但彼此都知道不可能达成一致。

无论如何，这些都不重要了。生命在继续。他们都已进入了下一个阶段，知道要面对的是什么，现在需要的仅仅是最终决议。弗朗坎看着康纳斯，看着他的目光盯着里面的病躯，看着他如何竭尽所能制造尴尬。

“我们应该引入专家，”他说，“应该让他们与我们并肩工作，告诉他们细节，让他们知道为什么会在这里——”

弗朗坎举起手。一个简单的手势，示意他停下来。他没有必要也不想再听这些内容。康纳斯当然可以有自由意见，但现在分析局势一点建设性都没有。

“你是新来的吗？”他说，“海伦娜·瓦特金斯算什么？”

“海伦娜·瓦特金斯是一次赌博。”康纳斯说。

“那你觉得结果怎么样呢？”弗朗坎摇头，“她失败了。她是个巨大的失误，要不是因为她——”

他停了下来，有点不确定。

康纳斯看到了，顺势说下去：“你确定吗？确定是她的缘故？”

弗朗坎紧抿嘴唇，没有回答，但康纳斯可不想放过他。这是个必须抛出来的问题，可不是人们愿意不回答就能逃避的。

“要不是因为我们。要不是因为你和我，她甚至不会到这个地方来。这里原本不会有什么逃出去的流浪汉，流浪汉也不会被感染到病毒，因为要不是抱着局势可掌控的希望，就不会有人制造出病毒并拿流浪汉来做实验。”

他的嗓门越说越大。他看上去要多沮丧就有多沮丧，而事实也的确令人沮丧，这些话居然需要反复突出强调。

弗朗坎摇头。

其实不相干。事实就是她破坏了规矩：她滥用了自己的自由，滥用了对规章制度和安全系统的了解，是她使局势失控，放出了病毒。即便那并不是她的意图，即便她不知道他已被感染，她仍然破坏了所有规则。这都是她的错。

后来她还想办法把门卡给了那个年轻姑娘，后者又成功把信递给了她的男朋友。谁知道万一没有及时阻止她，她还能捅出多大的娄子？

这番话他都对康纳斯说了。

“难道这些不能证明瓦特金斯是个巨大的失误？”弗朗坎说，“难道这些不能证明赋予人们知识、自由和责任就是危险？有这些先例，我真不知道你还想证明什么。”

康纳斯深深地叹了一口气。

“说这些都没用，”他说，“即便她得到了什么结果，即便她真的找到了对策，也已经把它带进棺材了。”

“希望吧，”弗朗坎说。接着：“我们马上就能看到了。”

再多的也不必说了。

两人都很清楚她做了什么，辩驳也毫无意义。

弗朗坎再次开口时，仿佛在自言自语。

“形势不同以往。你也很清楚，我们现在很急。如果这还是十年、二十年前，那么我们还可以继续，但我们现在没时间了。我们需要的是结果，而不是其乐融融的工作环境。”

他转向康纳斯：“因此，我俩是否达成一致了？”

“我有其他选择吗？”康纳斯说。

“没有，”弗朗坎的眼神中带着悲哀，“再也没有了。”

康纳斯一动不动。不说是，也不说不是。

这就够了。

“我也想跟你一样，”弗朗坎说，“我也希望我们做点不同的事，但不是现在，也不是去年春天，而是很久以前。你我都无法回到三十年前，改变当时做下的决定——”

“我知道。”

弗朗坎不作声了。康纳斯想说些什么，但他也知道说了没用，改变不了任何事，但他还是不能就这么站着。

“如果我们身处三十年后，我们也没法回到现在改变什么。”他的眼神变得坚定起来。“既然我们身处现世，此刻能做下正确决定的话，那就最好。”

分开的时候，两人之间的气氛并不愉快。不过，他们本来也算不上朋友，只能算同事。在每个时期，他们都是工作目标一致的同事，但彼此都知道对方看待问题的方式与自己完全不同。每次遇到分歧，这种感觉就越发强烈。

到了晚上，消息就会传出去了。是康纳斯默许的。

康纳斯站在房间里，看着玻璃后面一排排的病床，深知里面的人没多久可以活了。

还有，除非威廉给出新结果，除非他们据此开发出新的病毒并加以试验，那么一切就都完了。

之前所有的尝试都失败了。不可否认，弗朗坎走之前说的话没错。

“只要三天工夫，我们就能知道外面是否还存在病毒，”他说，“如果到那时桑贝格还没有算出破解码的话怎么办?”

两人都知道，桑贝格成功的可能性微乎其微。

“如果他不成功，就进入第二阶段。”

说完这句话，弗朗坎走了出去，关上了背后的门。

康纳斯一人站在原地。他不情愿，但他也知道弗朗坎是对的。

他们不能再等下去了。

这自然不是她的错。

雅尼娜进来的不是时候。她没有看到他脸上的沮丧，等看到时已经来不及了。

她是来问他进展如何的。

他没有回答。

他花了几小时，把数据输入电脑，等着它们加工那些他思考了数日的序列。

没有进展。

不管电脑多么聪明，它们仍然缺乏人类的灵感，没有找到任何新的东西。

海伦娜·瓦特金斯的笔记他也看过了。

这是他第一次读到她的运算过程，从头到尾地读，几乎就是在读自己的运算思路。每个数集，每个方程式，每个箭头以及每个推导出下一步的等式都和他自己写下来或即将写下来的思路一模一样。她跟他想得完全一样，而这只意味着一件事。

那就是他在浪费时间。

只要他和前人的思路完全一致，他就不会有任何新的发现。意识到这点后，他无法忍受别人问他进展。

一切突然终止了，就像有人越过了一条界线。

“你明知故问。”他说。

不，不是说，而是吼。双眼变得漆黑，不仅出于愤怒，还有悲哀和沮丧，所有情绪，五味杂陈。

“你不就坐在我旁边吗？你跟我一样看得一清二楚。一败涂地，这就是进展。一败涂地，我还能做什么？”

他挥舞着胳膊，动作幅度大而夸张，仿佛是轻歌剧里的人物。他也意识到了这点，但也管不了这么多了。要是他的愤怒看上去滑稽，那就让它去吧。

泄水闸门一旦开启，便再也无法关闭。所有的情绪奔涌而出，他恨自己的无能，这种挫败感又变成指责，好像全是因为她，密码才是这副样子，所以他什么都阻止不了，什么都挽回不了。他掰着手指头数：飞机、医院、克里斯蒂娜。接着他陷入了沉默，因为再也吼不出声了。

她站在那儿，看着他。

她懂。

不管怎么样，她愿意让自己相信，她跟他是同样沮丧的。他俩受惊吓的程度也是一样的，因为他们目睹了同样的事情。同一架飞机，同一所医院，同样的人群。

如果她允许自己回想，她就能知道。

他的悲哀实则远远大于她的。他倍感压力，压力不是源于她，而是来源于生命，可是你无法对着生命怒吼，既然她站在这儿，就只能由她来承担这些愤怒。

“你又不能提前知道，”她说，“你什么都做不了。”

“这是我的工作！”他说，“难道不是吗？我的工作就是提前知道，就是做些什么，所以我才会在这里！如果我做不到，那么我在这儿干吗？”

她慢慢地深吸一口气，一言不发，也知道自己说什么都没用。

他的声音慢慢变低：“每次，我这辈子只要发生任何事，就都不是我的错。每次人们都告诉我，不要再怪自己，没有什么是我能做的，我又不能事先知道。你明白吗，我受够了。”

雅尼娜看着他。

“每次？”她问得小声又温柔，“我不知道还有别的事情。你能跟我说说吗？”

他的回答像滚雷一样。既是成年人的悲伤，又似孩子的不满。

“怎么？你想做个热心肠的倾听者，再给我几条明智的建议，让我变成一个正常人，最后拍拍手心满意得离开？”

她摇摇头：“不，不是这样。只因为我能看见一个人背负沉重的负担，而我为他感到难过。”仍然是静静地，软软地，却又说得很清晰，眼睛一眨不眨。“如果有人背了一样太重的东西，有时我们也会问他要不要分担。”

他摇摇头。

一开始是温和而悲伤的，就像她刚才说话的口气一样，但渐渐地，他的声音越来越大，情绪越来越激动，直到最后他吼了起来。眼底有东西灼烧，他不知道是什么，只知道自己不想住口。

她算什么？她有什么资格猜测他的感受？有什么资格打听他的妻子和女儿？她知道什么？事实上，她什么都不知道！她以为她假惺惺地站在这里就能帮上他的忙？

这些话一股脑全倒了出来，他感到畅快。有人可以做出气筒很畅快，吼出来很畅快，就好像是雅尼娜造成了他的不幸，是她又让悲剧重演，尽管他知道事实并非如此。他也知道事后他会后悔，但是此刻发泄出来却是如此酣畅淋漓，他根本不想停下来。

“她死了，”他咆哮道，充满自责，带着愤怒，同时话里有话，现在你满意了吧，啊？是不是？“我女儿死了，我却没看见征兆。应该看到，却没有看到。事情发生的时候我也没在现场。什么都做不了，一切都太晚了。我一直走不出来，我的生活全被毁了。我的，克里斯蒂娜的。现在克里斯蒂娜也走了。你认为你能怎么替我分担？你聪明得不得了是吗？你可以背着我的负担，走两个街区，然后我就又开开心心的了？”

人不可能无止境地咆哮下去。到最后，人会听到自己说话；到最后，说话的语调终会改变。

威廉已经到头了，他紧抿嘴唇，说不出别的话来。假如这场爆发好比是喝酒，而悔恨是回甘的话，那么他已经开始逐渐清醒了。

他不想这样，他不想清醒，因为指责别人是痛快的。他甩甩胳膊，示意她离开，在对她的指责澄清之前消失，在责任又回到他自己身上之前消失。

雅尼娜静静地站着，凝视着他。没有愤怒。伤心，是的，但那是为了他。这个站在她面前的男人，对她怒吼，而那千百条指责其实都是冲着他自己。这个男人她认识了还不到一个星期，但她却对他有种亲近感，比她之前认识的许多人都要亲。

这个男人让她走，但她知道这并非他的本意。

两人目光交汇，都深深知道，知道他会请求她原谅。不是现在，但总归会的。而且，两人都知道她会明白的，知道她会原谅他，甚至早在他解释之前就会懂。

他们之间什么话都不需要说。

最后，她转身走出门去。威廉这么多年来第一次坐在椅子里痛哭。

36.

消息不止一条，而是若干条。

这些消息早就写好，被装在不同的信封里封好，放进保险箱。不同的信封有不同的标签，里面装着不同的假想场景，都是康纳斯在多年前总结出来的。

感觉就像是另外一个年代。

不，应该说是另外一个世界。似乎这个世界仍然存在于某个地方，在那里，这一切都没有发生，可以从远处观望，就像看一场棋局，看完后接着吃自己的饭，或许还会来瓶威士忌，晚上再睡个好觉。

但那些不可思议、不能发生的场景如今就在面前，这就是现实。弗朗坎翻找着，想要找到那个信封。

那个信封很大、很沉，至少有两斤重。

零号场景。

摆在最外面，已经同其他的场景一起被封存起来。他们曾经希望这些信封永远不用被人打开。

尤其是这个。

他把它放在面前的桌子上，再把其他信封放回保险柜里锁上。

他凝视着桌上的这个信封，许久，就好像这是他寄给自己的时间胶囊。他尚能感受到他们封存信封的那一刻，他和康纳斯，就在同一间办公室内，严肃却充满希望。他们曾相信，信封里的场景只是遥远的未来，遥远到几乎不会存在，但是现在他站在这里，“未来”就发生在他眼皮底下。现实就在当下，是这么自然、确切和真实。现在就是曾经的未来，当时曾经苍白得好似幻梦，好似从不会到来。

它就是这样的。时间。

时间流逝。

没有什么办法可以改变。

有好几分钟他都没有动，站着，看着厚厚的信封，明白下一步会发生什么事。

他会打开封印，撕开厚厚的胶纸。

里面应该是好几摞叠放整齐的小信封，信封上有名字和地址，每个信封里都有一组数字。

这些数字会抵达收件人手中。

然后就只有一条路可走了。

康纳斯穿过厚重的木门，走到露台的冷风中，身上只有薄薄的制服。空气是冰冷的，充满了细小的冰晶，不是雪，不是雨，也不是露，而是介于这三者之间。他走出去，像威廉那样靠在墙头，似乎只是为了透透气，远眺前方的景色。

他们当然听到了他对她的咆哮。现在他们都好奇他感觉怎么样了，并非关心，而是担心他是否还有完成任务的能力。

他俩快速交换了一下眼神，无声地打了个招呼。康纳斯问威廉是否缺些什么，问他是否需要帮助，问他是否有什么新的发现。

威廉的回答不出康纳斯所料，总的来说就是“没有”、“不了，谢谢”和“很遗憾”。

这就是所有的回答。然后他们沉默起来，该轮到威廉发问了。

他们安静地站着，靠着石头墙垛，远眺景色，任由寒风抽刮着无名的冰晶打在他们脸上。

“你们是不是在担心我？”他终于开口。

康纳斯耸耸肩膀。

“你不希望我们关心你？”

“这要看情况，看你们到底是为我担心，还是为我是否能继续工作而担心。”

康纳斯笑笑：“不能两者都有吗？”

“三十年。”威廉说，眼睛仍然看着外面的湖光山色。

康纳斯没懂。

威廉转过身去对着他：“你在这里的年头，有三十年了吧？”

是这样。康纳斯点点头。

“怎么忍过来的？”

问题本身其实没有什么奇怪的，但是康纳斯一开始还是没懂他的意思。

他不得不再一次提醒自己，威廉来到这里只有一个星期，甚至还不到。尽管一切发生得那么迅速，对康纳斯来说感觉就像是过了几个月，但是这点时间还不足以让威廉习惯这里。要他怎么习惯？

康纳斯犹豫了，想着如何回答。

最初的日子，他的世界观被颠覆，几乎无法思考。后来漠然取代了恐慌，岁月流逝，希望渐失。他忍受不了，但他知道不得不强迫自己。

一晃就是好多年。

现在两人站在这里，尽管他知道这一切终会结束，但他仍希望那一刻不会到来。他不愿放弃。

“会习惯的。”他只说了这些。

“你认为我还有时间习惯吗？”威廉歪嘴笑了笑。

康纳斯心头触动了一下，他还是第一次看到威廉笑。自从这一切发生以来，这是第一个真正的、没有愤怒的、诚心的微笑。康纳斯的心头像是被刀子割开一道小口。突然间，他感到身边的这个男人其实是可以成为朋友的，一个有空喝两杯、一起扔扔飞镖的朋友，只是不知道现在的人还流不流行这么做。他多么希望现实是另外一种情景，两人都没有活在当下的这个现实之中。

他想要回答，但不知道怎么说。

“我应该让你安心工作了。”他说，因为除此之外也没什么好说的了。

他从墙垛上直起身，向大门移动。

“你们都错了。”威廉在他身后说道。

他已经转过身来，背后是山川、乌云和寒风。悲凉的目光闪烁着，又遇上康纳斯的目光，康纳斯看得出这眼神是真诚和痛苦的。

“错了？”康纳斯说。

“我们第一次见面。在那个大厅里，有长桌、水晶灯和投影仪的厅里。你们不是提过什么让我最在乎吗？什么是我工作的动力？你们说我是为了其他人。”

康纳斯看着他。

“是吗？”他终于开口。

“你们错了。”

威廉摇摇头。

他，是一个有社交恐惧的人。是为了避免搭乘拥挤的公交车，宁愿在雨中漫步的人；是为了躲避人行道上出游的学生，宁愿绕道的人。

他一个人的时候最自在。随着年岁的增长，他对这点可以说是愈发肯定。他越来越确信他人都是没有必要存在的邪恶力量，是存在于自己生活之中的一堆令人厌烦的附属物。是障碍，是羁绊，是皇后街[①]上试图拦下他向他兜售废物的群体。

然而，现在他却坐在这儿，想要抱住所有人。

所有那些他不认识的人，所有那些孜孜不倦地对他加以骚扰的人，他能忍受他们，只因为一个人生存要艰难得多。

所有的人。

突然间，他想用尽自己所有的力量来保住他们的命。他想摇晃他们，冲他们喊叫，告诉他们身处危险之中，告诉他们自己在努力阻止灾难的到来，告诉他们虽然自己还不知道该怎么做，但一定会找到出路，为了他们，为了他自己，为了所有人。

他面无表情。毫无疑问，他在尽力掩盖自己的悲伤。

“尽量理解我在说什么吧。”威廉说。

康纳斯朝着他微笑。这是个充满暖意的微笑，朋友间的微笑，至少是一个男人看穿另一个男人的微笑。

“也挺简单的。”康纳斯说。

威廉眨眨眼。

“错的人不是我们。是你。”

康纳斯站在门旁。威廉在墙垛边。

两个本可以成为朋友的男人。

刹那间，他又回到了过去。威廉回到了以前的岁月，踩着油布地板用着那几台电脑的岁月。抿着糟糕的咖啡，和同事窃窃私语，工作尽管重要但还搞得定，生活其实看上去还是相当不错的。

“假如我破解了，”他说，“我是说*假如*，然后你的同事培养出一

---

① 皇后街为瑞典首都斯德哥尔摩市中心的一条商业步行街。

种新的病毒，将它传播到全世界……”威廉停了一下：“我们怎么能肯定它是有用的？它并不能破解现在外面的那种病毒。”

沉默片刻。

“难道不能这么说吗？”康纳斯说，“如果全人类携带着一个计划，而我们及时阻止了计划的实施。难道这件事本身不就是解决之道吗？”

“我们怎么能够确保病毒传播的速度足够快？我们怎么能够知道这种病毒不会和已经散布在外面的那种病毒起冲突？如果我出错了，我也出错了，这样我们就有两种致命病毒在世界上传播，那个时候该怎么办？”

康纳斯看着他，深呼吸。

“实话实说，”他说，“回答你所有的问题。”

“是什么？”

“我不知道。”

最后一句话轻得几乎听不到，他的话语伴着风声和薄薄的雪花，一时间几乎让人分辨不出哪句是康纳斯的回答，哪个是气流的声音。

他叹了一口气，打破了凝滞在两人之间的沉默，语气重新变得清澈明晰起来。

“不过，”他说，“我倒是知道，如果我们不尝试的话会发生什么。”

威廉点点头。这倒是简单。

没有什么是可以保证的，不过他们也没有什么可以失去的了，除了时间。他深知自己不得不继续试下去，直到无法再试为止。

康纳斯转身离开露台，回答了威廉已经遗忘的一个问题。

“我写日记。”他说。

威廉瞄向他，想要跟上他在说什么。

“我是怎么忍下来的，这么多年我是怎么活过来的。这是我能想到的最好的答案。”

他耸耸肩。写日记并非理性的选择，而是就这么自然而然发生了。某一天他开始写，把一行行思绪写下来，原本也起不到什么作用，结果却出乎意料。

威廉看着他。

“为什么？”他问。

“我不知道。”康纳斯说。

他打开门，再次转过身来，半个身体已经进入了阴暗的石廊。

“总比什么都做不了要好些。”

威廉回到自己的工作间，坐着。令人备感疲倦的日光在山脉间变换着位置，灰蒙蒙地照在地上，连一丝阴影都看不见。夜色在威廉未注意时到来，等他发觉，夜已漆黑。

一天过去了。

他又浪费了一整天时间。

墙上挂着密码，桌上摊开笔记本，电脑呼呼运转，却连一点接近解决方案的进展都没有。

他浪费了一整天的时间，而时间是他仅有的东西。

他的桌子上摆放着他们从他公寓里带过来的书籍和纸张。他走过去，在中间翻找。如果他们真的把所有东西都拿过来了，那么他要找的东西也应该在里边。他翻捡着所有资料，脑海里遥远的记忆一个接一个击打着他，直到他找到了要找的东西。

笔记本是黑色的，里面是白色的纸，没有线条也没有格子。外面是皮封面，里面有条丝带作为书签，他知道这并没有什么特别的。

它本该没什么特别，如果记忆没有持续不断地捶打着他的话。

她。

在他假装从睡梦中醒来的时候，她站在他的床边，递给他一个盒子，脸上满是骄傲，眼神里充满了期待。得意自己是如何偷偷地观察他，看他在写字桌旁工作和抄写笔记；得意这都是她自己想出来的点子，花光了所有的零花钱，就是为了成为他工作的一部分。

那时她五岁，而威廉还是一个快乐的男人。他打开盒子，和克里斯蒂娜迅速交换了一下眼神，嘴角流露出一丝不易察觉的微笑。克里斯蒂娜站在女儿的背后。她其实已经告诉过他萨拉会买什么，他自然要表现得夸张一点，高兴程度必须大于礼物本身的价值。这是必须的，因为这就足以让一个五岁女孩的喜悦满得溢出来。

那时，快乐就是这么简单。

这是一个笔记本，仅此而已。礼物包装纸在柔软的睡衣和双人床单间沙沙作响。萨拉爬上床来，给他一个拥抱，短小的胳膊抱起来还有点费劲。她冲着他说“生日快乐”，神采奕奕，对一个孩子来说再高兴也不过如此了。

这就是他们曾经的生活。

但是随着时间的推移，距离的变远，这个时刻再也没有重现过。

这个生活的场景是他愿意牢记却已不复存在的，是一个冻住的时刻。他想要爬进去，把当年所有没能说出的话都说出来，那些他当时未知但后来会经历的事情。这幅画面一直在他面前出现，近在咫尺，却又遥不可及。

一切都在这本黑色的小笔记本里。

这就是它的意义。

现在他站着，拿着它，触摸它的形状。这么多年了，皮封面已经变干。这就是岁月。都变了，跟人一样。

最后，他打开笔记本，握着笔，抵住纸。

我从来就没有写日记的欲望。

这是他最先写下的几个字。

37.

从慕尼黑到柏林的夜间列车准时开出，出发时间是晚上十点不到。

年轻的一家人刚刚进入预定的家庭小包厢，疲惫但很开心。他们刚度过了一次印象深刻的旅行，虽然一切跟想象中不太一样，但最终他们还是到达了目的地，见到了要见的人。现在一家人要去柏林待几天，然后再回到家里。

家里。一想到家里，就让人感到不安。

三天前，他们因为A9国道上的连环车祸而错过了出发的火车。

对两个成年人来说，这是非常不愉快的经历，可两个孩子只有四岁和七岁，他们满怀期待，那些表兄弟显然比世界上的任何车祸都要重要。于是，做父母的买了前往慕尼黑的飞机票，尽管价格很贵，但又能怎么办呢。

他们坐着，坐在亲戚暖和的沙发里，看到自己家乡的城市在一天之内遭受两次毁灭。阿姆斯特丹不知道变成什么样了，还好他们没有在家，但脑子里却会情不自禁地想，家里等待着他们的不知是什么，有哪些人可能再也见不到了。即便是成年人，他们也无法摆脱这些念想。

但是孩子就是孩子。即便生活变成这样，孩子们也不会为了可能发生的事情而忧心忡忡。

一切都是冒险，能在火车上睡觉比生活本身还要精彩。四只熠熠发光的眼珠在座椅间来回逡巡，逗乐了为他们检票的乘务员和卖给他们糖果的餐车服务员，也逗乐了其他座位上的乘客。他们只要负责参与这人生就够了。

年轻的爸爸妈妈慢慢地引导着孩子回到包厢，很累，但爱心满满，脸上是充满歉意的微笑。

包厢里的被子薄薄的，床铺倒是很柔软。

他们躺下来睡着了。

十一个小时过后，早上8点50分，火车按计划抵达柏林中央火车站。像往常一样，旅客们下车，斜眼看下初升的太阳，然后走开。没有人会想到有一个卧铺包厢的窗帘一直没有打开，门更是紧紧关着。

直到又过了一个小时。

清洁员用钥匙拧开门锁，想要进去行使自己的职责。

零号场景下的那个应对方案一直以来有个笑称。

他们把它叫作“工作福利”。

当然，它的出现是为了应对那个可怕的假想。在那个假想中，人类灭亡后，还会有一小部分人在这残酷的现实中存活。

撰写方案的文字自然是没有任何调侃意味的。因此，要想实施它，就需要点幽默感。

当笑柄成为现实，笑柄就不再有趣了。

消息是在一次临时会议上发布的。全体工作人员都被召集，从主管、保安到医护人员，总共五十四人坐在会议室，气氛紧张得令人颤抖。

所有人都知道要宣布什么事情。

尽管如此，消息公布时仍然让人紧张和困惑，空气中飘荡着千万个问号。不管是三年还是三十年或者更久，这些人在组织里工作了多久并不重要，重要的是发生的事骇人、恐怖、危害极大。零号场景进入第一实施阶段，这意味着他们已经彻底失去对局势的控制了。

指令是分发到个人的。

时间不容浪费。

供给品、药物和办公用品要规整起来，打好包。

个人用品要分门别类，进行选择。虽然空间有限，但没人知道接下来会发生什么，要想不疯着活到最后一刻，那么保存一些个人用品是很必要的。没有人知道自己将会离开多久，但是万一他们有幸躲过传染病，最后却精神崩溃，那么一切就毫无意义了。

条例是康纳斯制定的。理论上说，他应该感到自豪，但实际上，他站在蓝色的会议厅里，一条条发布命令，内心却希望自己搞错了。

所有人都仔细听着。

所有人，但不包括那些病倒的、躺在病床上的，以及不随大家撤走的人。

也不包括那两个平民。

很遗憾，但这是他写下的规则。

他恨这条，但也没办法。

因为假如现实通情达理，符合逻辑，那么人们永远也不需要提前写下这些场景假设了。

会议结束后，大家就开动了，忧心忡忡但也有条不紊。

保安人员。医护人员。研究学者和政策制定者。

每个人都各就各位。

打包、奔跑、忙碌。

笨拙而紧张，但全部根据条例来进行。

在这一切的背后，悄然弥漫着一种挥之不去的恐惧感。

这个被称为“福利”的笑话丝毫不再让人感到有趣。

绍尔·瓦特金斯是个瘦削的男人，但他以前并不是这个体形。

西装耷拉在他的胸前，底下是一件衬衫，松松垮垮地沿着肩膀垂下，扎在西裤里。裤子显然比他的体格大出一圈，靠一条皮带束起来，这让他的裤子看上去就好像是某个去世的亲戚家里皱巴巴的窗帘。也像是他把自己洗过一遍，但是温度搞错了，结果他的身体在他的衣服里缩了水，而他似乎是全世界唯一一个没有察觉到任何不妥的人。

他体重下降得厉害，急剧地，在短时间内。即便是从来不认识他的人看到他，也会马上知道一定是出了什么事。

绍尔·瓦特金斯从大马路上走过来，穿过议院门口开阔的路面，继续沿着冬天干燥的大草坪走向人行天桥。河对岸就是那栋充满未来主义色彩的建筑。

毫无防备，完全暴露，而这都是故意的。

如果有人跟踪他，就肯定不会跟丢。

但同样地，他也会察觉到他们。

想在大草坪上跟踪他几乎是不可能的，他肯定会注意到他们的存在。

他在桥上停了下来，望着河面上的薄冰。刚结的冰向远处伸展着，在更远处裂开来。他站着，眼神充满了哀伤。在旁观者看来，这不过是个郁闷的鳏夫在散步，寻找人生新意义而已。

然而，他的内心充满戒备。他寻找着似曾相识的面孔。单个男人，或是漫无目的走路的人，或是装作在等人的人。就像出现在他家门外，在他家楼道大门徘徊的人，他们必定和那件事有关。他只是不知道到底发生了什么，也害怕知道事情的真相。

很长时间以来，都能收到她的明信片。

话很短，只言片语，而且肯定有人看过这些内容，检查她是不是只写了允许写的内容，但不管怎么说都是她寄来的，这让他在担心之余感到欣慰。他对她的思念几乎无边无际，但她既然平安，他还能要求啥呢。

然后，明信片不再寄过来了。

接下来他们就出现了。

那些男人。在车里，公寓外面，等候着。早上他从家里离开时他们并不跟着，但等他傍晚回家时，他们就在那里。

后来他们消失了。不久，他就得到了消息。

他的妻子死于一场车祸。

街上的汽车再也不来了，但没有理由相信他们已经停止监视他。他们一定还躲在哪里，他很肯定这一点。寄到他办公室的那个薄薄的白信封更让他确信，自己是某场棋局里的小卒子，要不就是某个接力赛中接棒的选手，而他只想抽身出来。

他站在桥面上，看着河面上的冰生长又破裂，最后他肯定已经没什么人跟着他了，便又直起身子，穿过桥面，向另一头巨大的玻璃建筑走去。

他的口袋里是信封里的一张纸条。

他只想摆脱它。

出事了，什么事他不知道，只知道害怕，不想卷入其中。

他希望那两个开车从阿姆斯特丹来并给他打过电话的男人可以帮他摆脱这些。

38.

跟每天一样，夜晚又绕地球一圈。对于那些在等候和担惊受怕的人来说，这是他们度过的最长的一晚。

在不同的国家，不同的角落，不同的办公室里，这些男人女人来回踱步。虽然身处不同的紧锁的门背后，但面前的电视或电脑却在播放同样的国际新闻。他们中并没有人知道全部真相，却又心如明镜。

组织联系过他们，给出模糊的指令。

年代已远，当年的任务几乎已被遗忘。

直到今天。

在不同的国家议会、政府大楼和国防部，不同的角落不同的办公室里，男人女人来回踱着步。没人知道发生什么事，但都在不住猜想。

他们都收到一个装着数字的信封，并打开了曾经收到的任务指令。

然后，他们明白了将要发生什么。

他们刚刚目睹的只是事情的开端。

是时候作好准备了。

现在，所有人都在等一个电话，一个不想接到的电话。

39.

“我猜他们害死了她。”他说。

他看看莱奥，再看看阿尔贝特，还有在他们周围动来动去的脑袋。他的目光来回逡巡，就好像他是一只不请自来寻找食物的小鸟，而柏林中央火车站就像户外餐桌，随时都会有人来赶走他。

他们的头上是铁皮和玻璃构成的穹顶，上面有成百上千个小窗户。在这个巨大的温室里，人们周转在不同的商铺间，就好像流连花海的昆虫，等着火车去和来，把他们带往不同的地方。

时间刚过九点。

一天才开始，四周已经都是人了。

绍尔·瓦特金斯只是其中一个。他的身影淹没在人群中，只是一个有点小事要做并在咖啡馆里歇脚的人而已，跟周围成千上万的人一样毫不起眼。

但他还是紧张。不，是害怕，而且满心哀伤。他面前的盘子里放着刚烘烤出来的长棍面包，这面包永远也不可能吃完，就跟这两周他的每一餐一样。它不过是戏剧里的小道具，一个让画面丰富起来的小细节，告诉人们他是来吃早餐的。

他不想被卷入任何事情，但同时他也知道，这事无法避免。

“他们是谁？”阿尔贝特问道。

瓦特金斯摇摇头。他也不知道。

他只知道他们雇用了他的妻子，监视他的住宅，给他打过一个简短而彬彬有礼的电话，说她在一场车祸中遇难了。

他的妻子。她比他年轻十五岁，但没有人注意到这一点，至少在两人这么多年的婚姻生活中，他没听到任何人的议论。两个人都是教授，他有博士学位，而她是双博士，都在波茨坦大学就职，分属不同的学院。他是人文学科方面的学者，对于数字毫无概念，但对于一块小蛋糕唤起的七情六欲却可以描写好几个章节。她是理论学家，在指尖上谈系统和逻辑。他俩走到一起的几率几乎为零，更别说互相喜欢了，但尽管如此，他们却结婚了，还共同度过了二十年。

接着就出事了。

一系列的事。

“理论学家？”阿尔贝特说，“哪个领域的？”

“高等数学。数字、密码。她跟我在同一所大学教书，同时也参与了一项怎么把信息转化到互联网上的新式商业加密系统研究。”

他看看他们，想要露出一丝笑容，但还没显现在脸上便已经消失。

“她教我说那项研究的名字，可那个句子里我唯一能理解的只有介词。”

阿尔贝特盯着他：“你知道威廉·桑贝格吗？”

绍尔摇摇头。

“你是否知道你的妻子认不认识他？你知不知道她有没有为军事机构效过力？”

“你想说什么？”瓦特金斯问，“你知道他们是谁吗？”

阿尔贝特摇摇头。瓦特金斯看着他：“威廉·桑贝格又是谁？”

阿尔贝特简短地介绍了一下，谁是威廉，谁是雅尼娜。还有雅尼娜的信，信里她提到了绍尔的妻子。系列失踪案，以及那些穿西装的男人。

绍尔听着，微微点头：“他们。”

三人陷入沉默。

“这里面有点地方我搞不懂。”阿尔贝特终于说。

瓦特金斯和莱奥看着他。

“你的妻子是被雇用的。”

这是个陈述句，但其实暗含问意，因为威廉和雅尼娜是被强行带走的。

瓦特金斯微微点头：“她是自愿离开的，但后来是被强留在那里的。”

“你怎么知道？”

“我想这就是我的专业给我带来的好处，能在字里行间读出隐藏的含义。”又一次，想笑而没有笑出来。他接着解释道：“我们曾经有联系。不是天天联系，但她寄明信片给我。像是例行公事，话很短，都是关于天气的。起码字面上看是这样。可是，要说我俩从前有什么话题是从不讨论的，那就是天气了。这说明她还活着，但同时也说明有人在阻止她写自己想写的话。”

“邮戳是贝恩的吗？”阿尔贝特问。

瓦特金斯抬头看他。

“有时候是，”他说，“有时是贝恩，有时是因斯布鲁克，有时是米兰。不会连续两次在同一个地方，假如说有什么规律的话，那也根本看不出来。”

“但这些地方都能看到阿尔卑斯山。”

说这话的人是莱奥。他已经拿出克里斯蒂娜的手机，调出一张地图，手指在屏幕中捏拉着，在三个地方之间找到一个中间点。

“这至少提示了我们某个出发点。就在这里的某个地方。”

绍尔叹了口气：“等于什么信息都没有。在某个地方，但是到底在哪儿呢？”

他看到莱奥的眼神，压低声音说：“对不起，这件事我已经琢磨了将近一年，却得不出任何结论。”

他们安静地坐着，就好像谈资已聊光，又好像每个人的备忘录上都还剩下一点没提，只是找不到合适的过渡。

嘎嘎声在周围不绝于耳，是火车在进站、刹车和出发。高音喇叭里传来轨道和时刻表的信息，还没等人们回过神来说的是什么，就已经化作回声，销声匿迹。

最后，沉默变得过久，以至于谁都不需要什么过渡的场面话了。阿尔贝特身体前倾，看着绍尔。

“除了这些，你还知道些别的吗？哪怕你自己都没意识到？”

“什么意思？”

“我不知道。我只知道，他们害怕这个。”

“他们？害怕？”

“是的。”

他重新组织了一下话语，同时看看莱奥，想要确定自己是否用对了词。

“他们在害怕一场灾难的到来，而你可能拿着应对方案。”

阿尔贝特是这么说的。他探寻地看着绍尔，就好像他刚才其实是问了一个问题，等着他的回答。

瓦特金斯坐在桌子的另一侧，看着两个年轻人。他一直想要寻找一个方式掌控对话，不然自己就说得太多了，现在却被他们拿走了掌控权。

他看看四周，再度露出紧张的表情。这个话题让他紧张，就好像有人越过了边界，问了一个过于直白的问题。

“正如我刚才所说的，”他说，“我什么都不知道。”

他强调了*什么都不知道*，眼神严肃，但有什么地方不对劲。

“如果是这样，”阿尔贝特说，“那你在怕什么？”

“因为我不想他们*以为*我知道些什么。”他用坚定的语气说道，眼睛死死地盯着他们。

他的身体往前靠了靠，手放在桌子上。

他的手指纤细干瘪，关节却没有瘦下来，像珠串上的念珠。他的手指下压着一张四方形的纸片。

就是它，他的眼神说道，*拿去*。

他的手缩了回去，眼睛盯着两个年轻人，一本正经的表情仿佛意味着他交出去的不是一张纸片，而是足以改变一切的重要物件。

阿尔贝特伸手把纸片拿过来，拿回自己这边，在把纸片滑入西装内口袋之前迅速瞄了一眼上面的内容。

一个条形码，只来得及看到这些。很小，打印出来的字母，像是时间，也许还有价格数字或是别的什么。

“我收到一封信，”瓦特金斯说，压低的嗓门暗示他要说的是其他人不能知道的秘密，“就在他们给我打电话说她死了的前两天。也许还要更早，我不知道，时间都乱了。是一个很薄的白信封，字迹很不工整，就好像是——”

他犹豫了一下，在想怎么说。

“就好像是？”阿尔贝特问。

“就好像是写字的人很久没有写过字了。”

他看看他们。这也许是个不重要的细节，但对他来说，这是他不明白的众多细节之一。他只知道肯定有人在试图跟他沟通，可是，不管那个人想要跟他说什么，他都不想知道内容。

“没有信，没有消息，只有那个。”

他冲着阿尔贝特胸口的口袋点点头：纸片。

“这是张收据，”阿尔贝特说，“是不是？某个储物柜的收据？”

瓦特金斯看着他，回避问题。

显然，答案是“对”。

“我马上就七十岁了，”他换个话题，“我的妻子死了。我很害怕。”

然后他停顿了一下，冲着收据点点头。

“不管它是什么，”他说，“都已经不属于我了。”

穿着黑西装的男人万万没想到会看到绍尔·瓦特金斯，但他千真万确地看到了。

二十分钟之前，他来到了自动扶梯的末端。这个地方位于地下一层。看上去他是在阅读时刻表和楼层概况图，实际上却全神贯注地留意着谁从电梯上下来，走往他这个楼面。

他注意每张脸、每个方向、每次碰面，但他还是没有在第一时间反应过来，就好像大脑拒绝接受看到的事物似的。

是瓦特金斯，真的是他。

他的脑袋出现在上面一堆脑袋之中，从门口进来，走进大楼，接着便消失在人群中。西装男马上跑过去跟上，在一堆购物袋中挤来挤去，为了再次看到他。

他一直在想，这合理吗？

他没有道理会在这儿，肯定是个巧合。

他把几件事情来回想了一下，试图找到前因后果。

不到一周前，他们看到那个流浪汉离开中央火车站。他们追了他几公里，终于在巷子里逮到了他。

但是，照理他该带在身边的那份文件不见了。那份文件是要带给瓦特金斯的，但是出于某些原因，他没有送到。

对此，只能作出唯一合理的推论。

那就是斯特凡·克劳斯在火车站做了一件事：把文件藏在了某个储物柜里。

他们判断下来，有两种可能：克劳斯把文件藏在储物柜里，是为了以后再伺机拿出来，或者纯粹是为了和他们讨价还价，要求放他一条生路。如果这是他的计划，显然没有成功。

如果事情是这样的话，那么一切就解决了。一周之后，储物柜因为超过了最长储存期限，就会启动失物招领的警铃，火车站的工作人员显然知道该怎么做。他们会留下电话，如果哪个储物柜里装着一堆文件，有可能装在某个厚厚的黄色信封里，上面有绍尔·瓦特金斯的地址，那么他或者他的同事就会马上来取走物品。

另外一个可能性则比较难办。正是出于这个原因，他站在这里监视，在自动扶梯上奔跑，并想破脑门瓦特金斯怎么会在这里。

斯特凡·克劳斯身上没有收据，这让他们感到担心。

担心的原因是，从储物柜到他落网的巷子，他经过了至少三个邮筒。这意味着，他可能使用过任意一个邮筒将收据寄给某人。因此，他们才来到车站执行监视任务。

万一有人出现。

万一有人来到储物柜，取走某个类似文件的东西。

只是没有想到，这个某人居然会是绍尔·瓦特金斯。

他们对他执行二十四小时监视，既在他的住所又在大学学院，还监控他的邮件，不可能漏过任何蛛丝马迹。他并没有收到什么收据。这不可能。

当然也有可能是个巧合。他可能是来这里办事，或是买东西，要么是买车票。然而巧合往往不是随机出现的，就像他自己喜欢念叨的一样。不管怎么样，这是货真价实的绍尔·瓦特金斯来到了柏林中央火车站，而这就够了。

任务很明确，剩下只有一件事可做。

他拿起电话，拨打快速拨号单上的第一个号码。

他们会在几分钟后来到这里，剩下的就交给他们了。

40.

威廉本该在他的工作间里，但雅尼娜最后是在卧室找到他的。

她上气不接下气，关上背后的房门，目光在房间里扫视着，确定没有其他人在。

她最先注意到的是威廉衣冠不整，只穿着牛仔裤和T恤。他刚洗完澡，但胡子没有刮。她觉察到他的变化。他正在放弃，她看得出来。他双目里的神采正在消失，而这不能发生，不能是现在。

“穿上你的外套，”雅尼娜说，“我们需要谈一下。”

两句话之间并没有逻辑上的联系，威廉看着她，没明白她的意思，但这没关系。确实，他们需要谈谈，而他必须先开口。

“我很抱歉，”他说，正如两人所料，“我很抱歉我昨天说的话——”

“我知道，”她听都没听完就说，“我知道你很抱歉，你也知道我能理解你。”

意思是，这个话题到此为止。

她向窗口走去：“我是认真的。穿上外套。天很冷。”

她的手伸向窗户，打开锁住的弹簧锁。当窗户被外面的冷风吹开的那一瞬间，他意识到她说得没错。天，冷得出奇。

空气中充满了冰晶，如果风没有那么强，这些冰晶可能会变成躺在地上的雪花。它们被狂风吹起，呼啸着穿过玻璃窗，进入屋内。

“你在干什么？”他问。

“我不知道他们是否在窃听我们。”她说，然后冲他示意，让他过来。她压低嗓门，小心翼翼地确保风声能盖住她的说话声，万一真的有人在偷听他们的话，听到的也只是某个白痴开窗后传来的声音。

“发生什么了？”他还是只穿着T恤。

她眼神里的某些东西吓到了他，让他感到抵御风寒的衣服不是当下最重要的事情。

雅尼娜摇摇头。

“不是发生了什么，”她说，“是在发生，此时此刻正在发生。”

门只打开了几秒钟，但那足以让雅尼娜看清楚发生了什么事。这当然不是有意的，走廊里急忙奔跑的保安们根本没有想到她会站在那里。

远远地，在门的另外一边，走廊的另外一端，她看到了滚轮车上的大箱子，还有指着文件发号施令的军人。门很快就被关上了，而她凑巧看到的那一幕却牢牢地印在了她的脑中。

她在古堡里已经待了很久了，深知这里所有的规章制度，但她刚才看到的那些却没有照着规矩来。

她一边沿着楼梯往上跑向威廉的房间，一边在想，这只能说明一件事。

海伦娜指的就是这件事。

她告诉了他，告诉他自己看到的那一幕，以及上次海伦娜站在门外跟她说的话。之后海伦娜就失踪了，再看到时，她已经奄奄一息地躺在玻璃罩里了。

“她说还有一个备用方案。”

“解释一下。”威廉说。

“我说不清，”她说，“我应该问她的，但她当时很害怕，有点异样。她说的不是备用方案，还有另外一个名字，这不是很重要，但是她说这个方案迫在眉睫。当时我完全听不懂，直到现在才明白。”

“明白什么？”

“他们不会争取到最后一刻的。”

她停了一下，看着威廉。

“这是必然的。他们花了很多年工夫来计划整件事，肯定会有备用方案，等到最后来不及阻止一切的时候采用。我想他们现在就在实施备用方案。我猜他们要把自己转移到安全的地方。”

他不敢相信。

“我有点糊涂，”他说，“他们为什么要这么做？”

“这还重要吗？”她说，“重要的是，他们会任由病毒扩散。他们不再相信我们了。”

“那你我怎么办？”

“我们必须让他们知道。”

她说着，手无意识地指向打开的窗户。她指的是外面的他们。所有人。全世界。那些还活着的人，那些即将死亡却还对死因不清不楚的人。

“我们或许救不了他们了，你和我，但我们必须给他们拯救自己的机会。”

“怎么办？”他问。

他说这话的时候带着一种尖锐的语调，问题不像问题，反倒像在陈述事实：办不到，我们没法把这里的密码带出去，不管我们有多希望这样做。然而，他还是抱有侥幸她能有个答案。

是的，她有。

“我们必须出去。”

他摇摇头。

“办不到。”

“我们必须试一下，”她说，“我们不能放弃。”

威廉耸耸肩，看上去像个顽固的小孩。但他知道自己是对的，她的建议于事无补。

“为什么不？”他说，“为什么不放弃呢，既然已经没有什么可做的。”

“因为你和我是仅有的还没放弃的人。”

她看着他。

“他们想让全世界自生自灭。我们不能袖手旁观。”

她把威廉一个人留在房间里。他伫立许久，看着窗外。他看到雪花在风中卷起，冰晶在玻璃窗上融化，汇成一股股小水流。他看着它们沿着窗户往下流淌，一股强风吹来，又把它们吹向另外一个方向。他站在那儿看着，祈求这些能给他带来内心的宁静。

但是毫无宁静可言，只有害怕、哀伤和恐惧。

雅尼娜已经绝望了，她当然已经绝望了。他明白她是怎么想的，她提出了一个策略，一个深思熟虑的策略，一个为他们赢取时间的策略，但是无论他怎么让自己保持乐观，都看不出这个策略有任何成功的可能性。

他知道，只有一条路可以走。

他在窗前站足十分钟，不去想，不去看。

然后，他走进浴室，寻找他的盥洗用品。

41.

他们的第一反应是，清洁女工一定是在夸大事实。

站台上飞奔而来的三名保安其实并没有尽全力奔跑，他们漫不经心，钥匙和链条微微摩擦着大腿。他们不是不相信她，但说实话，她只是一名清洁工，也许这是她第一次见到鲜血，就这么简单。作为中央火车站的保安，他们见多识广。不管清洁女工为什么歇斯底里，但对他们来说，那不过是个案发现场而已，围起来等着警察出现就好。

接着，他们踏上了列车，这才意识到，那女人毫不夸张。

那四名乘客的躯体所剩无几，遍布四周的是流淌着的鲜血。假如说这是一场谋杀案，肯定就是一场彻头彻尾毫无人性的兽行。一名保安冲了出去，把早饭全呕了出来。还有一名站在那儿完全呆住，不知道该做什么。第三名保安又给警察拨了个电话，告诉他们需要派来更多的人手，现场比他们想象得要糟糕。

警察来了，法医掀开盖尸布，有人下令喊来疾病防疫部门的人。就这样，雪球越滚越大。

这是一颗恐慌的雪球，一旦开始，就再也停不下来。

在他站起来之前，他们的话其实早就谈完了。好几次他拿起手套和围巾想要走，但一看到人群中有某个脑袋似乎在等人或是无所事事，他都忍不住又把手套放回桌面，继续和对面的两个小伙子闲聊，直到那个可疑的人消失。

阿尔贝特和莱奥耐心地陪着聊，充满理解，但瓦特金斯仍感到自己受到了怀疑。

“我不是偏执狂，”他说，“我知道你们为什么这样想，但我知道自己在干什么。”

没人提出反对意见，但他还是想要解释一下，言之凿凿、嗓音坚定，对每个用词都精心挑选。

“信被拆过的话是看得出来的。你会发现信封被打开过，再用胶水重新粘上。这样子有差不多一个星期的时间，不仅发生在家里，还发生在办公室。我还看到他们跟踪我。我知道，我都看到了。”

阿尔贝特看着他。

“这么说的话，”阿尔贝特问，“收据又是怎么寄来的？”

瓦特金斯犹豫了一小会儿。接着，他冲他们笑笑。这是整次对话中，他第一次冲他们微笑。

“因为我的女人比他们多想一步。”

双唇紧绷，微微点头，微笑想要掩盖的情感还是忍不住流露出来。突然间，整个对话的基调变得伤心起来。也许是因为那张瘦削的脸庞让人看到了往昔的痕迹。嘴巴、牙齿和眼睛还是一样大小，他笑起来的时候，就好像变成了自己的一张暗黑系自画像，在皱巴巴的薄皮下面，两个大大的眼珠哀伤地笑着。

也许是因为他看着他们的时候带着一种自豪感，一份对于某个不在世之人的情感，但即便如此，他也愿意以她为傲，哪怕是最后一次。

“他们忘记了，即便是死人也能收到信。”他这么说道。

终于，他站起来，消失在人群中，而这正是他想要的。

阿尔贝特·范·戴克的内口袋里放着一张储物柜的收据，这张收据放在一个寄到波茨坦大学的信封里。地址是数学学院，字迹生涩又狼狈。

收信人的名字叫海伦娜·瓦特金斯。

瓦特金斯走后，阿尔贝特和莱奥在咖啡桌旁又多坐了五分钟。这是瓦特金斯特意关照的，他们似乎也没什么理由可以拒绝。

面前的桌子上还摆着咖啡，是瓦特金斯点的，没动过。旁边放着一条面包，已经切好，涂上了黄油，但也没动。

两人对坐无语，因为也没必要说话。

他们都在想同一件事：收据。储物柜。里面会是什么。

这会是帕尔姆格伦提到的解决方案吗？

如果是的话，那么它要解决的问题又是什么？

也许跟坠机事件和医院有关，也许能带他们找到威廉和雅尼娜，也许一切就真相大白——但也许根本毫无帮助。

不管怎么说，他们马上就知道结果了。

他们停车的地方离一排储物柜不远，从物流学的角度来说，这种布置简直是太棒了。他们喝完咖啡以后就会站起来，走向自己的汽车，途中顺便找一下那个储物柜。

没有任何迹象表明，他们已经被人发现了。

不管瓦特金斯说什么。

五分钟过去了，他们又多坐了两分钟，最后两人饮尽最后一口咖啡，站起身来。

他们穿过川流不息的人群，早看不到瓦特金斯的身影。

但在几层楼之上的过道中，一名黑色西装男正观察着他们的一举一动。

进入玻璃大门后的保安们没有太多地方施展手脚。大厅里挤满了南来北往的旅客，他们人头交错，分别去往不同的列车、信息板和商铺，每个人都或提或背或拉地拿着行李。旅客们恼人地挡住保安们的视线，让他们随时可能错失要盯住的人。

他们看到瓦特金斯和听到耳机里的命令几乎是在同一时刻。站在铁桥上的一名保安可以鸟瞰整个大厅的情况，他命令同事们分头行事。瓦特金斯正往一个方向去，另两个人则往另一个方向走了，其中任何一个人都可能持有那张收据。

地面上的西装男们微微点头作答，大步穿过人群。他们仰起头，希望自己的视线能变成完美的雷达，一旦那两个年轻人出现，就立即捕捉到他们。

但是两人哪儿都没出现，于是西装男们继续往楼梯和自动扶梯走去。他们的眼神在人群的间隙之间对视，并微妙地点头，以确保每个出口都被覆盖。

那些人绝对不能漏网。

然而这已是上午十点多了，周围全是涌动的人群，他们根本没法随意挪动身体。

将要发生的事情还要更加混乱。

这次任务的指挥官名叫彼得·特雷星，级别中校，当他从停在中央火车站大门外的四轮轻型多用途车里爬出来的时候，心情可一点儿都不愉快。

根本是个不可能完成的任务，这是毋庸置疑的，还没开始就注定失败。

火车抵达车站已经有一个小时了，所以无论怎么封锁火车站大楼，都不可能把受感染列车上的旅客统统限制在大楼里，甚至有可能是一个都留不住。

这些人早就坐车回到了家里，要么踏上新的旅途，或是坐上了离开这里的巴士。如果有任何一个人同家人见过面，有任何一个人接待过客人，有任何一个人接触过咳嗽的人，不管怎么样吧，只要有一个、两个或三个人被传染，把病毒传播到外面，那么也就只剩下一个词可以形容未来将要发生的事了。

灾难。

他何尝不知道这点，就跟知道任务完成的可能性为零一样。

但即便如此，他还是挥了挥手，于是从他身后多辆同样的车里鱼贯而出一群穿着绿色制服的人。他命令他们把大门封锁起来，用车辆把整座大楼围住。一系列让人不寒而栗的举措，俨然内战已经打响。

而这些毫无用处。

就跟全世界所有的交通终端枢纽站一样，柏林中央火车站设计得无懈可击。也跟全世界所有的交通枢纽一样，外来旅客是很难摸清头绪的。

到处都是人，一大群一大群的人。

莱奥和阿尔贝特从一个楼道穿行到另一个楼道，在好像是悬垂在站台和火车上方的过道里穿梭，辗转在不同的店铺间，时不时把自己藏在各种角落里，在那里查找储物柜，但没有一个号码和收据上的一样。

他们快速移动着脚步，快速但又放松，装出有行动方向的样子。瓦特金斯的神经质好像具有感染力，他们经常会停下来看看四周，看有没有人跟着他们。因为，如果有人跟踪的话，很容易就能发现他们在干什么。

两人乘自动扶梯下来。无论怎么假装，其实都很容易被看出来像两只无头苍蝇。他俩要么看上去无比困惑，要么就是尴尬而又明显地在寻找什么。

他们甚至提议是不是中断搜寻，明天再来找，直到他们醒悟到眼前突然出现了一排柜子，这些柜子上的数字范围正好和收据上的相符。

就是这里了。最小尺寸的柜子在最那头的角落，一个老人的身后。老人蹲在自己的柜子面前，小心地把包和袋子放进去，然后停下来想了想，似乎觉得或许上面的那个柜子更好些，或者旁边那个也不错。

两人在不远处站着，焦急地等老人放完东西。

老人终于关上了柜门，锁上，离开了。他们总算可以打开那个柜子了。

收据上写着开锁的密码。

他们在柜子面板中间的键盘上输入密码。

等。

此时此刻，他们就好像在等待某件大事的发生，全世界似乎都为此屏住了呼吸。历史性的时刻来了，他们刚输进去的密码就要改变一切，所有东西都会改变面貌。

但这些都没发生。

“咯吱”一声，一个柜子的门打开了。没有全开，只开了一个几厘米的口。两人蹲下来，打开柜子，伸手去摸。

是一个黄色的信封。

似曾相识，对，跟雅尼娜寄来的信封一模一样。阿尔贝特站了起来，盯着莱奥，想要说些什么。事情在朝对的方向发展了，快要接近真相了——

这次是莱奥先看到的他们。

他们就在同一楼层的另一端。

那些穿着深色西装的男人，其中一个在宽阔的走廊尽头用手指着他们，一边摁着耳机，一边狂奔而来。

莱奥抓住阿尔贝特。

只有一条路可以走。

跑。

人是由个体组成的没错，但是当恐惧来袭、羊群效应生效的时候，人就只是一群做着相同动作的躯体而已。

大门被关上了。

正要前往欧罗巴广场的人们目睹一扇扇旋转门被锁上，外面站着荷枪实弹的军人。没有人知道发生了什么，恐慌像野火一样迅速席卷每个人的心头。

他们就像大鲨鱼阴影底下的一群小虾米，所有个体加在一起变成了一个盲目四窜的群体。所有人都惊慌失措，想要逃出去。有一个人起了头，后面就有上百个人奔跑跟随。

彼得·特雷星中校的时间不多了。时间不多，但要去的地方不少，他或许来不及在人们逃光之前关闭所有的出口。

但这就是他收到的命令。

他站在户外寒冷的冬日阳光下，看着人群在玻璃墙里东奔西跑，手下的士兵则跑向更远的外墙和更多的出口。他在想，到底要过多久，这里就会陷入彻底的恐慌和混乱。后果不堪想象。

站在铁桥上面的西装男看见了桥下发生的一切。

人们就像一群失去头领的牛，晕头转向，尖叫不断。他们在害怕什么，所以必须要逃离这个地方。

他看到了外面的军人。

看到人们发现面前的门打不开时，急忙挤到其他出口，寻找新的出路，就像山脚下缓慢流淌的熔岩般在大楼里左冲右突。

车站被封锁了。到底发生什么了?

耳机里，他听到自己的同事在呼喊。他们被困在奔流的人群中，无法脱身，甚至随时可能被踩死。他们既看不到瓦特金斯，也看不到那两个小伙子，而且完全弄不明白这场恐慌因何而起。

底楼还有三名同事，他们刚才还看到了他俩。

两个拿着黄色信封的人。

他们正好在楼层的另一端，空荡荡的大厅让他们一下子就看到了目标，但下一秒却从自动扶梯上席卷而下无数的人，惊声尖叫，惊慌失措，于是那两个人就消失了。

铁桥上站着的西装男什么都做不了，只能命令手下排除万难继续追捕，想办法穿过人群找到目标。

他闭上眼睛祈祷，无论刚才发生了什么，就让它发生了吧。

整座大楼为什么被封锁并不重要。

不管为了什么原因，他只希望两个目标和那个信封也能被关在大楼里。

阿尔贝特·范·戴克在前座蹲下来，双手抱着脑袋。

并非为了把自己藏起来，而是为了让自己看不见。

莱奥·比约克不会开车已经不是什么新闻了，但当阿尔贝特发现他其实不仅没判断力，就连基本的生存本能都缺乏时，还是大吃一惊。急转弯时的离心力把阿尔贝特紧紧甩压到车门内侧，盖过他尖叫声的是引擎的轰鸣声。因为车挂着二挡还在拼命加速，阿尔贝特只能在一个又一个急转弯之中祈祷停车场的弯道能带他们走向光明。

敲在车身上的咚咚声总算停了下来。咚咚声来自撞碎的路障，原本是为了防止停车场里有人不付钱就开溜而设置的。莱奥决定闯一下，因为他认为那个玩意儿轻轻一碰就碎了。他倒也没错，可当阿尔贝特看到那根红白条横柱朝着他们面前的挡风玻璃甩过来时，仍然有种大难临头的感觉。他的呼吸到现在还很不正常，尽管他也知道自己至少是活下来了。

他们要甩开三个男人，最多四个，但从后视镜里望去，仿佛全世界的人都跟在他们后面追。就像电影里面的追车场景，有人要从他们身上轧过去，把他们轧得粉身碎骨，碾进柏油路面。

阿尔贝特看到几个西装男在追赶的人群里拼命往前挤，莱奥撞开路障后他们仍然跟着。有一个人捂着耳机在说些什么，这可不是什么好信号，说明他们有更多的帮手。

在弯道的最上层，莱奥加大油门，向门口冲刺。谁也不知道门外是否有更多的西装男在车里守株待兔，就等着他俩出去后一网打尽。

“抓好！”莱奥喊道。

那些人跟打在眼前的太阳光一样突然出现在眼前。

另外，这也是个毫无意义的命令。

阿尔贝特的双手已经抓住了所有能够抓得到的物体，刚要对莱奥大喊自己已经什么都抓不住了，同时也立即明白莱奥为什么要他这么做。

外面一片混乱。

一辆绿色军车斜挡在路面上。军车车身有一辆小型巴士那么大，后面还有两辆一样的车。身穿绿色制服的军人正在地上铺着什么东西，显然只能是钉毯。外面到底发生了什么事？

“当心！”他又喊道。

阿尔贝特从车的引擎声判断，莱奥可没想当心什么。

他看到了停车场的出口，就在绿色“巴士”的旁边，没有钉毯，也没有其他军车，但缝隙非常窄。即便从理论上来讲他俩的车能通过，实际上也绝对不会是什么愉快的体验。

阿尔贝特按照刚才莱奥说的，尽量稳住身体，双脚拼命踩在地毯上，自己也不知道能否抓牢车身。他感到方向盘在跳动，汽车在吼叫，右轮开上了人行道，左轮还在马路路面上。他只希望轮胎能够完好无损。

车身一侧追上来几名军人，但由于车速实在太快了，所以军人马上被甩到了后面。阿尔贝特低下头来，祈祷他们不会开枪。

没人朝他们开枪。他在心里大骂了一句，老子逃出来了。

同一时刻，他又意识到了眼前的问题。

封锁线外是四车道繁忙的交通。

莱奥想要并进去，而且是不打招呼地。

几秒钟内，他们的车经过了无数个提示他们已经违规的交通路牌。就在快无路可走的时候，车子一个急速大转弯。伴随着轰鸣的引擎声，莱奥硬是找了一个本不存在的缺口，将那可怜的租赁车逆向插入对面的车流。

阿尔贝特的脑袋里响起了一场刹车声和喇叭声齐鸣的音乐会。车门上刮下来的碎屑和掉落的尾灯滑落在他面前的挡风玻璃外，近在咫尺。他高呼出几句荷兰语，知道莱奥既听不懂也不在乎。他听到了钢板撞击钢板的声音，于是想，假如莱奥还想把这辆车还给租车行的话，他可绝对不会跟着的。

再接着，他就发现，都结束了。

他听到莱奥挂挡的声音。引擎不再轰鸣，能感到车身在朝一个稳定的方向行驶，这个方向是向前的。他意识到自己闭上了眼睛，差不多是结束的时候了。

坐在他旁边的莱奥，眼神专注而急切。

“怎么回事，阿尔贝特？怎么回事？”

他问道，重复两遍。车速依然飞快。

阿尔贝特也在试图弄明白怎么回事：车站大门后困惑不解的人群，四下散布的军车，还有他们刚刚闯过的封锁线。

没有一件事是合情合理的。二十分钟前，他俩还坐着喝咖啡呢，接着就跑来一群黑色西装男要追他们，现在又突然被军队围上了——

“他们跟着我们！”

是阿尔贝特的声音，几乎是条件反射，声音快速而激动，而且有点过于大声。莱奥马上从后视镜里瞄了一眼。

阿尔贝特说得一点儿没错。

一辆黑色奥迪突然出现在他们后面，是从同一个车库钻出来的，用跟他们同样的方式穿越封锁线，撞得一群士兵四下散开，避开车头。但奥迪不是像莱奥的车那样并入车道，而是斜转上人行道，驶过整个路面，经过一排排停放的自行车，紧紧贴靠着人行道的间隔栏和公交汽车站，最后强行进入他们身后的车流，离他们只有几辆车远。

莱奥向前看去。肯定有个出口。

突然，阿尔贝特喊了起来。

“红灯！”

阿尔贝特又说对了。

他们前方高挂着一排交通信号灯，交叉道上有，一旁的信号柱上也有。遍布四周的信号灯是为了提醒他们即将进入路口，而莱奥恰恰没有注意。

不过他的本能反应却没有出错。

他猛踩刹车。然而，车速太快了。车子继续向前滑行，从左来右往的车流中笔直穿过去，随时可能发生事故。到处响起刹车声。阿尔贝特的身体倒向车子中央的挂挡处，暗自祈祷汽车配有安全气囊。随后他看到莱奥的手在换挡，天哪，他要干吗？

莱奥加大油门，因为他们别无选择。

汽车一边滑行，一边因为自动刹车系统而震颤着。他们没有时间停下来，如果这么做了，就会陷于交叉的车流之中，被侧面开来的汽车撞上。此刻只有一个办法能逃出生天，那就是提速，闯过去。引擎在发力，莱奥的左冲右突好像救了他们的命，尽管谁也不知道他这么做是有意为之，还是已经吓破了胆。阿尔贝特什么都不知道，因为他的脸深深埋在胳膊里，管它发生什么，反正他都不想看到。

尖锐的刹车声此起彼伏。

这就是那种人们偶尔才会听到，但是一旦听到就知道是什么的声音：汽车来不及停下，车灯撞到一起，车身互相推攘，歪歪扭扭地乱成一团。

声音轻了下来。阿尔贝特第二次强迫自己睁开双眼，坐直身体，观察周围的状况。

莱奥看了一眼后视镜，双手仍然牢握方向盘。前面的道路很通畅。

那辆巨大的黑色奥迪开到路口时也想像莱奥一样加速开过去，但没有成功。挡风玻璃前面的那部分变得就像一团被遗弃的铁皮，车头下的一个轮子已经歪了，车身下垂陷在路面上。紧挨着它的是一辆深灰色出租车，车头垂直撞入奥迪，两辆车纠缠在一起，也分不清究竟是哪辆撞烂了哪辆。

“干得好。”阿尔贝特说。接着：“再也不要、不要、不要这样了！”

莱奥点头。

继续往前。

直到开出很远，两人都没说话。

阿尔贝特面前的车窗上，黄色的信封随着车身在震动。

阿尔贝特的视线始终没离开过信封。

42.

康纳斯匆忙穿过狭小曲折的走廊，为了不碰到低矮的天花板而低着头，然后又快步走入旋转楼梯，跟着楼梯一路向上。

楼梯出口的地方便是开阔的内庭了。一架已发动的直升机正等候着，机翼像尖利的刀锋，在坚硬的石壁间挥舞着。康纳斯走出来时，听到一阵刺耳的回声。

寸头飞行员坐在仪表盘后等着他。一如既往地，他边等边用手指敲打着仪表盘，就好像是他要出使什么重要的任务，而不是康纳斯。等康纳斯坐上位置后，他驾机飞上漆黑的夜空。古堡在他们底下慢慢变小，在直升机开出峡谷向西飞行之后，渐渐消失在群山之中。

古堡。

它是无数次讨论的核心。

有很多理由留下。许多人说古堡能封锁消息，因为这个地方实在太难到达，而且知道它存在的人也非常少。

它看上去是安全的，但是光看上去还不够。它确实戒备森严，但并非与世隔绝，而他们绝对不能允许存在任何意外。他们的机会只有一次，仅仅看上去安全是不够格的。

他们需要一个地方是病毒无法侵入的。

那个地方没人能够找得到，而且必要的话，还得能移动。

现在那个地方已经准备就绪了，这次旅行只是康纳斯在最近几天内安排的众多旅行中的第一个。他要准备携带的设备和资料，以便随时可以运往基地。

他不喜欢这么做，但也只能这样了。

从空中俯瞰，一切还是如往常一样。脚下的风景好像麦克林①牌火车模型组一样，静谧又隐蔽，但他还是很明白。在那里，房子的某处，很快就会有人开始咳嗽。一声轻轻的、喉咙有点瘙痒的咳嗽，看上去是感冒初期症状，实则凶险无比。

他不应该放弃的。他应该继续寻找，但他办不到。

这已经不再是他的职责了，他如今只是照章办事。想要改变什么已经太晚了，他不得不抛开所有的内疚感。

人世间末日临头，这是没有办法的。他只是一步棋，要实施曾经制订的步骤。

他看到那幢房子在他脚下经过，身体内每分每寸都知道这是错误的。

他不知道等待自己的惩罚会是什么。

43.

警报声在当晚 8 点 10 分拉响，一阵脚步声在石廊里回响，还有此起彼伏的骂娘声。没有人能懂，为什么这事会在他们眼皮底下

---

① 麦克林是德国的一个老牌玩具制造商，以制造火车和铁轨模型出名。

发生。

他们知道他以前就尝试过。

他所有的个人物品——衣服、鞋子、洗漱用品——都被检查过，但现在看来，检查得仍然不够仔细。

一个曾经试图自杀的人很有可能会再次自杀，那堆东西里一定在哪儿藏着药片。

他们得知出事以后，马上觉得这太合情合理了。现在他们抬着威廉从楼梯上直冲而下，跑向山内几层深的医疗中心。威廉的一边是弗朗坎，另一边是罗德里格兹，后面跟着两个保安。

雅尼娜跟在几步开外，也跑着。

她的脸上充满了担心。

谢天谢地，那两个叫不出名的保安终于听到了声音。

她是在威廉房间的地板上发现他的。她叫他，但他没反应，最后她找到一个药盒，瞬间明白发生了什么事。当她要跑去通报的时候，门卡突然失效了。

门锁拒绝给出任何反应，锁上的小灯一直是红的。她大声求救。等保安听到她的声音来到这里时，威廉已经无法与人交流。

他们通报了罗德里格兹，后者又报告了弗朗坎。

护士们已经在医疗室作好抢救准备，就等着查明他服下去的是什么药，以及默默祈祷，祈祷他们能把他及时送过来。

他们把威廉从浴室里抬出来。他躺着，眼睛望向天花板，有意识却无法沟通交流。他的旁边是一个袋子，里面装着药盒，药片板上只留下几排空空的塑料泡和撕烂的锡箔纸，而那里面本来装的应该是药片。

二十粒药片，缓解焦虑，让人嗜睡。

保安们不知道他是不是把所有药片都吞下去了，他的脸色看上去很不对头。

保安把情况简短地告诉医护人员。他们把他放到诊台上，检查他的生命指征和血液浓度，接着就开始使用各种瓶瓶罐罐和不锈钢器械。雅尼娜只能别过头去，她知道接下来会发生什么。

当胃里的东西翻倒出来时，她闻到了味道。她满脑子都在想，他是有多么痛苦，但愿一切都值得。结束后，他们又检查了一遍他的血液浓度。一名护士走过来，把胳膊小心地搭在她身上。

"停止上升了。"她说。

"这是什么意思？"雅尼娜明知故问。

"希望大多数东西已经弄出来了，在流入血液之前。"

她看着雅尼娜，补充道："他会活过来的。"

雅尼娜点点头，感激地看着护士。

一切都按计划进行。

他们总算摆脱险情，成功逃脱。

不过他们还是弄不明白情况到底有多糟糕，也不知道自己其实差点就困在了里面。

两人用一种最歪歪扭扭的路线开出了柏林，也不是为了摆脱跟梢，纯粹是莱奥就把车开成了这样。最后，他们终于找到了开往高速公路的出口。

两人把车速调整到跟周围的车辆一样，以免引起注意。车往南开了几个小时，途中两人总是神经质地随时观察后视镜，一旦被什么深色的轿车超出了，两人总有一种不安的感觉。

后面没人追着是不可能的。不是因为他们撞破路障交通肇事，就是因为面前车窗上的黄信封，很有可能两者皆是。

肯定出了什么大事。他们也只能作出这点判断。

某件大事，应该跟他们没什么关系，但他们碰巧遇上了，说不定还正好救了他们。

电台里各个波段都是说话声，找不到播放音乐的电台。所有频道都在播新闻，播报的声音十分高亢，背景声则是来自现场的繁忙交通。他俩的德语都不行，通篇也就听懂几个单独的词。“柏林”、“中央火车站”，还有“封锁”。两人对视一眼，等着网络新闻能够跟上报道速度，告诉他们到底发生了什么，好终止胡思乱想。

两人给报社打过电话，但是大家都忙着，没空回答。两人又给威廉的手机拨过电话，但手机关闭了，就跟以前一样。

只剩一件事没做。

信封。

里面可能藏着某个答案，但那是解答什么的呢？

信封就躺在阿尔贝特面前的仪表板上，两人直到离开柏林市很远了，才敢动它。莱奥对阿尔贝特点点头，阿尔贝特把信封取下放在膝盖上，打开它，小心又缓慢。莱奥努力克制住好奇心，眼睛盯着前面的道路，却忍不住斜眼瞄到阿尔贝特取出了里面的信纸。

一摞纸，一厚摞纸。

阿尔贝特翻看着这堆纸，想弄明白里面到底是什么内容。

“是什么东西？”莱奥问。

“我不知道。”他说。

确实不知道。

都是数字，无穷无尽的数字，每页纸上都是。旁边是天书般的楔形文字，雅尼娜研究的那种。它们都是以像素呈现的，如果阿尔贝特数一数，就会发现每行 23 个，每列 73 个。这些之间，到处都是手写的计算和推导。

阿尔贝特完全看不懂。他不是数学家，只能看到一个个等式，有很多括号和计算符号。他大概认识这些符号，却看不懂这些推导。

有些计算的下面加了下划线，或用感叹号加以强调。还有一个个指示箭头，仿佛在解释海伦娜·瓦特金斯的思路。不过这也帮不了什么忙。

“密码，”他说，“密码、符号和计算。”

“告诉我们什么？”

“我看不懂。”

两人陷入沉默，阿尔贝特盯着车窗外。

“我们现在干吗?”莱奥问。

“我不知道。”阿尔贝特回答，听了一下，又说：“现在就希望有两个人比我们更能看明白这些数字。”

桑贝格在他身后的房间里躺着，沉沉睡去，状态良好。罗德里格兹穿过一道道走廊，老远就看到了她，但直到靠近后，才发现她有多么忧郁。

她听到了他的脚步声，抬起头来看他，就好像是手术后刚从麻醉中清醒的病人。

“我忘了,”她说,“刚才，我过不去。”

起初，他不明白她说的是什么意思。

门卡，事情就是从门卡开始的。不知为何，她的门卡居然罢工了。当然，这也不是什么怪事，他们自己的门卡也经常出问题。电脑毕竟是电脑，迟早都会出错。

“这是我自己的走廊,”她说,“你应该知道。”

他点点头。这里绝对是对她开放的区域，于是他拿出自己的门卡，走向门口。但他没有拉开门，反而停住，看着她。

他看着她疲惫的双眼，不由得内疚起来。是自己造成了她的疲惫。不是说现在——桑贝格想要了结自己可不是他的错——而是说她的到来，是他把她带到这里来的。尽管内心一再否认，但他仍然无法逃避这份内疚感。

“他会好起来的。”罗德里格兹说。

“我知道。”她说，听上去一点儿也不开心。

这就让他更不好受了。他想要宽慰她，她却不接受。*这并不是我不开心的原因*，她似乎在说。*这只意味着一件事：我不开心，因为我在这个地方。*

“我会帮你开门。”他说。

但他仍然默默站着，犹豫着，没有去开门。他咬着下嘴唇，想要说些什么。

“你对眼下这些怎么想?”她问。

他听得出她声音里的悲哀。过去的几个月里，她把自己的情感埋藏得很深，如今这个样子，或许是出于对桑贝格自杀企图的悲哀，或许是因为弥漫在所有人中的疲惫情绪，或许是意识到不可避免的命运终结已经临近。

这些他都听得出来，但不光光是这些。在所有的情感背后，他还听到了一个别的声音。她的嗓音不易察觉地微微变了一下调。他看着她，是的，他察觉到了。

雅尼娜笑了，或者正确地来说：她看着他的脸庞仍然一动未动，但是在这个表情的背后，在她木然地朝他微笑的背后，正是在阿姆斯特丹小酒馆里吸引住他的那副面容。正是这副面容让他的脚步踯躅起来，想放弃自己的职责。

这一刻就是这么纯粹，让他忍不住。

“事实就是这样，”他说，声音很诚恳，“随便你怎么想。我只能这么说，虽然这也帮不了任何忙。”

他知道这场对话在往奇怪的方向发展，但就让它奇怪吧。很有可能所有人横竖都是死，现在做点傻事又有什么关系?

“我曾希望自己能停手。”他说，避开她的眼神。“我们坐在一起那会儿，在阿姆斯特丹，春天那次。当我发现我的任务目标坐在那儿，竟然……”他斟酌着用词，“是个有点小脾气却十分有趣的人。”他耸了耸肩。“我多希望那次的任务会有不同，一次我可以自己选择的任务，不会让你置身于此。”

然后，停了停：

“多希望自己可以逗留一会儿，坐下来，喝杯酒，陶醉哪怕片刻。”

他不知道是不是继续说些什么，还是直接打开门放她进去，抑或是从最开始就该闭嘴，什么都不要说。

“你运气不错，”她说，“再聊十分钟，我就会带着你的钱包一起消失了。”

这他倒没想到。

又来了，又是同样的黠笑。别人看不出来，但就是它，毫无疑问，藏在她的眉宇之中，等着他接招出招，而且必须快，不然他就输了。

没有任何理由在此时此刻跟她斗智，但他不在乎。

相反，他如释重负，因为这表示她已经原谅他了。他看着她，摆出同样严肃的表情，接过她扔过来的“球”。

“你会对里面内容失望的，”他说，“公务员而已。”

“噢，是啊，”她摆出恍然大悟的夸张表情，“试用工？劳务派遣？还是他们仅仅因为可怜你才给你找了点事做？”

“他们才不可怜我，因为他们发现我比你要聪明得多。”

这点你可错了，她想，但没说出口。

相反，她让自己挤出一丝微笑，一丝感伤、友好的微笑。两个人现在命运交汇，马上就要同舟共济，这些斗嘴还有什么重要的？

她叹了口气，暖人却伤感。

“所有一切都搞砸了，”她说，“是不是？”

对得不能再对了。他对她点点头，露出同样暖人的微笑。

“不管怎么说，”他说，“我很抱歉。”

“那就继续抱歉吧。”

两人就这么站着，安静地看着对方。在另外一个世界里，这或许是接吻前的沉默，但在这个世界里却离接吻还远，两人也许永远不会经历这一幕。尽管都是孤单的灵魂，却还没有那么孤单。

两人默默无言，相对许久，但沉默最终还是被打破了。

是她打破的。

“如果要等到我来开门的话，那么我们可能还要再等会儿。”

她说道，耸耸肩。

他抱歉地笑笑，好像已经忘了这才是最初要解决的问题。他拿出自己的门卡，她把放在门上的手拿开，为他腾出位置，而他的手正好要放到门上。

两只手不可避免地撞上了，门卡从他的手指间掉了下去。两人都主动往后退了一步，剩下门卡孤零零地躺在地上。

雅尼娜看看他，然后弯下腰，捡起来，把门卡还给他。仅此而已，动作干净利落，又伴随着那微妙的浅笑。

“如果你是在邀请我，那么我现在把门卡还给你就是个愚蠢的行为。”

她是在暗示什么，还是在戏弄他？他没办法判断到底是其中哪种意思。

他接过门卡，思考着该怎样回答。必须也是个似是而非的回答，就跟她刚才对他说的一样。

“我保证下次会表达得更清楚，”他说，“我知道，你的反应有些迟钝。”

她挤出半丝不太情愿的微笑，承认这一次又是他赢了。

对话已经结束，她该走了。他拿着门卡抵着墙，就好像他刚才要做的动作从未中断过似的。门应声而开。

门卡工作正常，锁灯跳成了绿色，房门正常敞开，在这世界上没有丝毫理由可以怀疑刚才他是用自己的门卡打开了房门。就在不久的将来，他或许会恨自己为何没有多考虑一步，但现在没有。

他对她微笑，想着两人刚刚有过一番美好的对话。他很想竭尽所能地帮助她。

“我会让凯斯找你的，”他说，“他们肯定忘记激活你的门卡了。”

他指着她手里握着的门卡。

她点点头，咧嘴笑笑。

“我本该知道你不会亲自帮我的。”

“我想，我比你想象的能耐更大。”他说。

“如果你能知道我在想什么的话。”

说完，两人就分道扬镳了。

罗德里格兹留在原地，雅尼娜则退回隔壁的走廊。当两人之间的门合上时，他们的眼神仿佛还在对方身上流连。

几秒钟后，她迈着匆忙的脚步在走廊里前行。剩下没几个小时了，她能听到自己的心脏在胸腔里咚咚作响。

七个月前，他施展魅力，让她失去戒心，之后一切都完蛋了。她因此恨他，也恨自己让他欺骗了她。

今天，她赢了回来。

他的口袋里是弗朗坎的门卡。

跟她口袋里、从罗德里格兹那儿取来的门卡是同样的安保级别。

也就是说，如果情况乐观的话，他是不会及时发现异样的。

半个小时前，威廉·桑贝格嗓子里残留着灌肠药的酸楚味儿，被他们小心翼翼地放在床上。

他视线模糊，但纯粹是因为他想这样。

大脑实则高速运转着，记录着周围的情况，再三权衡，判断局势。他那部分的任务已经完成了。现在他回到了自己的房间，身旁还有其他三个男人——罗德里格兹以及另外两个他不知道名字的保安。雅尼娜背靠一面墙站着，看着他们测量他的脉搏，确保他情况良好。

雅尼娜默默看着他们。担心，但不绝望，表情尺度拿捏得正好，心里想着两人认识其实还不到一周，居然配合得天衣无缝。

两个保安给威廉盖上被子。罗德里格兹已经去他的卫生间彻底检查了一遍，看看有没有遗漏的药片。不过他们不会找到半颗药片的，最后肯定会心满意足地完成任务，留他一个人在屋里。

他只吃了两颗药片，剩下的十八颗在通往废渣处理厂的下水道里。两颗药片的药力大约和中等程度的疲劳感差不多，老实说，没有不舒适，对身体也丝毫没有伤害。

但是，它们能把这场戏做足。

那两颗药片成功进入血管，并体现在他的身体指标上。当医护人员把催吐剂从他嗓子里灌下去，再把他胃里的东西抽出来时，当指标不再上升时，所有人都以为是他们及时挽救了他。

医护人员、保安和弗朗坎，所有人都如释重负。他们给他测量了脉搏，采集了呕吐物样本，等着血液浓度降低。他们背过身去，小声讨论。

机会来了，他要抓住。

弗朗坎的外套就挂在那儿，这是个绝佳的机会。威廉从床上坐直身体，知道此刻关系着计划的成败。要是有人突然转过身来，要是有人看到他从床上坐了起来，神志清醒，还有一只手搁在弗朗坎外套口袋上的话，但凡有人看到，那么就功亏一篑，再也不可能有任何机会了。

还好没人转过来。

没有人看到他把自己的门卡放入了敞开的衣袋，也没人看见他拿了另外一张卡。

因为没有人会想到，一个神志不清的人居然会去偷门卡。

甚至连莫里斯·弗朗坎也没有想到。

威廉被安置在自己房间柔软的床上后，雅尼娜一直站在那儿，直到确定是时候离开了。

直到确定罗德里格兹马上也会离开房间，然后她会在走廊里等着他，完成自己的任务。

这并非是个万无一失的计划，效果居然出奇得好。

弗朗坎带在身上的是威廉的门卡。

弗朗坎的门卡已经被雅尼娜不动声色地拿走，就在她拉着威廉的手问他感觉怎么样时。

这一切都是她的主意。万一成功，就能为他们争取更多的时间。

现在只剩下罗德里格兹了，雅尼娜曾经说过她知道怎么对付他。

威廉闭上眼睛，心里想，他好像也不是很想知道雅尼娜的对策。

又过了十分钟，罗德里格兹确定桑贝格安静地睡着了，便从椅子上直起身来，最后摸了摸威廉的脉搏，然后离开了房间。

在走廊上，他会遇见雅尼娜。当然，威廉不是很肯定这点，但应该就在那儿，他的门卡会被换成弗朗坎的。

威廉·桑贝格躺在自己的房间里，知道这是他们最后的机会。

这个时机，他知道，必须发生在今晚。

44.

的确，他受过的培训她是没有的，但同样，她的优势他也没有。

或者说得更明确点儿：她体格健壮，他却身形羸弱。

两人无声地穿过一条条走廊，她在前，他在后。一开始，两人只有十步之遥，她在前面领路，但后来距离越来越大。每过一段时间，他都要拼了老命一阵狂奔，要不然她就会消失在某个拐角之后。

他每呼吸一次，就仿佛有一团火要顺着气管喷出来。好像有人拿着一根滚烫的磨刀棒在他喉咙里不断拉扯着，每抽动一次就有空气灌进来，他只能忍受。有十年没跑过步了，或许更久，现在他不得不为活命而狂奔。

没错，他为活下去而奔跑，为他自己，或许也为其他人。

脆弱的脚后跟踩在石头上，钻心地疼。为了不让人听到，两人都光着脚，于是跑步带来的振动一路传动到膝盖和大腿，这让他感到负担更重。呼吸不能停，尽管双肺仿佛在对他嘶吼，让他停下来。疼，只能忍着，因为要是有人在他们逃出去之前发现了，那么一切就都来不及了。

两人离开房间的时候，窗外漆黑一片，这样的天色还会持续好几个小时。幸运的话，他们就能逃到出口，到达那个两人从未见过但希望存在的地方。要是两人能幸运到达的话，接下来就能藏身黑暗之中，成功逃脱了。

至于接下来怎么办，现在还不是担心的时候。

两人继续狂奔。雅尼娜的脚步是有意识的，长长的头发飘在她的身后，威廉则尽量跟上。

经过了一扇扇门。

用罗德里格兹的门卡开了一扇又一扇。

目前来说，一切顺利。

两个人都默默祈祷，只要再坚持一会儿就好了。

往往是细节改变一切，这次的细节是一个写满了规章制度的文件夹。

文件夹属于莫里斯·弗朗坎。它躺在蓝色的会议厅里，现在深更半夜，通常没有人会在这个时候去读规章制度。

弗朗坎却很清醒。

他已经为睡觉提前预留了几个小时，但是生命已经进入新的节奏，他的脑子里各种想法周旋不断，无论怎么骗自己，脑子就是停不下来。最后，他决定顺其自然，干脆起来再读一读那个大卷宗。里面写着他已经在推行和遵守的各种程序规则，在接下来的数天内，他还要依靠它们。

就在此时，他才发现文件夹并不在自己的房间。

他甚至不需要回想，马上就反应过来自己把它落在了哪儿。他在温暖的被子底下又多想了几分钟。值得吗？要是不去想它，是否就能安然入睡？还是说这么做的话更好？

他已经知道答案了。

于是，他从床上坐起来，穿上裤子和衬衫。衣服在皮肤上冰冷僵硬地摩擦着，很不舒服，半夜起来穿衣服总是这样的感觉。他拿起自己的门卡，走了很长一段路，来到地下区域。

就在他接触到坚硬的铁门时，那本遗忘的文件夹改变了一切。

就在这个地方，弗朗坎的门卡失灵了。

他拿着门卡抵着门锁照了照，跟日复一日、年复一年的动作没啥两样，但绿色的指示灯就是拒绝亮起。门锁发出恼人的嗡嗡声，闪烁着红光，就好像在抗议：这是什么玩意儿？

他的情绪不太好。太累了，没工夫理这些琐事。诚然，他无法入睡，但这不意味着他就不累。深更半夜衣衫不整地站在一座潮湿的古堡里，进也不是退也不是，他可没有兴趣被锁在门外。

他在手机里翻找她的名字，知道会吵醒她。

但有什么办法，这是她的职责。

埃韦琳·凯斯被电话铃声吵醒，她一看到弗朗坎的名字在手机屏上闪烁，马上接了起来。

“门锁坏了。”他劈头说道。

“坏了？”她说。重复一遍不是因为她没有听清，而是因为她还没有彻底醒过来。她需要点时间。

弗朗坎把刚才的话重复了一遍，说自己突然没办法进入古堡中心。然后，他把门旁一块铁片上的数字逐个念了出来，这样凯斯就可以知道他身处的位置。

凯斯双目疲惫，但尽量集中注意力听着。她拿起旁边的便携遥控器，遥控器连着安保系统，可以远程启动。她知道，要是安保系统真的出了问题，自己坐在这里是解决不了的，必须下到控制室去。行行好吧，千万别这样，她默念，但愿是小问题，我还想再睡会儿。

她坐在床榻上。黑暗中，显示屏的蓝色冷光打在她脸上。

突然，她的身体僵住了，就好像她醒悟到，这是暴风雨之前的短暂安宁，下意识地想要暂时逃离。

“再清楚地念一遍你现在的位置。”

她说，尽管她已经知道答案。

于是，弗朗坎把小牌子上的号码又念了一遍，跟她刚刚输入的那串数字一模一样。

她意识到，今晚恐怕是不能再入眠了。

“你的门卡没坏，”她说话时，已经站了起来，穿上放在亚麻被子上的制服，“而是你不是你了。”

“什么意思？”弗朗坎问。

“现在不是你站在门旁边，是威廉·桑贝格。”

凯斯挂断弗朗坎的电话后没几秒，罗德里格兹就收到了凯斯的警报。他马上想到一件事。那就是，他的上级全是白痴。

怎么能给他们自由，给他们门卡更是愚蠢，以为他们会自愿卖命更是天真。

也许，他边跑边想，也许要是从一开始就让他们知道自己在干什么的话，或许还行，但一朝为奴，朝朝为奴。要是囚犯是后来才得到的自由，他们不逃才怪。

他在通往威廉·桑贝格房间的走廊里飞奔，尽管已经清楚知道，不可能在这里找到他。

要是威廉还和弗朗坎换了门卡——这显然已经做到了，他简直为自己的上级感到羞耻——那么威廉留下的可能性就微乎其微。相反，桑贝格早就逃之夭夭，海恩斯很可能也跟着他，现在能祈求的只有这两人还没逃出古堡。

威廉·桑贝格的房间空空如也，正如罗德里格兹预料的那样。

为了保险起见，他还是开了一遍浴室和衣柜的门，也是空的。他返回走廊，走向威廉的工作间，打开门。

瞬间，他呆住了，怔怔地看着眼前的墙。

他摸索着把耳机挂到耳朵上，手不由地颤抖起来。

“桑贝格逃跑了。”他说。

这是显而易见的。

对方没有预料到的是，接下来他要说的话。

罗德里格兹所在楼面的几层之下，弗朗坎和凯斯飞奔过迷宫般的走廊。罗德里格兹说的话弗朗坎听得一清二楚，尽管如此，他还是难以相信，让对方又重复了一遍。

还是那句话。

事情发生的节点坏得不能再坏了。保安数量锐减，一半人手已经撤出。直升机正在法国中部上空，带着康纳斯回来。现在能做的就是利用一切手头资源。

凯斯盯着他，她已经在自己的耳机里听到了罗德里格兹说的话，现在就是等待指令，尽管她很明白接下来该怎么做。

弗朗坎摁着耳旁的麦克风，声音有点喘，但再清晰不过了。

威廉·桑贝格和雅尼娜·夏洛塔·海恩斯绝对不能离开古堡。任何情况下，都不能。

罗德里格兹确认指令后，对话结束。

凯斯和弗朗坎继续向前跑，奔向控制中心。他们的心中反复响起罗德里格兹刚才的话，一遍又一遍。

“他俩把所有东西都带走了。”这是他的原话。

“所有的。”

罗德里格兹在耳机里听到弗朗坎的命令，关上通信设备，结束了对话。

他要叫醒保安队伍。虽然力量削减了，但还算支队伍。

人员集结之后，他们就要去抓那两名逃犯，这一次绝对不能失败。

他站在那儿，威廉·桑贝格工作间的正中央。

一面墙边是摆放着各种电脑的写字桌，其他的墙上则空空如也。

所有的密码串，所有的苏美尔语文字，所有墙上让威廉辗转反侧、不明就里的打印页。所有这些都不见了。

威廉和雅尼娜正在逃亡的路上。

他们带在身边的，是尘封了五十多年的绝密资料。

威廉和雅尼娜每跑一米，古堡就越显得庞大。

他们奔跑穿过一条条见所未见的走廊，比去会议厅、电脑间和病人隔离室还要远。他们打开一扇扇门，向下一层楼梯跑去，每次都是向大山更深处进发。两人每次都希望，这次出口近在咫尺。

每向古堡内从未到过的部分前进一步，组织的历史就仿佛通过自叙的方式向他们展现。告诉他们这里曾经有什么，大家曾在哪儿工作和研究，而这一切一定都消失于20世纪80年代第一次病毒失控并在大墙内泛滥之时。

他们看到了办公室、大厅和会议室，这些地方是按照成百上千人的规模设置的。破损的办公椅静静地立在空无一物的桌子旁，常年不关的荧光灯散发出毫无用处的冷色光，一个个鬼屋仿佛叙述着这里曾经的历史。

两人还穿过一个个储物间。威廉脚步虽未停留，但目光已至。看到的东西让他暗暗吃惊，尽管他应该早就明白。

这些房间里摆放着许多长方形的盒子。有的是木制的，有的是铁皮的。有的是灰色的，有的是橄榄绿，还有的表面被漆成了棕色和绿色。所有的箱子上都有几行字。有些是黄色的，有些是白色的；时而是俄文，时而又有英语，还有阿拉伯文和日文。数字则分别代表了数量、重量和体积。

武器。弹药。手雷。还有什么？无数的火药。这也是再自然不过的。

这本身就是个国际组织，他明白，组织的设立是为了拯救世界。

当然会有上千种情况出现，上千种有可能直面敌人的情况。他们向外太空传递信息，万一有人作出回应并且亲临地球，他们显然得有防御力量。要是军事基地连武器都没有的话，那还能有什么？

这就是个军事基地，有领导中心和研究站，各种功能结合，且规模庞大。

规模庞大，现在却空空荡荡。

他们无法忽视这种空荡传达的信息：这里曾经发生的一切，工作人员如何丧生于病毒感染，而这无疑也是对将来的一种警告。每次威廉想到病毒，都会做同一件事：把自己的T恤再扯扯紧。

T恤并没有穿在身上，而是被他叠成了一个兜，从胳膊下穿过，好像一个登山包，里面放着文件夹和打印页。跑步的时候，包就在身上不住抖动。

资料。密码、数据和所有东西。

那些曾经被他们悬挂在墙上，现在背在他的身后，以及以后可能会被某人破译的资料。

唯一能让他们寄予希望的资料，但愿可以到达正确的人手中，汇集更多的脑力，得出更好的答案，而不光是依靠他的、海伦娜·瓦特金斯的，还有雅尼娜的脑袋。但愿有人能在一切发生之前找到破解之道。

在那些圈圈点点变为现实之前。

他们穿过整座大山，只有在打开一扇扇门之前才稍作停留。奔跑、奔跑，不知前方是何方，却心怀希望。

希望奔跑的方向是正确的。

还有几米就到办公室了，埃韦琳·凯斯想了想下步该怎么做。

疲惫感此时早就烟消云散了，她在想待会儿要去屋内开启哪些设备，先打开哪台显示器，运行哪个菜单的哪项指令。

她得把弗朗坎门卡的密码找出来，那是个又长又烦的密码，但安保系统就是这么设定的。她得把它找出来输入系统，接着再锁住弗朗坎的门卡。

下一步是看他们最后通过了哪里，这样她就能知道他们的位置。剩下的就是派保安出去，任务结束。

这是她最初的想法。然后，她又想到了一点。而一想到这点，她就再也无法甩开这个念头。

究竟是不是这样，这个想法说道，也许她根本不该这么做。

锁住弗朗坎的门卡是理所应当的步骤，但有什么东西告诉她，这也太明显和想当然了，也许这就是他们想要的效果。

还有一种可能。可能性不大，却合理，弗朗坎没有想到这点。但同样，他也没想到桑贝格已经拿到了他的门卡。不管愿不愿意承认，桑贝格肯定是做到了。

有可能，她想，他们使用的门卡并不是弗朗坎的。

这个可能性不能排除。

如果他们能有办法换一次门卡，就可能有第二次。尽管他们多冒了一次风险，但这也意味着，一旦他们被发现逃跑，至少有两个战略优势。

首先是弗朗坎发现自己拿的是他们的门卡，而不是自己的。

如果他们按照她说的做了，如果他们立即封锁弗朗坎的门卡，那么所有人就会高枕无忧，以为他俩再也动弹不了，这是优势一。

接着，保安到达他们的位置，这是优势二。因为到时候，并不是两个逃犯站在那儿。

如果弗朗坎的门卡被换过两次，如果它到了第三个人的手里，那么荷枪实弹的保安们将会把枪口对着另外一个人，而他手里则拿着一张被锁住的门卡。

与此同时，门将继续为海恩斯和桑贝格敞开。等大家回过神来抓错了人，他们早就利用这些时间逃之夭夭，最差的情况就是逃出古堡。

或许不会这样，她想，但不是完全没有可能。

这么做的话，就太聪明了，但老实说，他们之所以会被选出来，正因为他们是聪明人。

现在，在她确定每个人身在何处，哪张门卡经过流转又到了谁的手里之前，她能做的唯一一件事就是一次性把所有的门卡都锁上。

这是一个理想的方案，不需要任何密码，简单粗暴。无论海恩斯和桑贝格带着谁的门卡，都不会得逞。

她这么想道，转过最后一个拐角。办公室的门就在前面，已经看到了。

她已经彻底清醒，知道该怎么做，以及一步步的顺序。

但愿她还来得及。

是一股味道让他们知道自己没跑错路，一旦意识到这点，脚步就更快了。很近了，马上就能成功。

他们闻到了味道。泥腥味、死水，还有其他什么东西混合着。这股气息微小到难以察觉，却表示前方不远处就是出口。

两人加快脚步，顺着陡峭的阶梯往下跑，感觉到温度在下降。一方面两人满怀希望，但另一方面也感到越来越紧张。

他们差点错过了出口。

那是墙壁上一条狭窄的通道。

光线很暗，没有丝毫异样，所有的表象都显示这是条死路。但既然他们已经往下跑了一路，为何又要停下？两人往前又跑了几步，突然感到冷气弱了下来，他们一下子明白了这意味着什么。

两人转过身，沿墙摸索电灯开关。

走廊长而直，还很冷。天花板上闪烁着荧光灯，地板破破烂烂，满是刮痕。几道黑色的平行划痕新旧交叠，通向远处。

推车。轮胎。曾有东西在这里滚过，来回地，年复一年，始终如一。

两人对看了一眼，其中一人说道："供给车！"另外一人点点头。这是供给品到达古堡的地方，送的可能是材料、电脑、食物、邮件和黄信封。这表明两人找对了路。如果这是进入古堡的路，就一定能带他俩出去。

走廊的尽头是一道铁门。

门锁跳绿，大门打开时，扑面而来的味道就好像是他们刚打开了一扇窗。

门打开后，另外一边是个山洞，可能是自然形成的，也可能是人工炸开的，很难判断。山洞很大，像座停车库，两人踩在类似卸货平台的地方。

一股机油、橡胶和尾气的味道。

没有汽车停着，现在没有，但是空气中飘散的气味告诉他们，平时这里是有车的，只是碰巧车不在而已。

也许汽车撤出了古堡，也许汽车正在前往某地的途中。不管怎样，两人已经来到通往自由的门前。

卸货平台下方的地面铺着沥青。地面上画的线标明哪儿该装货、哪儿该卸货和哪儿该停车。箭头引导人们开车和停车的方向。山洞尽头，高大拱顶结束的地方，竖着一道高高的、锈迹斑斑的滑动门。

通往自由之门。

粗厚的铁板被巨大的铰链连起来，生了锈的轨道一直延伸到顶上，向里弯去。大门就会在这里“吱吱”滑开，放他们出去。

雅尼娜在卸货平台上跑了起来，跑下铁扶梯，跑过沥青地。

最后一次，她取出了蓝色门卡。

弗朗坎意识到自己似乎已经停止呼吸好几分钟了。

他站在凯斯的身后，看着她的手指在灰绿色塑料键盘上飞舞，切换着屏幕和操作面板，循序渐进而又有条不紊地工作着，嘴上却是沉默的。

她需要时间。应该只要简单的几步措施，以正确的顺序摁对按钮就好了。两人都没说话，没有人对设备的性能和老化状况进行抱怨。两人都很清楚，如今情况紧急，不是讨论这个的时间。

墙上的监视器覆盖了古堡的每个角落，但是桑贝格没有出现，也没有海恩斯。显示器切换着探头画面，弗朗坎心里反复念叨着。

他们一定还在古堡里。

他们一定是在探头的空当里。

必须这样，但他害怕事与愿违。

凯斯往前靠向控制面板上弯曲的麦克风。

“我是凯斯，”她说，“从现在开始，所有人的门卡都将失效。”

接下来却无动作。

这表示她已经完成封锁。

弗朗坎看看她，她点头确认：是的，已经做完了，所有的门卡都锁住了，任何一扇门都打不开，除非她在这里重新解锁。

“每个人站在最近的一扇门边，向我报告位置，”她说，“汇报一名，我解锁一个。好了。”

好了。

她往后靠去。

他抬眼看向监视器，她也是。

敲击按钮的声音已经停下，现在什么声音都听不到了。两人谁都没吭声，只专注地盯着显示器上的画面。

走廊的。会议室的。办公室的。

传送道。装货码头。机库。

外面，在黑夜中几乎看不清的是：滑动门，掉转区，陡峭的山坡。

覆盖每个区域的监视画面都亮着淡蓝色的光，模糊又闪烁。

空无一物。一个人影都没有，没有任何动静。

两人目不转睛地盯着显示器，等待任何活动迹象出现，但是一无所获。

最后她说：“有两种可能性。”

弗朗坎点点头。他也知道，但还是让她说下去。

“要么就是他们还在里面什么地方，但是探头照不到。这种情况下，我们迟早能抓到他们。”

弗朗坎没有回答。这只是可能性之一，问题存在于另外一种可能性。

“还有一种可能就是，”她说，“他们已经逃出去了。这种情况下，我们所剩时间不多了。”

弗朗坎心意已决。

“我们还有多少人手？”

“六名，再加罗德里格兹。”

“好，”弗朗坎说，“传令下去，立刻把位置报上来。”

她点点头，通过无线电把指令传下去。

一名又一名保安陆续确认了自己的位置。他们在古堡某处掏出自己的门卡，凯斯在监视器上核定他们的位置，确认他们每人的身份。

一个接一个地，她解锁了他们的门卡。保安往下层区域跑去，那是通往出口的唯一方向。自始至终，弗朗坎都一动不动地站着，双眼紧锁屏幕。

时不时地，一名保安出现在探头画面中，正按照命令向下奔跑。

但是没有出现桑贝格，也没有海恩斯。

离克劳斯事件才两个星期，类似的事件不能再次发生。

他们绝对不能逃出去。

绝对不能。

45

威廉光着脚在冰冷的柏油路上奔跑，却怎么都忍不住笑了起来。

他逃出来了。

他们逃出来了。

雅尼娜在他前面跑着，步伐均匀地顺着柏油路面上的白线跑着，后背坚挺而笔直，就像一名专业中长跑运动员。她丝毫没有疲惫的样子，即便两人已经在古堡里奔跑了许久。

不过话说回来，他的疲惫感也几乎烟消云散了。

他离她只有二三十米，但他在全速奔跑，所有的痛楚和紧张都消失了。就算她再以这个速度跑几个小时，他也不会落后的。他感觉很好，让他跑一辈子都行。他们出去了，自由了，在他的内心，一切宛如奇迹，令人陶醉。

成功了。

雅尼娜的计划成功了。偷换门卡，拿走文件，听上去那么疯狂，根本不可能成功。但是生活就是这样子，从来都是出乎意料。

渐渐地，走廊里照明灯带来的夜盲和不适渐渐消失；渐渐地，他们的眼前展开一幅山色风景。两人跑在一条单行道上，路边画着短间隔线，没有一盏路灯。冰凉的薄雾在夜空下晶莹发光，身后是一路颠簸过来的山路，带着他俩向低地、向外面的世界跑去。

这就是自由。

远远地有些灯光，似乎是一条干道。

在那里应该能找到什么人，还有汽车。

他们应该有办法借到一辆车，或找人让他们搭个便车，逃离这儿。

剩下的就是拯救世界了。

他们要到一个城市，在那里把所有的文字和诗歌段落公布于众。他们要把那些资料复印下来，寄给全世界的大学、医院、政府和公司，让能帮得上忙的人都来帮忙。一定会成功的。

会有人破解密钥，全球范围内会有实验室研发出有效的病毒，因为如果人类被赋予拯救自己的机会，所有人都会竭尽全力。

只有这么一条路可以走，其他方法都是不可想象的。

雅尼娜和威廉要保证它的实施。

巨大陡峭的山壁已经被他们甩到了身后。两人从可能被人发现的柏油路上拐出来，身形融入荒野。地面坑洼且冰冷，让他们脚底生疼。

很快，他们的失踪就会被发现，警报响起，但那时他俩早就远离了这里。

应该会这样的，因为必须这样。

两人安然无恙地跑了一刻钟后，雅尼娜发现了那片灌木丛，在夜色中像黑色的剪影。

他们仍然光着脚，不敢停下半刻穿鞋，并非是觉得后面有人追赶，而是想尽量拉开距离。

希望这个担心是没有必要的。

也许那些人还什么都没发现，也许要到早上送早饭时才发现。他们会检查卧室、浴室、工作间，只有那时才会拉响警报。到那时，他们早就逃远了，再幸运点的话，或许他们永远都找不到他俩了。

只要到了明天，就都不是问题，问题是现在。

现在两人在荒草里奔跑着，平地上两个大活人，就算天色很黑，被人发现也不是什么难事。

雅尼娜斜眼向那丛灌木瞄去。也许那儿够茂密，能够掩护他们。也许他们可以消失在枝叶里。如果有人追赶，而他们还没有跑出这片平原，也许他们可以藏进去。

她听到身后威廉奔跑的声音。她自己的体力没问题，问题是他按照这样的速度还能跑多远。

她需要作出选择：要么钻入灌木，踩在破枝烂根上，冒着光脚受伤的危险；要么就继续往前跑，冒着两人都被暴露的危险。

她放慢脚步，想要开口问他该怎么办。

这时，她听到了。

脚步声。四面八方的脚步声。

威廉不是跑在她身后的唯一一个人。

她屏住呼吸，尽量小声地转过身子，在黑暗中打量究竟发生了什么。

她看到了威廉·桑贝格的脸，在夜色中被白光照亮。

情况不妙。

第一束灯光打上来时，威廉就意识到发生了什么。

他想都不想就作出了反应：他扭身侧跑，突然的变向让他几乎摔倒，但还好稳住了。他继续往前跑，快速地变换着角度，一切都是为了躲避那根灯束。

他们被发现了。

不止一束灯光，一个接一个的，现在他有四束灯光要躲避。不，是五束，这些光束就像是夜空里搜寻海面的灯塔光。另外，他什么都看不见了，而这让情况变得更糟。

灯束直接打在他的眼睛里，刚消失不久的夜盲又卷土重来。

他跑啊跑，拼命地跑，光脚踩在冰冷坚硬的地面上。地面高低不平，令他疼痛不堪。每踩一步，他都会被地上的一个坑或是裂缝吓到，而每次，不管他有没有预计到，脚上的疼痛都会席卷全身。他想到只有一件事：前面还有雅尼娜。

他向前看去，却什么都没看清。

前方某处似乎有片灌木。

不是特别远，在光束还没打上来之前，他能看到一个深色的轮廓。雅尼娜已经往那个方向转了，也许她的想法和他一样。运气好的话，他们就能在那里藏身，那或许是他们唯一的出路。

他眼角的余光瞥到四散的光束。他看得出来，灯光离他越来越近，只有十几米远了。这是唯一的机会。他突然提速，向前冲刺。要么现在，要么永远没机会了。同一时刻，他听到背后响起声音：

“在那儿！”

只需百分之一秒，就能明白他们指的是什么。

雅尼娜。

也有一束光打到了她的身上。

她已经进入了灌木丛，但是那里枝叶稀疏，简直无异于把自己藏在开阔的广场上。

这本是唯一让他们寄予希望的地方，现在却指望不上了。

越来越密集的光束打在她身上，跟随着她的每个步伐。

她终于承认败局已定，停下脚步。

等待。

威廉在黑暗中看到保安向她冲去，两个、三个、四个，把她摁在地上，说着他听不懂的法文，他却完全明白他们说的是什么。

他气喘吁吁地站着，灌木完全起不到任何掩护作用。

迟早，那些光束也会搜寻到他，一切都完了。

他最先看到的是自己呼出的气。

黑夜中，它是那么明显。笔直的，就在他的眼前，后面是黑色的夜空和灰色的云彩。

一瞬间，他没缓过神来，不知道这代表着什么，就好像眼睛虽然先看到了，却忘记参考大脑的意见。下一秒，意识恢复了，但为时已晚。

某束灯光已经遭遇了他的呼吸。

肺里制造出来的气体出卖了他。

他就站在那儿，光束从四面八方打过来，无处隐遁。接着，他就被按到了地上，后背被膝盖抵住，还听到了法文。

威廉·桑贝格失败了。

他们抓到他了，一切都结束了。

他在内心里是如此憎恨自己，以至于当他感到注射器扎入脖子，意识逐渐远离时，居然感觉如释重负。

46.

按照命令，所有人在拂晓集合。

这应该是感伤的，也应该赋予他们希望。

但是，两者他们都没感受到。

出夜勤的汽车已经开了回来，停在山前的掉转区。行李都已装箱完毕，每个物件都按照规定的位置摆放好，等待运走。

没人提问，因为没有任何问题。

每个人各司其职，检查该检查的东西，确保没有一样物品落下。身后的滑动门被关上，凯斯做出手势，封山。

所有人都向下一阶段进发。

所有人感受到的，都是害怕。

留在服务器机房里的是康纳斯，听着风扇和电脑运转，仿佛空洞的大山在呼吸。

只剩下他了。

他们严格执行预案，往返四次，为其他人的搬迁作好准备。如今只剩下一个任务，那是他的。他面前的多台电脑嘎嘎作响，就跟往常一样。它们无意识地运转着，不知道这是最后一次工作。

只剩最后清除所有的数据。它们被存在移动设备上，他要带着它们离开这里，包括所有的密码、破解密钥以及隐藏其中的苏美尔文。

诗歌。预言。一切留给后世。他们会值守到一切被终结。如果他们能存活，如果现在等待的事情能成功，这些信息也会留给下一辈的人。

这些信息不能丢。这是他写下的假设场景。这是他的任务。

这个，以及另外一个任务。

他曾祈祷回避这个任务，但是发生的事情已经发生。

责任。人们为什么需要责任，该死的。

直升飞机停在山上的停机坪，飞行员已经坐在里面等候。

在飞机去往最终目的地之前，他们在那座废弃的射击场还有一个任务要执行。

黑色车队抵达机场时，已经是白天了。停机坪外是组织的自用飞机。车队在柏油路面上蜿蜒前行，排成一列停在飞机旁。

罗德里格兹还坐在车里，看着他的同僚一个个走上笔直的舷梯进入机舱。他手里摆弄着蓝色的门卡，这张卡他永远不再需要了，带在身边是为了纪念。

假如有未来。假如他还有机会来记得这里曾经发生过的一切。

“对了……”

身边响起一个声音，是凯斯，她回来取她的私人物品。她弯腰探入车门，表情淡漠地看了他一眼。

“你知道这不是你的门卡吧?”

罗德里格兹看着她。

“这是弗朗坎的门卡，他们带跑的是你的门卡。剩下的我就不解释了，你自己想想怎么回事。”

她的微笑好像砂纸磨在光滑的皮肤上般让人刺痛，很刻薄，但她就喜欢这样。随后她转身离开，留下他一个人坐在车里。

罗德里格兹静坐着。

是她设计了他。在他身边轻声细语，用他使过的招数勾引他。他曾说过，他比她聪明，那会儿她听了这话一定心中窃笑。他能看到她在他眼前微笑，于是自己也忍不住笑了出来。

海恩斯。雅尼娜·夏洛塔·海恩斯。

棋逢对手。

当他知道等待着她的命运时，过了好一会儿才缓过来。

47.

路边的小旅馆丝毫不起眼，但那儿至少有人头在动，证明还正常营业着，这就够了。

两人筋疲力尽。

之前整整一个晚上是莱奥开车，直到天边破晓。他们经过一块又一块路牌，上面写着“莱比锡”、“库尔姆巴赫”和“纽伦堡”。现在又过了一天，两人可不能一直不吃不睡地这么下去。

尽管如此，他们仍然高速开过了小旅馆，还有展示着各类食品价格的商业旗杆、灯箱和广告牌。阿尔贝特狠踩油门，一路向南，经过了好几个出口之后才从主路上出来，进入了一个仿佛是什么村子的地方。

他们别无选择。

不管他们多么想停下来，钻进旅馆，倒在床上，他们也知道不能再留着这辆车了。

没被发现已算是走运，必须在命运仍然垂青他们之时做点什么。

车停在了一个小超市前。他们在泊车咪表上买了张票，把租赁车停在了一大堆车中间，看上去就跟其他等着主人到来的无辜车辆一样。两人没有进入小超市买东西，而是倒回去，顺着来的路往北走，开车只需要十分钟的路足足让两人走了一个小时。

他们入住了底楼的一间房。窗外是被扫在一起的积雪，正在融化。屋内的微型酒吧是台合不上的空冰箱，两张床上的床罩有种诡异的花纹。阿尔贝特和莱奥暗自祈祷这是床罩原本的设计图案，而不是这些年来房客们留下的污迹。

他们躺在各自的床上，双腿交叉，视线正对电视机。太累了，说不动话，吃不动饭，也没力气去感受。

两人毫无疑问是在逃命的路上，也许是在躲避警察，也许是在躲避其他人，既然不得而知，也就无关紧要了。

他们需要休息。醒过来后，再用莱奥的信用卡借辆新车。

新车会带他们一路向南，希望能找到威廉和雅尼娜。或许他们能够帮助他俩阻止即将到来的大灾难，尽管没人确切地知道那到底是什么。

莱奥这么想的时候，阿尔贝特坐起身来，伸出一条胳膊，举起手掌。

这个手势的意思是“别出声”，就好像莱奥刚才在说话似的。

他抬头看阿尔贝特，阿尔贝特的眼睛盯着电视，于是他也看过去，立刻明白了阿尔贝特为什么要这么做。

停。

不是对莱奥说的，是对全世界，对时间，对现实，对一切：等等，这是不可能的，这不对。

但世界没法“等等”。

这是真的。

莱奥从床上坐起身来，盯着电视上扑面而来的新闻报道。

这就是大家害怕的事。

这就是大家说的灾难。

两人意识到，一切已经开始了。

48.

在康纳斯的地图上，每个紫色圆点的后面就是一条生命。

某个坐在写字台后面的人。

某个刚在超市买完东西，陪孩子嬉戏完，喝了加了两块糖的牛奶咖啡的人。某个刚开完会，或在酒店做完爱，或为了克服恐飞症小喝了一杯的人。

瘙痒来临时，人们都正做着普通得不能再普通的事。

世界各个角落里，有人刚结束旅行，回到家里，有人正拖着行李往哪儿赶路。突然瘙痒来了，并愈发严重，让人歇斯底里。跨越一条条国界，代表生命的圆点越来越多。

所有的政府机关都注意到了。

指令下得明白无误。

别无选择。

恐慌不可避免。

不是在一个地方，而是全世界。

站台上狂奔的双脚敲打着地面，一个个行李箱跟着他们的主人冲出候车室，焦急的乘客手里挥舞着车票，急切地想要知道发生了什么。四处都是交头接耳的疑问声，人群聚集在火车站门卫、检票员、警察和军人的周围，都想得到答案，但是没人能给得出。

在飞机场、火车站、汽车站和港口的交通信息牌上，原本应该全是目的地和出发站的信息，但现在所有的时间表都消失了，取而代之的是同一个词：取消。全世界所有的旅程都关闭了，没有一部交通工具在运行，也没人明白为什么。

所有人都有事要做，都有自己的家人在等待。所有人都焦急匆忙，有各自的理由，没有人想在得到答案之前放弃。

消息在传播，恐慌也在传播。

一个个疑似病例在各国被发现。这是一种新型病症，不曾有人见过。每一次报道都增加一份恐惧和绝望，没有人想留下来，不管是在哪儿。

人们四处逃散，并不知道往哪儿逃，只觉得离开就好。

高速公路上是蜿蜒的车龙，所有车辆都在从一个地方去往另外一个地方的路上。为了离开，人们如此急迫，结果反而每个人都动不了。几千人同时陷在车流里，每个人都对接近他人怕得要死。错都是别人的，没看到我带着小孩么，让我先走，让我先走。

人们打了起来。车龙上方是盘旋的直升机，城里的主干道上全是警笛的声音。所有医院都让现有病人出院，腾出空间迎接风暴的到来。

一切发生在转瞬之间。全世界都一样，同一时刻发生着同一件事。每一个新病症的到来都使得恐慌愈发剧烈，理性愈发站不住脚。

比病毒传播得更快的是谣言。

在邻居的房子上点火，因为人们怀疑他们已被感染。

商店被洗劫一空，因为大家认为即将食物短缺。

电视上，新闻播报员劝大家冷静行事，而就是同一个人，刚才还声嘶力竭地宣布发生了可怕的事件。媒体恳请人们待在家里保持冷静，而这显然已经晚了。

太晚了。

弗朗坎转身离开屏幕，不想再看了。

他知道，看到的这幕不过是开始。事情只会变得更糟。在未来的几天、几周和几个月里，同样的事情会反复发生，规模更大，更让人绝望和哀伤。

他闭上眼睛。

其他的马上也会发生了。

还有很多，很多。

他转过身，打开铁门，迈过高高的门槛。当脚踩到地上时，自己都能听到声音。

他讨厌坐船。

不，这可不是什么小轮船，而是艘大蒸汽船。甚至这说法也不准确，它根本就是一艘大到让人感觉不到海面存在的船。别说了，他知道自己是怎么想的。他讨厌船，打内心里讨厌，可讽刺的是，这却是一艘能救他命的船。

他穿过狭窄的灰铁色走廊，两边是圆角舱门。他边走边拿起手机，伴着楼梯的回声走向下一层甲板。

手机里上一个刚拨打过的号码是康纳斯的。

通话记录里的这个号码被反复拨打。

弗朗坎打了一遍又一遍，没人接。

他应该已经完成了。

应该已经到那儿了。

弗朗坎又拨了一遍他的号码，越来越担心。

49.

威廉·桑贝格在直升机螺旋桨的转动声中醒来。

直升机就在附近，他只能辨别出来这个。声音在逐渐减轻，但是按一种他说不上来的方式。听上去要比他在户外时轻点，但要说他现在被高墙围起来了，听上去却又更响。他的第一反应是要坐起来，但失败了。

四周很黑，伸手不见五指。

就在他脑袋正上方几厘米的地方是块板，他想要坐起来，但是一坐起来脑袋就磕到了板上。疼，但可以忍受。他重新倒了下来。

他的胳膊被绑在背后，角度很弯，非常难受。不知道是用什么绑起来的，这个东西非常锐利，割得皮肤生疼。

“威廉？”

是雅尼娜，她就在附近。

“威廉，发生什么了？”

他能听到她的呼吸，忽快忽慢、忽缓忽疾，就好像她受伤了，要么就是刚哭过，或者两者都是。她每吸一口气，他都能感到她的身体抵着他。他意识到两人躺得很近，应该是在某个封闭的空间里。她的腿弯着，就在他的前面，她的背靠着他的胸膛。每一次两人的肢体碰上时，他都能感觉到她的颤抖。

不是因为伤口，而是抑制的恐慌。

“我动不了，”她说，“喘不上气。”

说得很清楚，但很快，声音充满了痛楚。

“你一直在呼吸，”他平静地说，“能看见东西吗？”

她没有回答。不知道，也不想知道。

“雅尼娜？雅尼娜，你的手在哪儿？你能摸到周围的东西吗？”

她侧耳倾听着，既想要冷静下来，又不想。内心的一部分认为恐惧似乎是她的一位好朋友，能帮她逃离这里，就好像要是她抓不住恐惧，就会被永远锁在这里。

她是个很能忍的人，什么都受得了。不恐高，肉体的疼痛也不是什么难事，唯独密闭的空间让她无法忍受。尽管她明明可以呼吸，却有窒息的感觉，就像有人拼命把她摁在水里。

“我被从身体后面绑起来了，”她说，“我觉得我在出血。”

“好，”他说，“我们能逃出去的。”

“能吗？”她说，听上去心理压力非常大。

他没说话。

她也没。

他的头敲在一块铁板上。有一股油腥味，还有人造地毯的味道。他们在哪儿已经很明显了。

头上是盘旋的直升机。

雅尼娜的声音再次响起。

“我们为什么在这儿？”她问，“威廉，他们要拿我们怎么样？”

威廉没有回答。

他没回答，因为他怕他知道的就是答案。

年轻的寸头飞行员压抑住激动的情绪，在满目疮痍的地面之上又盘旋了一圈。底下是钢筋铁骨，四下散落。干枯的灌木和焦黄的草皮无力地掩饰着地上的坑洞和车轮驶过的痕迹。

全是错的。感觉上没有一件事是对头的。

从今早爬起来他就感觉不妙，预感今天将是屎一般的一天。当然，现在只是早晨而已，正式的一天还没来到，但他的内心仿佛已经预感到它会是怎样的一天。一种明显的烦躁感像毯子似的覆盖在他做的每一件事上。此刻他坐在这里，一种不情愿感油然而生，无论怎么试图摆脱，都做不到。

它就在底下。

那辆黑色的奥迪。

只要摁下按钮，它就会被火光云雾覆盖。他不应该计较这些的，因为事情发生时，他早就飞远了，不用看它变成什么样子。

不。不是它，是*他们*。

就算他看不到，可还是*知道*。

所以，看不看到有什么要紧？

那个被他们关了半年多的姑娘，比他大不了多少，他从来没有机会跟她说话。还有那个几天前才到这里的老头，他年纪太大了，无法进入他们的计划。

他们就在下面。他看不到他们，却知道。他们被关在锁住的后备箱里，很有可能还是五花大绑的，没有丝毫逃脱的机会。他感到很不自在，这份不自在甚至变得具象起来，让他止不住地在座位上扭动。他必须要作出选择，尽管这从一开始就并非他的选择。他浑身被汗湿透了，但又能怎么办呢？

指令明确无误。

他就一个人，一个人执行。原本康纳斯该坐在他旁边的，不知为何没有出现。最后，弗朗坎不得不通过无线电咆哮着命令他拉升飞机，执行那个该死的指令。当然，实际上也并没有差别，就算康纳斯在，也会对他点点头，他仍会摁下按钮。可换句话说，若是康纳斯在，他就不是一个人执行这该死的指令。

他们还在下面，毫无逃脱的可能。

他坐在这儿，手放在按钮上，备感内疚。

他只想做一件事，就是赶紧离开这儿。

他继续在黑色轿车的上方盘旋，知道自己该做什么，却下不去手。

控制室位于几层甲板之上，埃韦琳·凯斯已经端坐在监控器前方，弗朗坎进来的时候，她快速瞄了他一眼。

“直升机行动了吗？”他问。

凯斯朝屋内站在远处的一名年轻男子看了一眼。年轻男子穿着一身军装，这制服弗朗坎没见过，多半是希腊或者意大利部队的。弗朗坎不知道是从哪儿征用来的这艘军舰，但这并不重要。

他看到男子摇摇头。凯斯又把摇头的动作传递给弗朗坎，尽管弗朗坎早就看到了。

“叫他动手。”他说。然后：“我该站哪儿？”

凯斯朝对讲机努努嘴。对讲机跟其他各式灯泡和开关一起，吊在漆成灰色的铁皮天花板下。弗朗坎把耳罩捂到耳朵上，杂音消除了。

除了通话的声音。那头应该传来回答声，却没有传来。

大吼。再吼。只有电波声。

“最后一次听到他回复是什么时候？”他问道。穿着无名军装的男人坐在那头的椅子上大声回答他，他的声音听上去好像撕裂的二重唱，弗朗坎的脑子里嗡嗡作响。过了一会儿，他才反应过来，原来年轻军人回答的声音也是通过话筒传过来的。

“你下达命令后就没有了。”那个声音说。

弗朗坎闭上眼睛。情况非常不妙，那件事花了这么多时间是不合理的。

“再次呼叫。”他说。

他合上双眼，听着电波声，等待答复。

不要再来一次，他想。这样的事情在阿姆斯特丹已经发生过一次，飞行员临阵退缩，尽管他很清楚自己的任务是什么。这次是他自己的直升机飞行员，正飞在曾经炸毁过装着斯特凡·克劳斯的救护车的射击场上方。

还有康纳斯。他应该坐在飞行员的旁边，他应该在旁边监督执行，居然没有现身。

这一切花了太长时间。

必须要执行了，必须马上执行。

不是因为他跟他们有仇，也不是针对个人，但时间紧迫，由不得多愁善感。这无非是一系列合理决定中的其中一个而已。

威廉·桑贝格和雅尼娜·夏洛塔·海恩斯让整个任务面临风险。如今他们已无价值，只是压舱物。

尽管他对船舶所知甚少，也知道压舱物是人们首先要抛弃的东西。

他让那个无名军人打开自己的麦克风，深吸一口气，开始讲话。

威廉决定要做些什么，尽管他并没有想好该做什么。这么做部分是为了雅尼娜，让她有点事想想，强迫她转移注意力，而不是满心惶恐。同样也是为了，或许幸运的话，两人还能在为时太晚之前逃出去。

“试试看能不能翻个身，”他说过，“背朝上。”

这不是个容易的动作，但是两人互相撑住对方，直到她确保自己按照威廉要求的姿势躺好。同时，他告诉她，接下来要做的事情并不会减轻她的恐惧，所以动作要快。

“能向上伸直吗？”他问。

“你在开玩笑吗？”

“试试看，顶住天花板，看看边在哪儿。”

她照做。

她伸直了身体，虽然手腕很疼，肩膀也僵硬着动不了。她强忍住疼痛，手指摸到了上面。是铁皮，边缘锋利，头上是交错的横梁。尽管她只能用指尖摸个依稀，但也基本确认了她的猜想。

“是后备箱盖子。”她说。

“我知道，”威廉说，“摸下边在哪儿。”

她已经明白过来他的意思了。得摸到车锁，然后两人祈求她可以从里面把车锁撬开，虽然会非常疼，但她不成功不罢休。

她的手指在车盖上摸索，手臂一次次地弯折出身体拒绝摆出的角度。每个关节似乎都在尖叫，但是她拒绝去听。

终于，摸到车锁了。

没有疑问。

两块塑料片之间有一条缝隙，里面好像是个铁块。有可能是圆形的锁闩或者是包在外面的铁皮，也有可能纯粹是她自己脑子里对于各种后备箱车锁的回忆，来迎合她手指的触感。

不管是什么，对她都没有任何帮助。

她只能用一根手指最尖的部位摸到一点儿，再多就不行了。

“我做不到！”她说。

“再试试！”他说。

她摇摇头，体内充满了因为疼痛和恐惧而分泌出来的肾上腺素。恐惧已经消失，取而代之的是压力。她冲他吼，不是因为气愤，而是因为此事完全没有讨论的必要。

“开口很小，我够不到。我们得想别的办法。”

他什么都没说，因为没有其他办法。

“我不是柔术演员！”

他知道她是什么意思。

他听到她身体弯曲时嘴里发出的呻吟声，尽管看不到她的姿势，却能够想象那有多疼。

“好，”他说，“放松身体吧。”

“然后呢？”她问。

她沉默地保持着那个扭曲的姿势，不想松懈。一旦身体放松，就不知道有没有可能再弯成这个角度。

“我不知道。”威廉说。

直升机在上面盘旋。

等着他们的是什么？它为什么不让他们一了百了？

他没说出来。

只是，又说了一次：

“我不知道，雅尼娜。”

最后，她松开了抓在车盖上的手指尖。

失去了摩擦力，身体立刻摔落在地毯上。手臂扭在背后，关节想要展开。她疼得喊了起来。

一定还有别的办法。

她努力回忆以前见过的各式后备箱，试图记起里面的细节、构造和角度，但是无论怎么想都想不到逃出去的法子。

直到她意识到，“出去”并不是他们要努力的方向。

弗朗坎当然不能肯定飞行员听到了他的指令。

但是感觉上是有用的，他说服自己，话已经传到了对方耳中，会有用的。他站着不动，远眺海面，耳麦搭在脑袋上，麦克风好像视野底下的一块小阴影。他让那些话逐字说出来。

这和指令有多么义正词严没关系，他知道，只和听上去是否真诚有关。

他的话和道义、忠诚、是否能够拯救世界无关，只和理解有关。

理解直升机里那名年轻的飞行员。

理解他的恐惧，理解他的违抗，理解他的不解。

对着空气，他说出了大家心知肚明的那些话。

说没人愿意相信，这些事情花了那么长时间。

说自己也不愿意这么做。

说自己在每个夜晚都睡不着，尽管他从未告诉别人，却是千真万确的。

说自己一直都知道最终可能是什么样的结局，三十年来一直都知道，但事到临头，他仍然犹豫。

还有，他的孤独和无助。

在他犹疑的时候，没有人帮他，因为只有他能扮演那个吼叫、坚定、发布命令的人。大难临头，他也不能退缩。

没有一个夜晚他是睡着的。

在制造病毒的过程中，他杀过人。都是成为小白鼠的无辜试验品，他看着他们一个个死去，即便合上眼，那些画面也抹不去。

他杀平民。是他下命令炸毁阿姆斯特丹的一家医院，尽管这都是事先预料到的，但仍然让他下半生不好过。

而现在，现在奥迪车就停在射击场里，他明白这很难，但他请求帮助。

不，不是请求，是乞求。

他乞求直升机飞行员做他该做的事。不是因为这么做是正义的——谁知道什么才是正义呢——而是因为现在他们执行的才是最佳方案。尽管退缩是最容易的，但要生存，就不能有人退缩。

他说着这些，眼睛望着大海。

他能感到房间里的同事都在看他，但他没有回看他们。他的内心全暴露在了外面，但他们并不知道这是他的真心话，还是为了说服飞行员而进行的一场讲演，他也不打算让他们知道实情。

当他把耳麦放下的时候，只希望这番话对于飞行员和屋内的人一样，起到了同样的效果。

她比他瘦。瘦小、纤弱、灵活。这意味着，任务要落在她身上。会很疼很疼，但她别无选择。

雅尼娜接过了指挥棒。她先命令威廉尽量躺平在地上，说两人需要换个位置，他得帮她一把。

他不是很明白她的意图，但还是顺着身体的一侧慢慢地、慢慢地翻转。雅尼娜的身体重重地压在他上面，他呼吸困难，身体因为擦到钢皮铁块而感到疼痛，不过倒也在双手被绑的情况下找到了一个支撑点。

终于，她在他身体另一侧重重地摔落下来。

他听到她在翻动，脑袋的一侧甚至能感到她呼出的气体，感觉到她正试图将自己的背冲着车座。

“你想怎么做?”他问。

“后车座。”她说。

她一开口，他就明白了是什么意思。

他们是不可能打开后车盖的，但如果幸运的话，倒是可以从另外一头出去。或许后车座那边有条缝，也可能根本没有，但是不尝试又怎么知道呢。

她再次让双臂在背后弯折起来，强忍疼痛，顺着后座椅背摸上去，一直摸到了座椅上方。那儿应该有个把手，这个把手可以松开椅背，让它往前倒。如果能找到一条缝把手伸进去的话，或许，或许，或许椅背可以倒下。

她的眼珠来回转着，却什么都看不到。她的手指够来够去，脑中想着轿车的内部构造，以便让手摸到正确的位置。

找到了！椅身上有条缝。她强行弯折身体，把手伸了进去，指甲盖顶着内饰面，好让手指一毫米一毫米地往前伸，就快够到她想象中的开关位置了。

她大喊出来。

喊出了疼痛，喊出了全身的力量，喊到肾上腺素激升，喊到身体硬是又往前进了一点儿，直到变成开心的喊声。“摸到了！”她喊道。手指碰到一个硬硬的东西，应该就是她要找的。

是个把手。

“能推动吗？”威廉问道。

她没回答。

浑身憋足了劲，手指继续摸索着。就是它，一个塑料的弧形玩意儿，在一个洞里。她需要拉到这个把手，但这不太可能。现在，她全身已经扭曲成一个难以实现的角度，怎么能够再让手使上劲？但她知道这是他们唯一的机会。她努力让自己的手指在把手周围摩挲着。努力，因为必须要努力。

很近了。快了。再近一点。

她已经能握到一点儿，但握力不够，纯粹是皮肤和塑料之间的摩擦，再多一点力气都没有。她试着把把手往自己这边拉，也许动了一毫米，也许纯粹是她的幻想。突然，手指从把手上面滑落，连仅有的握力都没有了。

不行。

手臂火烧火燎地疼，她没办法再来一次。

她的脑海里各种想法闪现。

想到了阿尔贝特，想到了外面的世界，想到了两个人都会死，还想到了两人还是可以做些什么的。万一确实还有什么可以做的呢？

“推我！”她说。

他犹豫了。

“把我往椅子这边推，用全力推！”

他明白她的意思，也知道这会让她很疼，但猜想她心里是有数的。于是，他闭上嘴，按她说的做。

他把身体撑在后备箱里。雅尼娜屏住呼吸，鼓足气，所有的肌肉力量全凝聚起来。威廉把力气集中在大腿上，向车座推去，向卡在他与座位中间的雅尼娜狠命地推。后车座仍然拒绝卧倒，她几乎无法呼吸。虽然疼痛难忍，但她仍然大声地让威廉继续用力。

他加大力度，把她挤到车椅上。她的手臂已经在背后扭曲得不成形了，她没法去想到底是哪个先弯折，椅背还是她的骨骼，只能尽力扭动着去够把手，用尽皮肤和塑料间的摩擦力去拉它，只要再多一毫米就好。也许威廉的力道能帮到她，也许能滑开那个开关，让椅背倒下。也许，也许，也许他们是能够成功的。

“再来一点儿！”她喊道。

不行的话，两人都会死在后备箱里。到了那个时候，她的胳膊会不会折断根本不重要了。

所以，最后，终于。

终于，滑开了。

椅背倒下，漏出一个空间，两人大口呼吸着，就好像刚从深渊里惊魂未定地冒出水面来。就在此时——

就在此时，车厢的前面完全打开了。

就在此时，两人被外面的亮光闪到了眼睛。

就在此时，两人看到了车窗外的直升机。明晃晃的天光下，地面上一个黑黑的影子。但是，这就足够了。

就在此时，他们明白了。

此时过后，“轰”的一声。

是汽油让速度变得这么快。

是它让火舌在一瞬间吞没所有，先是在高温里汽化，然后又同空气里的氧气完美结合。接着，所有的东西化身为一串红黄色的烟雾，随后又燃烧成黑色。是它奏响了似乎永不会结束的火焰舞曲。

铁皮在高温下扭曲变形。玻璃崩碎，化为尘雾，又落在地上，融化成一团团的，在之后的千百年闪闪发光，取悦路人。

生命瞬间消失，再也不会复生。

才长出来的新草上又出现一个个张开大嘴的火药坑，散发着热气，奔腾着火苗。一团新的钢筋骨架像纪念碑似的站立在其他废铁中间：有废弃的坦克车；有曾经在训练中使用，但现在只是被人遗忘在废铜烂铁里的射击靶；有火箭炮和手榴弹使用后的残骸；还有一辆像救护车却不是救护车的车子，为了阻止现在发生的一切，它在几个星期前刚被炸毁。

火药坑迟早会冷却，生命还会长出来，所有一切都会进入一个新的轮回，加入亘古不变的生命圆舞曲。

对阿尔卑斯山脚下这片废弃射击场上的生命来说，一切照旧。

对威廉·桑贝格和雅尼娜·夏洛塔·海恩斯来说，却是生与死的距离。

第四部　大火

我不知道你是谁。

事实上，我甚至不知道你是否存在。

我所知道的就是我还抱有希望，知道这就是让我活下去的原因。

也正是因为这个，我才开始写作。

这么久以来，既然有人一直在喊，那么必定有人一直在听。或许找个地方扔下船锚，就能创造出一个未来。扔下一个钩子，把自己固定在那儿，就跟在山头竖起旗子一样，告诉别人这是我的，我的地盘，没人可以拿走它。

就好像在日历表上写下开会的日子，就能确保那天的到来。就好像这么做就万无一失了，即便以后世界会终结，也不会发生在这天之前。

午夜，周四，11 月 27 日

晚上我们就要逃了。

这是阻止未来的最后一次努力。

不管你是谁，我都要假设你是存在的。

假设你能读到这些。

假设一切进行顺利。

50.

他们醒了过来，感觉空落落的。

各种想法翻来倒去，一如既往。

首先是害怕周围发生的事情。然后反应过来，这只是残留的梦境，肯定是这样的，因为一直就是这样。接下来又试图回忆是什么梦，发生在哪里，谁在梦里，为什么记忆犹新，挥之不去。

但这不是梦。

找寻完成了一个回路。

睡着的时候，眼前是各种骚乱的画面，还有各类专家教人如何逃命的指导。地图上是病毒分布图，疫情已经失控了。

醒来的时候，电视上仍然滚动着同样的画面，就跟睡前的一样。但此时的他们更绝望，更害怕。

阿尔贝特和莱奥默默地躺在各自的床上，看着画面，也不放大音量。

空洞感消失了。

取而代之的是一切为时已晚的无力感。

全世界都封锁了。

学校、图书馆、超市都关闭了，就跟地铁、候车厅和其他所有能交换呼吸、传播病菌的地方一样。

军队命令所有人都待在屋子里。医院也封锁了，只收治被感染的病人。医生们穿着防护服试图给予医疗帮助，但其实根本不知道该怎么做。病程发展十分迅速，让人倍感恐惧。实验室里，科学家们在各种试剂、仪器之间来回奔跑，对自己看到的结果一无所知。

每个城市的溜冰场都处于政府监控之下。就在几天前，十来岁的孩童们还在这里，随音乐在脚尖上翩翩起舞。他们的家长为之欢呼，喝着热巧克力等着接孩子们回家。现在这里已经变成一大片冰场，冰面上是排成行的黑色尸袋，有些尸袋里装的就是前两天还在跳着冰上芭蕾和喝着热巧的人。

冰场不够用了，就点燃了大火。

为了阻止病毒传播，一具具尸体被投入大火。一团黑烟升起，一个病毒源消失，然而在地球的另一头，又有新的病毒前仆后继。

所有的事情都向着一个方向发展。

唯一能做的就是延缓进程，以及希冀疫苗出现。

有的人时间不多了。

没有什么理由相信莱奥的身份会进入黑名单，或者他的信用卡被冻结，但在办理退房手续的时候，他还是紧张得颤抖不已。

他们借的那辆车原本用的是克里斯蒂娜的信用卡，就算警察追查起来，也和莱奥联系不上。他们倒是有可能还在追捕阿尔贝特，但所有能辨认出阿尔贝特身份的物件都已经被他们销毁了。

莱奥只是个办理退房手续的普通青年，一个紧张得发抖的年轻人，但发抖又不违法。

“又要逃了？”前台的男人问他。

莱奥抬头看看，眼神里充满了恐慌。

他知道什么吗？信用卡被冻了？

“我们商量过，”他接着说，“我和我太太，但是能往哪儿逃呢？”

自问自答。莱奥明白了。在所有的人脑子里，有一个声音喊得比什么都响亮：病毒。

当然，这才是最糟的事，比起这个，在柏林闯了红灯而被警察追捕根本算不上什么。他倍感轻松。病毒啊，原来他说的是。

只是病毒而已。

他冲前台笑笑，嘴里咕囔了两句，自己也不知道在说什么。前台没听清，也不好意思请他重复，随后两人就在友好的气氛中道别了。

这是只有在大难之下才可能出现的友好气氛。

全世界所有警察局局长的电话都响个不停，内容千篇一律。

零号场景里的假设已经变成事实。

消息传达到最高机构。汽车蓄势待发，家人被喊起来，坐上汽车，悄悄穿过首都，驶向飞机场。在那里，飞机已准备起飞。

时间是关键。

离第一个信封抵达也就两天不到。信封里是个简短的密码，用于获得一个静卧了几十年的命令。之后，车轮开始滚动。

国家首脑们已经选出了一个个由不同家庭和工作人员组成的团体，那些进入名单的人是赢家，没选入的是输家，不过谁都不知道这些。重要的文件被秘密整理起来，这些都是远程控制国家的必备文件。它们和玩具、照片，还有其他一些重要物品被打成行李，放在汽车的后备箱和卡车里。汽车全速前进，没有一个人开口说话。

远处能看见大火冒出的黑烟。

在世界各地，他们告别家园、朋友、同胞，还有那无法阻止的瘟疫。

现在，生命全系在一条船上。

孤零零地，同剩余的世界隔离开来。

所有人都感到恐惧、害怕和哀伤。

在人间炼狱里存活，需要付出点代价。

莱奥接到报社电话时，阿尔贝特已经坐在了租来的车里。

两人一醒过来，莱奥就开始找报社的人，但没人接他的电话。于是他留了言，但还是没人拨回来。这已经是至少两个小时前的事了，而他也完全理解为什么会这样。

他在想，现在的报社是怎样一个情景。

他怀疑报社里的记者们比任何时候都更加生龙活虎。他甚至能在内心深处听到各种电话铃声响起，好几个编辑部同时在开编前会，还有各种通讯正传进来，等着被整理排版成新闻，这些都得同新闻同行比速度。他们做着世界上最重要的工作，至少在他们自己眼里看起来是这样的。这能让恐惧消失，感到自己百毒不侵，似乎不是世界的一部分。他们纯粹是做报道的人，只是站在一边冷眼旁观，永远也不可能死。克里斯蒂娜就是这样，直到突然有一天死神降临。

他知道，没有人会注意到他。全世界正在分崩离析，与此相比，一个困在欧洲某处的实习生就显得微不足道。

所以当铃声响起时，他三言并成两语地把自己的意思表达了出来。

手机夹在耳朵和肩膀之间，一个手的手指搁在信用卡读卡器上，支付租车费用。另一只手提着一个小袋子，里面装着早饭。早饭与其说是为了让他们吃饱，还不如说是让他们保持血糖含量的。人们有时没有选择。

电话那头的编辑刚介绍完自己，他就开始问了。

“盖印机，”他说，“你们查到了吗？”

他听到一声“没有”。

电话那头还在絮絮叨叨，但莱奥听都没听就打断了他。他没有时间去了解到底是为什么或者接受什么道歉，而且他也相当肯定，电话那头的人跟他想得其实差不多。

“我发过去一张图，”他说，“肯定有人收到了。问一下克里斯蒂娜的编辑部。我们找到一个信封，又一个信封，别管了，这不重要。我认为，现在发生的一切都跟威廉有关。我们被人盯上了。我想是因为那个信封，有人在外面追我们——”

电话那头响起声音，这个声音在打断他时略显烦躁。

“莱奥？安静。”

他闭上嘴，想了一下自己刚才说过的话，意识到自己完全是前言不搭后语。对于一名记者来说，这可不是什么好的素质。

“能让我说十秒钟话吗？”那头的声音说道。

“对不起，我——请说吧。”

电话那头开始说话。

同一时刻，莱奥忘记了自己要问的盖印机。

莱奥拉开副驾驶座的车门，跳到阿尔贝特身边，把纸袋扔到后座上，再拉上安全带，一套动作下来一共才几秒钟时间。

“开。”他说。

阿尔贝特坐在方向盘后，立即发动。

才睡了几个小时，还是有点疲惫，所以他允许自己放松了警惕，但现在他突然意识到自己是个傻瓜。不能排除还有人在追他们，莱奥的信用卡甚至可能在某处拉响了警报。不管是哪种情况，他都立即发动汽车，倒出停车场，准备得到最坏的消息。

“发生什么了？”

“没事，”莱奥说，“反正已经发生了。我们往南开。”

阿尔贝特看看他。怎么了？

莱奥笔直地坐在座位上，若有所思地喘着气，不知哪儿来的一股力量，就好像他想摆脱都不行。莱奥在脑子里把话构思了一遍，理清顺序，才说了出来。

“那通电话，”他说，“威廉打来的。克里斯蒂娜和我那会儿在楼顶上，他打来电话，还中断了直播。”

“怎么了？”阿尔贝特问。

“他们追踪到了电话，”他说，“我知道他们在哪儿。”

年轻的飞行员坐在飞机驾驶座上，眼睛往下面的黑色奥迪看去。

他在上面盘旋了一圈又一圈，同自己作思想斗争。一方面，他有完成任务的义务，另一方面，他却躁动不安。他的心不住颤抖，隐隐作痛，似乎一直在提醒他不要忘记什么是错，什么是对。

他想起了阿姆斯特丹的那名飞行员。

他曾违抗命令，飞过轰炸目标，但又掉过头来，完成任务。

与此同时，他听到了弗朗坎的声音。

就好像他读得懂飞行员的想法，就好像他钻到了他的脑袋里。这跟阿姆斯特丹那时的情况是一样的，他思忖着，没那么严重，但性质是一样的。

他的耳朵里满是弗朗坎的声音。

解释他自己的感受，解释别人的感受，还有对大家来说，这一切有多么艰难。

飞行员犹豫了，想要反抗，想要告诉弗朗坎一定还有更好的对策，但是他知道他办不到，知道一旦开始对话，他就一定会输。

弗朗坎会说这是他的任务，会说现在退出已经太晚，会说他以前就做过类似的事，再做一遍是他的义务。

他知道，这不是真的。

炸掉救护车是不一样的，因为当时躺在车里的男人早已断了气，但如今奥迪车里却关着两个大活人。他们甚至都没有受到病毒感染，只是有点碍事罢了。这种感觉让他不自在，打从骨头里感到不自在。这种感觉前所未有，但他肯定不会搞错的，绝不能忽视。

他努力不去听，于是他又盘旋了最后一圈，接着调整方向，离开射击场。去往何处他不知道，只要离开这里就好。

弗朗坎的话击垮年轻飞行员的心理防线时，飞机已经开出几公里远了。

他要做的事虽然是错误的，但是他现在所做的更糟糕。无线电里是弗朗坎的声音，他全听到了。虽然不吭声，但在内心深处，他知道弗朗坎说得对。

他没有选择。

他无法抵抗。

最后，他做了他唯一能做的事：调转机头。

他看着射击场重新进入视野。射击场，还有黑色奥迪。他狠狠捏了一下自己，想要忘却那些痛苦，忘记衬衫下的汗流浃背。烦躁感愈发强烈，他不得不摸了一下自己的额头，想要整理一下思路。他在座椅上蹭了一下后背，皮肤摩挲着衬衫。狠命蹭一下，哪儿都得蹭。这种不安让人烦躁，有点疼，不，是痒，好像永远不会结束，让人疯狂——

一看到血，他就什么都明白了。

整个早上他都感到不舒服。

他曾以为那是内疚感，现在看来显然不是。

一旦开始感到痒，手就停不下来了。身体仿佛在嘶吼，在撕扯，在四分五裂，他需要双手一起来阻止。周围是机舱里咆哮的空气声，仪表盘上灯光四起。一切变得越来越快，越来越快，就像是跑马灯里的幻灯片似的在他周围围成了一个圈。终于，撑不住了。

直升机失控太久，一头跌到了地上，变成一片汽油和碎玻璃的火焰汪洋。

一百米外就是那辆黑色的奥迪车。

等待着一场不可避免的命运，它却从未到来。

对威廉和雅尼娜来说，这就是生与死的距离。

51.

这个地方美得可以成为某本旅游宣传手册的一纸插页，要是还有什么人会替这片荒地作宣传的话。

人都撤走了，就像世界上其他地方的人一样。他们收拾行李，把自己锁在汽车里，想着：不行，这个地方似乎不安全，得去别的地方，反正不能是这儿。

村落的名字是德文的“山”，老实说，这里除了山基本也没别的什么了。零零星星的几幢木镶板房散落在蜿蜒村道的两旁，年久失修的柏油路面上留下无数坑坑洼洼。

远处是高耸入云的阿尔卑斯山。

就在那边的某座山脚下，在某个拐角和小溪的后面，藏着一座古堡和阿尔卑斯湖，那是他们竭尽全力逃离的地方。

从射击场过来，花了他们一个小时的时间。

直升机就在他们一百米前的位置坠毁，没人知道为什么。

两人从黑色奥迪车里钻出来，跟奥迪车一起被置于身后的还有炸药以及直升机残骸上升起的缕缕黑烟。他们互相帮忙，解开对方手腕上扎着的电缆线，步行穿过山野，默然不语。

他们需要食物。食物、热量，还有睡眠。

两人希望村落里有人能接纳他们，至少有人还没走，可以给他们提供帮助，但还没踏进村子，两人就明白这是奢望。

汽车都不见了，篱笆门是合上的，窗户藏在木板之后。除了最重要的东西被带走，其他所有物件都被留下，虽然充满了记忆，实则没有人气。

公路变成了村落里的步行街，他们缓慢地走在上面，穿行在房子之间。

房子上的招牌交代了这里曾经作何用途，有便利店、理发店，还有死气沉沉的曾经卖帽、鞋和其他户外装备的商店。他们一扇扇门敲过去，拉动门把手，但是没有一处是开的，都锁上了，没有一处给予他们回应。

天色开始变黑。

已经黄昏了，户外十分寒冷，白天沾在鞋子上的尘土开始变成湿漉漉的泥泞。

气温仍在下降，他们需要一个地方过夜。

最后两人选了一幢老房子。房门看上去已经很陈旧，破门而入应该不会对他们造成伤害。

在其他人的浴室里，两人冲了个澡。

用其他人洗过烘干并叠好的毛巾，他们清理了伤口上的脏东西。毛巾闻上去有一股洗衣液的味道。它们静静地躺在浴柜里，等着原来的主人，而这些人或许永远都回不来了。

厨房里还有咖啡和罐装食物。他们默默地吃着。威廉坐在客厅的大沙发上，雅尼娜坐在一旁的单人沙发里，用盘子接着掉下来的碎屑，就好像他们是彬彬有礼的访客，不能把地面弄脏。

食物应该不赖，但是没人尝出滋味。

面前的电视机切换着各种画面。

城市。农村。郊区。

穿着防护服的人们，被扔到坑里的尸体，尸体在熊熊大火中燃烧，人们绝望地试图阻止病毒蔓延。

到处都是。

“大火。”她说。

他静静地坐着。

她说得没错。

“结束一切的大火。”

最后一句他没有听到，她说得很轻，轻到好像只是吐了一口气。

但他不必听到，也知道她在说什么。

一切都发生在眼前。

终结一切的大火。

这就是诗里的最后一句话。

第一架直升机在傍晚晚些时间降落，到了晚上还会有更多的飞机到来。弗朗坎将要和总统们、首相们，还有他们的家眷一一握手。有个问题他总忍不住去想，但知道自己不会问。

为什么偏偏是这些人。

没有为什么，就是这样。没人能拯救所有人，必须有人作出选择，他很高兴这种选择没有落在自己身上。

讨论错与对是毫无意义的，也没有人该受到现在的报应。评判谁的生命更有价值更是不可能。这只是拯救一个物种的最后一搏，任何个体都是无足轻重的。

巨型航母要在海上停泊，需要停多久就停多久。直到病毒消失，只有那时，才可以回到陆地。

也许这个方法可行。比这更好的办法也没有了。也许吧。

必须做些什么，而这就是他们的计划。弗朗坎已经听到有船员管这艘船叫“方舟”，私下里也有人叫他“诺亚”，而他不喜欢他们这么做。

并非因为两条船之间相似处甚少，恰恰因为这道出了可怕的事实。

几个小时过去了。船上气氛凝重，所有刚刚上船的新面孔都是哭红了眼，脸色苍白，表情僵硬。没有任何人提出质疑，但也没有人表现得感激涕零。

夜晚到来后，按计划行事的第一个二十四小时就结束了。一切都按原计划进行。

除了两个例外。

他们的直升机飞行员在雷达上已经看不到了。

还有，康纳斯对于呼喊没有任何回应。

每处都是沉默。

当夜晚来临，新闻已经无料可放时，取而代之的是另外一种诡异的无声。

威廉在壁炉里点燃一根木柴，不是为了取暖，而是为了让柴火发出点“噼里啪啦”的声音。这在某种程度上带给人一种安慰。大自然的火、空气、重力，至少这些还是正常运作的，即便人类都消失了，至少它们还在。

他们坐在那儿，听着柴火发出的声音。

生命马上就要终结，他们唯一能做的就是等待。

“我们本来要庆祝认识一周年的。”她突然没头没脑地说道。

她的目光停留在柴火上。有人一起分担，孤独似乎没那么难以承受了。

威廉没有接话。

她开始娓娓道来，关于阿尔贝特的一切，关于两人生活的点点滴滴，关于餐厅里的那个夜晚，对于阿尔贝特的迟到她有多么生气，但时至今日这份愤怒早就失去了意义。还有两人关于未来的设计，想在哪儿住，想在哪儿上班，还有一起去哪儿度假。

将来，是两人谈论的唯一话题。信心满满，确信未来就在前方等着他们。

“然后我们就要生小孩儿。”

她说来语调轻松，一点也没有唤起任何遗憾的意思。这只是好多件必须说出来的事情之一，也许只要她大声说出来，就能让它们有机会实现，而不会成为沉默的想法，在她心中慢慢逝去。

威廉看着她，视线越过打磨光滑的桌子。桌布横铺在桌面上，是用钩织或是编织而成的，把这些棕色的线头拼接起来。或许在以前的某个时候，它对某人来说是很重要的，但如今随着现实分崩离析，它被扔在后面，失去了意义。

“我们要给他起个科学家的名字，”她说，“一直以来，我们都假设是个男孩。”

她不好意思地耸耸肩膀，好像为此要跟谁道歉似的。“如果是叫亚历山大，那就是用的贝尔的名字。伊萨克的话，就是牛顿。要叫克里斯托弗，那就是用哥伦布的。你知道，就这些名字。他的名字要和那些改变世界的伟人一样。”

威廉默默地坐着，一句话没说。

他该说的话已经充斥在空气之中。

那些话就是为这种场景而生的，虽然是陈腔滥调，但仍能起到作用，为什么不说呢？话是老了点，但它们能安慰人，何况是在这种恐怖、不确定和混乱的氛围中。

然而，他没有说出口，只是目光移开，点点头。

如果这就是你想要的，那么有一天你会得到的。

他本该这么说。

你还年轻，拥有大把的机会。

但他知道，这是一个谎言。

而且他很肯定，谎言不是她想听到的。

于是他把视线落在壁炉里，穿过炉火，直勾勾地看着，直到眼前变成一幅五颜六色的画面，没有任何形状，只是随着火苗跳动。

两人安静地坐着。

静谧随着壁炉散发的温暖一起充斥了房间，在四周蔓延，整个屋子都是一片沉寂。

这让他的心头被什么东西填充起来。

是安详。

事实上，这和那次给他带来的感觉一模一样。安静、祥和、舒心，只是那会儿他自己也不知道是什么罢了。

那时热水正漫上来。他浸泡在装满热水的浴缸里，热水持续地越过缸边，让他感觉浑身轻飘飘的。他解放了，终于从那些逃不开的念头里解放了。

现在不是热水给他带来的这种感觉，而是屋里的温度。这一次，他并没有打算死。

还是说正相反，他会死呢。

但不是出于自愿的。

他坐在那儿，突然觉得要说什么话，而眼下正是绝佳时机。

“她是领养来的。”终于，他说道。

两人因为默默无语坐了太久，此时他突然开口，仿佛一道音波传来，即便从音量来说最多就是悄悄话。雅尼娜看着他。身后的炉火发出亮光，他坐在黑暗里，雅尼娜看到他脸庞周围有一层薄薄的光晕。

她立刻就明白了他的意思。那是他不想提起的伤心往事。那件事人人都对他说，不是他的错，他什么都改变不了，他不该自责，而他却恨自己负不了责。那件事他一直不愿意跟她提起。

现在他说了。

静静地，慢慢地，眼睛望着远方。

诉说。

“对我们来说，她就是我们的女儿，”他说，“但她……”

他犹豫了一下，这一下又延伸成为好几秒的时间，接着便是沉默。雅尼娜不知道沉默会持续多久。

“她认为我们放弃她了，”终于，他又开口说道，“就好像我们本来是她的爸爸妈妈，突然又宣布辞职不干。我们不明白为什么会这样。对我们来说，任何事情都没有改变，她就是我们家的一分子，之前之后都没有区别，她却……”

他耸耸肩。

“我想，一切都从那天起结束了。”

雅尼娜没有说话。

“后来，她就死了。”他说。

简单一句，没有再说别的。

炉火发出噼里啪啦的响声。当有什么东西在寂静中发出声响时，没有什么能比这个显得更安静了。

“怎么会这样？”她问。

“是我没注意到征兆。”他深吸一口气，说道。

那些他拒绝谈论、无法谈论、痛到甚至不愿尝试开口的事。那些事尘封着，等待着，就在一口气之间。

屏住呼吸。终于，说了出来。

“她不再跟我们说话，从家里搬了出去，那时她才十六岁。她把房间打扫干净，然后说再也不回来了。她拒绝跟我们见面。不光是我们，她的朋友她也不见。他们试图联系她，很担心她——当然我们也是，但我们是不是足够担心她了呢？”

一个反问句，然后他自己摇摇头。

“我们告诉自己，这是她的必经阶段。她在成长，寻找自我身份，为自己创造未来。一个人必须要做这些的，对吗？”

他停了一下。

“所有的征兆都摆在那儿，我们却没有注意。”

“什么征兆？”

“出事的征兆。”

他摇摇头，用一个个短语把话说了出来，只言片语，就像是在拍电报，不想把钱浪费在无用的字眼上。

失窃。他们开始陆续失窃。钱、东西，先是小物品，然后是大件。一开始两人弄不明白怎么会丢东西，后来猜到是她回来过了。如果他们所求的就是让她回家，又干吗要阻止她呢？

他们不在家的时候，她来过家里，睡在自己的床上，在餐桌上吃饭。这让两人心头燃起希望。原来她还是想跟他们在一起的，无非是放不下骄傲。这是她人生的一个阶段，迟早会翻篇的。

但这天永远没有到来。

失踪的东西越来越大件，越来越值钱，再也无法自欺欺人。

终于有一次，她把那个东西落下了。

是工具。

两人在周末的时候出了一趟国，她回来过，克里斯蒂娜和他当然也希望她回来。她在床上睡了一夜，吃了三明治，三明治是他们专门为她买的。他们回来的时候，她已经不在家了。也许下次就会在的，他们这样想道，下次她就会在了。

接着，他们就发现了那样东西。

那玩意儿干干净净的，优雅地落在她的床头。是个黑色的小盒子，这么个小盒子完全可以是个梳妆盒，里面却是针头和注射器。两人回过神来的时候，都傻站在那儿，不知该怎么办。

她。

他们的女儿。

为什么？

他们在黑暗中等着她，等着她回家。

门被锁上，所有的灯也都关上了，甚至汽车也没有停在原来的位置，一切都是为了让她认为他们不在家。

那个眼神，她回来后看到两人端坐在那儿的眼神。那个眼神是不屑的，又带着悲伤，同时还有被原谅的渴望。她说了很多威胁的话，他训她。所有的门都被狠狠地打开又摔上。她从楼梯上冲下去，脚步的回声在楼下响起，大门打开又关上。他没有意识到，那一刻使一切再次改变，而且是最后一次，再也回不到原来的模样了。

两人在公寓外装了一道铁门，一道保护自己不受女儿侵犯的铁门。事实残忍到可怕，让人心寒，但他们隐隐感到需要这么做。

不过，永远也没这个必要了。

因为她再也没回来过。

他们在一个火车上的卫生间里找到了她，他的女儿，在一个火车卫生间里。头等舱的卫生间，她想说的没有比这个更清楚了。她穿越了时间、空间和生命，对他们说：这就是一切，黑暗、孤单和所有丑态，都藏在这免费咖啡、晚报和考究的外表下。这就是我的全部人生。她这么跟他说道，虽然没有通过话语。

她像子宫里的胎儿一样躺在地板上，双手搁在脑袋下方，头发散落在肩膀上，两条腿紧紧地蜷缩在肚子底下，就跟她一直以来的睡姿一样。在他的梦境里，她总是以这个样子出现，躺在肮脏的地板上，旁边是脚印和水渍。她躺着，等待被叫醒，等待被拯救，被他紧紧抱住，可他再也没有机会。她小时候，每次他要去上班前，都会叫醒她。她对他散发出阳光般的气息，躺在香喷喷的被窝下和带碎花的睡衣里，神采奕奕。

现实是，她并不是在睡觉。她无法再让别人喊醒她，拯救她。她像胎儿一样躺着，就这么结束了自己的生命。她的血液里有毒品，身体完全扛不住。他还是拥抱了她，绝望地、用力地，不想放手。警察站在他身后，注视着。她对他的拥抱没有给予回应，就在那时那地，他的心死了。

他没有道出所有的事情，远远没有，但至少这些他都说出来了。说的时候不带个人情感，客观中立，仿佛是为了刻意避免进入这个场景。他说完，沉默了好几分钟。

“我没注意到征兆。”他又说道。

“你觉得你应该发现吗？”

他耸耸肩膀。

“因为这是你的专业？”

“不，因为她是我的女儿。”

就这么简单。

“我没有发现，我没有读懂她，我没注意到征兆，这些都是我的错。如果我做不到这些，还有谁能做？如果还有未来，如果一切都摆在我眼前，一切能阻止的事物都给了我，我却没看到，那么还有谁能来做这些？”

她盯着他，明白他的意思，却也不完全。

似乎所有的事情都混在一起了，他同时为萨拉和那些密码而责备自己，就好像两者是有什么联系的，就好像如果能找到这个五十年来无人破解的密钥，那么萨拉和克里斯蒂娜的死也能避免。

她把自己的想法告诉他，他没有回答。

“她不是你的破解任务，你不能这么看。”

他微微耸肩。

“人们不知道将来会发生什么，那会儿不行，现在也不行。事情都有因果联系，有因有果。”她说。然后：“没有什么事情因为你一个人而开始或终结。”

也许吧，但他什么都没说。

他已经把他要说的说出来了，他的视线重新回到壁炉。

两人再次陷入沉默。

“你的计划是什么？”最后她问。

他看着他。

“如果你不在这个地方，如果病毒不爆发，你的生活会是什么样的？”

他咬着下嘴唇。

终于：

“我看不到未来的画面里有我。”

他闭上双眼，声音很轻。

“我现在后悔了。”

她挪到沙发上，靠着他。炉火在燃烧，两人静坐无语。他把手搁在她的背上，她把手搁在胸前。两人就这么坐着睡着了，紧紧地依偎在别人的沙发上。在这么一个没有安全、温暖和未来的地方，这也是他们唯一能够得到安慰的选择了。

52.

他们在汽车的马达声中醒来。

是两人同时听到的。他们已经习惯了安静，除了偶尔轻风吹过，远处群鸟在飞，两人找食物的时候也会发出点窸窸窣窣声。

就在这片寂静声中传来一个变调：汽车挂挡的烦人声音，为了上坡加大油门。两人听到了声音，默默地坐着，就跟睡觉时的姿势一样。两人对视一眼，等着，听到声音越变越大。

有人在外面。一个昨天起就空了的村子，被遗弃和清空的村子，现在有人在外面，可能正是来找他们的。

两人手无寸铁，毫无回击之力。

两人在沉默中移动身体，用窗户作掩护，准备最糟糕的事情发生。

没有几幢房子好搜查。壁炉里余火未熄，也许那些人能从外面看到烟。

他们曾经多次逃过劫难，但这次看来是没有机会了。

两人看到了车子的灯光，看到它靠近。光柱沿着村路越来越亮。

是雅尼娜先看到的。

她被自己尖叫的声音吓了一跳。

两人只有方向却没有目标。

他们只想往前。他们想着，只要继续往前，就能知道往哪儿走。可是，因为毫无头绪，所以往前走再远，也不知道是否到达终点。

列支敦士登。

他们只知道这些。

现在他们已经到了，然后呢?

威廉·桑贝格曾用自己的手机给克里斯蒂娜拨过两次电话，第一次她挂断了，第二次他在她的语音信箱里留了言。之后这部手机又开了几个小时，再后来就关机了。

在那几个小时里，曾有三个通信基站收到过威廉手机的信号。

三个基站都在列支敦士登。

现在他们已经到这里了。这些信息诚然给出了一个大概的范围，可仍然是几乎无法搜寻的，无异于大海捞针。虽然两人没有明说，但内心几乎放弃希望了。

是莱奥看到了标志。

仍然范围太大，但至少有了点进展。

名字没错，为什么不去试试。

他们早早地从高速路上转弯下来，沿着蜿蜒的道路前进。路因为年复一年的化冻季而破损不堪，道路的一头是几幢木镶板房。

标志上有名字。

其中一个基站也是同样的名字。

德文的“山”。

两人最先听到的是尖叫声。

这让两人着实吓了一跳，但比起那个女人，惊吓就要轻微多了。她冲入他们的视野，在空中挥舞双手。

两人最先想到的是那个女人在求救。她可能被病毒感染了，需要救助。阿尔贝特踩下刹车，朝四周看了看，挂上倒车挡。如果她真的被感染了，他们也帮不了什么忙，还不如避免接触。他开始找倒车的路，紧张地东张西望，生怕有更多人冒出来挡住他们的退路。

就在这时，他听到她在喊他的名字。

他往前转过身子。

接着，他看到了。

阿尔贝特·范·戴克甚至还没熄火。

他打开车门，跳了出去。

怎么可能呢？

他们居然到了。

53.

只剩下两件事情没有完成，现在要确定的是到底该先做哪件。

信封要转交。

七个月失去的爱要补回来。

两人紧紧抱在一起，雅尼娜和阿尔贝特。她还活着，他找到了她；他收到了她的信，并且看懂了——这就是他们两个的全部念头，谁也没法要求他们更多。

他们站在汽车前的阳光之下。

街道上除了他们两个，空无一人。两人就这么哭了起来，也许是为了过去而哭，为了过去半年多时间里隐忍压抑的所有担心和想念。

哭泣是如释重负的，是喜悦的，是美丽的，是真实的，必须好好花点时间。

不忍直视，让人心痛。

心痛，是因为不能做和他们一样的事。

心痛，是那辆车里原本还应该坐着另一个人，现实却正相反。

莱奥同样心痛。他看到了台阶上的那个男人，就是这个男人曾在几天前出现在他眼前的手机屏幕里。但现在他看上去衰老多了，疲惫不堪，悲伤不已。他看到他呆站在那儿，见证着一场原本属于他的重逢。

莱奥知道该打断他们了。

“阿尔贝特?”他说。

阿尔贝特懂。他把雅尼娜紧紧拉到身边，低头闻着她的发香，仿佛她头发上的气味能给他力气跟别人说话似的。他冲莱奥点点头，表示他明白。

“不好意思。”莱奥说。

但其实没有什么好道歉的。

阿尔贝特清了清嗓子。

“我们有一个信封。”

他低声细语，仿佛是在对怀中的女人表述衷肠，但话是同时说给威廉和雅尼娜两个人听的。她听到了他的话，却没弄明白。

“什么东西?”她问。

“我们不知道，”他说，“但他们为了抢回这封信，随时准备杀死我们。”

话一说出口，没人坐得住了。

爱情不得不先搁置，因为还有更重要的事情。威廉从木梯上走下来，走向那对情侣。他们开始交换信息。

先是莱奥和克里斯蒂娜来到阿姆斯特丹，然后是她消失在他眼前。雅尼娜和威廉目睹了整件事情的经过，却是在一座古堡的屏幕上。两人是被某个组织绑架的，要破译密码，阻止病毒传播，但现在已经什么都来不及了。

阿尔贝特和莱奥也说了差不多的事。

“或许还没。”

他们说。

两人提到了在柏林遇到的那个悲伤的男人，还有生怕他手握解决方案的男人们。威廉打断了他们，提了几个问题。虽说他只要耐心等会儿就能得到答案，但他必须立刻知道结果。

什么解决方案？他们为什么相信这点？为什么有人相信答案在柏林？

莱奥摇摇头。

接下来说的话，比任何回答都要紧得多。

“我们只知道这封信来自一个叫海伦娜·瓦特金斯的人。”

威廉的心脏怦怦直跳，着实担心自己还没来得及打开信封，就已经心脏病发作了。

他用尽全身力气深吸一口气，把餐桌上的蜡烛和桌布统统拿开，然后把黄色的信封放在上面。

雅尼娜站在旁边。莱奥和阿尔贝特退后一步站着。

解决方案，这只能意味着一件事。

只能认为海伦娜·瓦特金斯已经历经艰辛算出结果，比威廉先达一步，但出于某种原因，她选择把答案传递给外部世界。或许是因为她不再信任组织，或许是别的什么原因。具体原因很难推测，事实上也无关紧要。

她把答案传出去，为了让全世界知道。

但是信使死了，她的丈夫胆子又太小，结果这份资料兜兜转转又落入了威廉的手中。这双手颤颤巍巍地撕开信封的一只角。当然了，要是通过媒体或者网络手段把解决方案传出去效果更好，但是既然已经到达他们手中，现在也只能这么做了。

他把信封里的文件倒在面前的桌子上。

这布满吃饭和饮酒痕迹的桌子如今变成了一张工作台。他的身体越过桌面，视线在纸面上上上下下扫视起来。

这就是解决方案。

他翻阅着，兴奋不已，寻找着自己到底错过了什么。再翻，再找，再等。

一页页的纸上全是密码。

这些密码。他熟悉的密码。

文字，雅尼娜的文字，一模一样。

还有满页满页的方程式、数组和变量。他的眼睛像高度紧张的滑雪运动员似的来来回回飞速扫视着，终于，视线落到了最后一页。

好像漏了什么。

好像他漏看了什么该看到的东西，应该就藏在哪儿，可他因为太过迫切而没发现。于是他重新翻阅了一遍，把刚才没注意的细节又找了一遍。

一遍。

再一遍。

一页接着一页，集中注意力，每次翻过去新的一页都用眼睛仔细搜寻。

他的手部动作是歇斯底里的，节奏越来越快。他的呼吸断断续续。眼睛搜寻着，寻找某个特定目标，或许是某个他从未见过的数字，又或许是之前忽略的一个备注。应该就在什么地方，可是到处都没有。

渐渐地，他明白了。

“你在找什么？”是雅尼娜的声音。

“某个东西。”他说，挫败的语调只可能代表了一件事。

什么都行。他要找到的东西什么都行，可以是任何东西，他却没有找到。

“是什么？”

他抬起头来看着她。

直到现在，她才看到了他眼睛里的内容。

这双眼睛刚才还兴致勃勃、势在必得，按捺不住地要撕开信封。现在这些都消失了；希望、活力和生命的火苗，都消失了。其他人看着他，他叹了一口气，双手垂到腿旁，一堆纸掉落在地板上，他也不在意。

他摇摇头。

“没有任何不同。”

威廉站着，面前是那堆纸。希望从他体内流走了，身体变成了一个空的躯壳。空到人人都能察觉，空到别人会奇怪，是不是只有一层皮包裹着他，还能包裹多久，他会不会漏气。

一模一样。

信封里的纸跟他在古堡工作间里的纸一模一样，正是那些东西让他来回踱步，让他反复计算，绞尽脑汁地破译和理解，日复一日，却一无所获。这些计算跟他在她文件夹里读到的一模一样，同样的箭头，同样的假设，同样的推理，而他早就知道这些都是错误的。

没有一点新的内容。这就是阿尔贝特和莱奥千里迢迢地背了一路的“解决方案”。

只是把问题又重复了一遍。

仅此而已。

“为什么？”她问。

是雅尼娜，声音轻到自己都听不见。

“她为什么要把这些东西递出来？”

威廉耸耸肩膀。他怎么知道？

也许她以为她是对的，也许她以为这就是答案，只要公之于众，她的计算就能破解所有的谜题。也许什么都不是，只是一个大大的讽刺，因为她也快死了，死于一种自己参与研发的病毒，一种她以为能解救世人的病毒。

也许她的初衷和他们一样，已经看到厄运迫近，意识到凭借一己之力不可能解决，于是决定把秘密说给更多的人听。

这也正是他们要做的。

那么为什么她不可以这么做呢?

这些文件兜了一个圈,从古堡流出来,传到柏林,到那儿被人截获,现在又回到了这里。这一路上有人丢了性命,为的就是不让组织切断他们传播秘密的路径,现在这些文件又回到了当初出发的山脚下。

巨大的讽刺。

就好像生命就是要当着威廉·桑贝格的面,对他再大笑一次,持续不断地提醒他,生命不息,嘲讽不已。

讽刺啊,所谓的拯救根本不是什么拯救。

讽刺啊,为了阻止病毒传播,海伦娜·瓦特金斯居然委托一个被感染的人来找出路。

讽刺啊,这些其实早就写在了所有人的DNA里。

讽刺啊,逃不过的这些命运其实早就注定了。

很长时间之内,没有人说话。

威廉已经说出了事实。

所有人的想法都是一样的,都看到了那最后一丝希望的火苗,又都看到它是如何熄灭的。全是他们自己的一厢情愿,是他们自己不认命。

希望破灭。

没人说出口,却谁都知道。

最后,威廉转过身,走了出去。

海伦娜·瓦特金斯知道自己会死。

她躺在一口玻璃棺材里,感受着时间的流逝,如此一来,反倒心生感激。

她得到了一间自己的房间,远离那些让人绝望的病床,病床上躺着淌血到死的男男女女。

他们用尽一切办法治疗她，用比其他人多几倍的努力减轻她的痛苦，延缓病程，慢到仿佛真的可以阻止。但是她知道，这都没用。不管怎么做，终点都是无法避免的。

她知道这是她自己犯下的错。

她曾错以为他是健康的，至少迹象都是这么表明的，如果他身体状况良好，那么就意味着她找到了对策，找到了方法，必须在出事前把它传给世人。告诉外面世界的分子生物学家、研究者，告诉那些懂的人，从而研制出正确的病毒，拯救世界。

接着就发生了后来的事。

是她，造成了后来的这一切。

她被闯进房间的人吵醒了。玻璃罩外站着他们绑架的女孩，是那个负责翻译，有男友，有自己的生活，一度很快乐的女孩，她的痛苦他们应该很清楚。

雅尼娜。她就在那儿站着，近在咫尺，却怎么够都够不到。她的身旁是一个从未见过的男人，这个男人除了接替她的工作以外还会来干什么呢。

她有千千万万句话要说，可是没有力气了。

她努力要说，却不知道自己说了什么。以前害怕，现在更害怕。提醒他们是她剩下的唯一愿望。

提醒他们提防病毒，提醒他们密码，提醒他们一切都已经太晚了。

提醒他们那个并不叫“诺亚方舟”的计划已经随时准备启动。

提醒他们，已经没人再相信病毒能被阻止了。

提醒他们，剩下来的事已经跟拯救世界无关，而是选择哪些人来重建家园。

这些都是她想说的，可是嘴巴已经放弃努力。舌头是肿的，满嘴血腥味儿，无论她怎么想说，都没办法了。

她能挤出的唯一一个词就是“逃吧”。

在雅尼娜的身后，她看到门被推开，穿着防护服的保安用枪指着他们。也许他们正是在逃命的路上呢，这样一来，她倒正好目睹了他们是怎么逃命失败的。

她的内心深处明白这意味着什么。

意味着希望破灭。

想着这些，她咽下了最后一口气。

54.

弗朗坎第一次找来罗德里格兹时，时间离康纳斯失踪是十二个小时。

他向罗德里格兹通报了情况，因为守则是这么写的，没有任何理由去破坏。二十四小时之后，两人又碰了一次头，因而当弗朗坎的铁皮舱门被再次敲响时，不可能是别的事。

“三十六个小时了。”罗德里格兹说。

弗朗坎点点头，心里很清楚。

“需要我动手吗？”罗德里格兹问。

弗朗坎摇摇头。这个任务是他的。

让他担心的是，他没有完全掌控局势。从一切迹象来看，康纳斯并没有登上直升机。飞行员又拒绝执行命令——理论上有可能是通信设备出了故障，这一点无法确定——接着飞机就失去联络了，似乎是出了事故，但这点也不是那么肯定。

如果康纳斯在飞机上的话，就有两个可能性。

一个是两人都丢了性命。还有一个是两人联合起来脱离组织，开着直升机跑了。

可现在两者都不是，康纳斯并没有登机。这就意味着，无论直升机飞行员是在事故中丧生，还是自愿远离轮船，情愿在瘟疫中丧生，都解释不了康纳斯到底跑去哪儿了。

保持数据机密是康纳斯的任务。

如果他失职了，也有对策。

“给我三个人，”他说，“马上走。”

罗德里格兹点点头离开了，剩下弗朗坎一人站在船舱中间的桌子前。

他从没想过自己有朝一日还会重回古堡，谁知道两天后就变成现实了。

威廉站在村落小道的尽头。

伫立着，远望山头，漫山遍野的冻草一直绵延到谷底。也是在这片结了冰霜的草原上，他和雅尼娜刚在一天前拾步而上。

莱奥在远处瞧着他。他从屋里跑出来，视线追寻着威廉，感觉自己有义务这么做。不，不是义务，他是自愿的。他得看看威廉是否安然无恙，是否有什么话要倾诉，是否有什么是他可以帮得上忙的。

毕竟，他是他来到这里的全部理由。这就是他帮她一直在找的男人。现在他就站在路中央，肩膀低垂。这具躯壳没有未来，早已开始瓦解。

莱奥慢慢靠上来，双脚缓慢地踩在冻草上。快要接近威廉的时候，他停下脚步。他们靠得不是很近。正相反，虽然并排站着，却彼此间留了点距离，大约半个路面的样子。莱奥不想让他有压迫感。

“我知道我并不认识你。”终于，莱奥开口道。

威廉转过头来看着他，一个犀利的眼神打断了他要说的话。

“我不知道你想跟我说什么，”他说，“但什么都别说。”

这就是他说的全部话，嗓音低沉，牙关紧咬，仿佛唇齿间的肌肉是唯一能阻止他不对莱奥做傻事的力量。

莱奥犹豫着，掂量自己要说的话。

“我只是想告诉你。”他说，接下来却什么都没说出来。他呆在那儿，自己都不知道该说什么。

暂停，又从头开始，再次尝试。

“我知道你经历的这些我都没经历过。我知道我不能，叫什么来着？想象，你们经历的这些事。”

他对着威廉的侧影说，希望他能够听到。

“当然，我没有资格去评价你是什么样的人。但我可以说吗？”停顿了一下，然后继续：“你不是那种轻言放弃的人。”

威廉有所触动，看着他，鼻子哼了一声。对这句话，威廉不屑一顾，也不想对自己的不屑加以掩饰。

“你知道什么？”

“是从她的话里猜出来的。”

什么？

哦。威廉花了好几秒钟才反应过来他是什么意思，等反应过来之后，只感到心头一阵痛。很痛，突如其来，远远大于他能承受的。克里斯蒂娜跟他提起过他，一定提起过，现在这淌着鼻涕的毛头小子站在两米开外的地方告诉他他是怎么样的一个人。

“那我必须说，请你核实一下你的消息源。”威廉说道，嘴唇紧绷在牙齿上，要是不这样就没法控制情绪。

“我就是一个擅长放弃的浑蛋。”

话没说完，他停了一下，压低声音。

“如果她还说了别的什么话，那就请相信她吧，因为这纯粹是她的一厢情愿。”

视线重新回到山谷，心里大声咒骂。小伙子站在这儿没有错。小伙子想跟他搭讪，做得还行，但想要让他放松是不可能的，因为威廉已经随着他自己的情感坠入山谷。

他曾让自己心怀希望，但这大错特错。

“我们已经走到路的尽头了，”他说，“走不下去了。即便你们抱着一堆文件过来报告我们，也无济于事。”

他长叹一口气。这就是现实。他回到了起点，不，是起点找到了他。起点把自己装在一个黄色信封里，去柏林转了一个圈，然后又跑了回来。

“你的尝试是徒劳的，莱奥。结束了。没有意义了。”

又是沉默。

“我不相信。”莱奥说。

威廉的目光从眼角瞟来，眼神里是无尽的蔑视。

“不相信什么？”

“不相信这一切是毫无意义的。”

威廉无语。

“我觉得正相反。我认为这一切都是有意义的。我认为我们带着这些文件来找你是有意义的。我认为这都是安排好的，为了让你不要放弃，为了让你再试一次。这不是讽刺，威廉。正相反，这是机会。你得到了一个机会，因为你该得到。”

同样的眼角。

同样的不屑。

“该得的？”

“是的。”

他摇摇头。

“没有什么事是有意义的，莱奥。”

他逐字逐句吼了出来。就好像‘意义’两个字是骂人的话，是他精心挑选的一个用来清洗莱奥嘴巴的词，是超强香波，带有特别的深层次意义，能击垮莱奥，让他从此开不了口。

“我的妻子死了，你都看到了。这个意义是什么？我坐在千里之外，在大屏幕上看着她死。这个意义是什么？世界上的人在陆续死去，没有人知道该怎么阻止这一切。你是想说什么来着？这些也很有意义？”

他在咆哮。

这不公平，莱奥并没有错，但他没法让自己保持公平。他听不进任何精雕细琢却毫无意义的话，也受不了那些说安慰话的人，他们以为只要把事情拔高到一个层次，或许一切就都会有所改观。

生命短暂，容不下那些空洞的话语。

生命短暂，没有工夫去讨论它是不是预先被某个高等级物种注定的。当人们感到生命无趣的时候，那是因为人们根本不懂，所谓的无趣其实该被珍惜。

没有人主宰命运。该发生的事就会发生。还有什么，如果有意义就一定会发生，无论怎么做也是改变不了的。

这些都是屁话。

他把这些话统统说给莱奥听。

“你自己决定你该做什么，”他说，“我决定我该做什么。如果我们要是有他妈的一点儿运气，或许就可以得到个好结果。要是倒霉了，那么就统统完蛋。但如果你跑过来，以为只要大声说未来都是注定的，然后就可以推卸责任……不，把我的责任拿去吧……”

他静下来，让字一个个说出来。

摇摇头，重新又说，声音显得平静了些。

“克里斯蒂娜死了，不是因为什么注定会死。她死了，是因为有一群人作了一大堆决定，导致了她的死亡。”

停下来。然后：

“你带来这些文件，不是因为有什么人什么事注定它会这样。没有任何意义。如果你要以为未来是事先安排好的，那就请吧，因为根本不是这样。未来就是它本身。”

沉默。许久。莱奥就这么看着他。

深吸一口气，在把话大声说出口之前，心里先默默说了一遍。

他要让这些话是按照正确语序说出来的，没有破句，不需要从头再说一遍或者吞吞吐吐。因为这些话是他的真实想法。他希望这些话掷地有声，因为它们物有所值。

“这样的话，”他说——停顿，正如事先想好的长度——眼神严肃地看着威廉，“这样的话，我真不明白为什么你还站在这儿。”

威廉抬头看他。

莱奥一动不动。

逐字逐句，平静但清晰。

“如果未来是由我们自己创造的，那么我认为你就应该拿起那些纸做些什么。”

55.

威廉疾风骤雨般地冲回屋里，既光火，又满心钦佩。为了能给他一个行动的动机，这样的组合无疑是最佳的。

只能说，他崇尚逻辑。

没有什么比缜密的逻辑更能打动他了。那个戴棒球帽的臭小子用他自己的逻辑推理打出一记漂亮的回击。

他不相信命运。没有任何事情是预先安排好的。

因此，所谓的预言也不是不可击破的。现在唯一决定命运的人是他自己，而他却放弃了努力。

推理成立。

他请雅尼娜帮忙，跟他一起重建古堡里工作间的场景。这次他们要从头开始，用正确的方式，他自己的方式。

没有电脑，没有程序，而这正是他想要的。

在一间卧室里，他们找到一张书桌。书桌的抽屉里有几支粗细不一的笔、直尺和简易计算器，外加一沓没用过的新笔记本。

等待他们的工作量巨大。他们面前是无穷无尽的数字，时间也不够，但现在只剩下一件事情可以做，那就是从头开始。

威廉挑出一支重量合适的笔，又抽出两本新笔记本，把它们摊在桌子上，让雅尼娜开始念。

雅尼娜念了起来。

第一张纸上的数字，一个接一个念。1，1，0，2，73 行，23 列，她都念了出来。她看到威廉把这些数字写在笔记本上，一个接一个，直到第一个数字矩阵显现出来，他把它们钉到墙上。

下一个。

他们就这么从头来过。他写下的每个字符，他钉在墙上的每张纸，生成的材料越是多，就越有更多的密码成为他身体的一分子。他和墙上的数字保持距离，感受着它们之间的联系和韵律。

从一开始他就该这么做。

就应该这么做，回到原点，撕下古堡石墙上的纸张，从零开始。他和雅尼娜现在做的事情，他应该从几周前就强迫自己这么做。

他也曾有过这种预感，但那时觉得时间紧迫。如今他意识到，恰恰相反，不这么做才是浪费时间。他站在那儿，看着写完的内容，说服自己相信这会管用的。

笔在纸间穿梭。每次遇到似曾相识的数列，他就停下来，重新回到上次见过的矩阵，两相比较，然后回过头去在脑子里进行直观的运算。或者，与其说是运算，还不如说是生成一个图像。

雅尼娜站在他的身后，听着、读着、默默地站着，在威廉徘徊的时候等待着。他有时在屋内徘徊，有时在自己内心深处徘徊。他把手头的事做完，冲她点点头，再处理下一个数列。

莱奥和阿尔贝特在客厅里看着他俩。

两人各自坐在沙发里，不敢出声打扰，一方面颇为这个过程着迷，另一方面却又不知道他在做什么，他做这些动作的规律是什么，又怎么能够只用自己的大脑就解决所有问题。

他从笔记本上撕下一页又一页纸，每次都是73乘以23个数字的矩阵。他把它们一张张挂在墙上，随着雅尼娜的高声诵读又进行到下一页。

笔记本越来越薄了。

纸都撕完了，于是他拿起桌上的第二本，继续同样的过程。数字被一个个念出来，威廉抄着，画着横线，来回踱步。

很快又到了换笔记本的时候。

他的手指在桌上摸索着。

什么都没有。

“笔记本。”他说，声音既不威严，也不压迫，只是顺其自然说了出来。脑海里有千万个想法，他不想失去任何一条线索。

雅尼娜环顾四周，没有找到。

“笔记本，”他又说道，“快，给我一本新的！”

他伸出手来，手指在空中飞舞，似乎这么做就能变魔术似的从空中变出一本新的笔记本来。他始终不让自己的眼睛离开墙壁半秒。

就在上面某处藏着答案，他知道。

就在这些现在对他来说还尚无任何意义的数字和序列里藏着，还没到时候而已，但在未来的任何时刻，任何数字都有可能突然变形，从这片混沌中冒出来，成为一段有意义的内容。以前发生过，他希望这次也能发生。

他不能中断思路，绝对不能。他犹豫了，但只有一秒钟。就在他的口袋里，放着那本黑色的笔记本，萨拉的笔记本。

他拿出笔记本，越过之前写的日记，告诉雅尼娜继续。

念出数字，墙上挂起更多的纸张。等他意识到一切正以该有的样子呈现时，已经从萨拉的笔记本上撕下了好几页纸。

就是这样，他在工作，女儿成为他的一部分，正如她计划的那样，只是晚了好几年。

他在做他热爱的工作，身处混乱之中，但知道怎么去对付它。他可以运用自己的逻辑思维，屏弃已知的内容，强迫自己去寻找。尽管他并不知道答案的样子，但相信自己只要看到，便会认出。

任何细枝末节，能扭转乾坤的细枝末节。

应该就在那儿，在这些数字之中。他曾经错过一次，但那会儿他不能去找，因为它藏在整体之中。他需要看到整体是什么样子的，他强迫自己退一步，再想一想——

突然停了下来。

细节。藏在整体之中。

那小小的无关紧要的细节，往往被人忽视。

该死。

那不过就是个想法，模糊而抽象。他摇摇头，不应该是这样的。

还是说，这也是有可能的？

他一动不动地站了几秒。

退后，看着墙面。

他看着手中的笔记本，萨拉心爱的黑色笔记本，还有很多页空白。这是显而易见的，一直以来都是这样。观察全局，有多少次他是这么叮咛自己的？一直在告诫自己，全局。

当他再次朝雅尼娜看过去时，意识到自己终于没法再压抑大笑的冲动了。他狂笑起来，声音大而无法控制，这也是这么久以来在他记忆中的第一次。

就像他连着几周试图打开一个罐头，现在他第一次把它倒了过来，竟然发现有人在那头写着“在此打开”。他看到这行字才恍然大悟，可不是就应该从这里打开吗？

他找到了一直以来寻找的感觉。他站在古堡的墙边时就在寻找这种感觉，现在这种感觉回来了，让他心中充满了久已忘却的情感。如释重负，欣喜若狂。

雅尼娜盯着他。

“怎么了？”她问。

他仍然面对墙壁，但已经不再盯着看了。他合上眼，慢慢地深吸一口气，似乎突然达到了某个境界，找到了内心的和平。

她从未见过他这副模样，有点害怕。

看上去，他理解并接受了正在发生的事。一切斗争都将宣告结束，因为他找到了内在逻辑，意识到它是无法被质疑的。

他似乎已经作好准备了。

不对，他好像是在享受。

“威廉？”她问，声音中流露出害怕，但是她尽量隐藏起来。“威廉？”

他转过身来，睁开双眼。

“结束了吗？”她说，“是结束了吗？”

她觉得自己已经知道答案了，但仍然问了这个问题，因为她是多么想听到他的回答是“不”啊。

“都结束了是吗？”

他看着她，张嘴想要解释，却不知如何解释。

他能听到自己的回答是：

“我才不管你们是不是觉得我自以为是，反正你们要是不给他起名‘威廉’的话，我会非常非常失望！”

等雅尼娜回过神来明白他的意思时，威廉已经离开房间了。

56.

当弗朗坎爬上摇摇晃晃的悬梯时，仿佛还能闻到大西洋的气味。他经过轰鸣的发动机，穿过走廊。两旁是浅棕色的皮沙发，他挑了个位子坐了下来。

并不完美。

船上的一名直升机飞行员带他们飞离大船，回到了位于葡萄牙的北大西洋公约组织总部，那里成为他们飞机的临时落脚点。每次旅行，每次接触到人，每次自我介绍，都意味着将自己暴露在被传染的风险之中，但至少能离开那艘船几小时，这就是值得的。

当他感受到飞机在起飞跑道上滑行时，他合上双眼，试图猜想等待着他的将会是什么。

康纳斯身在何方。

还有飞行员。

他是否遵守了他的指令。

他向后靠去，默默盘算。

几个小时后，他们就会回到古堡。

那时他就知道了。

57.

打在窗子上的第一击立即使得玻璃像一张巨大的白色蜘蛛网似的碎裂开来，在大家的面前张牙舞爪。玻璃块没掉落在地上，成千上万的碎片仍然合在一起，在窗户上构成一幅城市地图，所有道路都导向城市中心，而那里就是铁铲砸下的地方。

拿着铁铲的人是威廉。

又挥起一击。

没人喜欢破坏别人的财物，但除此之外也没更好的办法了。假如他们成功了，难道不也是值得的吗？

玻璃外面有一层保护膜，连续砸了几下后才得以砸破。最后他们终于在窗户上砸出一个窟窿，又补了几下，大家才钻过去。

店里有滑雪装备和跑鞋。这个村落很小，所以商品并不丰富，但雅尼娜还是找到了他们需要的东西。

他们坐上阿尔贝特和莱奥开来的车。

现在，只等天黑。

两个小时前，她在路上追上了他。

天很冷，已经开始飘起雪花。在这风不吹草不动的下午，细细的白色雪花在空中飞舞着，然后像糖粉似的落到地上。整个村落就像个巨大的蛋糕，他俩则像站在蛋糕上的小雕像。

威廉的手中依然拿着笔记本。他是直接从刚才工作的房间里出来的，身上只穿着衬衫和毛衣，不过，他思绪完全停不下来，因而对于寒冷无动于衷。

他口里呼出的热气好像空中的漩涡云一样，在他面前稍纵即逝。刚才他还静静地站着，眼睛眺望着屋后的高山，突然又匆匆沿着乡野之路奔跑起来，仿佛是为了要找什么而需要取得更佳的视角。

“你认为在哪儿？”他问。

他停下，看一看，继续沿着路走，视线仍然锁住陡峭的山峰。雅尼娜在他身后追赶，为了跟上他，只能加大步伐。

“什么东西？”她问，“古堡吗？怎么突然又要找古堡？”

她想把无关的问题推到一边，追问他到底有何发现。

“肯定是这个方向，对不对？”

他越过村落，指向山谷。雅尼娜点点头，应该就是在那个方位。那条单行的柏油马路，曾带他们从大门逃出来，曾让他们在夜间赤脚狂奔，那会儿他们还以为逃出了生天。

“你在想什么？”她问。

“我们得进去。”他说。

“这么说你已经知道怎么阻止了？”

她大步流星，快赶上他的速度了，眼睛死死盯住前面的他的侧影。

等着他给一个肯定的点头。

等着他来结束这担惊受怕的日子，等着他告诉他们到底错过了什么。不管他发现了什么，要么是密钥，要么是他们忽视的细节，不管是什么，她都想知道。

可他只是摇头。

“不，”他回答道，“要发生的总归会发生，我们没有任何改变的方法。”

她大失所望，放慢脚步，看着威廉的背影。

威廉知道，于是也慢下来，转过身看着她。

但他脚步没停，继续沿道路倒走着。

两人间的距离越来越远，远到他不得不用喊的方式说话。

“我们有件事要做。”

这是他说的。终于，他停下来：

“我认为，这件事重要得多。”

在找到那条单行道之前，他们开车走了比想象中多得多的路。

出村后的几公里外，先是另外一条公路。没有路障和篱笆门隔开，看上去就是一条泥泞的小破路。可以说是临时道路，也可以说是一条私家道路，从主路上无声无息地岔开。

直到泥泞路快看不见了，这时，柏油路和它上面的标记线才露了出来。再过半个多小时，那扇大门就应该出现在山脚了。

他们的速度不快。一行人故意等天色暗下来才出发。汽车挂低挡前行，车头灯是熄灭的，他们能借助的唯一亮光就是头顶上穿过薄云的月色和地上白雪的反光。在冰冷的汽车里，他们身体前倾，睁大眼睛看着外面，生怕道路说不定在哪个拐角后面就转了方向，也为了看清附近会不会有人活动。

不过看上去，没有人发现他们。最后，汽车在山脚外远远的地方停下来。雅尼娜和威廉下车，又从后备箱里取出他们从乡村运动商店找到的装备。

绳索。搭扣。手套。

威廉接过他那套装备，按照雅尼娜的教导穿戴在正确的位置。他不喜欢这样，但也知道这是他的任务，不，甚至就是他自己的主意。要是到时候恐高什么的问题出来了，也是他咎由自取。

莱奥和阿尔贝特掉头开回村子，雅尼娜和威廉继续往前。

沿着路沿走着，踩在雪地上。

几天前，他们是踩着同样的路逃出来的。

这次却是反方向。

是悄悄地潜进去。

他们坐在厨房里宽大的松木餐桌边上。

他们用罐头和脱水食品做了饭，又在壁炉里点起了火。奇怪的是，房间里竟然生出一种前所未有的安逸感来，让人困惑不解，但又美妙得不忍破坏。

阿尔贝特和莱奥面对面坐着，沉默不语，仿佛两个监听者在听无法理解的对话，却又想听下去。

他们听着雅尼娜和威廉说话。问与答，害怕与安心，同时围绕在桌旁。

她不明白。她不明白他的安心、他的骄傲和他的快乐。

他坐在那儿，还是说根本没找到破解的办法。他说密钥不是最关键的，他们都找错了方向，过于盲目注重细节，却没有从全局考虑。她摇着头抗议，不明白他到底要找什么。

“我们怎么才能活下来？”她问，“要是我们没有密钥，无法改变未来，那怎么才能阻止这一切？”

“我们无需阻止。”

她不解地摇头。

在她提出反对意见之前，他用一个词打断了她：

“黑死病。”

她不理解，只好等待他说得更多。

“你给我看的那些预言，来自14世纪的预言，你是拿那些跟现在作的比较。”

她点点头。他没必要提醒她这些，因为她比谁都清楚。

“拿它跟最后的诗行作比较。它们的文字是一样的，那些曾经用来形容黑死病的文字。”

“是啊？”她越来越迫不及待。瘟疫，这么写着。然后呢？

威廉向雅尼娜靠去。

“我们这次不会死。”他耸耸肩，脸上甚至还带着一丝笑意。

“会死很多人，”他说，“但是人类不会灭绝。”

她想要反驳，但刚要开口，就突然明白了。

这不是显而易见的么，虽然让人大吃一惊。

这个念头她已经忘记去想。

“以前那次瘟疫我们活过来了，这次我们还会的。很多人死去，但不是全部。最终疫情会减弱，会有足够多的人产生抗体，或者得到疫苗，或者找到让病毒失效的办法。虽然这次瘟疫杀伤力很大，很可怕，很悲剧，很险恶，但这不是末日，不是世界末日。”

她看着他。许久。

希望他是对的，但也没法确定。也许他说这些是为了她开心，不，为了所有人开心。也许他抓到一根安慰人的稻草，又拼命夸大效果。

“怎么会呢？”她问，“如果没有未来，又怎么会不是末日？”

“我想我们有未来。”他说。

“那些密码！”她说，“那些文字！我们亲眼看到的。”

“我们看到的是什么？”

“我们看到它们结束了。”

“不。”他说。

他感受着内心的安全感，想要静一静，找到合适的话来解释。这份安全感只意味着一件事，那就是他知道自己是正确的。

“我们虽然做了很多，”他终于说，“但我们没有亲眼‘看见’。”

转入山区的景色就像变换的四季一样，两人不知从什么时候开始，从走路变成了爬山。

他们看到了当时逃出来的那扇大门，就在前方，远远地贴着山边，他们则在下方几十米的地方。威廉强迫自己只想门，而不去想是在哪里看到的门，不去想高度。

门前的掉转区空空如也。

没有汽车，没有动静，什么都没有。

积雪上没有任何痕迹。

这或许意味着他们已经撤走了，也或许意味着这里交通并不繁忙，一贯如此。

雅尼娜在上面跟他打招呼，让他继续。他按照她教的，看着她的动作，跟着她做。她的手脚放哪儿，他也放哪儿。两人慢慢往上挪。

雅尼娜移动着凿子和钩子，探着路往上爬。

她朝威廉挥挥手，等着他。

脚下的深渊越变越深，他始终提醒自己不要去想万一掉下去怎么办。

“看全局。”威廉说。

这个被他认为是答案的词让人费解。雅尼娜的大声质问仍然悬而未决，这看上去不像是个合情合理的解答。

当一切都结束时，怎么还会有未来呢？

“全局，”他说，“我们始终需要了解全局。”

他们仍然坐在松木桌子旁边，他说着，转向雅尼娜。

“你告诉他们我们要看全局，我也是这么说的。见鬼的是，全局一直都在那儿，只是我们没有看到，因为我们忙得忘记看了。”

她快要爆发了。

“什么全局？”她问。

他告诉了她。

在楼上那个房间里，雅尼娜拿着瓦特金斯的材料，念着所有的数据和密码。威廉听写下来，把它们钉在墙上。

第二本笔记本用完时，他突然明白过来。

他把纸钉到墙上去以后，手头没有可以写的纸了，于是他转身向雅尼娜索要更多。

现在，他坐在空餐盘和装着意面的锅子对面跟雅尼娜这么说，莱奥和阿尔贝特在一旁看着他们。

“我需要一个新的笔记本。”他说。

雅尼娜看着他。这又说明什么呢？

“写完一张又一张，你念我写，然后我没地方可写了，接下来该怎么办？”他自问自答起来，“我们会再拿一本笔记本。我们会再拿一本新的，然后继续写。”

她犹疑了。

他看出来了，冲她点点头，鼓励她按照这个方向想下去。她突然向窗外快速地瞟了一眼，这个瞬间，他明白她快懂了。

那里。外面。

“你不是说真的吧？”她问。

威廉点点头。他是认真的。

阿尔贝特和莱奥坐在旁边，满心困惑。

威廉抱歉地笑笑，转身面向他们，想要寻找合适的话语来解释。

这需要花点时间，因为没有合适的话语。不管他怎么组织语句，听上去都是陈腐而幼稚的。他找的这个答案人们找寻了半个世纪，它必须听上去不那么平庸。

然而，真相太简单了。

他还是直白地说了出来。

人类的基因组就是一本笔记本。

在我们的周围还存在着其他笔记本，无数的物种，无数的基因组。成千上百万的垃圾 DNA 其实根本不是什么垃圾 DNA，它们在物种间转移，使得我们人类只是一本无尽书籍中的某个篇章而已。

全局。

就这么简单。

那些文字不只是人类的历史。人类不是全部，而只是其中的一部分。全局出现在我们之前，结束在我们之后。世界的未来已经写好，却并不意味着它会因为一本笔记本用完了就结束。

“书架上的一本笔记本，”他说，“或者是笔记本中的某页纸。只是我们周围世界的一小部分，但我们却忘了这点。弗朗坎和康纳斯忘了，他们之前的同行也忘了。我们只忙于盯着自己的肚脐，如此短视，以至于我们忘了历史并非因我们而起，也并非因我们而亡。”

所有人都看着他。

明白了他的意思，但都想说些什么。

“未来并没有结束，”雅尼娜说，“只是纸用完了。”

她带着微笑说完这些话，虽然听上去很傻，但确实如此。

他点头，也笑了。

他们坐着，就这么默默地坐下去，谁都不想打破沉默。

每个人都在回味那番话。

时间会继续，没有什么大不了的。发生的已经发生了，没有什么事可以影响它的发展进程。他们不再需要负任何责任。

第一个开口的人是雅尼娜。

她在脑子里拼凑着各种拼图，那半年里她在古堡里经历的种种，所有的诗歌，所有的密码，还有威廉的那些话。

只有一个问题她还需要提问。

“我们现在看到的一切，现在发生的这些，外面正在进行中的黑死病……它会发生是因为，它被读到了吗？”

他没有回答，目光在她脸上逗留，但没有开口说话。

“要是一开始没有人发现密码，”她说，“没有人成功破译它，没有人造出一种病毒来改写它。要是这些都没有发生的话，后来这些是不是就不会发生？”

沉默良久，威廉最终点点头。

所以，他会冲出去，跑到外面。

所以，他要眺望群山。

“你认为我们能重返古堡吗？”他问。

“怎么了？”雅尼娜说。

“因为我想，我们的任务就是要确保没有人再犯同样的错误。”

威廉坐在屋子外面的门廊上，双腿跨过台阶垂在地上。他的面前是逐渐消失在远山之后的小村，它像戏剧舞台上微缩的背景。乡野小路在房屋间渐行渐远，地面的积雪上没有任何脚步或车轮的痕迹。

客厅沙发上睡着阿尔贝特和雅尼娜。他们紧紧依偎在一起，阿尔贝特睡在雅尼娜身后，两条胳膊环绕在她身上，看上去就像雅尼娜多了一对臂膀似的。两人仿佛不愿意失去彼此，永远不，无论发生什么。

渐渐地，天色模糊起来。

进入下午时分。

窗外没有一户人家亮着灯，没有一个人回到这里准备晚餐。除了夜幕降临，什么事都没发生。天意凉，威廉拉紧了从商店取来的外套。

黄昏刚至，莱奥就从屋内走了出来，在他旁边坐下。天已经很冷了，周围不仅冷而且静，唯一能听到的声音就是冰晶在轻风中滑落到地面，以及羽绒服摩擦的窸窣声。

一行鸟从高高的屋顶上飞过，为冬夜增加了点动静。莱奥看着它们在上空飞过，直到消失在山谷下面。

思绪一旦起来了就无法停下。

鸟类。其他的。所有生物，周围一切。

每个种类都有自己的篇章。

就像威廉说的，无论怎么表达，听上去就是这么寻常。但它的正确性毋庸置疑，莱奥的内心深信着。

“所以才有人成为素食主义者。”他说。

威廉扭过头来看看他，大笑。

“植物也有 DNA，知道吗？”

傻瓜，他心里想，不过没有说出来。这个评价是心怀善意的。

莱奥耸耸肩膀：“那明天真不知道该吃什么了。”

又是沉默。两人向前眺望，看着太阳落山，最后一抹余晖也消失殆尽。

“是谁？”终于，莱奥开口问道。

这是他说的全部内容，但也足够了。

这也是威廉问自己的问题。康纳斯、雅尼娜，还有其他所有人，必定也在某个时候问过自己这个问题。无论人们如何努力，都无法忘却这个问题。

是谁把密码写在那儿的？

“这重要吗？”威廉说。

他看了莱奥一眼，摇摇头，仿佛是自问自答。

“不管是什么人，或是什么东西，甚至什么都不是，纯粹只是巧合，”他说，“不管是怎么来的，它就是在那儿了。”

他很平静。

他不知道是谁干的，也不知道为什么。一无所知，除了知道没必要去搞明白这个问题以外，什么都不知道。

他们不是知道得太少，而是太多。

威廉发现莱奥冲着他在笑。

“我还是认为这是注定的。”他说。

威廉看看他。什么？

“我指的是带着瓦特金斯的文件来这里，我认为这是注定的。”

“你知道吗？”威廉说，“我才不在乎你怎么想。”

如此说道，一只手搭上年轻人的肩膀。

两人坐了一会儿。不是父子，但距离近到几乎能成为父子。莱奥这才发现这是怎样一个男人。

这就是他，克里斯蒂娜一直在寻找的男人。就是现在的威廉让克里斯蒂娜半夜打电话给莱奥，孤注一掷地去阿姆斯特丹。如今莱奥看着他，就都明白了。

他们在冷风中并肩坐着。

莱奥的脑子里只剩一个想法。要把它说出来吗？

也许此刻是完美的，他不该践踏这份美好，破坏气氛。但同时，他又感到自己必须要说，哪怕是为了她。

终于，他下了决心。

“她戴着婚戒。”他说。

威廉看着他，没懂。

“我们在找你的时候，她戴着婚戒。”

威廉的脸别了过去，什么都没说。

“我只想让你知道。”

仍然没有回答。

沉默完全静止、滴水不漏。莱奥唯一的想法是，他还是做错了。也许他不该说出来，也许他撕开了一道不该撕开的伤口。他坐在夜色中，肩上搭着一条陌生的手臂，接下来会发生什么他真的不知道。

他感到威廉松开胳膊。

站起来。

离开。

不，他停了下来。

“谢谢。”威廉在他身后说道。

只有这句：“谢谢。”

然后他就回到了屋内。

他的嗓音低沉而凝重。莱奥在内心深处笑了，很高兴自己还是说了出来。

威廉和雅尼娜绕过山脊之后才真正发现古堡的庞大。

整座建筑物在山间像木桩上的蘑菇似的鼓了出来。古堡背靠岩壁，像一幅壁画跟着陡峭的角度向上延伸开去。一个个凸窗、塔楼和露台随着山体起伏，向四周蔓延，组成新的楼群。整座古堡就是这么建造的，一面山墙结束了，又有一面山墙补上，完全就是一个由各式阁楼、阶梯、铁门和塔楼组成的小型城市，最后在山顶峰尖处结束。

如果有哪个小孩得到了足够的乐高积木，他就会造出这么一座城堡，然而这却是真实存在的。让人难以置信的是，真的曾有人决定造这么一座建筑。更让人难以置信的是，现在它竟然是某个军事组织的基地，而它的肚子里居然还藏着同样无数多的现代化房间。

是雅尼娜首先看到的。

她在黑暗中勉强辨认出他们要找的地方，然后判断以什么样的路径进入。

小礼拜堂的巨大拱形窗户。

从那儿，他们应该可以深入到石梯。

再从那儿，他们应该可以到达通往新区的铁门。

计划也就做到这步，再往后需要的纯粹就是运气了。

58.

他们在路上遇到的那辆汽车连车灯都没开，而且根本不该出现在那儿。

前排座位上坐着两个男人，弗朗坎也就来得及看清这些。一个是小伙子，还有一个稍微年长点。这两个人弗朗坎不记得在哪儿见过，他们的出现可能是由于任何原因。

比方说两个为了逃开疾病的平民，正在惊慌失措地寻找地方过夜。

也可能是周围某个村子里的居民误打误撞来到这里。

但他总觉得事情没有这么简单。于是，他命令车里的其他人睁大眼睛，提防路面上、荒野中任何风吹草动。

已经可以依稀看到大门在山里的黑影，方向盘后的男人突然冲着他们面前的柏油路点了点头。

“在那儿，”他说，“他们是在那儿掉头的。”

没错，积雪上有轮胎的印记，显示那辆车一度被迫停在小路旁，想要倒车回去腾出更多的空间来掉头，后来便扬长而去。

然而，除了轮胎，还有别的痕迹。

“抛锚过？”有人问道。

没有人回答。所有人都看到了。路边和沟渠里都有脚印，表示有人下过车，在周围走过几步。也许没有什么好大惊小怪的，这只是证明了汽车曾经失灵，他们下来修过车。或许这正好解释了车灯不亮的原因，因为电池没电了，或者引擎甚至车上别的什么部件失灵。

还有一个可能，他想，要是有人不想被门口的保安看到，那么这里就是最佳的下车换步场所。

弗朗坎命令司机关上车灯。

剩下一路都没开灯，也不说话，视线再也没离开过荒野。

59.

威廉曾发誓，再也不会冒同样的险了。

上一次他就虔诚地、庄严地发誓，要是成功了，就再也不会拿生命冒险了。可他还是回来了。不管他是不是宿命论者，都要忍不住问自己，命运是不是想要和他终止合约，既然他已经单方面毁过一次约。

他一边想，一边把自己甩到空中。

坠落感像是击向腹部的一记重拳。

身体里每个器官的每个细胞都在惶恐地尖叫。他双眼发黑，感到耳旁擦过冰冷的寒风，身体失重，控制力也消失了。

绳子猛地把他拽紧，垂直向下的力道横了过来。他如钟摆般向前飞去，命全悬在脑袋上方某处缝隙里的凿子上。他知道，要是缝隙破裂了，他、凿子和绳索就会像岩石和冰块一样翻落在山坡上，粉身碎骨。

每个毫秒他都数得出，度秒如年。每次在空中呼啸而过，时间就显得特别长，那个短小的瞬间充满了各种犯错的机会。在他心里，他的双眼早合上了，但实际上眼睛却大睁着，盯死她的每个手部动作，同时大脑下定决心，在一切结束之前，绝不去看任何东西。

雅尼娜把手伸向他。

她站在窗台上。这里曾经有扇巨大的拱形窗户，由无数片彩色玻璃组成，刻画了一个蓄着胡子、带着光辉的男人，如今这画面已不复存在了。她的脚先甩了出去。她紧闭双眼和嘴唇，祈祷玻璃片小而碎，不会在她穿过去的时候划破身体。她的新靴子正好撞在了玻璃中央，只一击，整扇巨大的马赛克玻璃窗便裂成了千万个细小的碎片，亮闪闪地掉落在她周围的地上。

里面就是小礼拜堂。就在这里，几天前，她刚和威廉促膝谈心过，那会儿两人满心想要逃离这个地方。

威廉的双脚落在她的旁边，绝望地握着她的手。因为恐惧和肾上腺素激增，威廉的手不住地颤抖，似乎在说，我们绝不能再来一次。

威廉和雅尼娜像两个深蓝色的剪影，在屏幕上移动着。他们身后是被砸碎的玻璃窗，窗户张着黑黑的大嘴。从前屏幕上显示的可是一幅马赛克画面，色调或低沉或闪亮，要看是一天中的什么时间以及外面太阳的方位。

窗户已经破了，两个身影穿过一排排木头长椅向前行进。它们被黑暗吞没，当身影的轮廓消失时，谁也不知道他们什么时候又会出现在画面里。

摄像头设得太少了。

当时没有弥补，以后也不会有机会了。

就现在来说，这确实是问题。

不只是对他来说，也是对他们来说。

他们无声无息地向前走着，这次因为知道路，所以脚步也坚定起来。这些路雅尼娜已经熟记于心，大脑里有一幅地图。她希望，这些路会直接把他们带到要去的地方。

跟随着脚步的节奏，背在他们身后的登山绳和凿子不住地晃悠。威廉强迫自己不去看它们，也不去想它们的意义：他们将不得不再次使用那些东西翻越楼层，由于没有门卡，他们只能从外部突破。

这让他恐惧，但是他没有时间恐惧。

于是他在黑暗中默默前行，就跟前方的雅尼娜一样，紧咬牙关，保持警惕。

入夜了，四周漆黑，他们并不知道还有多少人留在古堡里。

他们一点也不想突然撞见这个问题的答案。

威廉和雅尼娜再也没有重新回到监视器画面上，这让他更容易推算出他们现在的方位。

他们没有门卡，这意味着他们能选择的路径并不多。

他盯着监视器屏幕。

不管他们有什么计划，他必须采取行动。

雅尼娜在前面带路，威廉紧跟在后面。他跟着她走过无数楼梯和过道，这条路她以前走过，很清楚还有多少路要走，下一扇门会在哪里冒出来，以及没有门卡两人到底能走多远。

两人一路向下，因为也只有向下一条路可以走。在下面，他们会找到窗户，从那里出去，继续向下，直到到达服务器机房，找到所有资料，然后确保它们永远不会再被人看到。

两人刚从一个楼面转出来。

这是一条开阔的走道，连接着他们刚走过来和即将走下去的楼梯。一边是延伸出去的长长的走廊，另一边是屋外照射进来的蓝色的寒光。

一扇窗户。

她对着威廉点点头，示意他这边走。他在她后面几步路的地方，正要迈开步子。突然，两人都看到了那个男人。

一开始两人无法断定走道那头的身影是谁。窗外照射进来的寒光下只有一个黑色的侧影，脸庞在阴影之中完全看不清。

他双腿张开站着，但这姿态却完全不是沉稳而戒备的，他这么站着仿佛只是为了保持身体平衡。双臂向前笔直伸出，一只手里举着一把黑色的手枪，另一只手托在手枪下面，随时准备开火。

“康纳斯？”

雅尼娜开口说道。是问句，也是陈述句。

是康纳斯，但他的样子有点儿古怪：他浑身大汗，怒目圆睁地盯着他们，身体每个部位都显示出痛苦。

“别过来。”他说。

威廉举起双手，手掌向前，示意等下。等等，我有话说。等等，别冲动。

他向前跨了一步，就一步，却让康纳斯往后退去，胳膊更紧张地伸向他们。他把右手食指紧紧扣在扳机上，甚至都能感到枪膛里的弹簧在反弹。

“别过来。听我说。”

“我要你先听我说，”威廉说，“我们会没事的，如果你相信我的话，康纳斯，我们会挺过这一关。”

康纳斯摇摇头。

“我不行了。”

威廉瞬间懂了：“你染上病毒了。”

“别过来。”康纳斯再次重复道。

有那么一个瞬间，谁都无语。威廉本可以问他到底怎么回事，什么时候发生的，但这显然已经不重要了。康纳斯本可以说出来——并非因为他确切知道，而是可以猜想——很可能是他在疏散之前接触了什么人，跟谁握过手，要么是他本人，要么是直升机飞行员，然后两人互相传染。只是，既然已成定局，那么到底怎么染上病已经不重要了。是他编写了规则，现在他自己的死期也到了。

“你们不该回来的。”他说。

“如果有其他选择，我们不会回来的。”

是雅尼娜说的这话。康纳斯转向她，盯着她的眼睛。这是一个请求原谅的眼神，这个眼神透露了他完全知道这半年来她是怎么过的，完全知道她的痛苦，而这痛苦甚至全是徒劳无功。

“一切都结束了。”康纳斯说。

“我们认为还有救。”

“没有办法阻止。”

“这点我们知道。”

又是沉默。威廉再次开口的时候很平静。走道上的空气仿佛静止了，敌对的气氛慢慢地缓和下来。

“我们不是来阻止瘟疫的。”

康纳斯疑惑地看着他。

“那是来干什么的？”他问。

“来阻止我们自己。”

微蓝的夜色寒光在沥青路面上铺展开来。先是短小的一道，然后变成一片，经过地上的标志线、箭头，再到整条路面，延伸到另外一头的装卸台，在升起的卷帘门前停下。

弗朗坎站在门外。还有三个保安。手电筒光束在停机坪上扫射，搜索着风吹草动和不属于这里的动静。此时只要有任何别的人存在，就是一种威胁。

不过没有人。弗朗坎吩咐两个保安留在外面，看好进去的路，然后带另一个保安进去。卷帘门又咔咔地落到地面上。

他拿出电子门卡，打开内门，往前走去，穿过荧光灯照亮的过道，这里的地上遍布着几十年来轧过的轮胎痕迹。他向前走去，走向另外一边等着他的铁皮门。

康纳斯警惕地皱着眉，往走道对面看去。

桑贝格刚才说的话简单又有道理，但他仍然不敢相信。

三十年来他一直在这儿。在他之前的三十年，还有数百名男男女女寻找着答案，破译密码，计算公式，努力避免人类未来终结的命运，却不曾有一个人像威廉这样思考过。

并不是不相信威廉，相反，他宁愿他是对的。只不过，那么长时间以来，那么多人居然都错了，不曾有人后退一步，不曾有人想得稍微开阔一点。这让他心痛。

但他没有说出来。他什么都没说，只是默默地站着，眼神是对抗的，等着一分一秒在沉默中流逝。

角色的互换让威廉触动。这次是他向康纳斯打开了大门，一道康纳斯从未见过的大门，一道让他内心崩溃的大门，而曾经康纳斯也这样对他做过。

千书一页。千海一舟。

威廉放低声音，小心翼翼地慢慢说，用的是雅尼娜在餐桌旁对他说过的话。

“要是我们从来没有发现自己携带的密码，”他说，“要是我们从来没有偏执地想要找到自己体内的 DNA 序列，要是我们从来不认为人类会被毁灭，我们还会制造这些病毒吗？”

他声音柔和，切中要害，仿佛他已经知道答案，只是希望康纳斯也能思考一下同样的问题。

“我问过自己，”康纳斯说，“多过你能想象的次数。”

“那么你的结论是？”

康纳斯仰着头，从眉毛底下看着威廉，就好像威廉是在嘲讽他，而这个问题触及他的尊严，他根本不想回答。

然而事实是，他从未得到过任何结论。每次的回答又变成新的问题，很早以前他就放弃，不再追问自己。他们唯一能做的就是寻找对策，也确实这么做了。

威廉看着康纳斯思绪起伏，想要帮他，却无从下手。

“当我要求得到已知的所有信息时，”他说，“你说知道的人越少越好。”

康纳斯看着他，无言以对。

“你说过，有些知识是我们不该掌握的。”

一片沉默。

“你是说，我当时根本没有意识到自己这话有多么正确。”康纳斯说。

“我们任何人都没想到。”威廉说。

慢慢地，康纳斯放下了武器。

他看着威廉，再看看雅尼娜。他的眼神清澈明确。显然，他已经明白他们想说什么，要做什么，尽管这一切让他感到很痛苦。

“你们想毁掉所有资料，是不是？”

“发生的已经发生了。”威廉说，等于说了“是”。

“我们现在唯一能做的就是阻止它再次发生。”康纳斯说。

他明白，他可以选择信任威廉，也可以选择固守守则，他自己编撰的守则，被视作唯一解决之道的守则。如果他选择了信任威廉，就等于是在说，三十年间他所做的一切，他的想法、计划和结论，都是错误和无聊的，没有一件是有意义的。尤其在瘙痒开始漫布全身，提醒他自己即将毙命之时，想要接受这些就更不容易了。

他摇摇头，仿佛是对自己的回答。

是他计划了这一切。他决定了他们该如何存活，如何藏在安全的地方，如何躲避众人躲避不了的死亡。而这些又进行得怎么样呢？

现在过来一个人，给出完全不同的计划。

也许让另外一个人来接手正是时候。

最后，他作出决定。

“我能进入控制室，帮你们开门。”

当古堡所有的门灯都从红色跳成绿色时，弗朗坎的注意力却在另外的事物上。

他站在熟悉的地面上。路上的痕迹虽然仍让他担心，但并未有迹象表明有人曾试图突破卷帘门。而除了这条路，没有别的路通进来，除非有大变活人的神通。

他站在阴暗的长廊上。从卷帘门开始，这条走廊微微下斜。他犹豫了片刻，是自己一个人去呢，还是带上一个保安。

门灯变绿时，他正在观察刚才进来的这条走廊。按照行动守则上说的，他让最后一个保安守着卷帘门，但他在想是不是应该违反一下规定，让最后一个保安留在身边保护自己。

不过他很清楚，清理电脑他一个人就够了。只要几分钟，他就能进入系统，然后带着所有资料回到船上。他不需要人手帮忙背东西，一旦进去以后，也不会有任何人从外面攻击他。

显然，这是一次单兵作业。守则上也是这么写的，他知道，守则的存在就是让他去遵守的。

新鲜的空气在他身后吹过。他加快脚步通过走廊，一只手握着门卡，想都没想这些门或许早就打开了。

毋庸置疑，康纳斯的安排比起他们自己的计划要有效率得多。

雅尼娜和威廉急匆匆地穿过一条条走廊和一道道已经解锁的门，他们在同一楼面斜着穿越了由铁皮走廊组成的一张大网。

最后，两人站在了一个两天前刚刚经过的房间前面。

这些东西比他们想象中要重多了，但是除了搬运以外，也没有别的法子。一方面要把各种东西尽可能多地装上手推车，另一方面却是对于时间不多的担忧。

他们深深地知道，康纳斯的时间不多了。

而这个安排是建立在他还活着的基础上。

双方之间的距离越来越近，却没有一个人知道。

雅尼娜不知道，她在静静地干活，将一个个箱子拖过地板，拖到威廉面前的地上。

威廉不知道，他在把箱子一个个堆叠起来，内心祈祷下面这单薄的手推车还能扛得住。

弗朗坎不知道，他正在走廊与楼梯间疾走，脚步犹如枪响，打在铁皮地板上。

康纳斯也不知道。他看着眼前的监视器，只看到他们往一个方向通行，这意味两人还在储备区忙着。

他闭上双眼，想要忘记万千情感思绪。忘记瘙痒，忘记他体内正在发生什么。最重要的是，他努力不去想，这正是所有那些人都经历过的。那些他不认识的男男女女，他们的名字他甚至都没有用心去记住；那些躺在病床上的人，身体倒下了却从未明白到底是为什么。都是他的错，他和他们的错，而付出这些代价没有任何意义。他不愿再想这些，也无力再想。

皮肤在痒，脊背在痒，手臂在痒。想得越多，痒得越厉害。他知道，即便他不去挠，自己的皮肤也不可能撑下去了。

他站着，望着监视器。

他期盼着雅尼娜和威廉的归来，期盼着放弃挣扎，期盼着终点的到来，让他得以解脱。

他的旁边是控制电子门锁的电脑，这是监视所有门禁的终端，显示谁的门卡在哪里被使用。

他没去看电脑。为什么要看呢?

所有的门都打开了，威廉和雅尼娜已经奔跑着穿过了那些门，他也知道他们现在在哪个房间。在这世界上，不存在任何让他监看旁边那台电脑的原因。

然而，如果他看一眼，就会看到弗朗坎的门卡正在通过一道又一道门。他会看到一排排信息逐行显示，表示门卡正被使用，从布满轮胎印的入口，沿着地下的通道，一路往上。习惯的力量是惊人的，每道门绿灯都已亮起，但弗朗坎还是把门卡抵住门锁，看也不看一眼。他太着急了，随时准备着门卡，匆匆忙忙地从一道门通过，进入下一道门，丝毫未曾想过并非是他的门卡打开了这些门。

要是康纳斯看一眼屏幕的话，这些他就都看到了。

要是他看到的话，早就采取措施了。

但他没有。

弗朗坎一路向上。

手推车只有两辆，但即使有更多的车，他们也没法带上。当两辆手推车都尽可能装满后，威廉冲雅尼娜点点头，示意已经好了，让她推自己面前的那辆，他推另外一辆。车子很重，但也没什么好埋怨的。两人开始往康纳斯说的方向走去。

车上装的东西足够了。

一旦开始，就没有什么可以阻止他们。

终于，康纳斯等待的时刻到来了。监视器上，威廉和雅尼娜开始走回头路。虽然时间过了一刻钟都没有，但仍然感觉像是一辈子。他松了口气，准备转身离开控制室。

就在这时，他的眼睛落到了监视器上。

记录着弗朗坎门卡使用情况的信息正逐行上移。

他犹豫了正正好好两秒钟。

再多的时间也没有了。两秒钟过后，他做了他能做的唯一一件事。

时间早不巧晚不巧，真是莫大的讽刺，谁都不是有意的。

弗朗坎刚来到一扇门面前，把自己的门卡放在锁上，突然发现不对劲。他意识到这点是因为门锁居然从绿灯跳成了红灯。

这不仅仅意味着他的门卡再次失灵了，还表示这扇门在几秒钟之前是打开的。现在的问题是，这都是他妈的谁干的。

是不是有人刚刚从这道门进去，而他没看到？门锁是不是在控制室被操控了？如果这样的话，那是为什么？

他再次举起门卡，试了一次又一次，但是门锁还是发出窣窣的声音，灯是红的，打不开。

胃里泛上来一股深深的不安感。他回头，沿着走廊跑起来，跑向刚刚通过的那扇门。但是又一次，门锁拒绝开启，他把门卡对着传感器时只听到一阵窣窣声。

他困在了古堡地下区域的两扇门之间。

康纳斯在走廊那头向他们大喊，让他们停下。

“弗朗坎，”他说，“弗朗坎回来了。”

就几个字，但是语气说明了一切。

他们的计划面临失败的危险。

“他在哪儿？”

“现在，”康纳斯说，“他在两扇门之间，就在下面一层楼，哪儿都去不了。但问题是，你们也同样哪儿都去不了。”

他没法进一步解释。他满头大汗，越来越累。楼下某个地方，弗朗坎捏着一张门卡，而那张卡的密码是康纳斯没有的。他不是凯斯。他多么希望他能锁掉那张门卡，让雅尼娜和威廉脱身，同时不把弗朗坎放上来。要是能办到这点的话，就什么事都没有了，除了他瘙痒的后背和疼痛的双眼，而这个问题凯斯也是无法解决的。

他闭起眼睛。远远的某处，他听到威廉在问该怎么办，而他已经分辨不清是一秒前听到的，还是十秒前。

他努力让自己恢复清醒，看着他们，远远地。

“只有一个办法，”他说，“你们把东西搬下来要多久？”

威廉看看他身旁的房间。他们共花了十五分钟装车，可卸车不会超过五分钟。他这么告诉康纳斯了。

“我没有选择了，”康纳斯说，“你们要出去的话，门就必须打开。

而我一旦打开门……”

后面不用再说下去了。

如果弗朗坎追上他们，他是不会像康纳斯这样理解他们的。

“我给你们五分钟时间，然后我就要开门了。那个时候你们必须奔回城堡上部，然后离开。”

威廉点点头，但没人采取行动。

“你怎么办？”雅尼娜问。

他看着她。她的声音里带着一丝焦虑。这是真正的焦虑，让她的问题也变成了真正的问题。一时间，康纳斯似乎惊呆了，就好像是第一次真正允许自己去想。

“我们都知道我会发生什么。”这是他的回答，带着一抹微笑，却是没有任何快意的微笑。

他们看着他，走廊那头的他活着，却注定死亡。康纳斯并不邪恶，他是个好人，只是出现在了某个奇怪的地方，他所做的一切出发点都是好的。

他本应有更好的结局，跟着大部队从这里撤出，看着世界逃过劫难，未来的某个日子坐在酒吧里享受啤酒，继续他那历经万千波折的人生。

“你现在感觉怎么样？”沉默片刻后，威廉问道。

“我们有药，”康纳斯说，强迫自己听上去比较轻松，“我可以的。”

没人说什么，但他们的眼睛表示怀疑。

“真的，”他说，“我感觉还行。我们有办法减轻症状，让它可以承受。我保证。”

可以承受，这几个字已经让人心痛。

“我早上吃了半盒，现在几乎感觉不到痒了。这是个好兆头，对不对？”

威廉看着他。一秒。两秒。然后：

“是的，是个好兆头。”

康纳斯笑了。谢谢，这个微笑的意思是。

他看看雅尼娜，看看威廉。一条走廊，他们分站两端，这是一场没有身体接触的永别，只能如此。

门锁不知道为什么跳成绿色时，弗朗坎的头还抵在墙上。

正好过去了五分钟。在这五分钟里，他完成了从愤怒、惊慌到绝望的几个阶段，并重新振作起来，强迫自己理性地寻找出路，而最后一点他并没有办到。就在他已放弃希望之时，突然听到身后的门发出咔嚓一声，他简直不敢相信自己的耳朵。

有那么一瞬间，弗朗坎一动不动地站着，盯着绿色的门灯，就好像它在戏耍自己。接着，他举起手枪，左手托在右手手腕上，作好最坏的打算。

理论上，这完全有可能是一次技术故障，但他不相信。这里本不该有任何人，可康纳斯下落不明，不管这门锁是怎么回事，都应该跟他有关。

他用肩膀顶开门。

没人，只有铜墙铁壁。前面是另外一扇门，接着就是上楼的楼梯。他沿走廊的一侧奔跑着，背靠墙，双手举枪，准备第一时间作出反应。

下一扇门。

已经是绿色的了。

毫无疑问，这里有人。

他再次用肩膀顶开门，无声地迈上楼梯，来到最上面的那条大走廊。

安静、密不透风、命悬一线。

门都是开着的，但是奔跑需要点时间。

雅尼娜和威廉在古堡里狂奔，不敢停歇，无暇四顾。他们跑过磨平的石头地板，心里清楚自己是在逃命。

这是他们最后一次看到这个地方。楼梯、房间和走廊，在那里雅尼娜曾经帮助威廉逃离保安，还有那些拱顶、过道，以及带吊灯和投影仪的大厅。

四周都是没有上锁的安全门，他们边跑边推开门，一刻不敢停留。无比害怕，却仍然充满希望。嘴里能尝到一股血腥味儿，呼吸阵阵生痛，但这都没关系。

他们向前奔去，因为这是他们唯一可以做的。

奔跑、呼吸、希望、奔跑。

时间在后面追赶着他们。

马上，就要追上了。

当弗朗坎看到人影的时候，已经晚了。

他先看到了闪烁的亮光，而不是后面的身影。突然，黑暗中出来一个人影，他站在过道中间，举枪对着弗朗坎，就像在几分钟前对威廉和雅尼娜干过的一样。

只是，这一次他更坚定。他的身体仍然在颤抖，可这是因为高烧，而不是犹疑，他知道自己做的都是正确的。浑身痒个不停又有什么关系，反正很快便会结束了。

“我要是你的话，就会站在那儿不动。”康纳斯说。

一边是摇曳的光，在他身上不安地婆娑着。从黑暗那侧看过去，他就好像带着一个白色的轮廓，游离于古堡之外。虽然双脚站在地上，手中拿着手枪，他却仿佛在飘浮一样。

弗朗坎也举起了他的手枪，估算距离，瞄准目标。

失望。虽然他已经预料到了，但还是失望。

“你为什么要这么做？”弗朗坎问。

挡我的路，他的意思是。挡我的路，还破坏规则，不上船却留在古堡里，还有那个飞行员到底他妈的怎么了？

这些他都想问，但没有问。

他已经知道答案了。康纳斯的眼神里有东西。不，是脸上，整张脸汗水淋漓，布满紧张和痛苦。这让弗朗坎感到眼熟。

“你病了。”

他说，枪并未放下。

两人目光交错。

“假设了这么多场景，”康纳斯说，“却没想到会发生眼前这一幕。”

他略一摆头，给他看自己是什么意思。就是这一切。这里，现在，古堡，你和我。这里就要埋葬一切，而我们怎么会知道？

“你知道我来这里的目的。”弗朗坎说。

康纳斯摇摇头，并非因为他不知道，而是因为他不能允许它发生。

“你记得我们一直说，能救几个总比一起去死要好？”

弗朗坎没回答。不管康纳斯接下来要说什么，他都感觉自己不会愿意听。

“我们是对的，”康纳斯说，“但是，我们并不在被拯救之列。”

两人就这么站着，枪互相指着，心里明白谁都没有优势。这么一个局面没有任何规则可循，这是一个不可破的僵局：康纳斯对于弗朗坎的威胁大于任何一把枪，弗朗坎的枪没有康纳斯的病这么致命。

“放我过去。”弗朗坎说。

康纳斯摇摇头。

“我不想对你开枪。”

“你不会的。”康纳斯说。

他嗓音里的某些东西让弗朗坎明白过来。

光从一旁照过来。闪烁的光。

他们就站在火化室外，直到现在他才明白过来怎么回事。见鬼的康纳斯，他心里狠狠骂一句，朝门奔过去，往里面瞧。

康纳斯让他过去。他举枪退后，让弗朗坎站在门边，自己弄明白看到的场景。

“你不能这样！”

弗朗坎转过身来，声音充满焦急和痛苦。他仍然举着枪，但只是个姿态，没有实际意义。对两人来说，一切就要结束了，没有人能够阻止。

墙上的焚化炉中，一团火焰在钢化玻璃后嘶嘶作响，隔着几层玻璃还能感受到热度。略微倾斜的传送带上放着一个孤零零的箱子。

入口处是盘旋的火舌，同样的火舌曾经吞噬了瓦特金斯的尸体，这次是要吞噬这个橄榄绿的箱子。等那发生之后，一切都将宣告结束。

传送带的周围是更多的箱子，放在把它们带到这里的小推车上。

灰色的、绿色的、棕色的箱子。白色和黄色的标签，上面是俄文、英文和其他语言。

“这就是结局。”康纳斯说。

两人来到拱形木门前，狭长低矮的走廊后面是蜿蜒向上的旋梯，接着就是露台。为了逃命，他们要从那里跳下去。

她向上爬了十几步，突然发现只听到自己的脚步声。

她转过头去，弯下腰，朝拱形走廊望去。

“我做不到。”他说。

他站在旋梯下，眼神空洞。她往下走了一步，再走一步。时间紧迫，她不明白他怎么了。

“你在干什么？”她说，既困惑又着急，既害怕又生气，但是最主要的还是生气。

他摇摇头。

“等我五分钟，”他说，“要是那时候我还没回来，你就自己走吧。”

她朝他吼了一句，但他已经消失了，她只能听到他踩着石板地奔跑的脚步声。

她的心紧紧地揪了起来，一方面想，要是这个老浑蛋自己想找死，那就去吧。但另一方面，她又深知，不能允许这样的事发生。

弗朗坎先放下了手枪。

康纳斯也放下了。

两人就这么站着。

康纳斯笑了。

他笑中含泪，眼泪不是为哀伤而流，而是因为两人终于到达终点了。他的微笑温暖又舒心，令弗朗坎吃了一惊，不，是变得伤心而烦躁。

康纳斯都说了。

告诉了他威廉说的话，告诉他之前他们的想法都是错误的。告诉他会有很多人死去，但不是所有人。他边说边哭，但泪中有笑：那些小圆圈会越变越大，但到了某个时刻，它们便会缩小。

告诉他，有些事他们从未想到过。

比方说，密文并不是像他们想象的那样就这么结束了。

比方说，密文会不停地继续下去，谁知道呢，或许我们会遭遇更多劫难，或许我们的未来充满希望和喜悦，更有可能的是，两者会轮流交替出现。这样的命运就被写在某个地方，但谁都不曾读到过。

他们花了一辈子的时间寻找答案，却没明白，问题一开始就提错了。

说完这些，其他的也就不必再说了。

“你是那么害怕让他们知道所有真相，”康纳斯说，“结果证明你还是错了。”

但他是带着微笑，以朋友的身份说的。

他的微笑是在说谢谢。谢谢一同度过的时光，谢谢你做的一切。

“我想我们两个都错了。”弗朗坎说。

这两个男人面对面站着，他们剩下的也只有自尊、挺直的背脊和穷尽一生也是徒劳的醒悟。

“我想我能接受这个评价。”康纳斯说。

雅尼娜跟着威廉跑到他的工作间里。墙上挂着的纸都不见了，但桌上还有很多东西：他的书、他的电脑，他的所有一切。

她站在门边，一言不发。

她能够理解。

他走到写字桌前，站在电脑前，一动不动地看着它们。她只能看到他的后背，但这足够了。不用看到他的脸，她也知道发生了什么。

他咬住嘴唇，没有哭。他压抑着，眼神放空，舌头紧紧地顶在上颚，强压住所有的感情。

他在桌子前面蹲下身来，脑袋和电脑一样高度。

最右边那台墨绿色的机器就是“萨拉”，他把一只手放上去，轻轻地、温柔地。他没有说话，但无声胜有声。

一秒过去，两秒过去，然后他站起来。

他没有听到她也跟了过来。

现在，他看到她站在门边，对上她的眼睛，看到她的疑问。

他抬抬肩膀，似笑非笑。

对她点点头，可以走了。

他回答了她没有开口的疑问。

“这次，我要说永别。”

60.

迟早都逃不过这一切，终于，时间到了。

绿箱子是木头的，已经挡不住从墙上洞里传来的高温。

尽管离火还有一米远，但箱子的边缘已经变黑。也就几秒钟，火舌就碰到了箱子里满满的火药。

周围是各式各样的箱子，也就一个瞬间，聚集起来的热量突然化成爆炸连锁反应，愈演愈烈，直到玻璃罩碎成无数的碎片，仍然停不下来。

对走廊里的人来说，一个毁灭性的气浪之后，一切都不复存在了。

61.

威廉先倒下。

是爆炸使得他倒下的。两个人都是脸部朝下跌到锐利的石头上，他们想要站稳，但是做不到。

他的旁边卧着雅尼娜，跟他一样，双手痉挛地想抓住地面，但是毫无用处。他们双眼紧闭，身体蜷缩，保护着脸部不被从斜坡上下来的飞沙走石砸到。

他们之前跑了一路。

是从露台上下来的，她不准他有任何犹疑。她顺着绳子滑下去，他跟着。虽然下面仍然是万丈深渊，但是留在此地也不是个好选择。没有选择余地：留下是死，摔下去也是死，他只能默默祈祷绳子不会断裂，他自己能像前面的她做得一样好，这样的话或许两人还能多活一会儿。他们从露台上滑下去，一步一步踩着垂直的岩石边缘往下蹦跳，终于垂降到结实的地面上。威廉已经浑身湿透。此时是夜晚，气温降到了零下，他知道自己很冷，全身每个毛孔都被恐慌填满。虽然他唯一想做的事情就是躺下来，可目前没有这个时间。

两人继续往山下跑。古堡甩在身后，露台留在上方。两人顺着斜坡向阿尔卑斯湖跑去，绕着湖边，尽量远离古堡。

剩下的时间应该不多了。

爆炸开始的时候，两人才刚开始从另外一面往上爬。

震动一旦开始，就仿佛永远也停不下来。陡峭的斜坡和颤抖的地面让人根本无法抵抗。两人一路向下滑，伸手想要抓住什么，但没人停得下来。他们身后是一些上来时有意避开的岩缝，这些岩缝他们下去时也不想遇上。

雅尼娜先抓到了什么东西。她感到身体刚经过一块扁平的石头，赶忙两手用力，死命地用手指抠住石头边，终于阻止了身体的下滑。她向威廉伸出手去，两人同时抓住对方，手虽然在抽筋，但总算身体保持住了平衡。震动没有停，四周都在抖动，发出隆隆的响声，身边仍然不断有砂石擦过往下掉。

震动在地底下的某个地方早就开始了，没有人知道它何时会结束。

威廉睁开双眼。小心，再小心，头贴着地，手护着脸，从手臂底下看过去，穿过底下的阿尔卑斯湖，穿过被颤抖大地掠起的诡谲密布的波纹，对面就是古堡。

它矗立在那儿。

它矗立着，一如数百年来的样子，但似乎再也撑不下去了。

现在除了死死抓住石头以外，他们没有别的什么能做了。两人听着地底下传来的越来越响的隆隆声，等待它停止。

接下来的瞬间是一个无法被逆转的历史时刻。

烈性炸药行使了自己的职责。

它像海伦娜·瓦特金斯的尸体一样，从同一条传送带上，滚入同一个熊熊燃烧的焚烧炉。炸药一旦沾上火苗，这些火苗便从一个箱子传到下一个箱子，再也停不下来。

冲击波快速通过隧道迷宫，就像一节高速行进的烈火之车。高温和烟雾在无数条走廊里给它带路，它跟着走廊进入分叉，又在楼梯处汇合。

仿佛水管里的液体一般，火焰覆盖了整个地下系统，无论是体积、力量还是热度，都越演越烈，所到之处摧毁殆尽。

会议厅。液晶显示器前的蓝色座椅。没有人看到它们在烈火之车突入之前就已经被高温点燃，没有人看到它们在左冲右突的热浪中化为灰炭。大火一路前进，似乎永远都停不下来，每个房间都充满了闪烁着红黄火苗的烟雾。大火所到之处，任何东西一旦沾上就是化作灰、变作气，哪儿都停不下来。

放着一排排尸体的诊疗室。

包着铁皮和铝合金的走廊。

储备区的其他箱子搭上这辆烈火之车，让它变得更庞大、更剧烈、更强力、更炙热。

电脑控制室里，一卷卷录像带，运作了半个世纪的控制检查灯和仪表面板，都被火舌卷过，化为灰烬，再也不被世人所知。

走廊的尽头是一扇扇沉重的、再也派不上用场的安全门，还未作丝毫抵抗，就被气浪折弯。火焰和高温不费吹灰之力地从中通过，进入到更多的走廊里去。墙壁、横梁，以及所有建筑承重物搭建起来的结构都被这烈火之车夷平。

所有这些的上面是山。

山的上面是建造起古堡的石料。

最终，没有什么再能撑得起它们。

在外面，起初只是零星的几块石头。

碎屑从外墙上松动下来，先是像面粉一样顺着外墙往下掉，几乎看不见，后来越来越大，直至墙上出现裂缝。

一旦第一块石头开始往下掉，马上就像是瓶子去了塞子一样。洞眼一个接着一个出现，本来石头还能靠在旁边的石头上，如今也失去支撑。随着势头似乎永远减不下去的轰隆一声，所有的东西都开始崩塌。起初是墙面上的一个黑窟窿，然后整面墙似乎都离开了原位，飞旋着往下掉，扯出新的裂痕。建筑物上每处位置都在挣扎着保持密合，可是震动从内部传来，最后再也无法抵挡。

整座古堡崩塌了。

这座从中世纪以来就矗立着的古堡，这座由红砖绿瓦构成的微型城市，在岳麓中挺拔，在湖水中倒映，妩媚动人，神秘而不为世人所知，现在却化为尘土，悬空在火与雷的黑洞之上，散发着热量，仿佛是大山打开了一扇通往地心的门。

这个过程比任何人想象的都要长。

在威廉和雅尼娜的面前，这是一场响不停的烟火盛会。碎石互相击打着发出震耳欲聋的声音，将古堡推上毁灭之路，湮灭在烟尘之中。

终于，尘归尘，土归土。

所有墙面都已崩塌完，再也没有塔架能支撑下去。无边无际的烟尘开始慢慢飘落到地面，在山岳之中、地面之上落下一层宽广透明的酥皮。

接下去的就是沉寂。

轰隆声已经停下，但是他们都没注意到。

声音渐渐减弱成火热的嘶嘶声，湖的另一侧是低鸣的回声。古老的湖泊在狂风怒吼后陷入寂静，仿佛山川也在叹息。这最后的绝响吞噬了一切，当古堡不复存在，火焰终于冒出了地面。

火焰向着天空起舞，仿佛是在庆祝胜利。

一场大火。

正如预言那样。

一场残酷的、摧毁一切的大火。

也许说的就是这个，也许是别的。

不管是哪种都不重要了。

不管是哪场火，它都不会是最后一场。

62.

整整一季似乎都在等待着消息的到来。

当它终于到来时，就好像积雪开始融化，大地开始散发土腥气，贴着地面的杂草开始直起身来。浩劫过后，风雨之中弯着腰的黄色稻草也大胆散发出能量。

危险解除了。

已经有很多天没有报告新的病例，各地政府机关和卫生管理部门开始谨慎地解除隔离警报。再也没有新的尸体被运进冰场等待火化，再也没有新的房子被封锁。人们不用担心被拘捕，能在户外自由地活动。

一场战役结束了，没有胜者。大街小巷里没有人游行庆祝，也没有飘落在空中的鲜花和糖果。每个人都是失败者，剩下的只是重建自己的人生。

但重要的是，危险结束了。

四个月过去了，危险结束了。

现实拒绝回头。

新的季节到来，带着新的活力。它是巧克力外的包装纸，它是山边团团的云朵，它是远处层峦叠错的阿尔卑斯山，越是遥远，则越是湛蓝。

这是一个春天。

就像每次的春天一样，它给人带来惊奇：原来生命还可以复生。

她在山边找到了他。

威廉坐着，远眺风景。平原、草地和那个他们看不到却知道其存在的射击场。公路像是柔软包裹外的丝带，钻进山谷，在阳光下的雾霭中淡出。

雅尼娜在他旁边坐了下来。

躺下，背贴在阴凉的草皮上。

两人并排躺着，好像一本没有结局的书里两张一模一样的纸页。他们的周围是其他书页，在地上，在空中，在山的那边看着他们。

他们躺着，一直看到面前的太阳渐渐消失在大山之后。

远处传来车辆驶来的声音。

两人什么都不必说。

就像候鸟一样，他们知道，离开的时候到了。

回到阿尔卑斯小山村的人不是很多，但谁也不知道以后是不是会回来更多的人，还是这些人就是全部。

所有的重逢都充满了爱意，但也是悲戚的。街道上的车后备箱都开着，一排排行李下面是融化的雪水。老老少少的人们互相拥抱，打开家门，取下窗户上的防护板。

他们坐在车里，透过车窗看着这一切。

他们看着人来人往，里面有曾经不知觉做过主人招待他们的人。人们曾经逃离这里，现在又回来了。

车胎擦着地上的砂砾石，莱奥开着借来的车离开了。

他们开了好多个小时，轮流开车，轮流休息。

此时，雅尼娜靠向前排。

威廉坐在副驾驶座，看着持续消失在车头下的标记线，头脑基本放空。

他感到雅尼娜的脑袋凑近了自己的。

他没说话，她也没说。也许她没有什么话要说，也许所有要说的话已经说完了。两人紧紧挨着，车开了一公里又一公里，一切都很自然。

“要是他们从来就没有找到那些文字……”她终于开口了，声音低沉而平静，就像这是世界上最自然的开场白。

他点点头，没有看她。

他知道她要说什么了，还是同样的问题，但这次她要从另外一个角度提问。

他知道，因为他也问过自己同样的问题，一遍又一遍。

“要是他们从未读过这些文字，”她说，“从来没有制造出任何病毒，没有造成后面这些事，预言上写的还会是同样的文字吗？”

威廉的眼睛盯着车窗外，看着外面的风景高低起伏，感到思绪始终围绕着这个问题在转圈。是不是这些不管怎么样都会发生，因为它就是这么写的？还是会是另外一副样子，因为这些没有发生过？

如果森林里有棵树倒下了，他想，谁会在乎呢？

但他没有说出来。

“不管我们问几遍，”他说，“也永远都不会知道结果。”

她点点头。

他转过身来，看着她。

“我想，不知道更好。”

接下来的几个小时，他们没有再说话。

这是温暖而安全的沉默，谁都不需要靠说话来填充它。

他们开在空荡荡的高速公路上，一路向北，经过一个又一个城市。有的是空城，也许还会继续空下去；有些已经回来了人，小心翼翼地准备重建生活。

未来已经开始了。

他们不知道未来如何发展。

这样的未来再好不过。

他们在阿姆斯特丹分道扬镳。

只是默默地点头道别，不需要仪式。

难过是奢侈的，不该用在此时。这里是存活的人，没有理由把难过浪费在还能见到的人身上。虽然不一定会见，但要是想见，就知道怎么联系。不过，他们都不确定是否还会再见。他们同生共死过，或许这就足够了。当一切回归平淡，谁知道他们还有没有其他任何共同之处呢？

威廉从车里走出来，这是一个无声的道别。他站在后备箱旁，注视着雅尼娜和她未婚夫的身影渐渐消失在马路上。

走过阿尔贝特看到尼森警官手下的路口。

走上蓝色高尔夫撞到其中一个追逐者的街道。

记忆在阿尔贝特脑海中重现，但这是威廉无法想象的。威廉看到的只是一条空空如也却洋溢着春暖之意的街道，它正等着生还的人回到自己的家中。

等他们的身影消失在门里后，威廉坐回了车中。

莱奥坐在方向盘后，看着威廉，一句话没说。

车停在人行道旁，威廉一侧的汽车底下是被遮了一半的排水盖。威廉坐着，透过打开的车门看着柏油路面。

他向后靠在座位上，伸手摸了摸西装内口袋。它还在。

黑色的笔记本。

关上车门之前，他又探出身去，拿出黑皮笔记本。本子的厚度和排水盖缝隙的大小正正好好。他松开手，看着它消失在黑暗之中。

因为谁愿意读日记呢？

当这个人自己都不在了，谁还会想知道他在三月的某个星期一干过什么呢？

莱奥没有开口。

威廉只是看着前方。

“我想睡会儿可以吗？”他问。

莱奥点点头，发动汽车。

如果他一路往下开，日出前就会见到斯德哥尔摩了。

63.

船长街上的公寓门钉了一块胶合板，是为了堵住窟窿的。他一动不动地站在楼梯处，手里拿着公寓钥匙，不敢走上去开门。

里面的防盗门没有上锁，已经被锯坏，再也合不上了。再往后传来一股味道，房间空关久了自然就有这股味道。随着现实的破碎，它就会到来；当没有人在那里制造出一切井井有条的幻象时，它就会到来。这自然也不奇怪，因为真正的生活其实就是在乱七八糟之中度过的。

走廊里的报纸已经堆成了山。随着事件的发展，报纸上的标题一个比一个大，照片一张比一张黑暗和悲伤，记录着与日俱增的噩耗。

最后一份报纸是一月份的。

以后就再也没来过。

它们躺在那儿，像是记录着过去几个月发生事情的档案。好像一条时间线，不是用密码的形式表现，而是黑字白纸。先有事，再有记录，而不是正相反。

现在他站在这儿。

这里什么都没发生过。

但是一切都变了。

他站在走廊里。

许久。没有呼吸。不知道该做什么。

看着自己的公寓。自己的家。自己的生活。

最后，他脱下外套，挂在门边的椅子上。

沿着走廊往里走。

他回家了。

威廉·桑贝格走进浴室，打开了水龙头。